Kristian Schlüter
Die Prüfung

PIPER

Zu diesem Buch

Der erst sechsundzwanzig Jahre alte Kriminalkommissar Christoph Schönlieb wird während eines Heimspiels seines geliebten FC St. Pauli zu einem Tatort gerufen: Ein junger Mann liegt tot vor dem Audimax der Uni Hamburg. Gemeinsam mit seinem kurz vor der Pension stehenden Kollegen Harald Wallner, mit dem ihn nur die gegenseitige Abneigung eint, beginnt er die Ermittlungen. Schnell wird klar, dass es sich bei dem Toten um einen allseits beliebten und sehr engagierten Jurastudenten handelt. Als Schönlieb im Zimmer des Toten dann aber auf eine große Anzahl von »Neuro-Enhancern« stößt – Medikamente, die die Lernfähigkeit steigern –, hat er eine erste heiße Spur. Wurde dem Toten das Dealen mit den Pillen zum Verhängnis? Um mehr über den illegalen Handel mit den Medikamenten auf dem Campus herauszufinden, beschließt Schönlieb, sich inkognito unter die Studenten zu mischen. Als kurz darauf ein zweiter Mord verübt wird, zeigt sich, dass die Verstrickungen, in die beide Tote geraten waren, noch viel tiefer reichen, als er es für möglich gehalten hätte.

Kristian Schlüter, geboren 1983, arbeitet als Grafiker und hat mehrere Jahre lang Rechtswissenschaft an der Universität Hamburg studiert. Er ist Preisträger des Literaturpreises Hamburg / Literatur (2010). Kristian Schlüter lebt in Hamburg.

Kristian Schlüter

DIE PRÜFUNG

Kriminalroman

Piper München Zürich

Mehr über unsere Autoren und Bücher:
www.piper.de

MIX
Papier aus verantwortungsvollen Quellen
FSC® C014496

Originalausgabe
Januar 2014

Umschlaggestaltung: Hauptmann & Kompanie Werbeagentur, Zürich, unter Verwendung eines Fotos von Sven Paustian/plainpicture
Satz: Kösel, Krugzell
Gesetzt aus der Minion
Papier: Munken Print von Arctic Paper Munkedals AB, Schweden
Druck und Bindung: GGP Media GmbH, Pößneck
Printed in Germany ISBN 978-3-492-30234-0

Prolog

Der Schneefall hatte stark zugenommen, und dicke Flocken wehten durch die Dunkelheit. Das hatte sie jedoch noch nie abgehalten. Um diese Zeit gingen sie immer genau diesen Weg, die Grindelallee entlang und dann quer über das Gelände der Universität, weil sie so direkt zur großen Wiese gelangten und sich den Umweg an der Hauptstraße entlang sparten. Der Mann, die Frau und der Hund. Der Mann und die Frau trugen die gleiche Regenjacke, der Mann und der Hund den gleichen Schnauzer, die Frau und der Hund die gleiche lockige Frisur. Dem Hund hatten sie, farblich passend zu ihren Jacken, eine kleine Plastikdecke über den Rücken geschnallt. Gegen die Kälte. Wie immer gingen sie schweigend nebeneinanderher, während der Hund mit kleinen, schnellen Schritten vorauslief. Als sie, alle drei, an der Ampel ankamen und auf Grün warteten, standen sie still nebeneinander. Es wurde Grün, die Frau machte den ersten Schritt auf die Straße, auch der Hund tippelte los.

Plötzlich raste ein weißer Mercedes um die Ecke und sauste über den Fußgängerübergang. Die Frau sprang zurück und riss an der Leine. Der Hund quiekte, wirbelte durch die Luft, landete auf dem Asphalt, streckte seine kleine Zunge heraus und rang nach Luft.

Sie empörten sich noch eine ganze Weile. Doch da Frau und Hund zwar mit dem Schrecken aber ohne einen Kratzer davongekommen waren, hatten sie den Mercedes fast schon wieder vergessen, als sie den Campus mit dem flachen, sechseckigen Wasserbecken betraten, um weiter in Richtung der großen Wiese jenseits der Universität zu gehen. Sie ließen den Hund von der Leine und folgten ihm langsam durch den immer höher werdenden Schnee. Er dachte daran, wie gern er jetzt zu Hause ein Buch lesen würde, anstatt mit diesem Hund und dieser Frau durch den Schnee zu stapfen. Sie dachte daran, wie sie sich damals, vor langer Zeit, im Sommerregen zum ersten Mal geküsst hatten. Nicht weit von hier. Von den Haaren, die ihm damals nass ins Gesicht hingen, waren nicht mehr viele übrig.

Der Hund bellte. Durch das Schneegestöber konnten sie kaum erkennen, wo er war. Bedächtig bewegten sie sich durch die Dunkelheit in seine Richtung. Sie entdeckten den Hund am Rand des künstlich angelegten Wasserbeckens. Er hüpfte und drehte sich immer wieder um sich selbst und bellte. Die Frau beschleunigte ihren Schritt und ging nun zügiger auf ihn zu. Etwas schien nicht zu stimmen. Als sie nur noch wenige Meter von ihm entfernt war, erkannte sie, was den Hund so aufregte.

Sie war nie eine Person gewesen, die man leicht aus der Fassung hatte bringen können, und auch diesmal blieb sie ganz ruhig. Sie drehte sich langsam zu ihrem Mann um.

»Bärchen, du solltest die Polizei rufen.«

Kapitel 1

Christoph Schönlieb zog seine schwarze Wollmütze etwas tiefer ins Gesicht und über die Ohren. Er rieb die Hände aneinander, faltete sie wie zum Gebet und hauchte dann zweimal kräftig hinein. *Mann, war das kalt!* Er vergrub die Hände tief in den Taschen seines langen Wollmantels und schaute nach links auf die Anzeigentafel. Halb sechs. Noch eine halbe Stunde bis zum Anpfiff. Unten auf dem Rasen machten sich bereits die Spieler des FC St. Pauli warm. Gerade waren sie dabei, abwechselnd auf das Tor zu schießen. Wenn man ihre nur selten von Erfolg gekrönten Versuche als Maßstab für das kommende Spiel nahm, würde es heute schwierig werden mit einem Sieg. Schönlieb machte sich jedoch noch keine Sorgen, die Saison war bisher sehr gut verlaufen. Nachdem fast die Hälfte aller Spiele absolviert war, befand sich der Verein auf dem vierten Tabellenplatz, punktgleich mit dem Drittplatzierten. Der direkte Wiederaufstieg war durchaus realistisch. Schönlieb hätte dies der Mannschaft zu Beginn der Saison nicht zugetraut. Als St. Pauli das letzte Mal aus der ersten Liga abgestiegen war, waren sie direkt in die Regionalliga durchgereicht worden, und es hatte vier lange Jahre gedauert, bis sich die Mannschaft wieder hochgekämpft hatte. Diesmal schien es so, als würde es gleich wieder aufwärtsgehen. Doch der Verein hatte sich auch verändert – und mit ihm das Stadion. Von dem kleinen, maroden Stadion war nur mehr wenig zu erkennen. Alles war neu. Alles war anders. Jetzt erstreckten sich links und gegenüber von ihm zwei große Tribünen, in deren Mitte – wie so oft – selbst kurz vor dem Anpfiff niemand saß: der Bereich der sogenannten Business-Seats, in dem es, so hatte Schönlieb oft das Gefühl, den Leuten mehr darum ging, möglichst viel vom Inklusiv-Büfett in den VIP-Lounges abzubekommen, als um das Fußballspiel.

Auch um Schönlieb herum waren noch einige Plätze frei. Der

Stehplatzbereich unter ihm hingegen war schon proppenvoll. Der viel beschworene St.-Pauli-Mythos, dass Punker und Anwalt hier nebeneinanderstehen, ließ sich an mancher Stelle noch immer beobachten. Die unterschiedlichsten Leute standen dort zusammengedrückt auf der langen Geraden. Die meisten der wartenden Fans unterhielten sich, tranken Bier oder Glühwein und tippelten immer wieder von einem Bein aufs andere, um der Kälte entgegenzuwirken.

Schönlieb hatte noch nie Lust gehabt, längere Zeit zu stehen, und sich deshalb von Anfang an für eine Sitzplatzdauerkarte entschieden. Er war auch niemand, der sich gerne mitten in die Menge stellte. Er konnte auf diese körperliche Nähe gut verzichten. Hier oben hatte er seine Plastiksitzschale und einen kleinen, aber sicheren Abstand zum Sitznachbarn. So konnte er das Spiel in aller Ruhe beobachten.

Im Schein der hell strahlenden Flutlichter rieselten dicke weiße Schneeflocken unaufhörlich auf das Spielfeld nieder, die dank der Rasenheizung jedoch nicht liegen blieben. Die Atmosphäre war bei den späten Spielen unter Flutlicht immer eine ganz besondere. Man merkte, dass die Fans nicht direkt vom Frühstück ins Stadion pilgerten, sondern dass sie den Tag bereits hinter sich hatten und sich nun darauf freuten, an ihrem Feierabend von zweiundzwanzig Männern unterhalten zu werden. Der Platz war die Bühne und das Flutlicht die riesigen Theaterscheinwerfer, die die Szenerie in das rechte Licht setzten. Am Abend ein Fußballspiel zu besuchen erschien Schönlieb viel natürlicher als ein Besuch der Vormittagsspiele. Schließlich ging man ja auch nicht um ein Uhr mittags ins Theater, sondern abends um acht.

Das laute, diffuse Gemurmel und Gebrummel, der warme Teppich aus Tausenden Stimmen, die sich unterhielten, sich begrüßten, grölten, sangen, zuprosteten. Dieses wunderbare Wirrwarr gab Schönlieb ein einzigartiges Gefühl – das beruhigende Gefühl, dass er in diesem Moment nirgendwo anders sein wollte, dass es in den nächsten knapp zwei Stunden nur auf das Spiel ankommen würde. Alles andere war hinter den Tribünen, außerhalb dieser kleinen Welt, die als Mittelpunkt den grünen Platz hatte und in der alles, was wichtig war und über das man sich Gedanken machen musste, auf diesem Grün passierte.

Schönlieb atmete tief durch und blickte gut gelaunt um sich. Mittlerweile füllten sich die Sitzplätze um ihn herum. Auch der ältere Mann, der alle zwei Wochen rechts neben ihm saß, hatte sich heute wieder eingefunden. Mit einem kurzen »Moin« begrüßten sie sich, und mehr als dieses Wort hatten sie auch in den letzten drei Jahren, in denen sie nebeneinandersaßen, nicht gewechselt. Der »Ältere«, wie Schönlieb den Mann getauft hatte, war immer mit zwei Freunden da – den beiden »Jüngeren«. Sie kamen während eines Spieles auf vier Bier pro Person, nie mehr oder weniger, und sie gehörten zu der Sorte Fans, die sich schon beim ersten Fehlpass fürchterlich aufregten, denen man zugleich aber am wenigsten zutraute, selbst erfolgreich gegen einen Ball zu treten.

Die Sitzplätze links von Schönlieb waren nicht mit Dauerkartenbesitzern besetzt, und so war es jedes Mal eine kleine Überraschung, wer dort auftauchte. Heute hatte ein junges Paar neben ihm Platz genommen. Sie hatten es sich unter einer warmen Totenkopfdecke gemütlich gemacht und eine gut gefüllte schwarze Totenkopfplastiktüte aus dem Fanshop dabei, aus der sie zwei nagelneue St.-Pauli-Mützen herausgezogen und aufgesetzt hatten. Jetzt waren sie dabei, sich abwechselnd mit ihren iPhones zu fotografieren, und verzogen dazu auf die unterschiedlichsten Arten die Gesichter. Schönlieb vermutete, dass sie zu Besuch in Hamburg waren, und fragte sich, wie die beiden Karten für das Spiel ergattern konnten. Das war selbst nach dem Abstieg in die zweite Liga so gut wie unmöglich. Der junge Mann zeigte erklärend im Stadion mit seinem Zeigefinger herum, während seine Freundin nur immer mal wieder ein »Ahhh« und »Ohhh« ausstieß. Schönlieb wandte den Blick schnell wieder ab.

Endlich wurden vom Stadionsprecher die Mannschaftsaufstellungen verlesen. Bei den St.-Pauli-Spielern schrie das ganze Stadion die Nachnamen lauthals mit. Schönlieb und das Paar unter der Totenkopfdecke neben ihm nicht, obwohl Schönlieb die Namen durchaus alle kannte. Stattdessen lehnte er sich etwas zurück und schloss die Augen, atmete tief ein, langsam wieder aus und strich sanft mit seinem Daumen über die Dauerkarte in seiner Jackentasche. Er spürte die Zacken, die bei jedem Spiel in die Plastikkarte geknipst wurden. Erst dann öffnete er wieder die Augen.

Das war sein Ritual. Das Spiel konnte beginnen.

Die *Hells Bells* von AC/DC ertönten, und die Mannschaften liefen ins Stadion.

Die erste Halbzeit war spannend, und es gab einige gute Chancen für St. Pauli. Schönlieb zuckte jedes Mal zusammen, wenn der Ball sich dem gegnerischen Tor gefährlich näherte. Einmal war er schon aufgesprungen, doch der Ball wollte einfach nicht ins Tor, und so stand es nach fünfundvierzig Minuten noch immer null zu null.

In der Halbzeitpause beschloss er, sich einen Glühwein und eine Bratwurst zu holen. Vielleicht würde er sich so wenigstens für ein paar Minuten etwas aufwärmen. Am Bratwurststand war eine Schlange. Die meisten, die hier warteten, waren zu zweit oder zu dritt und diskutierten über das Spiel. Manchmal fragte er sich, ob es komisch war, dass er allein zu den Spielen ging. Anderseits hätte er auch nicht gewusst, wen er mitnehmen sollte. Vielleicht Mitch, seinen Nachbarn und so etwas wie sein einziger Freund. Der besaß zwar einen St.-Pauli-Pullover, hatte im Grunde allerdings nichts für Fußball übrig. Vielleicht einen seiner Kollegen? Bisher hatte er mit keinem von ihnen etwas privat unternommen. Dabei war er jetzt schon seit einiger Zeit dabei. Schönlieb war vor zwei Jahren direkt von der Polizeihochschule zur Mordkommission gekommen, mit gerade mal vierundzwanzig Jahren. Das war mehr als ungewöhnlich und so noch nie vorgekommen in der Geschichte der Polizei Hamburg. Auslöser dafür war zum einen der große Abschlussjahrgang des Jahres 2009 gewesen und zum anderen Schönliebs gute Noten. Sie waren so viele Absolventen gewesen, dass nicht alle, wie es die sogenannten Erstverwendungsrichtlinien eigentlich forderten, an ein örtliches Kommissariat vermittelt wurden. Dort sollte man sich für gewöhnlich ein, zwei Jahre die Hörner abstoßen und das Grundhandwerk erlernen, wie es so schön hieß – mit der alltäglichen Kriminalität wie Körperverletzungen, Sachbeschädigungen oder Diebstählen. Danach kam dann meistens der Kriminaldauerdienst, zuständig für jeden Tatort, bei dem gerade kein passendes Team im Haus war. Das hieß dann vor allem, den Tatort abzusperren und keine eigenen Spuren zu hinterlassen. Erst danach konnte man für gewöhnlich auf eine Stelle in einem der Fachbereiche hoffen. Schönlieb hatte sich, bevor ihm die Stelle in der Mordkommission angeboten wurde, noch keine Gedanken darüber gemacht, in welche Fachrichtung es bei ihm gehen sollte. Die Chance, bei einer der sechs Mordbereitschaften, wie die einzelnen Teams des Fachbereich für Tötungsdelikte im LKA Hamburg hießen, zu arbeiten, traf ihn ziemlich unvorbereitet. Schließlich hatte er erwartet, wie alle anderen zuerst in einem Kommissariat zu landen, doch er war einfach durchgerutscht. Er hatte die besten Noten seines Jahrgangs an der Hochschule und das Glück, dass gerade eine Stelle in der Bereitschaft frei wurde. Hilfreich war natürlich auch gewesen, dass Schönlieb in Professor Lümmler, der gute Beziehungen zum Leiter des Fachkommissariats Tötungsdelikte beim LKA pflegte, einen wichtigen Fürsprecher hatte. Er war direkt ins kalte Wasser geworfen worden und von der Hochschule in der Mordbereitschaft 415 des LKA Hamburg gelandet. Ein glücklicher Zufall, wie Schönlieb fand, eine unerhörte Frechheit, wie die meisten seiner Mitabsolventen und vor allem sein jetziger Kollege Harald Wallner sagen würden. Wallner hatte von Anfang an Stimmung gegen ihn gemacht. Zum Glück ließen sich die anderen meistens nicht darauf ein. Richtig warm war er jedoch bisher mit keinem von ihnen geworden. Zusammen mit einem von ihnen zum Fußball? Nein, das kam nicht infrage. Hier ließ er das alles hinter sich.

Schönlieb kaufte sich eine Bratwurst und einen Glühwein, bezahlte und ging zurück zu seinem Sitzplatz.

Als das Spiel wieder angepfiffen wurde, hatte sich Schönlieb gerade hingesetzt und das erste Mal in die Wurst gebissen. Etwas Senf tropfte herunter, aber er konnte sein Knie gerade noch rechtzeitig wegziehen, und so landete der Senftropfen nur auf dem alten Holzboden. Als er erneut genüsslich in seine Krakauer beißen wollte, klingelte sein iPhone, das hieß: Es vibrierte. Ohne das Vibrieren hätte er es gar nicht wahrgenommen, denn dafür war es hier im Stadion aufgrund der Fangesänge eindeutig zu laut. Er verzog das Gesicht. Es konnte nur beruflich sein. Er hatte es bis zu diesem Moment zwar erfolgreich verdrängt, aber er hatte heute Abend nun einmal Rufbereitschaft. Verdammt. Das hatte ja nicht gut gehen können: Heimspiel und Rufbereitschaft. Warum in aller Welt genau heute? Das hatte er auch seinen direkten Vorgesetzten, Kriminalhauptkommissar Holding, gefragt, doch der hatte überhaupt kein Verständnis dafür, dass man ein Fußballspiel der Rufbereitschaft vorziehen konnte. Holding lebte für seinen Beruf, und Schönlieb kam es oft so vor, als wohnte Holding in seinem Büro. Er war einfach immer anwesend. Er hatte auf Schönliebs Einwand nur nüchtern festgestellt, dass es einen festen Plan gebe und dass jede MB, so nannten sie die Mordbereitschaft, mal dran sei. Da müsse man halt auch mal in den sauren Apfel beißen. Im Grunde wusste Schönlieb auch, dass daran nicht zu rütteln war, es schmeckte ihm trotzdem nicht. Vier der sechs MBs, über die das LKA Hamburg verfügte, wechselten sich jeden Tag von Montag bis Donnerstag mit dem Tagesdienst ab, die fünfte Mordbereitschaft musste dann am gesamten Wochenende ran, das hieß von Freitag bis Sonntag. Montags war dann die sechste Bereitschaft dran, bevor es erneut von vorne losging. So wurde sichergestellt, dass jede MB die gleiche Belastung an Rufbereitschaften hatte. Das Wochenende war natürlich besonders unbeliebt, aber diesmal waren sie nun einmal dran gewesen: die Mordbereitschaft LKA 415.

Schönlieb überlegte kurz, wie er jetzt, beide Hände voll mit Wurst und Glühwein, das Gespräch annehmen sollte. Er sah den jungen Mann unter der Totenkopfdecke neben sich an.

»Hier, halt mal kurz«, sagte er knapp.

Verdutzt nahm der junge Kerl die Sachen widerstandlos entgegen. Schönlieb behielt lediglich die Papierserviette in der Hand und wischte seine Finger sauber. Er holte sein iPhone raus und fand seine Befürchtungen bestätigt.

»Hallo?«, schrie er aufgrund des Stadionlärms ins Telefon.

»Was'n das so laut bei dir?«, meldete sich eine – leider – vertraute grimmige Stimme: Wallner. Holding hatte damals bestimmt, dass er und der unfreundliche alte Kommissar, sooft es ging, zusammenarbeiten sollten. Er als so junger Anfänger bei der Mordkommission brauche jemanden wie Wallner an seiner Seite, hatte es geheißen. Das Einzige, was die beiden seither wirklich verband, war ihre gegenseitige Abneigung. Schönlieb wollte gerade antworten, da sprach Wallner schon weiter.

»Holding hat angerufen. Die Jungs vom KDD haben Bescheid gegeben. Du musst herkommen. Sofort. Uni-Campus, direkt vor dem Audimax. Ein toter Student.«

Schönlieb wollte gerade sagen, dass die Angelegenheit doch bestimmt noch vierzig Minuten warten könne oder sie doch auch ganz ohne ihn zurechtkommen würden, aber Wallner grummelte nur noch »Bis gleich!« und war dann weg.

Warum um Himmels willen musste ausgerechnet jetzt, an einem schönen Freitagabend, an einem Spieltag, schlimmer noch, an einem Heimspieltag, eine Leiche auftauchen? Schönlieb seufzte, schaute noch einmal wehmütig hinunter aufs Spielfeld, stand dann auf und ging, ohne den Kerl unter der Totenkopfdecke von seinem noch unangetasteten Glühwein und dem angeknabberten Restwurststück zu befreien.

Kapitel 2

Schönlieb schaute auf die Uhr. Sie zeigte 19:51 Uhr an. Teures Fabrikat. Der Schliff des Gehäuses war fein, und auf der Krone, dem kleinen Knopf am Rand der Uhr, war das Firmenemblem reliefartig eingraviert, auch das Lederarmband sah auf den ersten Blick hochwertig aus. Schönlieb war auf dem Gebiet kein Experte, aber er schätzte die Uhr als Original ein, zumal sie schon einige Zeit im Wasser gelegen hatte und noch immer funktionierte.

Sein Blick wanderte von der Uhr über den bereits starren Arm hinauf zum Gesicht des Toten. Asiatische Züge und auf den ersten Blick keine Narben oder Blessuren. Er lag im seichten Wasser, sein Gesicht war bleich und die Lippen leicht blau angelaufen. Er war kräftig und sportlich gebaut, er trug einen dunklen Cardigan über einem weißen Hemd, dessen zwei obere Knöpfe offen waren. Über dem Cardigan hatte er einen dicken schwarzen Wollmantel, der geöffnet unter ihm lag, sich leicht im Wasser bewegte und aussah wie der schwarze Umhang eines Superhelden. Der Tod sah anders aus. Wie der junge Mann so dalag, wäre es Schönlieb nicht einmal merkwürdig vorgekommen, wenn er sich erhoben und einmal kräftig geschüttelt hätte, um anschließend, als sei nichts gewesen, davonzuschreiten.

Schönlieb ließ den Arm des Toten in das eisige Wasser zurückfallen, sodass es spritzte.

»Pass doch auf!« Wallner wich einen Schritt zurück und schaute ärgerlich auf die kleinen dunklen Wasserflecken auf seiner braunen Stoffhose, die in kniehohen schwarzen Gummistiefeln steckte. »Meine Hose ist gerade frisch aus der … Und so geht man auch nicht mit Toten um.«

Schönlieb schaute ihn schweigend an. Harald Wallner war ein Kriminalhauptkommissar, wie er im Buche steht. Müde Augen, etwas zu dicker Bauch, ein deutlicher Ansatz zur Glatze und viele

Falten, die sein Gesicht immer grimmig erscheinen ließen. Vielleicht war es aber auch andersherum, und seine permanent üble Laune war die Ursache für die Falten. Da war sich Schönlieb nicht ganz sicher. Sicher war hingegen: Der Mann war kaputt. Ausgebrannt und völlig überarbeitet. Schönlieb vermutete außerdem, dass Wallner auch gern mal das ein oder andere Glas zu viel trank. Wenn man Wallner nahe kam, was Schönlieb nach Möglichkeit vermied, war da immer dieser scharfe Geruch in der Luft, hinzu kamen die glasigen Augen, die immer so aussahen, als hätte er beim Fahrradfahren zu lange kalten Fahrtwind abbekommen. Dabei konnte man sich Wallner auf einem Fahrrad nun überhaupt nicht vorstellen, eher in so einem Kaffeefahrt-Reisebus zusammen mit zwanzig anderen Omas und Opas. Überhaupt sah Wallner so aus, als ob er morgen in Rente gehen würde, dabei hatte der bestimmt noch zehn Jahre vor sich. Vielleicht zeigte irgendjemand bald Erbarmen, und Wallner würde einen Posten bekommen, bei dem er in einem warmen Büro die letzten Jahre vor sich hin vegetieren durfte. Anstatt sich hier draußen über Wasserspritzer auf seiner Hose aufregen zu müssen. Schönlieb war sich an seinem ersten Arbeitstag sicher gewesen, dass sie nicht lange zusammenarbeiten würden, da Wallner spätestens nach ein paar Monaten an einem Herzinfarkt sterben oder einfach vor Altersschwäche umkippen würde. Jetzt waren es schon zwei lange Jahre. Wallner schaute noch immer grimmig zu Schönlieb und fasste sich plötzlich ans Herz. *Jetzt ist es so weit,* dachte Schönlieb, doch Wallner holte nur einen Stift und einen Block aus seiner Hemdtasche und fing an zu schreiben.

»Die ersten Hinweise sprechen für Raub mit Todesfolge«, teilte Waller missmutig mit.

»Eher unwahrscheinlich«, sagte Schönlieb und blickte wieder auf die Uhr.

»Ach ja? Neben ihm lag sein offener, leerer Rucksack. Eine Brieftasche gibt es auch nicht.«

»Und die Uhr? Das scheint ein teures Fabrikat zu sein, die lässt der Täter einfach hier?«, fragte Schönlieb. »Wie gesagt: eher unwahrscheinlich.«

Wallner brummte grimmig.

»Wer hat ihn gefunden?«, fragte Schönlieb weiter.

»Ein älteres Ehepaar.«

»Sind sie noch hier?«

»Nein, die sind schon weg, ihre Aussage und die Personalien wurden bereits aufgenommen«, sagte Wallner und ließ dabei seinen Blick über den Campus schweifen. »Die haben den Täter nicht gesehen.«

»Ich glaube nicht, dass er hier getötet wurde«, sagte Schönlieb und blickte sich um. »Viel zu offen diese Stelle.«

»Andererseits schaust du bei dem Schnee weder links noch rechts. Mütze ins Gesicht und schnell nach Hause«, sagte Wallner. »Viel sehen konnte man bei dem Schneetreiben nicht.«

»Und keine weiteren Zeugen?«

»Nein. Wie gesagt, zu dieser Zeit und bei dem Schneegestöber scheinen hier nicht viele Leute langzugehen.«

»Wie kommst du eigentlich darauf, dass es sich bei dem Toten um einen Studenten handelt?«, fragte Schönlieb.

»Na, das ist doch offensichtlich«, antwortete Wallner. »Sieh ihn dir doch an: ganz junger Bursche. Der ist sogar noch jünger als du.«

Schönlieb verdrehte die Augen. Das war keine Antwort, sondern eine Provokation. Wallner kam einfach nicht mit Schönliebs Alter klar. Schon am ersten Tag, als Schönlieb ganz neu im Team der Mordbereitschaft vorgestellt worden war, hatte Wallner sich vor Holding und den beiden Kollegen Coskun und Samson darüber beschwert, so einen jungen, unerfahrenen Kollegen zugewiesen zu bekommen, und dann noch einen, der keine harte Schule durchwandert hatte.

»Nicht alle jungen Männer sind Studenten«, bemerkte Schönlieb knapp und richtete sich auf. »Also?«

»Sieh dich doch einfach mal um«, entgegnete Wallner in einem beinahe schon gönnerhaften Tonfall. »Wir sind hier auf dem Universitätsgelände. *Was*, frage ich dich, soll der junge Mann sonst hier gemacht haben?«

Schönlieb nahm die Aufforderung von Wallner wörtlich und

blickte in das dunkle Schneetreiben. Sie standen mitten in dem kleinen, nicht mal einen halben Meter tiefen künstlich angelegten See, der direkt vor dem großen Audimax-Gebäude der Universität Hamburg lag. Schönliebs Blick überflog die dünne Eisschicht, die mittlerweile an fast allen Stellen durch Schönlieb, Wallner und die Spurensicherung, die mit großen schwarzen Gummistiefeln hin und her stampften, auseinandergebrochen war. Der Rest des Platzes war mit einer weißen Schneeschicht bedeckt, der nur hier und da von frischen Fußspuren – ebenfalls von Gummistiefeln – durchzogen war.

»Hätte es nicht Fußabdrücke geben müssen, bei dem Schnee?«, fragte Schönlieb in die Richtung von Wallner, der sich nur kopfschüttelnd von Schönlieb abwandte.

»Der Schneefall hat erst später begonnen«, antwortete einer der mit weißen Einweganzügen bekleideten Mitarbeiter der Spurensicherung, den Schönlieb bei dem immer heftiger werdenden Schneefall kaum noch sah, »und er ist so stark, dass er in kürzester Zeit alles überdeckt. Ein Riesenglück für den oder die Täter, aber wir werden natürlich sehen, was wir machen können.«

»Ja, ein Riesenglück«, antwortete Schönlieb und inspizierte weiter die Umgebung.

Das Gelände war weiträumig abgesperrt worden, und der Tatort sah aus wie eine gut ausgeleuchtete Filmkulisse. Scheinwerfer waren an die Seiten des kleinen Sees gestellt worden und erleuchteten ihn. Schönlieb musste kurz an das Flutlicht und die schöne Atmosphäre im Stadion denken, verdrängte den Gedanken daran aber schnell wieder. Weit hinten, dort wo der Weg an einer kleinen Studentenkneipe und einem kleinen Kino vorbei zur Straße führte, sah man ein paar Schaulustige hinter einem rot-weißen Polizeiabsperrband stehen.

Schönlieb beugte sich wieder zur Leiche hinunter.

»Und woher weißt du nun wirklich, dass er ein Student ist?«, fragte Schönlieb.

»Ich weiß sogar, dass er wahrscheinlich ein Jurastudent war«, antwortete Wallner.

»Und woher weißt du, dass er wahrscheinlich ein Jurastudent war?«, hakte Schönlieb leicht gereizt nach. »Ist er schon identifiziert?«

Wallner lächelte und genoss den Moment ganz offensichtlich. Schönlieb fragte sich, wie es wohl sein musste, mit einem Kollegen einfach nur zusammenarbeiten zu können. Ohne das ganze Machtgerangel. Warum konnten sie sich nicht einfach auf ihre Arbeit konzentrieren? Immerhin ging es hier um tote Menschen.

»Nein, keine Ahnung, wie der Junge heißt, aber er hatte einen Flyer in der Manteltasche. Der war ein bisschen aufgeweicht, aber man konnte ihn noch gut lesen. Er wirbt für eine gewisse Jura-OE-Party im Oktober. OE ...«

»Orientierungseinheit. Ich weiß. Ein Studienanfänger?«

»Nicht zwangsläufig.«

»Wir müssen ihn jetzt mal da rausheben.« Einer der Schneemänner der Spurensicherung kam zu Wallner und Schönlieb. »Wir haben die Untersuchungen und das Fotografieren der Leiche so weit beendet. Jetzt muss er aus dem Wasser, damit Petersen ihn genauer untersuchen kann.«

»In dem kalten Wasser wird er zwar schön frisch gehalten«, erklärte eine Schönlieb wohlbekannte und willkommene Stimme aus der Dunkelheit, »aber irgendwann kriegt er hässliche Flecken. Und wenn wir ihn zwei Wochen hier liegen lassen, dann können wir die Haut an seinen Händen abziehen, wie Handschuhe.«

Schönlieb dachte an Handschuhe. Warme Handschuhe. Dann besann er sich und drehte sich um.

»Hey, Kalle.«

»Moin.« Kalle zwinkerte Schönlieb schelmisch zu. »Na, nicht beim Spiel, Christoph?«

»Du bist ein Arsch, Kalle!« Schönlieb verfluchte sich erneut, ihm von seiner Liebe zum FC St. Pauli erzählt zu haben. Kalle war leidenschaftlicher Fan des HSV, des größeren der beiden Profivereine in Hamburg, der in ewiger und großer Rivalität zum FC St. Pauli stand. Kalle hieß eigentlich Karl-Heinz Petersen. Er war Rechtsmediziner. Schönlieb fand, dass Kalle aussah wie ein Seemann. Er war furchtbar groß und unglaublich dick. Dazu trug er stolz seinen Vollbart, und das Einzige, was aus diesem wuscheligen behaarten Gesicht herausstach, war eine dicke rote Knollnase und strahlend blaue Augen, die jetzt interessiert auf dem Toten ruhten.

»So, Leiche raus!«, wies Kalle ein paar Leute an, und sie hievten die Leiche auf eine Bahre. Kalle stand neben dem jungen toten Mann und schaute ihn sich genauer an.

»Meinst du, du kannst uns schon irgendetwas sagen?«, fragte Schönlieb. »Was ist mit der Stelle dort am Hinterkopf? Die Wunde scheint frisch. Ich glaube, da läuft sogar immer noch Blut raus.«

Schönlieb zeigte auf die Wunde am Kopf und hörte Wallner belustigt schnauben. Kalle hatte aufgrund seines dicken Bauches Schwierigkeiten, sich zur Bahre herunterzubeugen, ließ es bleiben und schaute lediglich von oben herab. »Das kann ich jetzt und hier noch nicht sagen …«, wiegelte er ab. Er hatte die Leichen lieber auf seinem Seziertisch liegen, auf Bauchhöhe, das war wesentlich bequemer.

»Nicht mal einen ersten Eindruck?«, fragte Schönlieb.

»Muss ich erst genauer untersuchen«, brummelte er nur. »Aber Blut läuft da nicht mehr, vermute ich mal. Das scheint mir eher das Wasser, das das Blut aus den Haaren wäscht.«

»Ach so«, sagte Schönlieb und blickte zu Wallner, der ihn beinahe mitleidig ansah. »Übrigens war ich natürlich beim Spiel, musste aber ja abbrechen, wegen der Sache hier.«

»Dreh mal seine Hand um«, sagte Kalle.

Schönlieb sah ihn etwas verwirrt an, nahm aber brav die Hand des Toten und drehte sie, sodass Kalle die Innenflächen sehen konnte. Die Fingerspitzen waren noch nicht sehr runzelig.

»Und?« Schönlieb schaute fragend zu Kalle hoch.

»Er ist noch keine fünf Stunden tot. Eher zwei bis drei«, sagte Kalle. »Und wie war die erste Halbzeit?«

»Null zu null!«

»Ihr kriegt ja gar nichts mehr gebacken! Wie konnten wir

damals nur das Derby verlieren? Das will mir bis heute nicht in den Kopf.« Kalle streichelte geistesabwesend seinen Bauch. Zumindest sah es so aus, als würde er seinen Bauch streicheln.

»Nach wie vor ein Trauma für euch von der Müllverbrennungsanlage, oder?« Schönlieb schmunzelte. Der HSV spielte in einem Stadion am Rande der Stadt, das ungünstigerweise in der Nähe einer Müllverbrennungsanlage stand, was die Rivalen von St. Pauli immer wieder herauszustellen wussten.

»Pah! Trauma!«, platzte es aus ihm heraus. »Wer spielt denn in der ersten Liga? Na? Wir sind noch nie abgestiegen!«

Schönlieb beugte sich mit einem Schmunzeln auf den Lippen über die Leiche.

»Vielleicht war es ja auch nur ein Unfall? Übers Eis gelaufen, ausgerutscht, eingebrochen. Doof hingefallen. Tot.«

»Klar«, sagten Kalle und Wallner gleichzeitig.

Sie beschlossen, die Leiche abtransportieren zu lassen. Kalle fuhr direkt mit in die Rechtsmedizin. Wallner und Schönlieb lehnten am offenen Kofferraum von Wallners Wagen und tauschten die großen Gummistiefel gegen ihre Schuhe.

»Ich habe ein paar Leute mit dem Foto des Toten losgeschickt«, sagte Wallner. »Vielleicht ergibt sich etwas.«

»Sehr gut«, sagte Schönlieb und nickte. »Mitten auf dem Campus liegt der, und keiner merkt es.«

»Die Menschen merken immer weniger«, sagte Wallner in einem Ton, als trage er die Last der ganzen Welt auf seinen Schultern, »und wir sollen dagegen ankämpfen!«

Jetzt hatte Wallner also plötzlich wieder so einen Melancholieanfall. Die waren eigentlich noch unerträglicher als seine Wutanfälle. Schönlieb zog schnell sein iPhone aus der Tasche, und seine Finger begannen, über das Display zu fliegen, während Wallner tief seufzte.

»Die Jungen, die achten nicht mehr aufeinander«, murmelte Wallner. »Die achten auf gar nichts mehr. Da liegt einer an einem Freitagabend reglos hier mitten im See, und keine Sau interessiert es. Niemand kümmert es, dass hier ein Menschenleben ausgehaucht wurde. Für immer.«

»Fuck!«, stieß Schönlieb wütend aus und blickte von seinem iPhone auf.

Erschrocken blickte Wallner ihn an.

St. Pauli hatte 1:0 verloren. Gegentor in der 85. Minute.

Auch das noch.

Kapitel 3

Wenn abends eine Leiche gefunden wird, dann heißt das: Nachtschicht. Schönlieb und Wallner waren direkt ins Büro gefahren. Dort verbrachte Schönlieb fast die ganze Nacht damit, alle Fakten und Hinweise im Computersystem möglichst akribisch festzuhalten. Kein Hinweis durfte verloren gehen. Die kleinste Spur, die einem jetzt noch unwichtig erschien, konnte in einigen Tagen oder Wochen wichtig sein. Zeitgleich koordinierten sie per Telefon die Beamten von der Schutzpolizei vor Ort, die die umliegende Umgebung und Mülleimer durchsuchten.

Bei ihnen, den ermittelnden Kommissaren, liefen diese Spuren zusammen, sie waren dafür verantwortlich. Immer wieder hielt Schönlieb während des Schreibens kurz inne und versuchte, erste Schlüsse zu ziehen oder Zusammenhänge zu erkennen. Doch sie hatten bisher einfach zu wenig. Nicht einmal die Identität des Opfers. Parallel zu ihrer Arbeit liefen die Untersuchungen der Spurensicherung, und Kalle hatte in der Zwischenzeit mit der Obduktion begonnen, es würde Hinweise geben. Bisher hatte es Schönlieb nicht erlebt, dass ein Täter keine Spur hinterließ.

Wallner stand unterdessen vor einem großen Whiteboard, an das er kleine Zettelchen mit Magneten anheftete. Wallner war da altmodisch. Neben dem Erfassen der Hinweise auf dem Computer bestand er darauf, alles weiterhin sichtbar auf der großen weißen Magnetwand festzuhalten.

Um 0:15 Uhr schaute Schönlieb zum ersten Mal auf die Uhr. Sein Magen knurrte. Kein Wunder. Sein ohnehin nur sehr bescheidenes Abendessen im Stadion war schließlich unterbrochen worden. Schönlieb beschloss, sich etwas zu essen zu kaufen. »Soll ich dir etwas mitbringen?«, fragte er Wallner. Doch der murrte nur unfreundlich zurück. Anscheinend passte es ihm nicht, dass Schönlieb einfach seine Arbeit unterbrach. Doch

Schönlieb konnte nicht anders. Sein leerer Magen rebellierte, und er würde nicht einen vernünftigen Gedanken mehr fassen können, wenn er nicht schnell etwas zu essen bekam. Er zog sich seine Jacke über und verließ das LKA-Gebäude.

Es schneite immer noch stark. Es wirkte, als würde die Welt sich eine große weiße Decke über den Kopf ziehen, um darunter stillzustehen. Alles erschien gedämpft und bewegungslos. Selbst die wenigen Autos, die sich zu dieser Zeit auf der Straße befanden, bewegten sich scheinbar geräuschlos fort. Dort, wo die dicken Schneeflocken auf Schönliebs Gesicht landeten, schmolzen sie sofort. Mit schnellen Schritten ging Schönlieb die Straße entlang in Richtung U-Bahnhof. Neben dem Bahnhofsausgang befand sich Schönliebs Ziel: eine Dönerbude. Das Licht, das durch die großen Fenster nach draußen drang, ließ sie warm und gemütlich erscheinen.

Schönlieb betrat die kleine, warme Dönerbude.

Der Besitzer begrüßte ihn freundlich. An einer Wand hing ein kleiner Flachbildfernseher, auf dem ein türkischer Musiksender lief.

Schönlieb bestellte sich einen »Döner mit Alles«. Der vom Fett glänzende Dönerspieß hatte schon deutlich an Volumen verloren und sah aus wie ein abgenagter Knochen. Nachdem er bestellt hatte, ging er zum Getränkekühlschrank und nahm sich eine Dose Red Bull, vielleicht würde die helfen gegen die Müdigkeit, die ihn langsam übermannte.

Nachdem ihm der Döner gereicht worden war, lehnte er sich auf einen hohen schwarzen Tresen, der direkt am großen Fenster zur Straße stand. Schönlieb trank langsam aus der Dose und biss immer wieder große Stücke von seinem Döner ab. Dabei beobachtete er die wenigen vorbeigehenden Menschen, die sich leicht vorgebeugt, das Kinn auf der Brust, gegen den Schneesturm stemmten.

All diese Menschen lebten. Sie waren unterwegs, vielleicht auf dem Weg nach Hause oder zu einem Freund. Sie hatten Ziele, planten die Zukunft, dachten über die Vergangenheit nach, sie lachten, sie weinten, sie liebten, aßen, tranken oder schliefen.

Doch der junge Mann, der im Wasserbecken gelegen hatte, der war tot.

Schönlieb dachte an das Gesicht des jungen Mannes. Es waren diese stillen Momente hinterher, nach dem Trubel am Tatort, in denen ihm bewusst wurde, was er gerade gesehen hatte. Einen toten Menschen. Einen toten jungen Mann. Sie würden seine Identität ermitteln, und dann würde hinter dem momentan noch Namenlosen, aus dem dichten Nebel der Vergangenheit eine Familie treten, dahinter kämen die Freunde und die Erinnerungen und Erfahrungen. Er würde den Toten kennenlernen, vielleicht besser, als ihn seine Freunde gekannt hatten. Schaute man jedoch in die andere Richtung, nach vorne, in die Zukunft, würden die schemenhaften Formen, die man noch vor Kurzem hatte erahnen können, langsam verschwinden. Der Nebel würde sie verschlingen, und er würde sich nie wieder auflösen.

Schönlieb nahm noch einen großen Schluck aus der Getränkedose. Er musste sich zwingen, klar und rational zu denken. Nicht das Trauern war sein Job, sondern die Aufklärung des Falles. Schönlieb aß den Döner schnell auf, nahm einen letzten großen Schluck Red Bull, wischte sich den Mund mit der dünnen Papierserviette ab und stellte die leere Dose auf den Tresen.

Dann ging er schnellen Schrittes zurück ins Büro.

Als er eintrat, war Wallner gerade dabei, in sein Handy zu sprechen. »Es tut mir wirklich leid …«, sagte er gerade.

Als er Schönlieb sah, blickte er kurz erschreckt auf, zischte schnell »Ich muss jetzt Schluss machen« und legte auf.

Schönlieb tat so, als interessiere ihn nicht, mit wem Wallner gesprochen hatte.

»Und, gibt es etwas Neues?«

»Nein«, antwortete Wallner schroff und stampfte aus dem Büro. »Ich hole mir erst mal einen Kaffee.«

Das Einzige, was sich in dieser Nacht noch tat, war, dass Schönlieb nach und nach ein Kratzen im Hals bemerkte und seine Nase anfing zu laufen.

Um 7:00 Uhr schlief er für eineinhalb Stunden auf seinem Schreibtisch ein.

Als er aufwachte, schreckte er hoch. Kurz musste er sich orientieren.

Den Schrecken perfekt machte Wallners verächtliches Gesicht, es sah aus, als hätte Wallner die ganze Zeit dort gestanden und ihn beobachtet, nur darauf wartend, ihm direkt nach dem Aufwachen einen Schrecken einzujagen. »Ich dachte, ihr jungen Leute braucht nicht so viel Schlaf.«

»Das war andersherum: Alte Leute brauchen nicht so viel Schlaf«, antwortete Schönlieb und rieb sich die Augen.

»Kalle hat gerade angerufen. Fahr am besten gleich zu ihm. Ich gehe einem Hinweis zur Identität des Opfers nach. Wir sehen uns danach wieder im Büro.« Und schon war er wieder weg.

Wie Schönlieb es hasste, dass Wallner ihn ständig herumkommandierte.

Kapitel 4

Das Reich von Karl-Heinz Petersen, den alle nur »Kalle« nannten, befand sich in einem nüchternen Gebäude am Rande des Universitätsklinikums Hamburg-Eppendorf. In dem Raum, in dem Schönlieb und Kalle jetzt standen, schien es außer dem Weiß der Fliesen und dem Silber von Edelstahl keine weiteren Farben zu geben. Abgesehen vielleicht von Kalles roter Nase, die aus seinem bärtigen Gesicht glänzend hervorstach. Der gestandene Rechtsmediziner war ein freundlicher, ruhiger Mann, der nie hektisch wirkte. Die Art, wie sich der große, dicke Kerl bewegte, erinnerte Schönlieb jedes Mal unweigerlich an Samson aus der *Sesamstraße*.

»Wir haben heute noch zwei Untersuchungen, und um drei würde ich gerne in die Kneipe«, sagte Kalle und schaute Schönlieb grinsend an. »HSV gucken. Also lass uns nicht trödeln.« Müdigkeit schien Kalle nicht zu kennen.

»Na dann, leg mal los«, sagte Schönlieb und folgte Kalle in einen langen Flur, an dessen linker Wand sich eine Tür an die nächste reihte. Die Kühlfächer.

»Wir wollen ja nicht, dass du die Niederlage vom HSV verpasst.«

Kalle ignorierte die Spitze von Schönlieb, ging auf die Tür mit der Nummer 14 zu und drehte den dicken schwarzen Griff nach rechts. Schönlieb trat einen Schritt zurück, während Kalle die Tür öffnete und eine fahrbare Bahre herausschob, auf der ein toter Körper unter einem dünnen hellblauen Laken verborgen lag. Kalle zog das Laken zurück, und zum Vorschein kam der tote Junge von gestern. Diesmal nackt. Über den Körper zogen sich drei lange Einschnitte, von denen zwei von den Schultern bis zum unteren Ende des Brustbeins und einer exakt mittig über den Bauchraum führten. An einer Stelle trafen alle drei Einschnitte aufeinander. Es sah aus, als hätte jemand dem Toten ein riesengroßes Y in den Körper geschnitten. Da konnte er so oft hier unten sein, wie er wollte, daran konnte sich Schönlieb nicht gewöhnen, an diesen Anblick. Wenn er die Toten am Tatort sah, hatte er komischerweise nie Probleme mit den Leichen gehabt. Aber hier in dieser klinisch nüchternen Atmosphäre, aufgeschnitten und zugenäht, konnte er sie kaum ertragen. Schönlieb versuchte seinen Blick nun auf Kalle zu lenken und möglichst nicht auf den Toten.

»Und, schon etwas herausgefunden?«

»Lange lag er nicht im Wasser, sonst hätte er ganz anders ausgesehen, unappetitlicher. Das kalte Wasser hat ihn sogar eher noch frisch gehalten, anhand der Körpertemperatur, die vor Ort gemessen wurde, und der Todesflecken schätze ich, dass er keine zwei Stunden dort lag. Bei dem kalten Wasser und der kalten Umgebung ist es allerdings schwer, das genau einzuschätzen. Die Kälte verlangsamt alle Prozesse.«

Kalle schüttelte leicht den Kopf, als könne er nicht glauben, dass die Natur ihm seine Arbeit immer so schwer machte.

»Ich habe aufgrund der Kälte nicht einmal ein Anzeichen für eine Totenstarre gefunden.«

»Keine zwei Stunden«, murmelte Schönlieb vor sich hin, er blickte auf. »Und wie ist er gestorben?«

»Durch stumpfe Gewalteinwirkung auf den Hinterkopf.«

»Er wurde also von hinten attackiert?«, fragte Schönlieb und griff schnell in seine Hosentasche nach einem Taschentuch. Seine Nase lief.

»Nein. Von vorne.«

»Was?« Schönlieb putzte sich die Nase. »Wie soll das gehen?«

»An der Stirn habe ich leicht zerdrückte Haut und einen rauen Bereich festgestellt. Wenn du mich fragst, hat er ungefähr so eins auf den Schädel bekommen«, Kalle stellte sich direkt vor Schönlieb, sodass sich ihre beiden Bäuche leicht berührten, holte demonstrativ mit dem Arm aus und führte seine Faust zu Schönliebs Stirn.

»Also von vorne oder von hinten, was denn nun?«, sagte Schönlieb und machte einen schnellen Schritt zurück.

»Der Täter, der ihm eines von vorne auf den Schädel verpasst hat, muss dies direkt vor seinem Tod getan haben, das erkennt man anhand des kleinen, scharfkantigen Blutergusses, das Blut hatte keine Zeit mehr in umliegende Gewebe zu versickern. Die Stelle des Blutergusses und der Schürfwunde lassen darauf schließen, dass der Täter vermutlich etwas kleiner als das Opfer war, sonst hätte es die Abschürfung wohl eher etwas weiter oben gegeben.«

»Ihm wurde also von vorne mit der Faust auf den Kopf geschlagen?«

»Mit der Faust? Nein. Hatte ich das gesagt?«

»Vorgespielt hast du es.«

Kalle schüttelte den Kopf »Nein, mit der Faust war es sicher nicht. Leider kann ich nicht sagen, was es für ein Gegenstand war. Auf jeden Fall stumpf und schwer. Wäre es mit der Hand oder der Faust gewesen, hätten wir das anhand der Form des Blutergusses sicherlich gesehen.« Kalle wandte sich wieder der Leiche zu. »Der Schlag auf den Kopf war jedoch nicht tödlich.«

»Nicht?« Schönlieb sah ihn überrascht an.

»Nein. Nur die, na ja, Einleitung.« Kalle nahm den Kopf des Jungen in beide Hände und drehte ihn leicht zur Seite. »Siehst du hier die Stelle?«

Jetzt musste Schönlieb doch gucken, er nickte.

»Tödlich war der Aufprall des Hinterkopfs auf den Boden.« Kalle zeigte auf eine Stelle am Hinterkopf. »Hier ist er auf den Boden geprallt, er muss ziemlich unglücklich aufgekommen sein. Auf der Rückseite des Schädels hat er eine lineare Fraktur, außerdem führte der Aufprall zu einer subduralen Blutung aufgrund deren sich der Druck in seinem Schädel stark erhöhte und das Gehirn zusammendrückte. Seine Gehirnfunktionen setzten aus, und die Gehirnsubstanz gelangte zum Ausgang des Rückenmarks, er verlor das Bewusstsein, und seine Atmung setzte aus.« Kalle dreht den Kopf vorsichtig zurück. »Hast du schon den Bericht vom Kollegen aus der Toxikologie gelesen?«

Schönlieb verneinte.

»Kam auch erst eben rein, der Kollege hat etwas Interessantes herausgefunden«, sagte Kalle und zog eine Augenbraue hoch. »Dieser junge Mann hier …« Er tippte mit dem Zeigefinger unsanft auf die Brust des Toten, für Schönlieb sah es aus, als wenn der Brustkorb leicht nachgab und sich die Nähte spannten. Schnell schaute er auf Kalles Schuhe. »… hatte Methylphenidat im Blut.«

»Methylpheni… was?«

»Methylphenidat. Vielleicht sagt dir der Name ›Ritalin‹ mehr.«

»Ritalin? Ist das nicht das Zeug, das sie den hibbeligen Kindern geben?«, fragte Schönlieb, während er weiterhin auf Kalles Schuhe starrte. Er zog die Augenbrauen zusammen. »Und das sich die Studenten in den USA scharenweise reinpfeifen?«

»So kann man es sagen, ein sogenannter Neuro-Enhancer, also ein Medikament, das angeblich deine kognitive Leistungsfähigkeit steigert.«

»Doping für das Hirn«, sagte Schönlieb.

»Sage ich doch …«

»Ist das wirklich effektiv?«, fragte Schönlieb

Kalle zuckte mit den Schultern. »Ich habe es noch nie probiert.« Er grinste Schönlieb an. »Habe ich auch nicht nötig. Ich habe mich aber ein wenig schlaugemacht und dir einen Artikel ausgedruckt.«

Kalle kramte umständlich mit der Hand unter seinem langen blauen Schutzkittel.

Schönlieb schaute nachdenklich auf den Toten und hielt noch immer das inzwischen zu einer kleinen Kugel zusammengeknüllte Taschentuch in der Hand. Aus den Augenwinkeln sah er sich nach einem Mülleimer um, konnte jedoch keinen entdecken. Er fand es abstoßend, gebrauchte Taschentücher zurück in die eigene Tasche zu stecken.

»Hatten die Medikamente denn irgendeinen Einfluss auf seinen Tod?«

»Nein, ich sage doch, tödlich war der Aufprall mit dem Hinterkopf. Warum man ihn danach ins Wasser geschmissen hat, weiß nur der Täter«, sagte Kalle.

»Danach erst?« Schönlieb horchte auf. »Er ist nicht im Wasserbecken gestorben?«

Kalle Petersen zog endlich den Zettel unter seinem Kittel hervor, den er gesucht hatte, und wollte gerade antworten, da öffnete sich hinter ihnen die Tür, und eine junge Frau, ganz in Blau gekleidet, trat durch die Glastür. Sie war zierlich und hatte so weiße Haut, dass sie sich beinahe nahtlos in die Umgebung einfügte. Ihre blonden Haare hatte sie zu einem kurzen Zopf nach hinten gebunden. Schönlieb fielen ihre großen, blauen Augen auf, die beinahe etwas zu groß im Verhältnis zum übrigen Kopf waren. Die Frau zog sich gerade OP-Handschuhe an, kam auf sie zu, lächelte kurz Kalle an und streckte Schönlieb die Hand entgegen.

»Hallo, ich bin Lieke Versenius«, sagte sie mit einem leichten holländischen Akzent, »Assistenzärztin hier am Institut.«

»Christoph Schönlieb.« Schönlieb wollte ihr gerade die Hand reichen, als er merkte, dass dort noch immer das benutzte, zusammengeknüllte Taschentuch war. Schnell zog er seine Hand zurück. Lieke Versenius schaute etwas irritiert, blickte dann auf ihre ausgestreckte Hand und verzog kurz das Gesicht.

»Oh, Entschuldigung, ich hätte meine Handschuhe ausziehen sollen«, sagte sie und fummelte an dem rechten Einweg-Plastikhandschuh herum.

»Ach, das ist …«, … gar nicht der Grund, wollte Schönlieb gerade sagen, wurde aber von Kalle unterbrochen.

»Lieke arbeitet erst seit zwei Wochen hier«, sagte er und unterdrückte ein Schmunzeln, »wird uns aber hoffentlich lange erhalten bleiben.«

»Ja«, sagte Schönlieb, verschränkte die rechte Hand mit dem Taschentuch hinter dem Rücken und reichte ihr stattdessen die linke Hand, die Lieke etwas ungelenk mit ihrer gerade aus dem Handschuh befreiten rechten Hand schüttelte. »Freut mich.«

»Mich auch«, sagte Lieke, und Schönlieb sah, wie sich ihr rechter Mundwinkel nach oben schob.

»Wie dem auch sei«, fuhr Kalle fort. »Der Tote wurde erst nachträglich ins Wasser geworfen. So viel kann ich sagen. In seinen Lungen haben wir kein Wasser gefunden.«

»Wie viel wiegt er denn?«, fragte Schönlieb, den Blick noch immer auf Lieke gerichtet.

»Knapp 79 Kilogramm«, antwortete Kalle.

»Dürfte nicht so einfach gewesen sein, ihn ins Wasser zu bekommen, wozu das Ganze?«, fragte Schönlieb weiter.

»In der Hoffnung, dass die Enten die Leiche auffressen?«

»Was?«, fragte Schönlieb irritiert und wandte sich erst jetzt wieder Kalle zu, der ihn breit angrinste und mit den Schultern zuckte.

»Keine Ahnung. Das herauszufinden ist deine Aufgabe, aber ich vermute mal, der Täter wollte Spuren verwischen. Spuren von Wasserleichen zu sichern ist wesentlich schwieriger. Ob es wirklich geholfen hat, muss sich noch zeigen. Die Kriminaltechnik nimmt sich gerade die Kleidung des Jungen vor.«

»Da ist noch etwas«, sagte Lieke und wandte sich direkt an Schönlieb.

»Ja?«, fragte er und versuchte sich auf die zu erwartenden Worte zu konzentrieren und weniger auf Lieke selbst.

»Der Tote hat leichte Prellungen an der linken Schulter und an der rechten Hand. Die Verletzungen sind vor ungefähr eineinhalb bis zweieinhalb Wochen entstanden. Es kann gut sein, dass er sich mit jemandem geprügelt hat.« Lieke Versenius sah auf den Toten hinab. »Die Prellung an der Hand ist typisch für jemanden, der mit der Faust hart zuschlägt. Boxer haben das oft«, sagte sie. Wie sie das so sagte, hörte sich das alles viel netter an, als wenn Kalle ihm solche Dinge erklärte.

»Ist sie nicht großartig?«, fragte Kalle und grinste.

»Äh, ja«, antwortete Schönlieb und schaute kurz leicht beschämt auf den Boden.

»Jetzt mach dich vom Acker. Wir haben hier noch genug zu tun«, sagte Kalle und zog das große Laken zurück über die Leiche. »Wie gesagt: Ich habe heute noch zwei wichtige Termine und will den HSV sehen. Den Rest kannst du im Bericht nachlesen. Ich schicke ihn euch nachher rüber.« Der Rausschmiss kam abrupt. »Und vergiss nicht den Artikel.« Kalle drückte ihm den Zettel in die Hand, den er die ganze Zeit bereitgehalten hatte.

»Ja … äh. Natürlich … und danke«, stotterte Schönlieb und steuerte Richtung Ausgang. Kurz bevor er durch die Tür nach draußen auf den Gang trat, schaute er noch einmal zurück.

»Viel Spaß beim Fußball. Und. Äh, noch mal herzlich willkommen, Frau Versenius«, sagte er und winkte etwas unbeholfen.

»Tschüss, Herr Schönlieb«, sagte Lieke und lächelte amüsiert.

Hatte er gerade Kalle, dem HSV-Fan, viel Spaß beim Fußball gewünscht? Was war mit ihm los? Schönlieb schüttelte den Kopf.

Aber eins wusste er: In der nächsten Zeit würde er öfter Gründe finden, um die Rechtsmedizin aufzusuchen.

Kapitel 5

Im Büro erwartete Wallner ihn schon. Zigarette rauchend saß er auf seinem Schreibtischstuhl und blickte auf, als Schönlieb durch die Tür trat und gegen eine Wand aus Rauch rannte. Es stank fürchterlich, und Schönlieb musste sofort anfangen zu husten. Er war sich nicht ganz sicher, ob der Grund dafür seine Erkältung oder der Zigarettenrauch war. Auf jeden Fall ärgerte er sich. Er hatte Wallner in der letzten Zeit schon öfter gesagt, dass er bitte im Büro nicht rauchen möge, verboten war es obendrein.

»Rauchen ist hier verboten«, sagte Schönlieb wütend. *Und außerdem habe ich erst vor ein paar Wochen aufgehört zu rauchen und hasse alle Leute, die in meiner Gegenwart rauchen und mir so das Leben und das Aufhören schwer machen*, dachte er.

Wallner schaute ihn kurz überrascht an, hatte sich dann aber blitzschnell wieder gefangen und seinen Alles-Scheiße-Blick aufgesetzt. So schnell brachte man ihn nicht aus der Ruhe.

»Was regst du dich so auf? Ist nur ein bisschen Rauch.«

Schönlieb wollte etwas erwidern, ließ es dann aber doch bleiben.

»Und wie ist der Stand?«, sagte er stattdessen.

»Wir treffen uns in einer Viertelstunde mit den anderen bei Holding im Büro«, antwortete Wallner. »So viel sei verraten: Wir haben die Identität des Toten.«

Schönlieb schaute ihn auffordernd an, doch Wallner stand auf und ging an ihm vorbei aus dem kleinen Büro. Schönlieb blickte Wallner noch eine Weile nach, setzte sich dann an seinen Schreibtisch und holte den Artikel, den er von Kalle bekommen hatte, aus seiner Jackentasche.

Der Artikel war von einem jungen Arzt verfasst worden, der zusammen mit seinen Kollegen eine Studie zum Thema »Doping unter Studenten« angefertigt hatte. Legale Muntermacher wie Koffeintabletten und koffeinhaltige Energydrinks würden bereits von über fünfzig Prozent der Studenten regelmäßig als vermeintliche Hilfe beim Lernen eingenommen. Erschreckend sei aber, so der Arzt, dass sowohl die Anzahl derjenigen, die illegale Drogen als Lernhilfen einsetzten, drastisch steigen würden, als auch – und dies kommentierte der Arzt noch viel kritischer – achtzig Prozent der befragten Studenten bereit wären, Medikamente zur Leistungssteigerung ohne Weiteres zu konsumieren, wären sie legal und ohne Nebenwirkungen. Es folgte ein Erklärungsversuch, in dem die steigende Bereitschaft zur Medikamenteneinnahme vor allem mit dem immer größeren Leistungsdruck in der Gesellschaft erklärt wurde. Am Ende des Artikels gab es in einem kleinen hellblauen Kasten einen kurzen Kommentar von einem weiteren Mediziner, der den Standpunkt vertrat, dass man sich der leistungssteigernden Medikamenteneinnahme nicht verschließen sollte. Der Mensch strebe immer nach mehr und höherem Wissen, und wenn durch Medikamente Leistungen erbracht werden könnten, die ohne Hilfe nicht möglich wären, dann sei dies zu begrüßen und eine Weiterentwicklung im Sinne der Evolution.

Schönlieb legte den Artikel wieder auf seinen Schreibtisch und lehnte sich in seinem Stuhl zurück. Während seines Studiums an der Hochschule der Polizei hatte er während der Lernphasen und vor Klausuren oft auf Energydrinks zurückgegriffen, um länger wach und konzentriert zu bleiben. Er hatte immer sehr gut abgeschnitten und das Studium als Jahrgangsbester abgeschlossen.

Hätte er bei schlechteren Ergebnissen versucht, noch weiter nachzuhelfen?

Im ersten Moment war er sich nicht sicher. Das erschreckte ihn. Er beschloss schließlich, dass er sicherlich nie auf Medikamente zurückgegriffen hätte.

Da klopfte es. Schönlieb drehte sich um und sah seinen Kollegen Erik Samson im Türrahmen stehen. Samson war so breit und kräftig gebaut, dass er fast den ganzen Türrahmen einnahm. Er hatte einen dicken Stiernacken und eine Glatze, die immer – leicht mit einem Schweißfilm bedeckt – glänzte. Man würde Erik Samson eher vor einem Nachtklub erwarten als hier im LKA.

»Kommst du?«, fragte Samson. »Kurzes Treffen bei Holding.«

Schönlieb nickte, stand auf und ging mit Samson den kahlen Flur entlang zu Holdings Büro. Neben dem Riesen Samson fühlte man sich zwangsläufig immer klein und schwach. Als sie in das Büro am Ende des Ganges eintraten, saß Wallner schon auf einem Stuhl am Rande des Zimmers und begrüßte sie mit einem kurzen Kopfnicken. Kriminalhauptkommissar Walter Holding saß auf seinem Schreibtisch. An der Wand lehnte lässig Birte Coskun. Schönliebs einzige Kollegin hatte ein hartes, kantiges Gesicht und, wie Schönlieb fand, wenig Weibliches. Als Schönlieb und Samson eintraten, war das Team komplett.

»Gestern haben wir uns, wie ihr wisst, während der Rufbereitschaft einen neuen Fall eingefangen«, begann Holding etwas genervt. »Als ob wir nicht genug ausgelastet wären. Der Fall bleibt aber bei uns. Ich möchte gerne, dass Wallner und Schönlieb erst einmal die Ermittlungen alleine führen. Wenn ihr Unterstützung braucht, holt euch Samson oder Coskun dazu, je nachdem, wer verfügbar ist. Samson und Coskun sollen erst mal den Fall Lübber zu Ende bringen. Da gibt es noch ein paar Spuren, und es müssen langsam mal ein paar Berichte fertig gemacht werden.« Holding sah vorwurfsvoll zu Birte Coskun. Die verdrehte nur die Augen.

Bei dem Fall Lübber ging es um einen toten Industriellen, den man in einer Mülltonne auf dem Kiez gefunden hatte. Schönlieb hatte ein paar Zeugen befragt, der Fall war aber vor allem Sache von Samson und Coskun. Mittlerweile waren schon drei Festnahmen erfolgt. Es schien alles darauf hinzudeuten, dass es um Erpressung und Sex ging.

»Habt ihr schon etwas zu gestern?« Holding schaute zu Wallner. Wallner war für Holding immer der Ansprechpartner, wenn es um Ermittlungen ging, die Wallner und Schönlieb zusammen ausführten. Das nervte.

Wallner hielt zwei Zettel hoch, die er schon die ganze Zeit auf dem Schoß liegen hatte.

»War ein bisschen Glück. Wir hatten ja ein paar Männer losgeschickt, in die umliegenden Gebäude. Was soll man sagen, ein paar Fähige sind wohl doch bei unserer Truppe.« Er machte eine kurze Pause und sah Schönlieb dabei so an, als ob er Schönlieb nicht zu diesen Fähigen zählte. »Jedenfalls … einer hat da richtig die Augen aufgehalten. Der war in dem Unigebäude der Rechtswissenschaften, und siehe da: Auf einem Aushang auf 'nem Schwarzen Brett, von so einem Studentenverein oder so ein Scheiß, erkennt er doch tatsächlich den Toten. Manchmal hilft uns der da oben wohl doch.«

Wallner schaute demonstrativ an die Decke. *Was für ein Spinner*, dachte Schönlieb.

Wallner reichte Holding und Schönlieb jeweils zwei Kopien des Aushanges. »VHJS« stand darauf in großen Buchstaben, das S war dabei als ein Paragrafenzeichen dargestellt. Darunter fand sich ein Foto von vier grinsenden Studenten in Anzügen. Einer davon war der Tote. Rechts unter dem Bild war in kleinen Buchstaben zu lesen:

> *Der VHJS-Vorstand von links nach rechts: Sebastian Stengelmann (Präsident), Martin Lewander (Schatzmeister), Huynh Nguyen (Vorstand für AA & Marketing), Gaye Yakin (Vorstand für S&C)*

Huynh Nguyen hieß also ihre Leiche. Breit grinste er in die Kamera. Er strahlte etwas Überlegenes aus und hatte eine gewisse Härte in seinem Blick, als ob ihm nichts etwas anhaben konnte. Der Text unter dem Foto war eine Einladung für ein wöchentlich stattfindendes Arbeitstreffen, zu dem alle Interessierten gerne kommen sollten. Es wurde mit kostenlosem Kaffee und Kuchen geworben.

»Hu-iiin N-gijen oder wie spricht man das?«, fragte Holding und blickte auf den Flyer.

»Da fragst du den Falschen«, antwortete Wallner. »Ich kann nicht mal sagen, ob das Japanisch, Chinesisch oder sonst was ist.«

Auch die anderen zuckten mit den Schultern.

»Ich vermute, es ist Vietnamesisch«, sagte Schönlieb. Während der Zeit an der Hochschule der Polizei musste man als Student ein halbes Jahr Praktikum absolvieren. Schönlieb hatte sein Praktikum beim LKA im Fachkommissariat für Menschenhandel und Schleusung gemacht. Bei einer Razzia hatten sie in einer Zweizimmerwohnung an die dreißig eingeschleuste Vietnamesen aufgelesen. Für die Reise nach Europa hatten sie bis zu zehntausend Euro Schlepperkosten aufbringen müssen. Davon bezahlten sie nur einen sehr geringen Anteil in Vietnam, den Rest hatten sie als Schulden am Hals und mussten ihn hier in Deutschland abarbeiten, jahrelang. Die meisten arbeiteten als Verkäufer geschmuggelter Zigaretten. Sie hatten versucht, in etlichen Verhören etwas über die Schleuser herauszubekommen, doch keiner hatte mit ihnen reden wollen. Zu groß war die Angst davor, dass ihre zurückgelassenen Familien in Vietnam die Rache zu spüren bekommen hätten. Das waren die ärmsten Säue gewesen. Schönlieb hatte danach beschlossen, zu versuchen, später in einem anderen Bereich unterzukommen. Den Anblick, als er die Zweizimmerwohnung betreten hatte, würde er nie vergessen. Mehrere der Personen hatten ebenfalls »Nguyen« geheißen, vielleicht war der Name das vietnamesische Pendant zu »Müller« oder so.

»Die Adresse habe ich bereits herausgesucht«, sagte Wallner. »Sie steht auf dem zweiten Zettel.«

Holding blickte auf den Zettel in seinen Händen und nickte. Dann gab er ein paar letzte Anweisungen und mahnte alle, ihre Berichte immer rechtzeitig und vollständig abzugeben, weil er sonst nur wieder Ärger vom Sektionsleiter bekommen würde. Dann entließ er sie alle.

»Wollen wir gleich hin?«, fragte Wallner. Auf eine Antwort wartete er mal wieder nicht, holte seine Jacke und machte sich schon auf den Weg. Schönlieb nickte nur und folgte ihm. Warum fragte er dann überhaupt? Wie er diese Art von Wallner hasste.

»Nicht die schönste Gegend«, sagte Schönlieb, während er sich leicht nach vorne beugte, um durch die Windschutzscheibe hindurch auch die Spitzen der Hochhäuser sehen zu können, die gerade an ihnen vorbeirauschten. Mehrere dieser hohen grauen Kästen reihten sich hier hintereinander auf. Verblichene gelbe Balkone versuchten sich vergeblich als Farbtupfer. An nahezu jedem Balkon war eine große Satellitenschüssel montiert.

»Hier müsste es sein.« Wallner parkte den Wagen.

»Welche Nummer, sagtest du?«

»198 g.« Wallner zeigte auf eines der Häuser. »Müsste dort sein.«

Die beiden gingen auf grauen unebenen Gehwegplatten zu dem Hochhaus. Das Haus hatte zehn Eingänge. Die Nummer 198 g lag weiter hinten. Es war wie in einer Schlucht. Man ging zwischen zwei riesigen Bergen, die dunkle Schatten warfen. In der Schlucht war eine kleine Wiese angelegt, von der nur wenige Büschel durch die Schneedecke ragten. Schönlieb entdeckte ein Schild. Es war mit Schnee bedeckt. Er konnte dennoch die Wörter »spielen« und »verboten« lesen. Man hörte Stimmen aus den verschiedensten Wohnungen, und irgendwo stritt sich ein Paar lautstark.

Schließlich kamen sie zu dem Eingang mit der Nummer 198 g und suchten die vielen Klingeln ab.

»Hier: Nguyen!« Wallner drückte den Knopf.

»Hallo?«, meldete sich nach ein paar Sekunden eine Mädchenstimme durch die Gegensprechanlage.

»Hallo. Wir sind von der Kripo Hamburg. Wir würden gerne mit Familie Nguyen sprechen. Würden Sie uns reinlassen?«

Es kam keine Antwort. Schönlieb und Wallner schauten sich fragend an. Nach einer halben Minute ertönte jedoch der Summer. Die beiden traten in ein schmuckloses, kaltes Treppenhaus. Vor der Klingel hatte »8. OG« gestanden. Sie nahmen den Fahrstuhl.

Der Aufzug war von innen fast vollständig mit Schriftzügen und Zeichnungen vollgeschmiert. Schönlieb und Wallner standen still nebeneinander und starrten ins Nichts, bis Schönlieb einen kleinen Hustenanfall bekam. Wallner drückte sich noch etwas weiter an die Fahrstuhlwand. Als Schönlieb sich beruhigt hatte, blickte er mit noch leicht gerötetem Kopf zu Wallner.

»Machst du es?«

Wallner nickte.

Kapitel 6

Wallner war ein Arschloch. Die beiden kamen nicht gut miteinander aus. Das war kein Geheimnis. Dennoch gab es Momente, in denen Schönlieb froh war, dass er Wallner an seiner Seite hatte.

Jetzt war einer dieser Momente.

Die beiden standen in dem kleinen Wohnzimmer. Auf der einen Seite hing ein großer Flachbildfernseher, der das Zentrum des Zimmers bildete. Den Rest des Zimmers nahm ein Ecksofa ein, dessen Muster und Form schon vor zehn Jahren aus der Mode gekommen waren, sowie ein kleiner Sofatisch, auf dem mehrere Fernsehzeitungen und ein paar Kinderfilme lagen. Auf dem Sofa krümmte sich die Mutter von Huynh Nguyen. Sie vergrub den Kopf unter die Schulter ihres Mannes und weinte. Der Mann saß wie erstarrt auf dem hässlichen Sofa und bewegte sich nicht. Schönlieb stand ungefähr einen Meter hinter Wallner und war froh, dass er es nicht hatte sagen müssen. Aus einem anderen Zimmer hörte man das Geschrei zweier kleiner Mädchen. Es hörte sich nach Lachen an. Sie wussten es noch nicht.

Eine Weile standen sie einfach so da.

Schönlieb hielt es irgendwann nicht mehr aus.

»Darf ich mich in Huynhs Zimmer umsehen?«, fragte er, um die Stille zu durchbrechen. Der Vater nickte nur. Ganz leicht. Kaum wahrnehmbar. »Mein Kollege bleibt noch bei Ihnen.«

Schönlieb warf Wallner einen schnellen Blick zu, dann ging er in die Richtung der Kinderstimmen. Sie kamen aus einem Zimmer, das links vom Wohnzimmer abging, die Tür war nur angelehnt, und durch den Spalt konnte Schönlieb die beiden Mädchen sehen, die bäuchlings auf dem Boden lagen und mit Barbiepuppen spielten. Er öffnete die Tür.

»Hallo ihr beiden, wo ist denn das Zimmer eures Bruders?«

Hätte er schon etwas sagen sollen? Erweckte er jetzt den Eindruck, als ob ihr Bruder noch leben würde? Bald würden sie von seinem Tod erfahren. Das würden sie nie mehr vergessen. Die Mädchen schauten ihn etwas verschüchtert mit großen dunklen Augen an.

»Das hier ist sein Zimmer«, sagte die eine wie selbstverständlich.

Sie zeigte auf ein Bett in der einen Ecke des Zimmers. Das Bett war ordentlich gemacht. Darüber war ein kleines Bord angebracht, auf dem ein paar dicke Bücher standen. Das Strafrecht, ein dicker Kommentar zum BGB und weitere Bücher, die sich rund um Gesetze drehten, wie Schönlieb erkennen konnte. Neben dem Bord hing ein Poster von Ronaldinho. Es stammte aus Zeiten, in denen er noch bei Barcelona spielte. Es passte nicht zum Erscheinungsbild der kleinen Ecke, die anscheinend Huynhs Bereich gewesen war. Überhaupt passte hier einiges nicht. Schönlieb dachte wieder daran, wie sie Huynh Nguyen gefunden hatten, in seinen feinen Klamotten, die teure Uhr um das Handgelenk, und auch, wie er auf dem Foto vom Schwarzen Brett gewirkt hatte. Alle diese Eindrücke, die Schönlieb bisher von Huynh bekommen hatte, passten nicht zu dieser kleinen Ecke in diesem Zimmer.

Schönlieb schaute sich weiter um. In der anderen Ecke diagonal gegenüber von Huynhs Bett stand ein Doppelhochbett, auf dem ordentlich zwei rosa Bettdecken lagen. Rund um das Doppelhochbett lag allerhand Spielzeug, das meiste war etwas von Barbie. An der Längsseite des kleinen Raumes stand ein kleiner Schreibtisch, auf dem gerade eben ein alter Röhrenmonitor und eine Tastatur Platz fanden. Unter dem Schreibtisch befanden sich ein Rollcontainer mit Schubladen und ein großer Computer.

»Ist das der Schreibtisch von eurem Bruder?«, fragte Schönlieb die beiden Mädchen. Sie nickten.

Schönlieb ging zu dem Schreibtisch und stellte den Computer an. Es ratterte ziemlich laut. Die beiden Mädchen hatten aufgehört zu spielen und beobachteten Schönlieb sehr genau.

»Wir dürfen nicht an den Computer«, sagte eines der Mädchen. »Huynh ist sehr sauer, wenn wir da rangehen.«

»Wir sollen die Finger von seinen Sachen lassen«, sagte das andere.

»Das geht schon in Ordnung«, beteuerte Schönlieb und blickte Huynhs Computer an. Etwas stimmte nicht.

Schönlieb setzte sich auf den kleinen Schreibtischstuhl. Er war nicht sehr stabil und wackelte ein wenig. Der Bildschirm ging an, es dauerte eine Weile, dann erschien eine Passwortabfrage. *Na klasse*, dachte Schönlieb und stand wieder auf. Den Computer würden sie mitnehmen müssen. Schönlieb bemerkte, dass die beiden kleinen Mädchen aus dem Zimmer verschwunden waren. Der fremde Mann war ihnen wohl zu unheimlich geworden. Schönlieb öffnete die oberste Schublade des Rollcontainers. Und staunte nicht schlecht. *Sieh mal einer an!* Diese Momente mochte er besonders gern, in denen man plötzlich etwas entdeckte, von dem man wusste, dass es den Fall vorantreiben würde. Wenn man eintauchte in das Leben eines anderen Menschen und langsam mehr und mehr zum Vorschein kam. Ein Geheimnis, das man zu lüften begann.

Schönlieb blickte auf mehrere fein säuberlich aneinandergereihte hellblaue Pappschachteln: Ritalin. Er zählte schnell durch. Siebzehn Schachteln. Neben ihnen lagen einige kleine Plastikbeutel. Die meisten waren mit zwei, drei Pillen in verschiedensten Farben gefüllt. Ein Beutelchen, auf dem ein grünes Hanfblatt gedruckt war, enthielt etwas Gras und sah für Schönlieb eher nach Eigenbedarf aus. Beim Rest war er sich allerdings sicher, dass Huynh hier nicht nur seinen eigenen Konsum an Drogen abdeckte. Sie hatten eine erste Spur, die Sache begann spannend zu werden. Der Tote hatte mit Medikamenten und Drogen gedealt.

Schnell riss Schönlieb auch die anderen Schubladen auf, deren Inhalt jedoch bei Weitem nicht an die erste Schublade heranreichte. Blöcke, Stifte, Zettel … Studienmaterialien. Schönlieb setzte sich auf Huynhs Bett, drehte eine der hellblauen Schachteln immer wieder in der Hand und fragte sich, ob er die Eltern auf die Medikamente und Drogen ansprechen konnte. Vielleicht war es dafür zu früh, aber was hieß schon zu früh? Er war sich gerade bei diesen zwischenmenschlichen Taktfragen nie ganz sicher. Logische Kausalketten machten ihm keine Probleme, menschliche Gefühle und Befindlichkeiten hingegen schon. Er hielt inne. Wäre es taktlos? Ach was, sie hatten einen Mord aufzuklären. Er beschloss, zurück ins Wohnzimmer zu gehen.

Kurz bevor er das Zimmer verließ, stoppte er kurz. Er ging zurück zu Huynhs Bett und schaute unter die Matratze. Die Erfahrung hatte ihn gelehrt, dass dies ein sehr beliebtes Versteck für allerhand Dinge war. Von Drogen, Waffen bis zu Pornoheften. Er wunderte sich jedes Mal aufs Neue, dass es immer noch Menschen gab, die ihre geheimen Dinge dort versteckten. Diesmal fand er nichts. Als er jedoch die Matratze hochriss und das Kopfkissen herunterrollte, kam unter dem Kissen ein Foto zum Vorschein. Es zeigte das Gesicht von Huynh, dicht gepresst an die Wange eines hübschen Mädchens. Beide lachten in die Kamera. Schönlieb nahm das Foto an sich und ging ins Wohnzimmer.

Wallner saß inzwischen neben den beiden Eltern. Die Mutter hatte sich aufgerichtet und hielt ihre beiden Töchter fest im Arm, die noch immer nicht so genau zu wissen schienen, was passiert war, sich jedoch auch nicht aus dem verzweifelten Griff der Mutter befreien konnten. Huynhs Vater saß noch genauso da, wie Schönlieb ihn zuletzt gesehen hatte. Schönlieb zögerte kurz, beschloss dann aber, Klartext zu reden. Er hielt die Schachtel Ritalin in die Höhe.

»Haben Sie das schon einmal gesehen?«

Wallner, Mutter und Vater schauten zu Schönlieb. Mutter und Vater schüttelten den Kopf, Wallner zeigte keine Reaktion. Schönlieb ging etwas näher zu dem Vater und hielt ihm die Medikamentenverpackung unter die Augen.

»Haben Sie schon einmal etwas von ADHS gehört? Hat Ihr Sohn so eine Diagnose gehabt? Hat er dieses Medikament vom Arzt verschrieben bekommen?« Der Vater schüttelte immer wieder den Kopf und sah dabei, nach Schönliebs Meinung, auch glaubhaft unwissend aus.

»Nie gesehen«, beteuerte der Vater. »Huynh war gesund.«

Schönlieb steckte die Packung zurück in die Tasche.

»Okay, er hatte also keine Krankheiten. Hatte Huynh jemals etwas mit Drogen zu tun?«, fragte Schönlieb weiter. Wallner zog eine Augenbraue nach oben und seufzte.

»Nein.« Der Vater schaute noch erstaunter als zuvor und schüttelte heftig den Kopf. »Huynh war ein guter Junge!«

»Ði ăn cứt, lỗ ðít!«, schrie Huynhs Mutter auf einmal auf, und es folgte eine ganze Salve vietnamesischer Wörter, die Schönlieb nicht verstand, was er nicht bedauerte. Die Frau schaute ihn böse an, immer noch die beiden Töchter fest im Arm. Er war wohl einen Schritt zu weit gegangen.

»Sie beschmutzen meinen Jungen!«, rief sie auf Deutsch und zeigte zur Haustür. »Gehen Sie, gehen Sie!«

»Es tut mir leid, Frau Nguyen«, sagte Schönlieb mit ruhiger Stimme und hob beschwichtigend die Arme. »Aber solche Fragen müssen wir stellen. Schließlich wollen wir den Mörder Ihres Sohnes finden.«

Er versuchte eine Miene aufzusetzen, von der er selbst glaubte, dass sie zur Beruhigung beitragen könnte, sah allerdings ziemlich albern aus. In dem Moment bekam Wallner einen Hustenanfall. *Vielleicht gewollt*, dachte Schönlieb.

»Ich gehe schon mal raus«, hustete Wallner und verließ schnell das Wohnzimmer Richtung Haustür. Schönlieb machte sich ebenfalls bereit zum Gehen.

»Eine Frage habe ich noch«, sagte er und drehte sich noch einmal um. »Wissen Sie, wer das Mädchen ist?« Er zeigte Herrn und Frau Nguyen das Bild, das er unter dem Kopfkissen gefunden hatte.

Die beiden beugten sich interessiert nach vorne. Zum ersten Mal ließ die Mutter auch ihre Töchter los. Die beiden nutzten die Freiheit, schmissen sich auf das Sofa und fingen laut an zu heulen. Das war alles ein bisschen viel.

»Nein, kenne nicht!«, antwortete Frau Nguyen nur kurz und wandte sich dann wieder ihren Töchtern zu. Die beiden Kinder, die ihr geblieben waren. Auch der Vater von Huynh kannte das Mädchen auf dem Foto nicht.

Schönlieb verabschiedete sich und hinterließ eine gebrochene Familie.

»Gib ein paar Leuten Bescheid«, sagte Schönlieb zu Wallner, als sie wieder im Auto saßen. »Die sollen den Computer und die Medikamente aus dem Zimmer abholen.«

»Warum hast du das nicht gleich gemacht?«, fragte Wallner im genervten Tonfall.

»Ich hatte nicht damit gerechnet, gleich wieder rausgeschmissen zu werden«, sagte Schönlieb und starrte auf den Hochhausblock.

»Du kannst ja gerne noch mal rein und die Sachen holen.« Auffordernd sah er Wallner an. Der antwortete nicht und startete das Auto.

Kapitel 7

Holding hatte sie nach Hause geschickt. Ein paar Stunden Schlaf mussten sie sich gönnen. Morgen früh um 7:30 Uhr sollten Wallner und Schönlieb dann wieder bei ihm im Büro sein. Lange würde er also nicht schlafen können, es ging jetzt darum, den Schlafmangel der vergangenen Nacht möglichst gut zu kompensieren.

Als er die Tür zum Treppenhaus aufgeschlossen hatte, strömte Schönlieb jedoch nicht nur warme Luft entgegen, sondern sofort auch ziemlicher Krach. Irgendjemand sang lauthals und völlig schräg einen Song, von dem Schönlieb meinte, ihn schon einmal in einem Disney-Film gehört zu haben. Er seufzte, da er sofort wusste, was das bedeutete, und seine Laune verschlechterte sich schlagartig. Singstar-Party bei Mitch.

Schönlieb verabscheute dieses Karaokespiel für die Playstation. Vorgeblich ging es dabei darum, ein Lied textsicher nachzusingen und die Töne richtig sowie zum richtigen Zeitpunkt zu treffen. Tatsächlich war das Spiel aber nur ein Alibi dafür, laut herumzuschreien und seine Nachbarn in den Wahnsinn zu treiben. Mitch, der eigentlich Mitchell Adams hieß, wohnte direkt neben Schönlieb, und seine Singstar-Partys hatten ihn schon die eine oder andere Nacht um den Schlaf gebracht. Mitch war der Sohn eines ehemals in Deutschland stationierten US-Soldaten, was seinen amerikanischen Namen erklärte. Mittlerweile waren sein Vater und seine Mutter in die USA zurückgekehrt, Mitch war geblieben. Kennengelernt hatten sie sich, als sich Schönliebs Frust über die lauten Singstar-Partys so weit aufgestaut hatte, dass er sich überwand, bei seinem Nachbarn zu klingeln, wenn der ihn wieder einmal mit einem selbst gesungenen U2-Song oder Rihanna-Hit quälte. Bisher hatte Mitch jedes Mal Besserung gelobt und ihn freundlich dazu eingeladen, einfach mitzufeiern, doch Schönlieb hatte immer wieder dankend abgelehnt und war zurück in seine Wohnung gegangen. Manchmal wurde die Singerei daraufhin tatsächlich für den Rest der Nacht leiser, manchmal nur für fünf Minuten. Schönlieb besaß inzwischen einen ordentlichen Vorrat an Ohropax. Im Gegenzug hatte Mitch immer wieder vor Schönliebs Haustür gestanden und gefragt, ob er nicht etwas Milch, Bier oder Klopapier *ausleihen* könne.

Schönlieb und Mitch waren in den letzten Jahren, in denen sie nebeneinanderwohnten und sich gegenseitig an der Haustür besuchten, so etwas wie befreundete Nachbarn geworden, was wohl auch daran lag, dass Schönlieb jemand war, der weder besondere Energie in das Knüpfen noch in das Abwehren von Freundschaften steckte. Mit der sicheren Gewissheit, heute entweder bei Mitch klingeln zu müssen und als Spielverderber dazustehen oder bis spätnachts kein Auge zuzumachen und seinen dringend benötigten Schlaf nie aufzuholen, ging Schönlieb mies gelaunt die drei Stockwerke hoch.

Als er seine Wohnungstür aufschließen wollte – er hatte den Schlüssel schon herausgeholt und visierte gerade das Schlüsselloch an –, öffnete sich die Nachbarstür. Das leicht gerötete Gesicht von Mitch erschien.

»Digger!«, begrüßte er ihn mit einem breiten Grinsen. Mit »Digger« sprach Mitch jeden an, egal welchen Geschlechts, welchen Alters oder wie gut oder schlecht er jemanden kannte.

»Moin«, antwortete Schönlieb so knapp wie möglich.

»Ich wusste doch, ich hab etwas gehört«, fuhr Mitch fort. Wie zum Teufel konnte er bei dem Krach in seiner Wohnung etwas im Treppenhaus hören? »Hast du Bock rüberzukommen, alter Scheißbulle?« Er zwinkerte Schönlieb zu. »Es sind ein paar heiße Frauen am Start.«

»Ich bin müde. Sehr langer Tag«, antwortete Schönlieb. »Kannst du leiser machen?«

»Komm schon, Digger!«, drängelte Mitch und öffnete die Tür jetzt ganz. »Beehre mein Haus, werter Nachbar. Nur ein einziges Mal.«

Aus der Tiefe der Wohnung drang Gelächter, und ein neues Lied begann. *Quit Playing Games with my Heart* von den Backstreet Boys in einer Neuinterpretation von mehreren krächzenden Männerstimmen.

»Ne, lass mal, heute nicht«, sagte Schönlieb und gähnte demonstrativ.

»Ach so, *heute* nicht«, antwortete Mitch nur und schaute ihn schief grinsend an. »Eines Tages krieg ich dich.«

»Klar«, antwortete Schönlieb. »Nacht.«

»Nacht.«

Sie nickten sich noch einmal zu, dann verschwand Mitch wieder in seiner Wohnung, und die Tür schloss sich. Kurz darauf hörte Schönlieb, wie Mitch bei den Backstreet Boys mit einstimmte.

Schönlieb trat in seine Wohnung, zog die Schuhe aus, streifte den Mantel ab und ließ ihn einfach auf den Boden im Flur gleiten. Er ging in die Küche, nahm zwei Toastbrotscheiben aus einer Packung und schob sie in seinen St.-Pauli-Toaster, der nach ein paar Minuten auf jeder Scheibe einen eingebrannten Totenkopf hinterließ. Während Schönlieb das Toast mit Honig beschmierte, dachte er an die vielen ihm fremden Menschen, von denen er nur durch die Wand, an die er lehnte, getrennt war.

Manchmal wünschte er sich, er wäre jemand, der einfach hinübergehen und mitfeiern würde. Doch der Impuls, es tatsächlich zu tun, der fehlte ihm. Fremde Menschen bereiteten ihm Unbehagen, ja manchmal sogar Angst. Er konnte nicht genau sagen, woran das lag, vielleicht war es der Kontrollverlust, nicht zu wissen, worauf man sich einließ und wen man vor sich haben würde, der diese Gefühle in ihm hervorrief. Eine Mauer baute sich dann vor ihm auf. Manchmal schaffte er es, sie zu überwinden. Selten.

Er nahm das Toast in die Hand und biss ab.

In der Nachbarwohnung sangen sie jetzt ein Lied von DJ Ötzi, und so wie es dazu polterte, sprangen sie dabei wild durch die Wohnung. Da war sicherlich eine Menge Alkohol im Spiel. Vielleicht auch andere Drogen. Mitch machte, auch gegenüber

Schönlieb, kein Geheimnis daraus, dass er ab und zu Drogen konsumierte, und hatte Schönlieb schon mehrmals auf einen Joint eingeladen und ihn einmal sogar gefragt, ob er nicht *eine Nase* mit ihm durchziehen wolle.

Schönlieb hatte ihn nur davor gewarnt, dass er ihn gleich verhaften würde, wenn er ihn nicht sofort in Ruhe ließ, und abgelehnt.

Drogen. Schönlieb musste an die Ritalinpackungen in Huynhs Zimmer denken. Er konnte sich schwer vorstellen, dass Huynh, wenn er mit den Pillen gehandelt hat, das Ganze alleine tat. Es gab immer mehrere Personen, die in so etwas verwickelt waren. Irgendwo musste Huynh die Tabletten besorgen und diese dann in der Uni unauffällig verkaufen. So etwas schaffte man kaum alleine.

Doch wenn sie einfach so, als Polizisten, in die Uni gingen und die Studenten befragten, würden sie keine Antworten bekommen, da war er sich sicher.

Wer würde schon freiwillig zugeben, irgendwelche Pillen zur Leistungssteigerung geschluckt zu haben, oder gar verraten, von wem er diese Pillen bekam?

Wie sollten sie so herausfinden, wer Huynh beim Verkauf unterstützte?

Das DJ-Ötzi-Lied klang langsam aus. Mehrere schrille Frauenstimmen forderten jetzt lauthals einen erneuten Auftritt der Backstreet Boys, immer wieder riefen sie laut »Backstreet Boys, Backstreet Boys«. Hätte es Schönlieb nicht besser gewusst, hätte man vermuten können, dass nebenan tatsächlich ein Konzert der Boyband stattfand. Wie sollte er so jemals schlafen, um morgen fit zu sein, wenn sie sich im Büro trafen? Er musste an Wallner denken, der alte Griesgram lag bestimmt schon in seinem Bett und schlief in aller Ruhe, der hatte bestimmt nicht so einen wild gewordenen Nachbarn. Schönlieb stellte sich vor, wie Wallner wohl auf eine Singstar-Party von Mitch reagieren würde, und musste bei dem Gedanken schmunzeln, wie Mitch versuchte, Wallner zum Singen eines der Lieder der Backstreet Boys zu animieren. Wahrscheinlich kannte Wallner die Backstreet

Boys nicht mal, der war ja eine ganz andere Generation. Nicht umsonst spielte er immer wieder auf Schönliebs Alter an. Wie am Tatort, als er zu ihm gesagt hatte: »*Der ist sogar noch jünger als du.*« Was daran wohl schlimm sein sollte, dass Schönlieb nicht älter als der Student war?

Plötzlich kam Schönlieb eine Idee.

Wallner hatte recht. Schönlieb sah jung aus, und man würde ihm ohne Weiteres abnehmen, dass er ein Student war. Vielleicht war das die Möglichkeit, an Informationen zu kommen. Er konnte sich als Student ausgeben und sich so unauffällig umhören, ob irgendjemand an der Uni Ritalin verkaufte.

Schönlieb wurde warm. Ob er Holding überzeugen konnte, diesen Versuch zu wagen? Gleich morgen würde er es mit ihnen besprechen.

Kapitel 8

Schönlieb schnäuzte kräftig in ein Taschentuch und warf es in den Mülleimer. Danach nahm er gleich noch eines aus der Packung und wiederholte das Ganze. Es hatte ihn ziemlich erwischt, und dass er letzte Nacht gerade einmal zwei Stunden richtig geschlafen hatte, verbesserte seinen Gesamtzustand nicht gerade.

In Gedanken verfluchte er noch immer Mitch, dessen Party bis zum frühen Morgen gegangen war. Die Gesangsproben von ihm und seinen Gästen hatten Schönlieb nur sehr schwer einschlafen lassen. Andererseits konnte Mitch nicht wissen, dass Schönlieb heute, an einem Sonntag, arbeiten musste. Er hätte ihn wohl deutlicher darauf hinweisen sollen, dass er seit Freitag einen neuen Fall hatte. Einen Mord. Und wenn an einem Freitag ein Mord passierte, dann hieß das, am Sonntag zu arbeiten und in Wallners unzufriedenes Gesicht zu blicken.

Schönlieb machte es nichts aus, an einem Sonntag zu arbeiten. Wenn nicht gerade der FC St. Pauli spielte, wusste er mit seiner Freizeit ohnehin oft nicht allzu viel anzufangen. Es kam des Öfteren vor, dass er seine Wohnung an Sonntagen nicht verließ, nicht bewusst, sondern weil es keinen Anlass dafür gab. Dann las er den ganzen Tag in einem Buch oder schaute fern. Er zappte sich durch die Programme, bis er eine Sendung gefunden hatte, die sich um Fußball drehte. »Doppelpass« auf Sport1, die schönsten Spiele der Weltmeisterschaft 1994, Junioren-Europameisterschaft oder Freundschaftsspiele von irgendwelchen Traditionsmannschaften. Er hatte schon alles gesehen. Wenn mal kein Fußball lief, ließ er sich gerne von dem anspruchslosen Mittagsprogramm der privaten Sender, bei dem man beruhigt seine Aufmerksamkeit auf ein Minimum reduzieren konnte, in seinen sonntäglichen Mittagsschlaf leiten. Es war schon vorgekommen, dass er an einem Sonntag erst am schwindenden Tageslicht und der Titelmelodie der »Simpsons« merkte, dass der Tag bereits vorbei war. Oft fiel ihm dann auf, dass er den ganzen Tag über nichts gegessen hatte. Sonntage waren für Schönlieb separate Zeitzonen in einer eigenen Welt. Angenehm, aber auch etwas unheimlich.

Für Wallner hingegen schien der Sonntag ein Tag zu sein, an dem man auf keinen Fall arbeiten sollte. Das zumindest war momentan in seinem Gesicht zu lesen. Andererseits guckte er ja immer so mürrisch. So auch an diesem Sonntag, als sie zusammen mit Holding in dessen Büro saßen und das weitere Vorgehen besprachen.

»Das ist nicht dein Ernst, oder?«, schnauzte Wallner Schönlieb an. »Wie bekloppt bist du eigentlich?« Schönlieb ignorierte ihn.

Holding sah etwas müde aus und blickte nachdenklich auf einen Zettel, der auf seinem Schreibtisch lag. *Vielleicht*, dachte Schönlieb, *ist es eine alte Einkaufsliste, die ihm seine Frau irgendwann einmal mitgegeben hatte*. Mit dem Fall schien der Zettel jedenfalls nichts zu tun zu haben, denn Holding schwieg und schien abwesend.

»Hältst du dich für einen Fernsehcop im Undercover-Einsatz?«, schimpfte Wallner. »Hast wohl ein bisschen zu viele amerikanische Serien geguckt. Das ist doch … abenteuerlich … absurd und vor allem absolut uneffektiv.«

Ganz unrecht hatte er nicht. Wallner war also schon mal gegen seine Idee. Das hatte er eben unmissverständlich kundgetan, aber der hatte nichts zu sagen. Holding hatte das letzte Wort. Er war der Chef.

Holding blickte auf. Wallner und Schönlieb sahen ihn gespannt an.

»Okay. Schönlieb, ich gebe dir ein paar Tage. Mit dem Begriff des Polizisten im Undercover-Einsatz tue ich mich allerdings auch schwer. Ich sehe das Ganze mehr so, dass du dich ein bisschen an der Uni umhörst und dabei zufällig vergisst zu erwähnen, dass du von der Polizei bist. Verstehst du, was ich meine? Sobald du eine echte Spur hast, gibst du dich zu erkennen. Ja?« Holding schaute Schönlieb eindringlich an.

Schönlieb nickte. Nichts Offizielles. Holding wollte nicht den Kopf dafür hinhalten. Das hatte er verstanden.

»Harald, du ermittelst ganz normal weiter«, wandte sich Holding an Wallner. »So nähern wir uns dem Fall von zwei Seiten. Der Ritalinhandel ist im Moment die einzige Spur, die wir haben. Wir sollten unsere Priorität darauf setzen und alles versuchen, in diese Richtung weitere Aufklärungsarbeit zu leisten.«

Wallner schnaubte. Dann stand er auf und stampfte aus dem Zimmer. Hinter sich knallte er die Tür zu. Man hörte ihn noch ein wenig auf dem Gang meckern. Schönlieb verstand nur das Wort »Kindergarten«. Holding schüttelte den Kopf. Schönlieb fragte sich, ob Holding langsam begriff, dass die Idee, ihn und Wallner zusammenarbeiten zu lassen, nicht die beste gewesen ist.

»Wenn du nichts herausbekommst, wird Wallner uns das ewig vorwerfen«, sagte Holding und zeigte den Ansatz eines Grinsens.

»Schon klar.« *Vielleicht machte es Holding sogar Spaß, Wallner zu ärgern*, dachte Schönlieb.

»Andererseits wird er es uns auch so ewig vorwerfen«, fuhr Holding fort und grinste jetzt unverkennbar. Schönlieb hatte das erste Mal das Gefühl, in Holding vielleicht so eine Art Verbündeten im LKA zu haben. Es erleichterte ihn.

»Ich weiß«, sagte Schönlieb und stand auf. »Dann bin ich ab morgen also Student der Rechtswissenschaften.«

An eine Zusammenarbeit mit Wallner war den Rest des Tages nicht zu denken. Als Schönlieb sich bei der Kriminaltechnik erkundigte, wie die Untersuchungen an der Kleidung des Toten vorangingen, bekam er nur die schroffe Antwort, dass sich doch gerade vor zehn Minuten der andere – unfreundliche – Kollege danach erkundigt hatte und dass sie verdammt noch mal etwas Zeit brauchten. Es sei schließlich nicht der einzige Fall, den sie hier hätten, und sie seien außerdem gerade ziemlich unterbesetzt.

Als Schönlieb anschließend mit Wallner den Fall noch einmal durchsprechen wollte, um das weitere Vorgehen halbwegs zu koordinieren, war dieser verschwunden, und er tauchte auch nicht mehr auf. Schönlieb blieb alleine in ihrem gemeinsamen Büro, las sich noch einmal die bisherigen Unterlagen durch und klickte sich durch die Internetseite der Uni Hamburg und der Fakultät für Rechtswissenschaften. Er hatte nicht die geringste Ahnung, wo genau er mit seinen verdeckten Ermittlungen anfangen sollte. Schönlieb merkte, wie ihm warm wurde und er anfing zu schwitzen. Er war sich nicht sicher, ob das die Angst vor dem Versagen oder die Erkältung war, die er sich eingefangen hatte und die sich jetzt in Form einer Fieberattacke meldete. Da entdeckte er auf der Webseite der juristischen Fakultät einen Link zum VHJS, dem Verein Hamburger Jurastudenten. Er erinnerte sich an den Flyer, mit dessen Hilfe sie Huynh identifiziert hatten, und klickte auf den Link. Auf seiner Webseite warb der VHJS ebenfalls für sein wöchentlich stattfindendes Treffen. Vielleicht war das der richtige Ansatz, um mehr über Huynh herauszubekommen. Als er las, dass sich der VHJS jeden Montag im Rechtsgebäude der Hamburger Uni traf, konnte er sein Glück kaum fassen. Jetzt wusste er, wo er morgen seine Ermittlungen beginnen würde. Schnell klickte er sich weiter durch die Seite und schaute sich die Gesichter der Vorstandsmitglieder an. Er versuchte sich Namen und Gesichter möglichst gut einzuprägen. Während er das Gruppenbild betrachtete, auf dem die vier Vorstandsmitglieder in die Kamera lächelten, fragte er sich, ob die vier wohl befreundet waren und ob sie bereits wussten, dass Huynh tot ist. In der Zeitung hatte es zwar einen Artikel gegeben, doch darin war nur von »einem toten Studenten« die Rede gewesen. »Die Polizei konnte bisher weder die Identität des Toten noch die genauen Umstände des Todes klären.« Das war zu dem Zeitpunkt nicht gelogen gewesen. Mittlerweile wussten sie immerhin, wer der Tote war. Huynh Nguyen, der Schönlieb vom Bildschirm aus entgegenlächelte. Das Internet vergisst niemanden. Hier lächelte er noch in die Kamera. Hier war er noch nicht tot. Hier bekam er noch immer E-Mails, und Leute konnten ihm auf Facebook weiterhin Freundesanfragen stellen. Ob sich seine Freunde vom VHJS schon wunderten, dass sich sein

Status seit Freitag nicht verändert hatte? Schönlieb hielt inne. Warum war er da nicht viel früher draufgekommen? Schnell tippte er in die Browserleiste »Facebook.de« ein und loggte sich ein. Wieso hatte er nicht gleich an Facebook gedacht? Das Gute heutzutage war ja, dass viele Leute freiwillig eine ganze Menge von sich preisgaben. Es gab keinen einfacheren Weg herauszufinden, mit wem Huynh in der Uni regelmäßig Kontakt hatte. So konnte er sich vorher ein Bild machen, an wen er sich in der Uni halten musste. Schönlieb wollte gerade in das Suchfeld »Huynh Nguyen« eintippen, als ihm eine kleine rote Benachrichtigung in der oberen Menüleiste auffiel. Er klickte drauf. »Christian Spitz will mit dir befreundet sein.« Jetzt auf einmal. Schönlieb schnaubte verächtlich und tippte in das Facebook-Suchfeld »Huynh Nguyen« ein.

Es gab mehr als ein Mitglied bei Facebook, das so hieß, doch anhand der kleinen Bilder neben den Namen hatte er schnell den richtigen Huynh gefunden. Er klickte auf den Namen, und die Profilseite von Huynh, dem Toten, erschien. Ein großes Bild, das sich fast über den ganzen Bildschirm erstreckte, zeigte Huynh zusammen mit einer jungen Frau – die gleiche junge Frau, die auch auf dem Bild zu sehen war, das er unter Huynhs Kopfkissen gefunden hatte, vermutlich seine Freundin. Beide lächelten in die Kamera, hinter ihnen waren die Elbe und der Hamburger Hafen zu erkennen. Es musste gegenüber von den Landungsbrücken auf der anderen Seite der Elbe aufgenommen worden sein. Schönliebs Blick wanderte zum Rand des großen Bildes. Dort befand sich das Profilbild von Huynh, in einem weißen Hemd schaute er ernst in die Kamera. Schönlieb klickte weiter. Huynh hatte sein Profil leider so eingestellt, dass Schönlieb nicht alles ansehen konnte – zum Beispiel keine Fotos, dafür konnte er sehen, mit wem Huynh befreundet war, und auch auf der Pinnwand fanden sich erfreulich viele Nachrichten. Damit konnte Schönlieb arbeiten. Nach und nach las er die Einträge, klickte sich durch die Seiten von Huynhs Freunden, schaute sich deren Fotos an, verglich Freunde, schlussfolgerte erste Beziehungen und Bekanntschaften, schaute nach, wer noch »studiert

Rechtswissenschaften in der Uni Hamburg« angegeben hatte, und tauchte so immer tiefer in das Leben von Huynh ein. Es war erstaunlich, was er auf diese Art und Weise alles herausfand: Nach nicht einmal fünf Minuten wusste Schönlieb bereits, dass die junge Frau von dem Foto und Huynhs Profilseite tatsächlich seine Freundin war und Marie von Hohenzollern hieß. Sie studierte zwei Semester unter Huynh ebenfalls Jura. Nach fünfundvierzig Minuten hatte Schönlieb den Freundeskreis von Huynh so weit eingegrenzt, dass er eine ungefähre Vorstellung davon hatte, mit wem er sich regelmäßig traf und feierte. Da waren Johann Sattler, Alexander Röhnsdorf, Mark Lieberheim und Dennis Plaschke, allesamt Studenten der Rechtswissenschaften und, wie es schien, aus gutem Hause. Immer wieder war Huynh mit ihnen auf Fotos zu sehen. Auf den meisten Fotos grölten sie ins Bild und hielten Bierflaschen oder Longdrinks in den Händen. Auf ein paar Bildern trugen sie Deutschlandhüte, vermutlich auf dem Fanfest zur letzten Europameisterschaft. Weitere Bilder zeigte die Gruppe beim Grillen im Stadtpark und auf einem Segeltörn. Schönlieb versuchte sich die Gesichter einzuprägen. Vielleicht bekam er bei diesen Jungs mehr über Huynh heraus. Anschließend notierte er sich ihre Namen. Wenn es ihm nicht als verdeckter Polizist gelang, etwas herauszubekommen, würden sie die vier später befragen, ganz offiziell. Er war zufrieden mit seiner Ausbeute.

Schönlieb ging zurück auf sein eigenes Profil und verzog leicht das Gesicht. Christian Spitz, dieser Penner, wollte noch immer mit ihm befreundet sein. Unfreiwillig kamen Schönlieb sofort Erinnerungen an seine Schulzeit in den Kopf. Ziemlich unschöne Erinnerungen. Nachdem seine Eltern sich getrennt hatten, hatte er sich immer weiter zurückgezogen. In dieser Zeit wollte er mit niemandem sprechen und für sich alleine sein. Gut, er hatte auch keine andere Wahl gehabt. Sogar jetzt, im Nachhinein betrachtet, hatte er nicht das Gefühl, dass ihm damals jemand zur Seite gestanden hatte. Er war ein Junge von gerade acht Jahren gewesen, und weder Schulfreunde noch irgendwelche Erwachsene hatten nach der Trennung seiner Eltern etwas mit ihm anfangen können. Als Allerletztes sein Vater. Schönlieb konnte bis heute nicht verstehen, wie sein Vater hatte einfach mit dem Alltag weitermachen können. Als wenn nichts gewesen wäre. All die Routinen hatten sie beibehalten, als wenn seine Mutter noch da gewesen wäre, aber das war sie nicht, und sein Vater hatte sie nicht ersetzen können. Sie war weg gewesen. Von einem Tag auf den anderen nicht mehr da. Die anderen Kinder in der Schule hatten für so existenzielle Probleme kein Verständnis gehabt. Selbst seine Freunde. Wie sollten sie auch? Sie hatten zum Großteil ja nicht einmal davon gewusst. Stattdessen war seine zunehmende geistige Abwesenheit und Zurückgezogenheit als »anders« wahrgenommen worden. Zu anders. Doch nicht nur er hatte sich zurückgezogen, auch alle anderen waren auf Abstand gegangen. Da seine Leistungen dennoch nie darunter gelitten hatten und er trotz seiner Probleme sehr gute Noten hatte, war er bald zum »komischen Streber« degradiert geworden. Er hatte sich schnell damit abgefunden, nicht jedoch seine Mitschüler. Allen voran Christian Spitz hatte ihn immer wieder beschimpft und die anderen Schüler dazu angestachelt, auf ihm herumzuhacken. Mit Erfolg. Christian Spitz, der Penner, der jetzt mit ihm bei Facebook befreundet sein wollte. Nach Jahren, in denen sie sich weder gesehen noch gesprochen hatten. Wie kam er nur darauf, dass Schönlieb annehmen würde?

»Freundschaftsanfrage ablehnen!«, sagte er ruhig. »Und fuck off.«

Schönlieb stand auf und war froh, nicht mehr von dieser Wut und Ohnmacht heimgesucht zu werden, die als Kind in pulsierenden Schüben seinen Körper durchfahren hatten und ihn schwer atmen ließen. Eine etwas bittere Leere hatte dem Platz gemacht. Als er den Computer herunterfuhr, war es draußen bereits dunkel geworden.

Er ging in die Küche. Jetzt brauchte er einen Kaffee. Aus dem Küchenschrank nahm er seine Tasse, er stellte die Kaffeemaschine an und lauschte dem plätschernden Kaffeewasser. Er mochte das Geräusch. Vielleicht sollte er sich für zu Hause einen von diesen Zimmerbrunnen kaufen, die plätscherten auch immer so nett. Schnell verwarf er den Gedanken jedoch wieder, stattdessen beschloss er, nach Hause zu fahren und sich endlich mehr als zwei Stunden Schlaf zu gönnen.

Kapitel 9

Wo verdammt noch mal war Wallner?

Nachdem Schönlieb tatsächlich acht Stunden hatte schlafen können, ging es ihm etwas besser. Er fühlte sich, bis auf die Erkältung, ausgeschlafen und frisch und war guter Dinge gewesen.

Er war extra am Morgen in das LKA gefahren, damit er mit Wallner sprechen konnte, bevor er nachmittags zur Uni fuhr. Doch jetzt war von Wallner weit und breit nichts zu sehen. Wie sollte er mit so einem Partner vernünftig zusammenarbeiten? Samson und Coskun hatten nur mit den Schultern gezuckt, als er sie nach Wallner fragte. Und Holding, der als Chef doch eigentlich wissen sollte, was seine Untergebenen trieben, wusste auch nichts. Schönlieb fragte sich plötzlich, ob er nicht einfach mal zwei Wochen zu Hause bleiben sollte. Anscheinend schien das hier niemanden zu interessieren, wenn man einfach nicht auftauchte. Stattdessen schleppte er sich sogar mit einer Erkältung hierher. Auch an sein Handy ging Wallner nicht. Schönlieb hatte es allerdings schon oft erlebt, dass Wallner das Handy unabsichtlich auf lautlos gestellt hatte und es dann einfach nicht mehr mitbekam, wenn man ihn anrief. Aber wahrscheinlich war Wallner, der alte Griesgram, noch beleidigt wegen gestern. Dass Schönlieb Holding tatsächlich hatte überzeugen können, ihm freie Hand zu geben, und sich inoffiziell an der Uni umhören durfte, das war für Wallner wahrscheinlich eine Art Majestätsbeleidigung. Schönlieb hatte das Gefühl, dass sich Wallner als der eigentliche Chef der Truppe sah, auf jeden Fall als Schönliebs Chef. Dass Schönlieb jetzt eigene Ermittlungen anstellte, musste ihn schwer kränken. Kurz dachte Schönlieb auch darüber nach, ob Wallner nicht vielleicht den lang erwarteten Herzinfarkt bekommen hatte, aber dann hätte zumindest Holding Bescheid gewusst.

Jetzt saß Schönlieb auf seinem Bürostuhl und blätterte in den Berichten von Kalle und den Kriminaltechnikern, die heute Morgen angekommen waren, während er zwischendurch immer wieder in Taschentücher schnäuzte und diese in hohem Bogen in Richtung Papierkorb warf. Um den Korb hatte sich bereits eine beachtliche Menge von Fehlwürfen angesammelt. Die Techniker hatten nicht viel feststellen können, und dass die Leiche im Wasser gelegen hatte, erleichterte ihre Arbeit nicht gerade. Wirklich interessant in dem Bericht war lediglich die Erwähnung einiger Faserspuren, die die Techniker in den Schulterhöhlen des Mantels sicherstellen konnten. Eine Stelle, an der man sich selbst üblicherweise selten berührte. Es konnte gut sein, dass der Täter den toten Huynh unter den Schultern gepackt hat, um ihn ins Wasser zu ziehen. Sollte das zutreffen, so die Techniker, trug der Täter dabei mit sehr großer Wahrscheinlichkeit Handschuhe aus Wolle. Die Kriminaltechniker waren jetzt dabei, die Faserspuren weiter zu untersuchen, um möglichst viel über die mögliche Beschaffenheit der Handschuhe herauszufinden. Schönlieb legte den Bericht zurück auf den Schreibtisch. Wollfaserspuren. Sehr gut. Sie kamen voran. Vielleicht würden die Fasern ja noch mehr preisgeben. Er war zufrieden. Er schaute auf die Uhr, kippte sich noch schnell Aspirinpulver in den Mund und machte sich auf den Weg.

Kapitel 10

Mit einer ganzen Masse Studenten schob sich Schönlieb über den breiten Ampelübergang. Er ging am Hauptgebäude der Universität vorbei und beobachtete im Vorbeigehen, wie Studenten zwischen den Säulen in das Gebäude strömten. Er nahm eine kleine Treppe, passierte ein Gebäude mit Glasfassade und steuerte an mehreren kleinen Buchhandlungen vorbei, die sich auf verschiedenste Studienfächer spezialisiert hatten. Er wollte in das Rechtshaus, jenes Gebäude, das Hörsäle und die Bibliothek für die Studenten der Rechtswissenschaften beherbergte. Hier musste sich Huynh oft aufgehalten haben, und hier sollte auch das Treffen des VHJS stattfinden.

Nach wenigen Hundert Metern hatte er sein Ziel erreicht.

Als er am Rechtshaus ankam und durch eine der Eingangstüren ging, kramte er die Kopie des Flyers aus seiner Tasche und schaute nach der Ortsbeschreibung. Es war nur eine Raumnummer angegeben: R120. Der Eingangsbereich war sehr kahl, und zu seiner Rechten konnte er durch ein Fenster in einen kleinen leeren Raum blicken. Hinter ihm öffnete sich eine der Eingangstüren, und zwei junge Frauen kamen herein. Sie waren stark geschminkt und hatten kurze Röcke an, unter denen sie dicke Strumpfhosen trugen.

»Entschuldigung, wo finde ich hier denn R120?«

Die beiden schauten sich kurz fragend an.

»Keine Ahnung, mit den Räumen finde ich mich hier auch nie zurecht.«

Sie wiesen ihn an, ihnen einfach zu folgen, da sie ohnehin in die Bibliothek wollten.

»Da ist auch die Info, die kannst du fragen.«

Sie gingen zusammen durch einen langen Gang mit einem unsagbar hässlichen braunen Teppich und erreichten einen Eingangsbereich, in dessen Mitte ein großer Klotz fast den ganzen

Raum einnahm. Sie gingen um den Klotz herum, und es stellte sich heraus, dass der dicke Brocken auf der anderen Seite offen und eigentlich ein Info-Stand war. Dort saßen hinter einem Tresen zwei Frauen. Eine telefonierte, die andere hantierte mit Zetteln herum.

»Da kannst du fragen, wo der Raum ist.«

Die beiden Studentinnen verabschiedeten sich von Schönlieb und steuerten eine Treppe an, die hinunter zu knallgelben Schließfächern führte. Schönlieb stellte sich an den Tresen und fragte nach Raum R120. Die Frau, die mit den Zetteln beschäftigt gewesen war, zog routiniert einen Raumplan hervor und zeigte Schönlieb auf dem Plan den Weg.

»Eigentlich nur hier runter und dann rechts.«

Schönlieb bedankte sich und folgte ihren Anweisungen. Er ging die Treppe hinunter, vorbei an den gelben Schließfächern, hielt sich rechts und stand dann vor Raum R120. Er holte kurz sein iPhone heraus und schaute auf die Uhrzeit. Das Treffen sollte bereits vor zehn Minuten begonnen haben. Er klopfte kurz und öffnete die Tür. Als er eintrat, blickte er in fünf erstaunte Gesichter.

»Hi«, sagte Schönlieb. »Ist das hier das Treffen von VHJS?« Schnell musterte er die anwesenden Studenten. Drei identifizierte er sofort als Vorstandsmitglieder des VHJS. Er hatte sie auf dem Aushang gesehen, den Wallner im Büro herumgereicht hatte. Sebastian Stengelmann, klein, gedrungen und mit roten Wangen. Martin Lewander, älter als die anderen, eine kantige Brille auf der Nase und kurz geschorene dunkelbraune Haare, und Gaye Yakin, die schwarzen Haare zu einem Pferdeschwanz locker nach hinten gebunden und mit einem markanten Muttermal auf der linken Wange. Zu seiner Überraschung erkannte er außerdem Johann Sattler. Die fünfte anwesende Person, eine schlaksige, rothaarige Studentin, hatte er weder bei Facebook noch auf dem Aushang des VHJS gesehen.

»Doch, klar, herzlich willkommen!« Johann Sattler sprang vom Tisch auf, auf dem er gesessen hatte, kam Schönlieb entgegen und streckte seine Hand aus. »Ich bin Jo.«

Johann Sattler trug seine blonden Haare nach hinten gekämmt, ein weißes Hemd und eine dunkelblaue Jeans. Sein Gesicht war weich und makellos. Noch makelloser, als es auf den Fotos ausgesehen hatte. Schönlieb fand nichts in dem Gesicht des jungen Mannes, das in irgendeiner Weise ein besonderes Merkmal hätte darstellen können. Hätte er Johann Sattler für eine Fahndung beschreiben müssen, hätte er seine liebe Mühe gehabt. Dennoch würde jede Studentin Johann als sehr attraktiv beschreiben, da war sich Schönlieb sicher.

»Ich bin Christoph, und ich bin neu an der Uni. Gerade gewechselt, aus Hannover. Ich dachte mir, das hier könnte eine gute Möglichkeit sein, ein paar Leute kennenzulernen«, sagte Schönlieb und lächelte. Die Worte kamen einfach so aus ihm heraus, und er war ein bisschen erschrocken, wie leicht es ihm fiel zu lügen. Außerdem ärgerte er sich. Er hatte sich vorgenommen, sich so zu verhalten, dass er zu keinem Zeitpunkt Lügen über sich erzählen musste. Vor allem um möglichen Beschwerden aus dem Weg zu gehen, die sich gegen diese Art von Ermittlungen richten konnten. Holding hatte ihm extra gesagt, er solle nur *aus Versehen vergessen zu erzählen,* dass er ein Polizist ist. Das hatte er schon mal schön vermasselt. Schönlieb befürchtete, dass nichts, was er auf diese Art herausfinden würde, vor Gericht verwendet werden durfte. Sie würden beim Erstellen der Berichte auf jeden Fall ein bisschen tricksen müssen.

»Das ist super«, sagte der Student, den Schönlieb als Sebastian Stengelmann identifiziert hatte. »Meistens sind wir auch ein paar mehr«, fügte er entschuldigend hinzu. In der Tat hatte Schönlieb mit mehr Studenten gerechnet, allerdings war er hier genau auf die getroffen, die er gesucht hatte, allen voran Johann Sattler, den er während seiner Facebook-Recherche als Freund von Huynh identifiziert hatte.

»Willst du ein Stück Kuchen? Schließlich werben wir damit«, sagte Johann mit einem leichten Schmunzeln und zeigte auf einen Tisch, auf dem ein paar Stück Butterkuchen auf einem Pappteller standen. »Meistens essen wir den am Ende selbst. Ehrlich gesagt kommen nicht so viele zu unseren Treffen, wie

Sebastian behauptet, deswegen waren wir eben auch ein bisschen überrascht. Es gibt halt keine Scheine oder so dafür.«

»Dennoch ist es wichtig, *dass* wir uns hier treffen und gemeinsam überlegen, was wir alles verbessern können«, mischte sich jetzt Gaye Yakin ein.

Johann schaute zu Schönlieb und verdrehte leicht die Augen.

Das Treffen begann, und Schönlieb versuchte zwar, aufmerksam auszusehen, in Wirklichkeit fragte er sich allerdings schon nach wenigen Minuten, ob seine Idee wirklich so gut gewesen war. Wahrscheinlich hatte Wallner recht gehabt, und das Ganze hatte mit seriöser Polizeiarbeit nichts zu tun. Unauffällig betrachtete er einen Anwesenden nach dem anderen. Sie sahen wie rechtschaffene, engagierte Studenten aus. Konnte es sein, dass einer von ihnen mit dem Tod von Huynh zu tun hat?

Plötzlich fiel Huynhs Name, und Schönlieb wurde hellhörig. Es ging um die Anwesenheitsliste für das Protokoll.

»Jo, du weißt doch sonst immer, wo er steckt«, sagte Martin.

»Keine Ahnung. Er geht nicht an sein Handy«, sagte Johann nur und zuckte mit den Schultern.

Schönlieb beobachtete ihn dabei genau. War da etwas in Johanns Mimik zu erkennen, als er das sagte? Wusste er in Wirklichkeit, was mit Huynh geschehen war? Er war sich nicht sicher, aber immerhin bestätigte sich durch diese Aussage, dass er sich vor allem an Johann halten musste, wenn er mehr über Huynh herausfinden wollte.

Danach diskutierte die kleine Gruppe kurz einige Ideen. Sie wollten zum Beispiel für interessierte Studenten einen Besuch bei der Hamburger Polizei organisieren, um eine andere Seite des Strafrechtes kennenzulernen. Schönlieb schwieg dazu.

Eine halbe Stunde dauerte das Treffen bisher, als Johann sagte, dass er jetzt zu seiner Vorlesung müsse. Schönlieb blickte auf.

»Da wollte ich auch hin«, sagte er schnell. An Johann musste er schließlich dranbleiben. Johann schaute ihn kurz misstrauisch an.

»Dann komm doch einfach mit«, sagte er dann aber und grinste.

Zusammen verließen sie den Raum. Als sie ein paar Schritte gegangen waren und den Infotresen passiert hatten, drehte sich Johann zu Schönlieb.

»Hattest auch keine Lust mehr, oder?«

Schönlieb verstand nicht ganz, was Johann meinte. Zum Glück schien Johann das nicht weiter zu bemerken, sondern sprach weiter.

»Die Vorlesung fängt erst in einer halben Stunde an, wusstest du doch, oder? Wollen wir was in der Mensa trinken?«

»Klar«, sagte Schönlieb und nickte.

»Ich weiß gar nicht, wieso ich da überhaupt noch hingehe. Huynh hat mich mal überredet, seitdem hänge ich da herum. Jetzt kommt er nicht mal mehr selbst, dem werde ich was erzählen …«

In der Mensa herrschte ein reges Treiben. An allen Tischen wurde gegessen, gelacht und diskutiert. Johann und Schönlieb kauften sich einen Kaffee und setzten sich zu zwei anderen Studenten an den Tisch.

»Erzähl mal was über dich, was hast du so bisher gemacht?«, fragte Johann plötzlich.

Schönlieb wich kurz zurück. Das kam überraschend. Er hatte das Gefühl, rot zu werden. Sein Kopf wurde heiß.

»Ach, da gibt es gar nichts, alles ganz normal. Abi, studiert und jetzt halt gewechselt«, wich er aus.

»Ah ja, cool«, sagte Johann.

Schönlieb atmete erleichtert aus. Die Art, wie Johann auf seine Antwort reagiert hatte, hatte ihm verraten, dass der kein wirkliches Interesse daran gehabt hatte. Es war wohl vielmehr eine Frage aus Höflichkeit gewesen. Schönlieb hätte wahrscheinlich sagen können, was er wollte. Er entspannte sich und beschloss, ein bisschen in die Offensive zu gehen.

»Ich wollte mal etwas Neues. Eine neue Umgebung und so, einen Tapetenwechsel. Vielleicht bringt das was. Vielleicht gibt das meinem Studium einen neuen Schwung. Letztes Semester hatte ich große Schwierigkeiten mit dem Lernen und der Konzentration«, sagte Schönlieb. Er versuchte dabei etwas jugendlicher zu klingen als sonst. *Was für ein Schwachsinn*, dachte er sich, als er es bemerkte, Johann war vielleicht ein Jahr jünger als er selbst.

»Hey!« Johann hob den Arm und winkte. Kurz darauf kam eine junge Frau zu ihnen an den Tisch. Johann und sie begrüßten sich mit einem Kuss auf den Mund.

»Das ist Christoph«, sagte Johann und nickte zu Schönlieb. Das Mädchen schaute zu ihm und nickte nur kurz, dann wandte sie sich wieder an Johann. Schönlieb betrachtete sie. Sie sah jünger aus als Johann. Sie hatte ein schönes, schmales Gesicht, ihre braunen, welligen Haare fielen ihr bis auf die Schultern. Johann und sie unterhielten sich kurz, und es schien dabei um eine Party am Donnerstag zu gehen. Allerdings war es um sie herum so laut, das Schönlieb nicht jedes Wort verstehen konnte. Doch am Ende war er sich sicher, gehört zu haben, wie Johann »Brauchst du noch welche?« fragte, woraufhin das Mädchen den Kopf schüttelte und verschwand.

Johann schaute auf die Uhr.

»Wir müssen los.«

Schönlieb folgte Johann zurück ins Rechtshaus. Wieder gingen sie durch den hässlichen Flur und kamen zu dem großen Klotz. Diesmal liefen sie jedoch nicht um den Klotz herum, sondern gingen links durch eine große Holztür in den Vorlesungssaal.

Der Saal war etwa zur Hälfte gefüllt. Eine kleine Traube Zuhörer hatte sich in die vorderen Stuhlreihen gesetzt, eine etwas größere Ansammlung von Studenten und Studentinnen in die hinteren Reihen, und dazwischen saßen einzelne Studenten wie kleine Farbkleckse in den schwarzen Stuhlreihen. Vorne am Pult stand bereits der Professor und sprach ins Mikrofon, während er etwas von einem Zettel ablas.

Johann begrüßte einige seiner Kommilitonen mit leichtem Nicken, während sie sich einen Platz in der Mitte suchten. Sie zwängten sich in eine Reihe und klappten die Stühle und die Tische herunter. Schönlieb fühlte sich an Reisen mit dem Flugzeug oder mit der Bahn erinnert. Johann lehnte sich zurück und schloss die Augen.

Schönlieb blickte sich um. Einige der anderen Studenten schrieben hastig und ununterbrochen jedes Wort des Professors in ihre dicken Blöcke, ab und zu blickten sie mit roten Wangen angestrengt hoch und holten Luft. Das sah schon fast aus wie Leistungssport. Andere schien die Vorlesung überhaupt nicht zu interessieren. Sie redeten mit dem Sitznachbarn oder der Sitznachbarin, malten verträumt auf irgendwelchen Zetteln, schauten aus der großen Fensterwand oder taten es Johann gleich und machten einen Mittagsschlaf. Den Professor schienen weder die einen noch die anderen aus der Ruhe zu bringen. In regelmäßigen Abständen blickte er von seinem Vorlesungsskript auf und stellte eine Frage. Schönlieb fiel auf, dass sich daraufhin immer die gleichen Leute in den ersten Reihen meldeten. Allen voran ein Junge mit einem merkwürdig großen Kopf. Manchmal meldete er sich sogar, wenn gar keine Frage gestellt worden war. Schönlieb betrachtete ihn eine Weile. Alle paar Minuten schob der Junge mit dem großen Kopf seine Brille zurück in die richtige Position. Dabei zog er jedes Mal die Stirn in viele lange Falten. Etwa jedes fünfte Mal nahm er die Brille ganz ab, riss ein kleines Plastiktütchen auf, zog ein Brillenputztuch heraus, putzte seine Brille und schob sie danach wieder auf die Nase.

»Das ist Benjamin«, sagte Johann, der offensichtlich wieder wach war und gesehen hatte, wie Schönlieb diesen eigenartigen Kauz mit dem großen Kopf beobachtet hatte. »Der Streber vom Dienst. Sein Arm geht nur zum Brilleputzen herunter.« Johann lachte.

Kapitel 11

Schönlieb konnte seinen Blick kaum von dem blauen Auge abwenden. Eine Schwellung war nicht mehr zu sehen, und auch die Verfärbung rund um das Auge war deutlich auf dem Rückzug. Aber es war unverkennbar: Alexander Röhnsdorf hatte es ordentlich erwischt. Schönlieb hatte sich den Studenten schon bei Facebook herausgesucht. Alexander war immer wieder mit Huynh und Johann Sattler zusammen auf den Fotos zu erkennen gewesen, es war offensichtlich, dass er zur selben Clique gehörte. Wie lange mochte es her sein, dass Alexander sich das blaue Auge zugezogen hatte? Eineinhalb bis zweieinhalb Wochen? Schönlieb kam sofort der Verdacht, dass es Alexander war, mit dem sich Huynh geprügelt hatte. Dass Alexander ordentlich etwas abbekommen hatte, passte zu dem, was Lieke erzählt hatte. Bei dem Gedanken an die junge Assistenzärztin musste Schönlieb unwillkürlich lächeln.

Dann wurde ihm wieder bewusst, wo er gerade saß, und das Lächeln verschwand. Schönlieb saß neben Johann Sattler. Sein zweiter Tag an der Uni hatte begonnen. Am Abend zuvor hatte er sich das Vorlesungsverzeichnis angeschaut und herausgesucht, in welcher Vorlesung sie gesessen hatten. Anschließend hatte er sich die nächste Vorlesung aus dem gleichen Semester herausgesucht und gehofft, dass Johann Sattler auch diese besuchen würde. Er hatte Glück gehabt.

Wie zufällig war er neben Johann aufgetaucht und hatte sich neben ihn gesetzt. Wenig später war Alexander Röhnsdorf durch die Tür gekommen und hatte sich zu ihnen gesetzt.

»So schlimm sieht es nun auch nicht aus!«, fuhr Alexander ihn an. Schönlieb wurde bewusst, dass er noch immer dessen blaues Auge anstarrte, und blickte schnell nach vorne zum Professor, der seit einigen Minuten seine Vorlesung hielt.

»Wie ist das denn passiert, also das mit seinem Auge?«, flüsterte Schönlieb Johann zu.

»Er hat sich mit einem Kumpel geprügelt und den Kürzeren gezogen«, antwortete Johann schnell und leicht genervt.

»Mit einem Kumpel? Wieso?«, hakte Schönlieb nach. Johann zuckte mit den Schultern.

»Keine Ahnung, musst du ihn selbst fragen. Ich weiß nur noch, dass wir alle aus dem Laden rausgeflogen sind. Ich war an dem Abend ziemlich voll, und die beiden wollten danach nicht mehr darüber sprechen.« Jetzt kicherte Johann plötzlich ein bisschen, denn anscheinend fand er die Erinnerung an den Abend lustig.

»Wo war das?«, fragte Schönlieb. Johann blickte ihn irritiert an. Schönlieb bemerkte, dass er ziemlich forsch und fordernd gefragt hatte, als ob er sich in einem Verhör befand. Hier war er jedoch nicht der Kommissar, sondern der neue Student, der, so musste es Johann vorkommen, ziemlich neugierig war.

»Auf dem Kiez, Hamburger Berg«, flüsterte Johann dann doch bereitwillig.

»Meine Herren, wenn Sie die Vorlesung nicht interessiert, gehen Sie bitte hinaus.« Der Professor stand plötzlich neben ihrer Sitzreihe und schaute zu Johann und Schönlieb.

»Schon gut, Herr Professor Meininger. Wir passen jetzt auf«, sagte Johann und wandte sich, als Professor Meininger außer Hörweite war, wieder Schönlieb zu. »Bei dem musst du aufpassen. Der ist streng. Es sei denn, du bist ein hübsches Mädchen«, fügte Johann noch an und grinste dabei schief.

»Wie meinst du das?«, fragte Schönlieb, doch anstatt zu antworten, machte Johann nur eine abweisende Handbewegung und schaute wieder konzentriert nach vorne.

Professor Meininger schien nicht so uninteressiert an den Reaktionen auf seine Vorlesung wie noch der gestrige Professor. Überhaupt war dies eine ganz andere Art von Vorlesung. Der Professor sah aus wie ein Verkäufer auf einem dieser Verkaufssender. Schönlieb schätzte ihn auf Mitte fünfzig. Er trug einen eng geschnittenen braunen Anzug, sehr kurze blonde Haare und hatte gebräunte Haut und unnatürlich weiße Zähne. Er stiefelte immer wieder an den Sitzreihen vorbei, während er in ein Funkmikrofon sprach. Ab und zu pickte er sich Studenten heraus, denen er überraschende Fragen stellte. Einige stammelten mehr, als dass sie antworteten. Das trug zu einer ziemlichen Anspannung und Aufmerksamkeit der Studenten bei.

Nicht nur Schönlieb war froh, als die Vorlesung endlich vorbei war. Er hatte dunkle Schweißflecken unter den Achseln, die ganze Zeit war er nervös gewesen und hatte gehofft, dass Meininger ihn nicht ansprechen würde, obwohl gerade Schönlieb doch nun überhaupt nichts zu befürchten hatte. Das alles konnte ihn doch wirklich kaltlassen. Stattdessen fühlte er sich nach gerade mal zwei halben Tagen hier an der Uni unangenehm an seine Schulzeit und Studienjahre erinnert, wo es vor allem darum gegangen war, wie man gegenüber seinen Mitschülern und Kommilitonen wirkte, und dass man sich ja nicht blamierte. Jetzt würde er sich erst mal Johann und Alexander aufdrängen und sie zum Mittag begleiten. Er spürte, dass sie ihn eigentlich nicht dabeihaben wollten, und plötzlich erinnerte er sich an Gefühle von damals, die er viel lieber weiterhin verdrängt hätte. Innerlich sagte er sich mehrmals, dass das hier etwas komplett anderes war. Er war verdeckter Ermittler. Er hatte einen Mordfall aufzuklären. Er war ein professioneller Kommissar.

Alexander und Johann gingen mit schnellen Schritten vor, und Schönlieb musste sich anstrengen, mit ihnen Schritt zu halten. Er bekam mit, dass sie sich über Huynh unterhielten. Anscheinend wunderten sie sich, dass sie so lange nichts von ihm gehört hatten.

»Marie habe ich die letzten Tage auch nicht gesehen«, sagte Alexander zu Johann. Es war anscheinend immer noch nicht durchgesickert, wer der Tote war, der auf dem Campus gefunden worden war.

»Wer ist dieser Huynh eigentlich? Immer wieder fällt sein Name.«

»Ach, niemand«, sagte Johann nur schnell, und die beiden beachteten Schönlieb nicht weiter.

Beim Essen in der Mensa unterhielten sie sich über belanglose Themen. Schönlieb saß daneben und wirkte wie ein Fremdkörper.

Plötzlich vibrierte sein Handy. Er zog es aus der Hosentasche und erkannte auf dem Display, dass es Holding war, der anrief. Schönlieb stand vom Tisch auf und verließ schnell die Mensa. Als er draußen in der Kälte stand, konnte er endlich in Ruhe sprechen.

»Moin, was gibt es?«, meldete er sich.

Holding hielt sich nicht lange mit unnötigen Floskeln auf und legte sofort los.

»Schönlieb, ich mache es kurz. Ich habe ein Problem. Wallner ist ein paar Tage … ja, äh, krankgeschrieben …« Wallner war krank? Sie hatten einen Mord aufzuklären, da hatte niemand krank zu sein. Nicht einmal Wallner. »Wir haben den Namen der Freundin und ihre Adresse, aber niemanden, der hinfährt. Machst du das bitte? Samson und Coskun haben gerade genug zu tun, und ehrlich gesagt will ich niemanden hinschicken, der in den Fall nicht richtig involviert ist«, fuhr Holding fort.

Schönlieb glaubte es kaum, das konnte doch nicht Holdings Ernst sein. Wallner machte einen auf krank, und jetzt sollte alles an ihm hängen bleiben? Er blieb stumm vor Ärger.

»Bist du noch dran, Schönlieb?«

»Ja … Aber wie soll das funktionieren? Wenn ich zu ihr hinfahre und sie mich danach hier in der Uni trifft, ist meine verdeckte Ermittlung dahin. Dann fliege ich auf«, antwortete Schönlieb.

»Da magst du recht haben, aber ich denke nicht, dass sie in den nächsten Tagen in die Uni gehen wird. Ihr Freund wurde ermordet. Die studiert doch dann nicht gleich munter weiter.« Vermutlich hatte Holding recht.

»Was ist überhaupt mit Wallner?«, fragte Schönlieb. »Er kann doch nicht einfach krankmachen.«

Kurz herrschte Stille am anderen Ende. Schönlieb hörte Holdings Atem.

»Ach, Schönlieb, lass mal«, sagte Holding nur. »Ich schicke dir die Adresse per SMS. Bitte mach das.«

Schönlieb wollte gerade fragen, was das alles zu bedeuten hatte, und von der Prügelei erzählen, die Alexander und Huynh offenbar gehabt hatten, doch Holding hatte bereits aufgelegt. In bester Wallner-Manier hatte er gar nicht mehr abgewartet, ob Schönlieb noch etwas zu sagen hatte. Am liebsten hätte Schönlieb sein iPhone in den Schnee geworfen und lauthals geschrien, doch sein iPhone war ihm zu kostbar, und Schreien war noch nie seine Sache gewesen. Also ließ er beides. Stattdessen ballte er die Hand kräftig zu einer Faust und atmete einmal tief ein. Dann lag es halt an ihm, diesen Fall aufzuklären.

Als Schönlieb zurück in die Mensa kam, waren Alexander und Johann schon weg. Hastig blickte Schönlieb sich um, tatsächlich entdeckte er Johann durch die beschlagenen Scheiben der Fensterwand hindurch, wie er gerade den Weg zum Rechtshaus zurückging. Schönlieb beschloss, ihm zu folgen. Durch Johann hatte er herausgefunden, dass es vermutlich Alexander war, der sich mit Huynh geprügelt hatte, vielleicht gab es noch mehr, was er mit Johanns Hilfe erfahren konnte.

Schönlieb ging mit schnellen Schritten zum Ausgang und folgte Johann. Als er sich draußen vor der Mensa befand, war Johann schon am Eingang des Rechtshauses angekommen. Schönlieb konnte beobachten, wie Johann sich dort mit einem weiteren Studenten unterhielt. Schönlieb ging weiter in die Richtung der beiden. Da sah er, wie Johann sich einmal flüchtig umblickte, in seine Tasche griff und dem anderen Studenten etwas in die Hand drückte. Dieser zog daraufhin seinerseits etwas aus der hinteren Hosentasche, klappte es auf und holte etwas heraus, was er Johann in die Hand drückte. Geld! Schönlieb war sich sicher, dass es sich dabei um Geld handelte, das der Student aus seinem Portemonnaie gezogen hatte.

Hatte er gerade Johann dabei beobachtet, wie er Drogen verkaufte? Schönlieb stoppte ab und blieb im Schutz einer Litfasssäule stehen, die sich kurz hinter einer ganzen Reihe Fahrradständer befand. Doch mehr gab es nicht zu sehen. Die beiden verabschiedeten sich, und Johann ging in das Gebäude hinein. Der andere Student ging die Treppen hinunter in die Richtung, aus der Schönlieb kam. Kurz überlegte Schönlieb, ob er die Deckung und seine Tarnung aufgeben, sich als Polizist zu erkennen geben und den Studenten filzen sollte. Doch dann musste er auch einen Treffer landen. Was, wenn es doch etwas ganz Harmloses gewesen war, was Johann ihm verkauft hatte? Schönlieb war sich zwar ziemlich sicher, dass dem nicht so war, aber er wollte das Risiko nicht eingehen. Er war auf dem richtigen Weg, das spürte er, und auf eine gewisse Weise freute ihn das. Er würde auf Nummer sicher gehen, und dann würde er sich Johann vorknöpfen.

Schnell lief Schönlieb zum Eingang des Rechtshauses und folgte Johann. Er konnte ihn gerade noch am Ende des langen Flures verschwinden sehen. Johann ging nach rechts. Vermutlich zu den Schließfächern. Schönlieb folgte ihm, doch als er bei den Schließfächern ankam, war von Johann nichts mehr zu sehen. Stattdessen sah er an einem Schließfach das Mädchen stehen, das Johann gestern in der Mensa begrüßt hatte. Er ging zur ihr hin.

»Hey.«

Das Mädchen drehte sich um, musterte ihn kurz und zog dabei ganz leicht die Augenbrauen hoch.

»Erinnerst du dich? Ich war gestern mit Johann in der Mensa«, sagte Schönlieb, und er hatte dabei das Gefühl, dass seine Stimme unnatürlich hell wurde.

»Aha.« Sie drehte sich wieder zu ihrem Schließfach.

»Hast du ihn zufällig gesehen?«, fragte Schönlieb weiter. Plötzlich hatte er eine Idee. Einen Versuch war es wert. »Ich wollte etwas von ihm … Du weißt schon.«

Die junge Studentin drehte sich erneut zu ihm um und musterte ihn misstrauisch.

»Zum Lernen?«, fragte sie. Schönlieb nickte. »Keine Ahnung, wo er steckt. Habe ihn heute auch noch nicht gesehen. Hier gibt es halt zu viele von uns.« Plötzlich lächelte sie. Schönlieb hatte keine Ahnung, was er angestellt hatte, dass sie ihn plötzlich anlächelte, nachdem er vorher der größte Idiot gewesen zu sein schien.

»Hast du auch Probleme? Mit der Konzentration?«, fragte sie ihn. Plötzlich knallte sie ihr Schließfach zu und drehte blitzschnell den Schlüssel herum.

»Wow!« Schönlieb wich erschrocken zurück.

»Das muss man so machen. Dann funktionieren die Fächer auch mit zwanzig Cent statt mit einem Euro«, erklärte sie lächelnd ihre rabiate Schließtechnik. »Ich hatte halt nur zwanzig Cent.« Schönlieb brauchte kurz, um sich zu fangen.

»Ja, genau, die Konzentration«, sagte er und blickte dabei auf den Boden. *Nicht beim Lügen auf den Boden blicken!* Schnell riss er die Augen wieder hoch und sah das Mädchen direkt an. Sie hatte dunkelbraune Augen, die schwarzen Pupillen konnte man darin fast nicht ausmachen. Kurz hielt sie seinem Blick stand, dann drehte sie sich um und öffnete ihr Schließfach wieder. Sie wühlte darin herum, zog ein kleines durchsichtiges Plastiktütchen heraus, öffnete es und zog zwei kleine weiße Tabletten heraus. Sie streckte Schönlieb die flache Hand entgegen, in deren Mitte die zwei Tabletten lagen. Sie hatte die Ärmel hochgekrempelt, und auf der Innenseite ihres Unterarms hatte sie ein kleines Rosentattoo. Schönlieb nahm die Tabletten in die Hand und betrachtete sie. In der Mitte hatten sie eine tiefe Einkerbung, und auf beiden Seiten war ein kleines »L« eingestanzt.

»Die wolltest du doch, oder nicht?«, fragte das Mädchen. »Ich gebe dir zwei ab. Ich bin heute großzügig. Wenn du mehr willst, musst du allerdings zu Johann gehen.«

»Danke«, sagte Schönlieb etwas irritiert und zuckte zusammen, als sie ihren Schrank erneut zuknallte.

»Ich bin übrigens Anna«, sagte sie mit einem Augenzwinkern. Dann verschwand sie und ließ Schönlieb bei den Schließfächern stehen. Mit zwei Ritalintabletten in der Hand.

Kapitel 12

Ein kalter Wind schlug ihm von der Elbseite her ins Gesicht. Schönlieb hatte die Hände in seiner Manteltasche. Mit der rechten Hand fühlte er die Tabletten, die er in ein Taschentuch gewickelt und anschließend in seine Manteltasche gesteckt hatte. Auf dem Weg hatte er darüber nachgedacht, was er mit den Tabletten machen solle. Dabei war ihm immer wieder der Gedanke gekommen, eine Tablette auszuprobieren. Es faszinierte ihn, dass einige der Studenten das Ritalin anscheinend ganz ohne Angst vor Nebenwirkungen nahmen, und es interessierte ihn, ob man eine Wirkung wirklich bemerken würde. Eine Pille, mit der man besser lernen konnte. Die Neugier darauf entwickelte eine Kraft, der er sich nicht mehr lange entziehen können würde. Das spürte er schon jetzt.

Schönlieb war sich sicher, dass Johann die Ritalintabletten verkaufte. Womöglich hat er mit Huynh zusammengearbeitet. Vielleicht waren sie dabei irgendwie aneinandergeraten. Geld ist immer ein Grund für Streit. Vielleicht war es an der Zeit, den Undercovereinsatz schon jetzt abzubrechen und den Fall von der offiziellen Seite anzugehen. Andererseits wüsste er vorher noch gerne, worum es bei dem handfesten Streit zwischen Huynh und Alexander gegangen war.

Schönlieb ging weiter direkt an der Elbe entlang und schaute auf ein großes Containerschiff, das langsam in Richtung Hafen fuhr. Es war voll beladen, und die Container stapelten sich in unglaubliche Höhen.

Die Gegend hier gehörte zu einer der besten und teuersten, die Hamburg zu bieten hatte. Große Büsche und Hecken schützten die Häuser, die zu seiner Rechten lagen, vor neugierigen Blicken. Schönlieb nahm sein iPhone heraus und schaute mithilfe der Straßenkarten-App, wie weit er es noch hatte. Nicht mehr weit. Er bog nach rechts ab, schenkte der Elbe einen letzten Blick, ging noch ungefähr zweihundert Meter und stand dann vor einem großen Eingangstor, das sich wie eingelassen in der Mitte einer zwei Meter großen Hecke befand. Hier musste es eigentlich sein.

Auf der gebürsteten Edelstahlklingel stand kein Name. Schönlieb läutete.

Über der Klingel befanden sich ein kleiner Lautsprecher und eine winzige Kameralinse hinter einem dicken Glas.

»Wer ist da?«, drang es etwas verzerrt aus dem Lautsprecher.

»Kripo Hamburg, Schönlieb, ich würde gerne zu Marie von Hohenzollern.«

»Halten Sie bitte Ihren Ausweis vor die Kamera.«

Schönlieb nahm seinen Polizeiausweis und hielt ihn vor die Linse. Kurz darauf summte es kurz, und das Tor öffnete sich wie von Geisterhand.

Schönlieb trat durch die Tür in der Hecke und fühlte sich einen kurzen Augenblick wie Alice im Wunderland, im Garten der Herzkönigin, dort, wo sie mit den Flamingos Krocket spielen. Der Garten sah aus, als hätte man Rasen und Büsche mit einer Nagelschere auf exakte Höhe geschnitten. Irgendwo plätscherte etwas, vielleicht ein kleiner Springbrunnen, den Schönlieb aber nicht entdecken konnte. Er ging über einen Kieselweg bis zu einer großen Steintreppe und stand nun endlich vor der eigentlichen Haustür. Als er die letzte Stufe der Treppe nahm, öffnete sich die Tür, und ein älterer Herr mit weißem Haar und kantigem Gesicht öffnete ihm. Er streckte Schönlieb die Hand entgegen.

»Richard von Hohenzollern. Was wollen Sie von meiner Tochter?«

Der Mann kommt sofort auf den Punkt, dachte Schönlieb und gab ihm die Hand. »Ich würde gerne mit Marie über Huynh sprechen«, sagte er und holte das Foto von Huynh und Marie, das er bei Huynh gefunden hatte, aus seiner Manteltasche hervor.

»Hat er etwas angestellt?« Richard von Hohenzollern verzog keine Miene.

»Er ist tot.« Schönlieb meinte zu erkennen, dass sich – nur einen winzigen Augenblick – die Augenbrauen des Mannes bewegten. Kaum erkennbar. Ansonsten war es unmöglich, mehr aus seiner Mimik zu lesen.

»Was ist passiert?«, fragte von Hohenzollern.

»Er wurde wahrscheinlich ermordet.«

Jetzt zuckten die Augenbrauen schon etwas merklicher.

»Kannten Sie Huynh gut?«, hakte Schönlieb nach. »War er öfter hier? Schließlich war er der Freund von Marie.«

»Er war nicht oft hier«, behauptete Richard von Hohenzollern und bat Schönlieb mit einer Handbewegung ins Haus. »Treppe hoch, geradeaus. Da ist Maries Zimmer.«

Von Hohenzollern drehte sich um und verschwand irgendwo in dem großen Haus, ohne Schönlieb weiter zu beachten. Schönlieb stieg die breite Treppe hinauf in den ersten Stock. Das Haus roch nach teuren Möbeln, und alles um ihn herum wirkte erlesen und solide. Von unten hörte er jetzt das Klirren von Gläsern. Er klopfte an die hohe weiße Tür von Maries Zimmer. Als er keine Antwort bekam, trat er ein.

Die junge Frau saß auf ihrem Bett und hatte dicke Kopfhörer auf. Die Musik war so laut, dass auch Schönlieb sie hörte. Marie blickte aus dem Fenster und hatte Schönlieb noch nicht bemerkt. Sie hatte lange glatte hellbraune Haare, die den Rest des Körpers, so wie sie dort auf dem Bett saß, fast vollständig unter sich versteckten. Schönlieb ging vorsichtig um sie herum, damit sie ihn sah. Sie erschreckte trotzdem fürchterlich, schrie laut auf und riss sich die Kopfhörer vom Kopf.

»Wer sind Sie? Und was wollen Sie hier?« Schönlieb hatte das Gefühl, dass sie kurz davor war zu weinen. Er entschuldigte sich mehrmals und versuchte, sie zu beruhigen. Anschließend zeigte er ihr seinen Ausweis und stellte sich vor. Er zeigte ihr auch das Foto.

»Das ist Ihr Freund, oder?«

»Ja, wieso?«

Schönlieb blickte kurz zu Boden. Für so etwas war doch Wallner zuständig.

»Ich muss Ihnen leider mitteilen, dass wir Huynh am Freitagabend tot aufgefunden haben. Er wurde wahrscheinlich ermordet.«

Marie blickte Schönlieb fassungslos mit weit aufgerissenen Augen an. Einen kurzen Augenblick blieb die Zeit stehen, weder drinnen im Haus noch draußen rührte sich etwas. Selbst die Äste der Bäume vor dem Fenster schienen zu erstarren. Nichts wagte sich zu bewegen oder auch nur das kleinste Geräusch zu machen. Vakuum. Dann fing sie an zu weinen.

Es dauerte eine Weile, bis sie so weit war, wieder sprechen zu können. Schönliebs gesamte Packung Taschentücher, die er in der Tasche gehabt hatte, war vonnöten. Die Ritalintabletten hatte er unauffällig ausgewickelt und sie in die leere Taschentuchpackung gesteckt. Marie lag bäuchlings auf ihrem Bett und vergrub sich in ihrem Kissen.

»Ich weiß, das ist sehr schwer, aber ich *muss* Ihnen ein paar Fragen stellen«, sagte Schönlieb, möglichst ruhig und sanft. Was ihm jedoch nicht so gut gelang, wie er fand. Marie schluchzte etwas in ihr Kissen. Schönlieb verstand es nicht, nahm es aber als Okay, ihr Fragen zu stellen.

»Haben Sie irgendeine Idee, wer Huynh getötet haben könnte?«

»NEIN!«

»Wann haben Sie Huynh das letzte Mal gesehen?«

»Freitag in der Bibliothek.«

»Freitag? Um wie viel Uhr?«

»Keine Ahnung. Er ist tot! Ich werde ihn nie wiedersehen!«

Marie drehte sich um und blickte hinauf zu Schönlieb. Ihre Augen waren rot umrandet, aus ihrer Nase lief Schnodder.

»Es ist wichtig. Ich muss das wissen. Nur so haben wir eine Chance, den Mörder zu finden.«

»Das bringt ihn auch nicht zurück!«

»Nein.« Schönlieb senkte den Kopf, drehte sich um und schaute aus dem Fenster. Da hatte sie recht. Es würde Huynh nicht zurückbringen. Er kam immer nur, wenn alles zu spät war, wenn das Unglück schon passiert war.

Er konnte von hier aus die Elbe sehen. Draußen war es dunkel geworden. Man sah Lichter auf der anderen Seite des breiten Flusses.

»Es muss so gegen fünfzehn, sechzehn Uhr gewesen sein«, sagte Marie leise.

Schönlieb schaute weiter auf die Elbe. »Erzählen Sie mir davon, wie Sie ihn das letzte Mal gesehen haben.«

Es dauerte eine Weile, bis Marie anfing.

»Es war nichts Besonderes. Wir waren beide zum Lernen in der Bibliothek. Im Januar und Februar stehen wieder Prüfungen an. Wir haben gelernt, mehr nicht. Wir waren nicht mal im selben Stockwerk. Zwischendurch haben wir uns immer wieder kurz besucht und uns aufgemuntert. Er hat mir bei ein paar Sachen geholfen. Er ist ja schon weiter. Später hat er sich dann verabschiedet, und ich bin noch geblieben. Wir wollten uns am Samstagabend treffen.«

»Samstagabend? Das ist vier Tage her«, sagte Schönlieb.

»Ja. Ich habe ihn tausendmal auf dem Handy angerufen und etliche SMS geschrieben. Selbst bei ihm zu Hause habe ich angerufen, aber da ist keiner ans Telefon gegangen. Natürlich habe ich zwischendurch auch gedacht, ob ihm etwas passiert ist, aber …« Die letzten Worte verschluckte sie und fing wieder an zu weinen. »Wir haben einfach nur gelernt. Es war so wie immer«, schluchzte sie. »Ich wünschte, es wäre anders …«

Schönlieb setzte sich neben sie auf das Bett. Solche Situationen, in denen Menschen trauerten, waren nichts für ihn. Sollte er ihr die Hand auf die Schulter legen? Durfte er das? War das angemessen? Mal sehen. Er legte ihr die Hand auf die Schulter. Sie zuckte kurz. Dann drehte sie sich zu ihm um, lehnte ihren Kopf an seinen Arm und weinte. Schönlieb klopfte ihr etwas unbeholfen auf die Schulter.

»Man kann sich das nicht aussuchen, den letzten Moment«, versuchte er, sie zu trösten. Er dachte an seinen Vater. Sein Vater und er, sie hatten gar keinen letzten Moment gehabt. Als der Autounfall passiert war, als man ihm sagte, dass sein Vater tot war, da war das Erste, was er gedacht hatte, dass er jetzt nie erfahren würde, warum seine Mutter verschwunden war. Tage später erst hatte die Trauer begonnen und der Versuch der Erinnerung daran, wie der letzte Moment gewesen war, der letzte Moment mit seinem Vater. Doch sosehr er sich angestrengt hatte, er fand ihn nicht in seinen Erinnerungen. Es musste diesen Moment gegeben haben. Doch er war weg. Verschluckt in den Tiefen diffuser Erinnerungen und Bilder.

Das laute Schnäuzen von Marie brachte seine Gedanken zurück. Sie knüllte das Taschentuch zusammen und steckte es in die Hosentasche. Schönlieb ekelte sich, doch das verbarg er.

»Können Sie mir ein bisschen von Huynh erzählen?«, fragte er. »Ich weiß noch so wenig von ihm.«

Und das war nicht gut. Tote sprechen nicht mehr. Das war wohl der Aspekt, der seine Arbeit am schwierigsten machte. Man musste sich bemühen, den Toten kennenzulernen, ihn von einem Fremden zu einem Vertrauten werden zu lassen, sein Wesen, seine Handlungen zu verstehen und lesen zu lernen. Schönlieb hatte oft genug die Erfahrung gemacht, dass die Lösung eines Falles die ganze Zeit vor ihnen gelegen hatte, tot.

Marie richtete sich wieder etwas auf. Diesmal ging *sie* an das große Fenster. Zum ersten Mal stand sie auf, ihre Haare hingen ihr bis über die Hüfte.

Schönlieb betrachtete ihren wohlgeformten Hintern und schämte sich dann sogleich dafür. *In einer solchen Situation!*, dachte er und warf sich in Gedanken selbst einen vorwurfsvollen Blick zu.

Marie fing an, von Huynh zu erzählen. Sie hatten sich auf einer Erstsemesterparty kennengelernt. Ihr war schon klar gewesen, dass die älteren Studenten nur dahin kamen, um Erstsemester abzuschleppen und flachzulegen, und hatte sich vorher gesagt, dass sie alle Anbaggerversuche abblocken würde, aber Huynh war anders gewesen. So charmant, überhaupt nicht aufreißerisch, aber auch nicht so verweichlicht. Er war wie aus so einem alten Film. Sie hatten sich den ganzen Abend unterhalten und waren sich nicht mehr von der Seite gewichen. Am Ende hatte er ihr ein Taxi gerufen, dem Taxifahrer fünfzig Euro in die

Hand gedrückt und ihm gesagt, er solle Marie sicher nach Hause bringen.

»Da hatte er mich«, sagte Marie und wandte ihren Blick wieder zu Schönlieb.

Schönlieb dachte daran, dass er das auch mal ausprobieren musste. Frauen schienen doch einfacher gestrickt zu sein, als er dachte.

»Wir haben uns danach oft getroffen und waren kurze Zeit später ein Paar. Es war wunderschön und die beste Zeit meines Lebens!« Ihre Augen glänzten.

Sie hatten sich so gut wie nie gestritten. Nur mit ihrem Vater hatte sie sich oft gestritten, wegen Huynh. Als sie ihn das erste Mal mitgebracht hatte, wäre ihr Vater fast nach hinten umgefallen.

»Nur weil er ein Vietnamese ist ... war«, sagte sie.

Sie hatte ihn daraufhin nicht mehr oft zu sich mitgenommen. Natürlich hatte auch Huynh gemerkt, dass er im Hause von Hohenzollern nicht sehr willkommen war.

»Er hat sich hier immer unwohl gefühlt. Das habe ich ihm angemerkt.

Zu Huynh nach Hause konnten wir aber auch nicht, das heißt, er wollte nicht, dass ich mit zu ihm komme. Erst hatte er immer Ausreden, warum wir gerade nicht zu ihm konnten. Irgendwann, als es auffällig wurde, habe ich ihn zur Rede gestellt. Wir haben uns ziemlich gestritten, zum ersten Mal. Dann hat er irgendwann gesagt, dass er sich für sein Zuhause schämt. Es sei nicht angemessen und nicht schön genug für mich. Er hat nicht mit sich reden lassen, ich durfte nicht zu ihm nach Hause. Es gab keinen richtigen Ort, an den wir uns zurückziehen konnten. Unser Lieblingsort war der Platz neben dem Musicalzelt von *König der Löwen,* auf der anderen Seite des Hafens, kennen Sie den?«

Schönlieb nickte.

»Wenn man abends dort sitzt, dann hat man seine Ruhe. Im Sommer waren wir oft dort und haben uns zurückgezogen, abgeschottet vom Rest der Welt. Huynh sagte immer, dass er uns eines Tages ein großes Haus kaufen würde. Mit viel zu viel Platz und einem riesigen Garten. Dafür hat er gekämpft, wissen Sie?« Marie schaute zu Schönlieb. »Dafür, dass aus ihm etwas wird, dass er etwas erreicht und viel Geld für uns und seine Familie verdient, dafür hat er alles geopfert. Er war abends länger als alle anderen in der Uni, hat härter und mehr gelernt als alle anderen, weil er ein Ziel hatte. Er wollte raus aus seinem Leben.« Marie weinte wieder. »Und jetzt ist er tot. Das kann ich nicht begreifen.«

»Ein kleines bisschen wie bei Romeo und Julia«, murmelte Schönlieb halb in Gedanken.

»Was?«

»Ach, nichts ...« Schönlieb dachte daran, dass am Ende von Romeo und Julia *beide* tot waren und dass dieser Vergleich nicht angebracht und nicht ganz zutreffend war. Er wartete ein bisschen, bis er die nächste Frage stellte, denn er wusste, dass es jetzt ein bisschen unschöner werden würde.

»Ich muss Sie noch etwas fragen ...«, begann er.

Marie blickte ihn mit ihren feuchten Augen an.

»Wussten Sie davon, dass Huynh Ritalin und andere Mittel genommen hat, die angeblich die Lernfähigkeit steigern?«

Marie blickte ins Leere.

»Ein bisschen so wie bei Romeo und Julia ...«, sagte sie dann, ohne dass sich ihr Blick veränderte, nur ihr Gesicht bekam auf einmal eine gewisse Härte.

Schönlieb wiederholte seine Frage.

Marie zuckte kurz zusammen, wie aus einem Traum erwachend.

»Ritalin?«, fragte sie empört. »Wieso sollte er, er hatte gute Noten!«

»Die Untersuchungsergebnisse sind eindeutig. Ich entnehme Ihrer Antwort jedoch, dass Sie nichts gewusst haben.«

Marie sagte nichts, schaute jedoch verunsichert.

»Ich muss weiterhin fragen, ob Sie wissen, dass Huynh in irgendeiner Weise mit solchen Medikamenten zur vermeintlichen Steigerung der Lernfähigkeit gehandelt hat. Wir haben in seinem Zimmer solche Mengen gefunden, dass dieser Schluss naheliegt.«

Marie schaute Schönlieb entgeistert an.

»Nein, um Gottes willen, nein!«, rief sie. »Huynh hätte so etwas nie gemacht!«

Sie war wirklich entgeistert, und Schönlieb glaubte ihr, dass sie es nicht für möglich hielt, dass Huynh sein Geld mit Medikamentenhandel verdient hatte.

»Haben Sie sich nicht gefragt, woher Huynh das Geld hatte, sich die teuren Klamotten, die teure Uhr oder vielleicht das Taxi, von dem Sie erzählten, einfach so zu bezahlen?«, fragte Schönlieb. Konnte Marie von Hohenzollern wirklich so naiv gewesen sein?

»Er ... Er ...«, stotterte sie. »Er hat doch gearbeitet ... Er hat gesagt ...« Sie setzte sich wieder auf das Bett. »Ich hab ihn nie danach gefragt.« Ihren Kopf hatte sie tief gesenkt. Sie schaute auf den Boden.

Es tat Schönlieb ein bisschen leid, dass er ein wenig von dem schönen Bild, das sie von ihrem ermordeten Freund hatte, zerstören musste.

»Ich glaube Ihnen, aber denken Sie noch mal nach: Gibt es etwas, was Sie mir sagen wollen, oder fällt Ihnen irgendetwas ein, was auch nur im Entferntesten mit Huynhs Tod zusammenhängen könnte?«, fragte Schönlieb.

Marie sah ihm einen Augenblick in die Augen. Ihre großen, vor Tränen glänzenden Augen hatten etwas Lebloses, geradezu Beängstigendes. Sie öffnete den Mund, kaum erkennbar, als wollte sie noch etwas sagen, doch dann schien sie sich innerlich zu schütteln und sagte nichts mehr. Sie saß einfach nur noch da.

»Kennen Sie einen Johann Sattler?«, fragte Schönlieb schließlich.

»Ja. Das ist Huynhs Kumpel in der Uni. Ein eingebildeter Typ. Schrecklich. Ich weiß nicht, was Huynh an ihm fand, aber er hing oft mit ihm und den anderen Jungs zusammen.«

»Könnten Sie sich vorstellen, dass Huynh und Johann zusammen den Verkauf der Ritalintabletten organisierten und abwickelten?«

Marie schüttelte verneinend den Kopf und starrte weiter vor sich hin, ins Nichts. Eine Träne lief über die Wange bis zur Oberlippe. Von dort tropfte sie sehr langsam herunter. Wie in Zeitlupe.

»Huynh macht doch so etwas nicht. Bei Johann kann ich mir alles vorstellen.«

»Haben Sie irgendwann mal einen Streit zwischen den beiden beobachtet?«

Wieder schüttelte sie mit dem Kopf.

»Und zwischen Huynh und Alexander Röhnsdorf, hat es da mal Streit gegeben, vielleicht sogar eine Prügelei?«, fragte Schönlieb weiter und dachte an das blaue Auge von Alexander.

Kurz blickte Marie hoch und sah Schönlieb direkt an, als wolle sie etwas sagen, doch dann ließ sie den Kopf hängen und schüttelte ihn erneut.

»Huynh hat es eigentlich vermieden, dass wir uns alle zusammen trafen, also Johann, die Jungs und ich. Wenn er sich mit denen traf, war ich meistens nicht dabei, wenn er sich mit mir getroffen hat, waren die Jungs nicht da.«

Marie schaute starr in den Raum, auf einen undefinierbaren Punkt. Eine Weile saßen sie still nebeneinander.

»Okay, das war's dann erst mal«, sagte Schönlieb leise und ging aus der Tür. Er war die Treppe halb heruntergegangen, als Marie ihm hinterhergelaufen kam. Die Tränen hatte sie weggewischt.

»Gehen Sie zu Johann Sattler. Wenn Huynh tatsächlich etwas mit diesen Medikamenten zu tun gehabt hat, dann nur wegen Johann und den anderen Jungs.«

»Welchen anderen Jungs? Alexander, Mark und Dennis?« Schönlieb hatte die Namen, die er sich bei Facebook herausgesucht hatte, nicht vergessen.

Marie nickte. »Die ganze Clique! Alles reiche Schnösel, eingebildet bis in die Haarspitzen, aber Huynh wollte irgendwie dazugehören. Das habe ich nie verstanden.«

Schönlieb versicherte ihr, dass er alle vier befragen werde, und wollte sich gerade verabschieden, als ihm eine weitere Frage einfiel.

»Warum waren Sie eigentlich die letzten beiden Tage nicht in der Uni?« Er sagte das, so nett er konnte, auf keinen Fall wollte er, dass sie in dieser Situation dachte, dass sie zu den Verdächtigen gehörte.

Marie schaute ihn von der Treppe aus an.

»Ich dachte … Er hatte sich doch nicht gemeldet … Ich dachte, das war seine Art, Schluss zu machen. Ich wollte ihn nicht treffen. Im Nachhinein ist es absurd.«

»Hätte es denn einen Grund gegeben, Ihre Beziehung zu beenden?«

Marie schüttelte den Kopf und fing an zu weinen.

»Nein«, rief sie undeutlich und verschwand in ihrem Zimmer.

Unten im Flur blieb Schönlieb kurz stehen und horchte in das Haus hinein, doch vom Vater war nichts mehr zu hören, und so trat Schönlieb in den dunklen Abend hinaus.

Als er endlich das Grundstück und die hohe Hecke hinter sich gelassen hatte, atmete er tief durch.

Kapitel 13

Schönlieb saß in der S-Bahn und hatte den Kopf gegen die Scheibe gelehnt. Auf der anderen Seite der Scheibe rasten die Tunnelwände vorbei.

Er wusste nicht, wieso, aber S-Bahn-Fahren versetzte ihn häufig in eine melancholische Stimmung. Vielleicht lag es am Licht? An den ganzen unbekannten Gesichtern, die ausdruckslos ins Nichts starrten? Er dachte daran, wie es wäre, die Gedanken anderer Menschen hören zu können. Jetzt würde er reihum heimlich in ihre Köpfe schlüpfen, die Welt aus ihren Augen sehen. Es gäbe sicherlich die eine oder andere Überraschung.

Müde blickte er sich in dem Waggon um. Es war seltsam still. Normalerweise sprach immer einer laut in sein Handy, oder mehrere Leute unterhielten sich, doch in diesem Waggon war es still. Das hatte etwas Beklemmendes.

Die Bahn bremste ab, und Gestalten auf einem hell erleuchteten Bahnsteig wurden sichtbar. Manche stiegen aus, manche ein. Da fiel Schönlieb eine junge Frau auf, die durch die Tür der S-Bahn trat und sich zwei Sitzgruppen weiter vor ihm auf den Sitz fallen ließ. Die Enden ihrer dunklen Haare kamen unter einer türkisen Wollmütze hervor. Über der Mütze trug sie Kopfhörer, und ihr Kopf wippte leicht zur Musik. Ihre großen braunen Augen schauten aufmerksam aus dem Fenster. Ihre Pupillen bewegten sich beim Fixieren der vorbeirauschenden Gebäude schnell hin und her. Schönlieb konnte den Blick nicht von ihr wenden. Immer wieder schaute er zu ihr oder so in das Fenster der S-Bahn, dass er ihr Spiegelbild beobachten konnte. Sie hatte rote Wangen von der Kälte draußen. Schönlieb hätte gerne mehr über sie gewusst. Wie alt mochte sie sein? Er schätzte sie auf zwischen zwanzig und fünfundzwanzig. Wohin sie wohl fuhr, und woher sie kam? Er spürte ein inneres Bedürfnis, alles über sie zu erfahren.

Als die Station Landungsbrücken kam, blieb er sitzen, einfach so. Eigentlich hatte er dort umsteigen wollen. Es war keine bewusste Entscheidung, er hatte nicht darüber nachgedacht, ob er aussteigen sollte. Stattdessen fuhr er weiter und schaute über die Scheibe die junge Frau an. Einmal hatte er das Gefühl, sie sah ihm durch das Fenster direkt in die Augen, schnell hatte er den Blick von ihr abgewandt und irgendwo ins Nichts des S-Bahn-Waggons geblickt.

Die S-Bahn fuhr in die Station Jungfernstieg ein. Da erhob sich die Frau und stellte sich zum Aussteigen bereit an die Tür. Schnell stand Schönlieb ebenfalls auf, ging aber zum zweiten Ausgang des Waggons. Er wollte es vermeiden, ihre Aufmerksamkeit zu erregen. Vielleicht hatte sie bereits bemerkt, dass er sie die ganze Zeit angestarrt hatte. Fand sie ihn vielleicht unheimlich? Sie stiegen aus. In einem sicheren Abstand, immer darauf achtend, dass einige Leute zwischen ihnen waren, folgte Schönlieb der Frau. Sie lief quer über den Bahnsteig, nahm eine Rolltreppe und ging in Richtung des Ausgangs Ballindamm, bog jedoch an der nächsten Ecke scharf nach links und stieg die Treppe hinunter zu einem weiteren Bahnsteig. Dort wartete sie auf die Bahn der Linie U2, die in Richtung Niendorf Nord fuhr. Schönlieb behielt sie im Blick und postierte sich hinter einem Zeitungsständer des Kioskes. Als sie die U-Bahn betraten, nahm er einen Waggon weiter hinten und setzte sich so, dass er sie durch die großen Front- und Heckscheiben, durch die man durch den gesamten Zug schauen konnte, stets im Blick hatte. Seine Gedanken drehten sich nur darum, wie er sie weiter beobachten konnte. Alles andere, über das Schönlieb nachgedacht hatte, war weg, als hätte es nie existiert. So wie er wusste, dass er Hunger hatte, so wie er wusste, wenn er Durst hatte oder so müde war, dass es Zeit war zu schlafen, so wusste er jetzt, dass er mehr über diese Frau erfahren musste. Sie fuhr nur eine einzige Station und stieg am Gänsemarkt aus. Schönlieb hinterher. Als sie den Bahnsteig verlassen hatten, befanden sie sich in der Innenstadt, nahe des Rathauses. Die Frau steuerte direkt auf die große freie Fläche, den Gänsemarkt, zu. Am Rand des Platzes befand sich das Lessing-Denkmal. Die Frau ging auf die Statue zu, und plötzlich sah er, wie sie die Arme ausbreitete. Ein junger Mann kam ihr entgegen und umarmte sie. Freundlich begrüßten sie sich. Schönlieb meinte, ein Talent dafür zu haben, Menschen zu durchschauen, sie anhand nur weniger Gesten analysieren zu können. Er war überzeugt, dass dieser junge Mann unsterblich in diese junge Frau verliebt war – und dass sie diese Liebe nicht erwiderte. Der Typ würde sie nie bekommen, war sich Schönlieb sicher. *Armer Kerl.*

Die beiden verließen den Platz entlang der ABC-Straße und waren wenige Augenblicke später verschwunden. Schönlieb stand noch immer ungefähr vierzig Meter von der Skulptur entfernt und rührte sich nicht. Es war, als ob er langsam aus einer Narkose erwachen würde. Er schaute sich um, und plötzlich fragte er sich, was zum Teufel er hier machte. Hatte er komplett den Verstand verloren? Was war los mit ihm? Er war einer wildfremden jungen Frau gefolgt! Einfach so, ohne jeden ersichtlichen Grund. Im wurde heiß, sein Kopf glühte. Er konnte förmlich spüren, wie sein Gesicht rot anlief. Er blickte in die Gesichter der vorübergehenden Passanten, und es war ihm, als wenn sie ihn vorwurfsvoll anblickten. *Kranker Psycho!* Schönlieb kniff die Augen zusammen und wischte sich mit den Händen einmal kräftig über sein Gesicht, während er tief einatmete und leise »Oh Mann!« murmelte.

Es war höchste Zeit, nach Hause zu fahren. Doch dann hatte er eine andere Idee. Er würde nur fast nach Hause fahren. Eine Tür weiter rechts.

Kapitel 14

»Bist du sicher?«, fragte Schönlieb ungläubig.

»Klar, Digger!«, sagte Mitch und zerstampfte die zwei Ritalintabletten mit einem Mörser. *Vielleicht hätte ich Mitch doch nicht bitten sollen, mich auf den Kiez zu begleiten*, dachte Schönlieb, während er Mitch beim Zerdrücken der Tabletten zusah. *Auf jeden Fall hätte ich ihm die Tabletten nicht zeigen sollen!*

Schönlieb hatte beschlossen, dem Grund nachzugehen, warum sich Alexander und Huynh so gestritten hatten, dass sie am Ende aufeinander eingeprügelt hatten und aus dem Club geflogen waren.

Es war Dienstag, da würde die Reeperbahn nicht so überlaufen sein wie am Wochenende oder an den Donnerstagen, wenn die Studenten in die Kneipen und Clubs strömten. Die Barkeeper und Türsteher würden Zeit haben, sich die Fotos von Huynh und Alexander anzugucken, und vielleicht hatte er Glück, und einer würde sich erinnern.

Johann hatte gesagt, der Streit hatte auf dem Hamburger Berg stattgefunden, eine kleine Seitenstraße, die direkt von der Reeperbahn abzweigte. Hier reihte sich ein Laden an den nächsten. Die Klientel bestand vor allem aus Studenten und war nicht ganz so prollig wie auf der anderen Seite der Reeperbahn, dem Hans-Albers-Platz, oder die Straße runter auf der Großen Freiheit. Aber was hieß das schon? Der gesamte Kiez verwandelte sich, sobald es dunkel wurde, in ein Sammelbecken der Feier- und Vergnügungssüchtigen, einen Schmelztiegel, in dem die Mischung aus Alkohol, Lust, Ausgelassenheit und Übermut jederzeit überkochen konnte. Schönlieb trieb es nicht oft auf die Vergnügungsmeile. Das war nicht seine Welt. Gäbe es nur das Leuchten der Schilder, das leichte Wummern der Bässe aus den Inneren der Clubs, den ranzigen Alkoholgeruch aus den Kneipen ohne all die Menschen, wäre es vielleicht etwas anderes gewesen, doch die Massen gehörten genauso dazu wie der Rest. Wenn er über die Reeperbahn ging, war er angespannt, immer in Erwartung einer unvorhergesehenen Situation. Gerade als Polizist, den Druck spürend, bei brenzligen Situationen eingreifen zu müssen, war der Besuch auf den Kiez für ihn häufig mehr Anstrengung als Entspannung gewesen. Er fühlte sich wohler, wenn er jemanden dabeihatte, und genau deshalb hatte er Mitch gefragt, ob er ihn begleiten wollte. Und Mitch war keiner, der Nein sagte. Egal, welcher Wochentag war.

Erst war er überrascht gewesen, dann hatte er sich gefreut. »Digger! Wir beide auf dem Kiez! Was geht! Das wird lustig.« Schönlieb hatte schnell hinterhergeschoben, dass der Besuch jedoch auch beruflicher Natur war und er in ein paar Bars Nachforschungen anstellen musste, doch da war Mitch schon in seiner Küche verschwunden und kurze Zeit später mit zwei Bierflaschen in der Hand wieder aufgetaucht. Bevor sie aufbrechen würden, gab es nämlich noch etwas zu erledigen. Sie saßen im Wohnzimmer von Mitch an dem niedrigen Glastisch, der vor dem großen schwarzen Ledersofa stand. Mitch rollte gerade einen Zwanzigeuroschein und zog sich anschließend die Hälfte der beiden zermalmten Ritalintabletten in die Nase. Kurz legte er den Kopf in den Nacken, dann schaute er Schönlieb an und lachte.

»Ich ziehe mir was in die Nase, direkt vor einem Bullen, o Mann!« Ja, das war eigentlich ein Problem, am besten dachte Schönlieb nicht weiter darüber nach.

»Merkst du schon was?«

»Quatsch, ein bisschen dauert das, prickelt ein bisschen, das war's. Aber ganz ehrlich, Digger: Das ist eine kleine Tablette. Da haut mich ja das eine Bier mehr um. Eine Dosis Kokain ist bestimmt fünfmal so viel.« Mitch lachte wieder, er hielt Schönlieb den Zwanzigeuroschein hin. »Jetzt du!«

Irgendwie war diese Situation ganz anders verlaufen, als Schönlieb das geplant hatte. Aber was hatte er auch erwartet, als er Mitch gefragt hatte? Schönlieb starrte auf das Pulver. Etwa eine Tablette, Mitch hatte recht, das war nicht viel. Die Neugier war von Anfang an da gewesen, als er die Tabletten zum ersten Mal in der Hand gehabt hatte. Er hatte sich vorgestellt, wie es wohl wäre, sie zu schlucken. Brachte sie wirklich einen positiven Effekt? Doch schlucken würde er die Tablette jetzt nicht mehr können, nicht so, wie es vermutlich Huynh getan hatte. Das Einzige, was ihm blieb, war dieser Test, und es war ja nur eine Tablette. Schönlieb nahm den Geldschein, rollte ihn noch einmal neu zusammen und beugte sich über das Pulver. Dann hielt er den Geldschein an die Nase, hielt sich das eine Nasenloch zu und sog kräftig mit dem anderen das Pulver hinein. Es kitzelte in der Nase, das Pulver rauschte ihm durch die Nasenhöhlen, kurz bekam er keine Luft. Er begann zu husten, und Tränen schossen ihm in die Augen. Das restliche Pulver auf dem Tisch pustete er mit seinem Husten in alle Richtungen. Mitch krümmte sich vor Lachen auf dem Ledersofa. Auch er hatte Tränen in den Augen, als er sich wieder aufsetzte.

»Wenn das jetzt guter Stoff gewesen wäre, hättest du eben ungefähr … fünf Euro in meinem Wohnzimmer verteilt.« Er überlegte kurz. »Wäre also gar nicht so schlimm.«

Dann stand er auf und holte für jeden ein weiteres Bier aus der Küche. Schönlieb saß auf dem Sofa und hatte sich wieder beruhigt. Jetzt saß er ganz still und versuchte, möglichst ruhig und gleichmäßig zu atmen. Er horchte in seinen Körper hinein. Tat sich schon etwas? Schönlieb hatte bisher keine nennenswerten Drogenerfahrungen. Ein Mal hatte er auf einer Party eines Kommilitonen der Polizeihochschule an einem Joint gezogen, jedoch keine Wirkung gespürt. Danach war er nicht lockerer oder entspannter gewesen. Im Gegenteil, angespannt hatte er in einer Ecke gestanden und an seinem Bier genippt. Schnell war er wieder gegangen.

Jetzt kam er sich vor wie ein Wissenschaftler, und sein Körper war das Versuchsobjekt. Wahrscheinlich würde er wieder nichts merken. Fünfmal so viel sei eine Dosis Kokain, hatte Mitch gesagt, und Schönlieb glaubte ihm. Gut möglich also, dass er hier so lange sitzen konnte, wie er wollte, er würde keine Veränderung bemerken. Experiment gescheitert. Wie oft stopften sich wohl richtige Wissenschaftler ihre eigenen Substanzen hinein, um deren Wirkung zu erforschen, oder gab es so etwas nur im Film? Schönlieb stellte sich vor, wie auf einmal seine Kleidung platzte, er größer wurde und plötzlich als grünes Monster in Mitchs Wohnzimmer stand. Der würde Augen machen, wenn der nette, stille Nachbar von nebenan plötzlich laut grunzend seine Einrichtung zerlegte.

»Hier.« Mitch drückte Schönlieb die kalte Bierflasche in die Hand. Schönlieb erschreckte kurz. »Sag mal, Christoph, weißt du, was ich mich schon immer gefragt habe?«

Schönlieb sah ihn an und nuschelte nur »Mmh«, er konnte sich nicht vorstellen, dass sich Mitch überhaupt tief gehende Gedanken machte.

»Hattest du eigentlich schon mal Sex?« Mitch schaute Schönlieb an, und nichts in seinem Tonfall oder seinem Gesicht verriet Ironie oder Sarkasmus. Er schien die Frage sehr ernst zu meinem. Schönlieb verschluckte sich fast an seinem Bier.

»Was?«

Mitch ließ sich neben Schönlieb auf das Sofa fallen.

»Digger, ich frage mich wirklich, ob du schon mal Sex gehabt hast. Du wirkst manchmal so …«

»So was?«

»So … Wie soll man das sagen … verkrampft.« Schönlieb spürte, dass er anfing zu schwitzen. Wann hatte ihm das letzte Mal jemand so eine intime Frage gestellt? Er konnte sich nicht daran erinnern. *Und die Frage war doch ziemlich intim, oder?* Oder war er nur ein spießiger, verbohrter Typ? Klar, unter Freunden, da sprach man vielleicht über so etwas, aber Mitch war doch nicht sein Freund, oder doch? Wenn Mitch nicht sein Freund war, hatte er dann überhaupt einen Freund?

»Also …«, stammelte Schönlieb. »Ja, ich hatte schon mal Sex. Natürlich!« Dreimal hatte er bisher Sex gehabt. Mit drei verschiedenen Frauen. Das Problem war, dass er sich an keines der drei Male richtig erinnerte. Er war jedes Mal betrunken gewesen, und am nächsten Morgen hatte er so einen Kater gehabt, dass er sich nur lückenhaft hatte erinnern können. Wenn er wirklich ehrlich zu Mitch und sich gewesen wäre, hätte er sagen müssen, dass er noch keinen richtigen Sex gehabt hatte. Er wusste nicht, wie Sex mit klarem Bewusstsein war, sondern hatte nur diffuse Vorstellungen und Bilder von nackten Frauen und wie es sich ungefähr anfühlte, in sie einzudringen.

Die Bilder schossen durch seinen Kopf. Manchmal, wenn er alleine im Bett lag, versuchte er sich daran zu erinnern. Vor allem an das eine Mal. Als er neben Nadine aufgewacht war. Er hatte sein Glück kaum fassen können. Vier Jahre hatte er sie fast täglich in der Schule gesehen und angehimmelt, doch sie schien so weit weg. Eine Menge Jungs hatten sich um sie bemüht. Sie war die, die alle wollten. Doch keinen ließ sie richtig an sich heran. Es hieß immer, sie habe einen älteren Freund, doch so wirklich zu wissen schien das niemand, und Schönlieb wäre der Letzte gewesen, der sich getraut hätte, sie direkt zu fragen. Überhaupt hatte er nie viel mit ihr geredet, obwohl sie in der gleichen Jahrgangsstufe gewesen waren. Dafür war er viel zu schüchtern gewesen. Doch dann war das Abschlussfest gewesen, nach der dreizehnten Klasse. Alle hatten sich Anzüge und schöne Kleider angezogen, und am nächsten Morgen war er in seinem Bett aufgewacht, und neben ihm hatte Nadine gelegen. Er konnte sich noch immer nicht erklären, wie es dazu gekommen war. Das Letzte, woran er sich erinnern konnte, was den Abend der Abschlussfeier betraf, war seine eigene miese Stimmung gewesen. Als er oben auf der Bühne gestanden hatte, in der Aula der Schule, und darauf gewartet hatte, sein Zeugnis entgegenzunehmen, da hatte er plötzlich diesen Druck im Magen gespürt. Es war ihm vorgekommen, wie wenn sich etwas von innen gegen seine Magenwand stemmte. Immer heftiger. Eigentlich hatte er sich auf diesen Abend gefreut. Dieser Abend war sein Ziel gewesen, das Ende, das es zu erreichen galt. Nie wieder würde er sie alle wiedersehen müssen, Christian Spitz und die anderen. Nie wieder. Diese Gewissheit hatte ihn in den letzten beiden Schuljahren gerettet. Doch plötzlich war er traurig gewesen, nicht traurig, dass er die anderen nicht mehr sehen würde, na ja, bis auf Nadine, es hatte ihn vielmehr traurig gemacht, in ihren Gesichtern diese Freude zu sehen, diese Erwartungen an das Leben. Bereit, die Welt zu erobern, voller Träume und voll Hoffnung, diese Träume zu erreichen.

Mitch klapste ihm auf die Schulter und sprang auf.

»Na, dann ist ja gut. War auch nicht böse gemeint. Ich hole uns noch ein Bier.«

Schönlieb schaute Mitch hinterher, der in die Küche ging. *Und jetzt? War es das? War das jetzt ein intimes Gespräch unter Freunden, oder was?* Auf so etwas konnte er auch verzichten.

Nadine hatte sich bemüht, es zu verbergen, doch er hatte ihr angemerkt, wie erschrocken sie gewesen war und wie peinlich es ihr war. Immer wieder hatte sie leicht mit dem Kopf geschüttelt, und dann der Blick, mit dem sie ihn angeguckt hatte. Als wäre er das Schlimmste, was ihr hatte passieren können. Sie war gegangen, und beide hatten seitdem kein Wort mehr miteinander gewechselt.

Mitch kam wieder mit zwei neuen Astra-Flaschen, dabei hatte Schönlieb die zweite noch nicht mal zur Hälfte ausgetrunken. Er stellte die halb volle Flasche dennoch auf den Glastisch und nahm die neue, kühle Bierflasche und trank zwei große Züge. Mitch fing an, ungefragt von seiner neusten Eroberung zu erzählen, der neuen Kollegin bei ihm in der Werbeagentur.

Schönlieb hörte nicht richtig hin. Stattdessen versuchte er sich wieder auf sich zu konzentrieren, auf jede Veränderung seines Bewusstseins zu achten. Die Frage von Mitch hatte ihn kurzzeitig völlig abgelenkt. Dabei hatte er doch auf die Wirkung achten wollen, und er glaubte tatsächlich etwas zu bemerken, denn ab und zu lachte er über das, was Mitch erzählte, ohne genau verstanden zu haben, was er überhaupt gesagt hatte. Doch wenn Mitch auflachte und sich anscheinend über seine eigenen Witze amüsierte, dann konnte Schönlieb nicht anders als mitlachen. Das kannte er von sich sonst nicht. Wenn man sich jedoch völlig auf eine mögliche Wirkung konzentrierte, nahezu versteifte und nur darauf wartete, dass sie eintrat, war es da nicht auch leicht möglich, dass er sich die Wirkung nur einbildete? Eine Art Placeboeffekt?

Schönlieb nahm einen weiteren großen Schluck aus der Bierflasche. Es wurde langsam Zeit aufzubrechen – auf den Hamburger Berg.

Kapitel 15

A*n einem Dienstag ist auf dem Kiez nicht viel los,* hatte Schönlieb gedacht. Zusammen mit einer Masse von Menschen stiegen Mitch und er aus der U-Bahn aus. Er hatte vollkommen unrecht gehabt, und es dauerte eine Weile, bis Schönlieb begriff, warum das so war. »*Santa Pauli – Hamburgs geilster Weihnachtsmarkt*«. Eine Gruppe laut lachender Männer und Frauen, die einheitlich Weihnachtsmannmützen trugen, hatte ihn daran erinnert. Der Weihnachtsmarkt auf dem Spielbudenplatz zog auch an einem Dienstag die Massen an. Hier fand man nicht nur Glühwein und die üblichen Holzschnitzereien, sondern auch Holzdildos und ein Strip-Zelt vor. Leute, die sich dämliche Mützen oder Hirschgeweihe aus Plüsch auf den Kopf setzten, gab es aber auch hier, wenn nicht sogar in noch größerer Anzahl.

Mitch und Schönlieb fuhren zusammen mit der Weihnachtsmützengruppe die Rolltreppe hinauf. Offensichtlich waren sie Kollegen und schon ordentlich angetrunken, bevor sie überhaupt den ersten Glühweinstand erreicht hatten. Sie rissen einen schlechten Bürowitz nach dem anderen, und immer wieder versuchte einer von ihnen, die anderen in Lautstärke und Witzigkeit zu übertreffen. Schönlieb war froh, dass er nicht mit diesen Leuten zusammenarbeiten musste, und das, wo er Wallner als Kollegen hatte.

Oben angekommen, überquerten die beiden zwei Ampeln und gingen an den tanzenden Türmen vorbei. Für viele alteingesessene Bewohner waren diese zwei Kolosse aus Stahl und Glas ein weiteres trauriges Zeichen, wie sich ihr Kiez veränderte.

Kurz darauf erreichten Schönlieb und Mitch den Weihnachtsmarkt. Schönlieb mochte Weihnachten nicht, und Weihnachtsmärkte erst recht nicht. Da konnten auch Stripperinnen und Holzdildos nichts dran ändern. Er war einfach neben Mitch hergetrottet und hatte nicht weiter nachgedacht, und jetzt standen sie in der Mitte dieses doofen Marktes.

»Wir wollten doch zum Hamburger Berg«, fuhr er Mitch an.

»Erst einmal trinken wir einen Glühwein«, rief Mitch, während er sich durch eine Traube von Menschen zwängte, die wie Pinguine dicht aneinandergedrückt um den Glühweinstand herumstanden.

Schönlieb seufzte und versuchte den Gedanken an Weihnachten wieder zu verdrängen – was auf einem Weihnachtsmarkt nicht so einfach war. Er wusste, je näher der 24. Dezember rückte, desto weniger würde er dem Ganzen entkommen. Diese ganze besinnliche Zeit und vor allem der Heilige Abend, das war für ihn immer eine grausame Zeit. Irgendwo in den Tiefen seiner Erinnerung, da gab es auch schöne Momente. Damals, als seine Mutter noch da war, doch präsenter waren ihm die etlichen Male mit seinem Vater und später alleine. Er wusste noch nicht, wo er dieses Jahr den Heiligen Abend verbringen würde. Letztes Jahr hatte er zu Hause auf dem Sessel gesessen und sich die komplette dritte Staffel von *Breaking Bad* auf DVD angesehen. Fast zehn Stunden. Danach hatte er kurz überlegt, ob er nicht wie die Hauptfiguren der Serie auch die Seite wechseln und lieber Crystal Meth verkaufen sollte.

»Glühwein für meinen Lieblingspolizisten«, sagte Mitch und drückte Schönlieb den kleinen Becher in die Hand.

Langsam, immer wieder pustend, tranken sie den Glühwein, während Schönlieb Mitch ein weiteres Mal erklärte, worum es ihm heute ging. Er erzählte, ohne ihre Namen zu nennen, von dem Streit zwischen Huynh und Alexander und dass sie herausfinden mussten, wo und warum der Streit stattgefunden hatte. Mitch wollte jedoch unbedingt erst ins Strip-Zelt, und Schönlieb brauchte etwas, um ihn zu überreden, stattdessen in Richtung des Hamburger Bergs aufzubrechen.

»Du bist jetzt mein Dr. Watson, du musst mir helfen«, sagte er zu ihm und tippte ihm dabei auf die Brust. Das wirkte. Mitch schien der Gedanke, Dr. Watson zu sein, sehr zu gefallen, und so ging er schließlich bereitwillig mit.

Der Bürgersteig war voll mit Pfützen, und von den Dächern und leuchtenden Schildern tropfte der schmelzende Schnee. An der Ecke beim *Burger King* und der Currywurstbude überquerten sie die Ampel, passierten einige Sexshops und erreichten die Ecke, an dem sich das Casino befand. Sie bogen rechts in die Seitenstraße ab, den Hamburger Berg. Hier war es deutlich leerer als auf dem Weihnachtsmarkt.

»Wo willst du rein?«, fragte Mitch.

Schönlieb hatte keine Ahnung. Er würde einen Laden nach dem anderen abklappern und allen die Fotos unter die Nase halten müssen. Hoffentlich erinnerte sich einer an die beiden.

»Du kennst dich hier doch besser aus. Wo geht eine Gruppe Studenten hinein?«

»Ha, ich bin Dr. Watson.« Mitch blieb kurz stehen und überlegte. »Also, Sherlock, ich schätze die Chancen, dass sie in den *Elbschlosskeller*, ins *Knallermann* oder *Zum goldenen Handschuh* gegangen sind, eher gering ein. Lassen wir diese Läden erst einmal außer Acht.«

Mitch ging ein paar Schritte weiter. Schönlieb folgte ihm. Mitch schien immer mehr Spaß an der Sache zu haben. Er blieb wieder stehen und legte den Zeigefinger an sein Kinn.

»*Lucky Star 2, Lucky Star, Kiek ut*. Wenn man sich ordentlich Mexikaner reinkippen will, um schön betrunken zu werden, fängt man hier an.«

Mitch drängte Schönlieb kurzerhand ins *Kiek ut* und bestellte zwei Mexikaner. Ein scharfer kleiner Tomatenschnaps, bei dem Tomatensaft und Tabasco mit Korn, Wodka oder Tequila gemischt wurden. Jeder Kneipenwirt hatte da sein eigenes geheimes Rezept. Wo es den besten Mexikaner gibt, war ein heiß diskutiertes Thema auf dem Kiez, und jeder hatte seine eigene Antwort darauf. Mitch tendierte zum *Kiek ut* und schrie seine Begeisterung für den kleinen Schnaps fröhlich durch die Kneipe, als er den zweiten Kurzen hinunterkippte.

»Das hier ist und bleibt der beste Mexikaner der Stadt!«

Schönlieb zögerte kurz, kippte dann aber ebenfalls den Inhalt des kleinen Glases hinunter und verzog anschließend, wie beim ersten Mal, das Gesicht. Was konnte man daran lecker finden?

Mal abgesehen von der Frau hinter der Bar, die etwas grimmig dreinblickte und lustlos ein paar Gläser abspülte, saß nur ein anderer Gast in der kleinen Kneipe. Ein kleiner älterer Mann mit einer abgeranzten Kappe auf dem Kopf, der krumm am Tresen hockte. Ohne echte Hoffnung auf Erfolg zeigte Schönlieb der Barfrau und dem alten Mann erst ein Bild von Huynh und anschließend eines von Alexander. Doch die beiden konnten sich nicht daran erinnern, die Studenten jemals gesehen zu haben, und Schönlieb war sich ziemlich sicher, dass, sobald Mitch und er das *Kiek ut* verlassen würden, auch ihre Gesichter sofort für immer in Vergessenheit geraten würden.

Schönlieb hielt Mitch gerade noch ab, eine dritte Runde Mexikaner zu bestellen, und zog ihn aus der kleinen Kneipe.

»Ich darf nicht so viel trinken. Ich muss schließlich noch ein paar Leute befragen.«

Sie gingen weiter ins *Lucky Star 2* und ins *Lucky Star*, doch auch hier konnte sich niemand an Huynh oder Alexander erinnern. Mitch hatte es geschafft, zwei weitere Kurze zu trinken, während Schönlieb die Leute hinter der Bar befragt hatte.

»Sherlock«, sagte Mitch etwas lauter als üblich. »Ich verwette meinen Doktortitel darauf, dass sich das Ganze in der *Barbarabar* zugetragen hat.«

»Wie kommst du darauf?«

»Ist nur so ein Gefühl.« Mitch kniff die Augen zusammen und tippte sich auf die Nase. »Aber frag lieber vorsichtshalber noch mal im *Nachtlager*, wenn wir schon hier sind.«

Schönlieb verdrehte die Augen.

»Wir stehen genau vor dem *Nachtlager*, und es hat zu.«

Mitch drehte sich einmal um sich selbst, ging zu den großen, fast bis zum Boden reichenden Fenstern, vor denen sie standen, drückte seine Hände und seine Nase dagegen und blickte ins Nachtlager hinein.

»Tatsächlich, Digger, keiner drin.« Kurz blickte er Schönlieb ratlos an, als könne er nicht glauben, dass ein Laden auf dem

Kiez auch mal geschlossen hatte. Dann formte sich aus dem ratlosen Ausdruck ein breites Grinsen

»Na dann, ab in die *Barbarabar.*«

Schnell überquerten sie die Straße und traten durch die Tür der *Barbarabar*. Wärme schlug ihnen entgegen. Die Bar war für einen Schlechtwetter-Dienstag erstaunlich voll. Es wurde jedoch nicht getanzt. Die Leute saßen ruhig in den Ecken und nippten an ihren Getränken. Da fiel Schönlieb auf, dass keine Musik durch die Lautsprecher dröhnte, sondern eine bekannte Stimme. Er brauchte ein paar Sekunden, bis er die Stimme zuordnen konnte. Das war Justus Jonas von den *Drei Fragezeichen*. Für einen kurzen Moment war er wieder zehn, lag mit dem Bauch auf seinem Bett und blickte auf den großen dunklen Kassettenrekorder, durch dessen kleines Fenster man sehen konnte, wie sich das schwarze Band auf der linken Seite gleichmäßig abrollte, um auf der rechten Seite wieder aufgerollt zu werden.

»Digger, was ist denn hier los? Lass uns wieder gehen.« Mitch tippte ihn an.

»Du warst dir doch so sicher, dass es hier passiert ist«, zischte Schönlieb Mitch an und ging auf den Bartresen zu.

Er setzte sich auf einen der Hocker und lauschte dem Hörspiel, doch Mitch ließ nicht locker. In ihm schien weder Nostalgie noch Wohlbefinden aufzukommen. Vielmehr fühlte er sich sichtbar unwohl. Als Schönlieb für jeden ein Astra bestellen wollte, hielt Mitch ihn ab und drängte ihn, dem Barkeeper direkt die Fotos zu zeigen. Dr. Watson hatte sich getäuscht. Zumindest konnte sich der junge Mann hinter dem Tresen an keinen der beiden Jungs auf den Fotos erinnern.

Plötzlich, wie aus dem Nichts, stand eine kräftige, große Frau vor Schönlieb und Mitch. Sie musste sich in einer dunklen Ecke versteckt und dann heimlich angeschlichen haben, denn weder hatte Schönlieb sie vorher gesehen, noch hatte er gehört, wie sie auf sie zugekommen war. Als Schönlieb realisiert hatte, was passiert war, hatte Mitch schon eine Backpfeife kassiert und anschließend den Inhalt eines Colaglases ins Gesicht bekommen. Auf dem Kragen seiner Jacke blieb eine halbe Zitronenscheibe liegen. Die Frau verschwand ebenso mysteriös, wie sie erschienen war. Sie hinterließ einen verdutzten Schönlieb und einen nassen, rotwangigen Mitch. Es dauerte gefühlte fünf Minuten, bis einer der beiden seine Sprache wiedergefunden hatte. Ungewöhnlicherweise war Schönlieb der Erste.

»Was war das?«

»Ich glaube, das nennt man Kollateralschaden.« Mitch zog eine Packung Taschentücher aus seiner Jacke und begann, sich trocken zu tupfen.

»Ich hatte gehofft, sie erkennt mich nicht wieder. Ist immerhin schon ein paar Monate her, und meine Haare waren etwas länger.«

Plötzlich musste Schönlieb laut loslachen. Das war einfach zu viel: ein durchnässter Mitch, die Zitronenscheibe auf dem Jackenkragen, diese mysteriöse Frau und im Hintergrund Justus Jonas, der gerade in seiner herrlich besserwisserischen Art einen Fall löste. Schönlieb verspürte eine ausgelassene Freude, wie er sie lange nicht gehabt hatte.

Mitch schaute ihn böse an, doch das brachte Schönlieb umso mehr zum Lachen. Mitch zerrte Schönlieb vom Barhocker und schob ihn vor die Tür.

»Ist ja gut, Digger. So lustig ist es auch nicht! Wusste gar nicht, dass du so auf Schadenfreude stehst!«

Schönlieb rang in den kurzen Lachpausen nach Luft.

»Schade …«, keuchte er, »… dass sie nicht noch geblieben ist.« Er lachte wieder. »Ich hätte sie gern auf 'ne neue Cola eingeladen.« Er zeigte auf Mitch. »Dein Gesicht danach!« Wieder lachte er laut los.

Es dauerte eine Weile, bis sich Schönlieb wieder beruhigt hatte. Sie saßen beide vor der *Barbarabar* auf der Motorhaube eines geparkten Autos, und Schönlieb konnte langsam wieder normal atmen.

»Hast du dich beruhigt, Digger?«

»Ich denke schon.«

»Dann können wir ja weitermachen. Schließlich sind wir hier, weil wir etwas herausfinden wollen.« Mitch stand auf, drehte sich zu Schönlieb und tippte ihm mit dem Zeigefinger kräftig auf die Brust. »Nicht wahr, Sherlock?«

Schönlieb konnte es sich verkneifen, erneut loszulachen. Dass Mitch jetzt auf seine Polizeiarbeit bedacht war, ließ ihn dennoch breit grinsen.

»Alles klar, Watson. Wo geht es hin?«

»Ins *Ex-Sparr.*«

Schönlieb folgte Mitch die Straße hoch und schließlich durch eine schwarze Tür hindurch, über der auf einem großen Schild in roten und weißen Buchstaben *Ex-Sparr* stand. Kurz hatte Schönlieb das Gefühl, dass sie komplett alleine in der dunklen Bar waren, doch dann entdeckte er weiter hinten, in einer Ecke, zwei junge Männer, die an einem Kickertisch standen, und hinter dem Tresen, der sich in der Mitte der Bar befand, tauchte eine junge Frau auf.

»Hi«, begrüßte sie die beiden. Sie hatte schwarze Haare, die sie streng nach hinten zu einem kleinen Zopf gebunden hatte, und trug ein schwarzes Tanktop. Ihr rechter Arm war komplett mit Tattoos überzogen. »Wollt ihr etwas trinken?«

Mitch bestellte wieder Mexikaner. Als die Frau die Schnapsgläser vor ihnen auf den Tresen stellte, zeigte Schönlieb ihr die Fotos. Sie betrachtete die Bilder, und man sah ihr an, dass sie versuchte, sich zu erinnern.

»Ich bin mir nicht ganz sicher. Wieso wollt ihr wissen, ob die hier waren?«

»Wir sind Sherlock Holmes und Dr. Watson«, sagte Mitch, bevor Schönlieb antworten konnte, und fing an zu lachen. Er fiel fast vom Barhocker, so lustig fand er seinen Witz. Er hatte sich von seinem Schock in der *Barbarabar* wieder erholt.

Schönlieb blickte zur Tanktop-Frau und zog entschuldigend die Schultern hoch. Er zog seinen Dienstausweis hervor und zeigte ihn ihr.

»Polizei?«, fragte die Frau erstaunt. »Im Dienst?« Sie blickte auf die beiden Mexikaner. Schönlieb zuckte erneut mit den Schultern.

»So halb.«

Die junge Frau holte ein weiteres Schnapsglas hervor und füllte es voll. Dann stieß sie mit den beiden an.

»Zivilbullen, halb betrunken, halb im Dienst, die mit Fotos nach Verdächtigen suchen. Ich dachte, das gibt es nur im Fernsehen.« Schönlieb gefiel der leicht ironische Unterton in ihrer Stimme.

»Und, hast du die beiden schon mal gesehen?«

Erneut betrachtete sie die Bilder.

»Vor ungefähr zwei Wochen«, versuchte er ihr zu helfen. »Die beiden hatten Streit, haben sich geprügelt und sind rausgeflogen.«

»Ich glaube, da war wirklich etwas. Kann sein, dass es vor zwei Wochen war. Aber ob die das waren, kann ich nicht genau sagen. Das war vorne an der Tür. Ich habe es nicht richtig mitbekommen. Wir hatten hier ein bisschen Ärger. Ich glaube, es ging um ein Mädel, ja, auf jeden Fall war da auch ein Mädchen. Das hat ganz hysterisch geschrien.«

Schönlieb horchte auf. Mitch lehnte auf dem Tresen und schaute die junge Frau verliebt an. Schönlieb zog sein iPhone heraus, öffnete die Facebook-App und tippte in das Suchfeld »Marie von Hohenzollern« ein. Er streckte der Barkeeperin das Handy entgegen.

»Vielleicht die hier?«

»Ja! Genau!« Die junge Frau schrie auf. Mitch schreckte hoch.

»Kannst du versuchen, dich so genau wie möglich zu erinnern? Jedes Detail könnte wichtig sein.« Schönlieb war aufgeregt.

»Ja, ich versuch's ja. Um was für Ermittlungen geht es denn überhaupt?«

»Mord.« Wieder war es Mitch, der zuerst antwortete und dabei sehr wichtig und ernst guckte.

»Oh, wow«, die junge Frau schaute die beiden kurz begeistert an, drehte sich dann um und holte eine Flasche Tequila und drei neue Schnapsgläser hervor. »Na, darauf erst einmal einen Tequila.«

In der Zeit, in der Schönlieb sich überwand, seinen Tequila hinunterzukippen, hatten Mitch und die Frau hinter der Bar schon eine zweite Runde getrunken. Während Schönlieb sich schüttelte, machte Mitch Komplimente über ihr Tattoo. Sie nahm die Fotos erneut in die Hand und betrachtete Huynh und Alexander.

»Ja doch, der Asiate, und jetzt, wo ich das Mädchen dazu gesehen habe, bin ich ziemlich sicher, dass die beiden es waren, die sich geprügelt haben. Andy, unser Türsteher, hat dafür gesorgt, dass sie aus dem Laden geflogen sind.«

»Wo ist Andy jetzt? Können wir mit ihm sprechen?«

»Ne, der ist nur von Donnerstag bis Samstag hier. Ich kann dir aber seine Nummer geben.« Sie riss irgendwo hinter dem Tresen ein Stück Papier ab und kritzelte eine Nummer drauf. Schönlieb nahm sie entgegen.

»Kannst du dich denn erinnern, worum es ging? Hast du vielleicht doch irgendwas mitbekommen? Vielleicht hat Andy ja noch was erwähnt?«

Sie sah konzentriert aus.

»Das ist echt lange her. Und so selten kommt das nun auch wieder nicht vor, dass hier zwei Typen anfangen, sich zu prügeln.« Sie nahm noch einmal das iPhone in die Hand und betrachtete das Bild von Marie. »Ich kann es nicht beschwören, aber ich meine, es ging darum, dass der hier«, sie zeigte auf Alexander, »die hier«, sie zeigte auf das iPhone, »irgendwie angemacht oder angegrapscht hat. Das hat dem hier«, jetzt hielt sie das Foto von Huynh hoch, »gar nicht gefallen. Daraufhin gab es dann Zoff.«

Schönlieb fragte sich, warum Marie ihm nichts von dem Vorfall erzählt hatte. Er hatte sie doch eindeutig nach der Schlägerei gefragt, warum hatte sie die Auseinandersetzung bewusst verschwiegen?

Er würde sie auf jeden Fall noch einmal befragen müssen, und auch Alexander würde er sich vornehmen.

»Hast du mitbekommen, wie es draußen weiterging, nachdem sie hier hinausgeflogen sind?«

»Ne, der Laden war total voll. Da stehe ich hier die ganze Zeit an der Bar und bin unter Volldampf. Sei froh, dass ich mich überhaupt noch an die beiden erinnert habe.«

Schönlieb nickte.

Die Schwarzhaarige lächelte ihn an. »Und jetzt, was passiert jetzt?«

Wieder mischte sich Mitch in das Gespräch ein.

»Morgen nehmen wir den Typen fest und foltern ihn, bis er etwas erzählt. Aber heute Abend haben wir erst einmal frei. Und zur Feier des Abends, dass wir so erfolgreich waren, trinken wir jetzt noch einen.« Er grinste die Barfrau ein. Für Schönlieb sah das Grinsen ziemlich zweideutig aus, und er bewunderte Mitch dafür, keine Lehren aus der Attacke der *Barbarabar*-Frau zu ziehen.

Schönlieb nahm die Fotos wieder an sich. Er musste an Lieke denken. Mitch hätte sie sicherlich gleich angeflirtet und sie eingeladen zu einem Kaffee oder was man auch immer machte. Aber er hatte sich nur schüchtern verdrückt. Er nahm sich vor, morgen in der Gerichtsmedizin anzurufen und sie zu fragen ob … ja … ob … Ihm würde schon etwas einfallen. Eis essen, oder so. Kaffee trinken. Was auch immer.

Kapitel 16

Mehr als drei Stunden hatte er mit Sicherheit nicht geschlafen. Nachdem er Mitch, nach dessen eindeutigen Hinweisen in seine Richtung, alleine mit der Barkeeperin zurückgelassen und das *Ex-Sparr* verlassen hatte, hatte er sich plötzlich so frisch und munter gefühlt, dass er beschlossen hatte, den Rückweg zu Fuß zurückzulegen. In den Straßen war es leer gewesen. Selbst so eine Stadt wie Hamburg konnte sich in eine ruhige, einsame Stadt verwandeln. Er hatte an Lieke gedacht und überlegt, was er am Telefon sagen würde. Er schob die Wörter und Sätze in Gedanken immer wieder hin und her. Eines stand fest: Er würde sie anrufen. Da war er sich ganz sicher gewesen. Bis er zu Hause angekommen war. Plötzlich war ihm wieder eingefallen, dass er Ritalin durch die Nase gezogen hatte und danach den einen oder anderen Schnaps hinuntergekippt hatte. Konnte seine plötzliche Entschlossenheit, sein Mut damit zusammenhängen? Was, wenn das morgen alles vorbei war und er wieder Angst davor hatte, sie anzurufen, sie einzuladen? Er hatte so lange darüber nachgedacht, dass sein Mut tatsächlich langsam wieder verschwunden war. Mehrere Stunden hatte er in der Nacht einfach so im Sessel gesessen und ins dunkle Wohnzimmer gestarrt. Müde war er nicht geworden. Schließlich hatte er sein iPhone herausgeholt und die Notizfunktion geöffnet.

Jetzt, am nächsten Morgen, verdrängte er sein Vorhaben völlig, es gab im Moment Wichtigeres zu tun: Er musste einen Fall lösen. Dicht gedrängt stand er mit anderen Studenten im Bus der Linie 4. Und hoffte, dass endlich die Bushaltestelle kommen würde. Um sich von den vielen Leuten um ihn herum abzulenken, schaute er auf seine Notizen von gestern Nacht.

Was hatte er bisher herausgefunden?

Huynh Nguyen (tot) hat mit Ritalin und anderen Neuro-Enhancern gehandelt (unbestätigt, aber wahrscheinlich) – zusammen mit Johann Sattler (oder aber Konkurrenz). Beziehung mit Marie von Hohenzollern (Vater war nicht begeistert). Streit mit AlexanderR im Ex-Sparr (Eifersucht).

Johann Sattler scheint mit Ritalin zu handeln (unbestätigt → direkt bei ihm kaufen, überführen, in die Enge treiben) – möglicherweise zusammen mit HN (oder Konkurrenz).

Alexander Röhnsdorf: bisher keine Verbindung zu Ritalin. Beziehung unklar (Interesse an MvH). Streit mit HN/Prügelei wegen MvS im Ex-Sparr. MvH hat es verschwiegen, warum?

Mit dem Türsteher sprechen. MvH erneut befragen. AR vorladen.

Sowohl die Neuro-Enhancer-Spur, also auch die Ex-Sparr-Spur mussten weiterverfolgt werden. Schönlieb hatte sich entschlossen, zunächst einmal Johann auf den Zahn zu fühlen. Noch hatte seine Tarnung als Student Bestand, und das würde er jetzt ein letztes Mal ausnutzen. Den Türsteher, Marie und Alexander würde er dann ganz offiziell befragen. Wallner könnte ihm dabei gut helfen, doch der alte Sack lag wahrscheinlich noch immer gemütlich zu Hause in seinem Bett und tat so, als wäre er krank, nur weil er sich von Holding übergangen fühlte.

Schönlieb hatte sich in der Nacht erneut das Vorlesungsverzeichnis vorgenommen und hoffte, dass er auch dieses Mal auf Johann treffen würde. Er würde versuchen, Ritalin bei ihm zu kaufen, und anschließend seine Tarnung aufgeben und Johann festnehmen. Im Büro würde er Johann dann richtig in die Mangel nehmen können. Schönlieb war zufrieden mit seinem Plan und steckte das iPhone wieder in die Hosentasche.

An der Haltestelle Grindelallee zwängte er sich mit dem Großteil der Insassen aus dem Bus. Er überquerte die Ampel, ging die Straße hinunter, um schließlich rechts am Parkplatz und der

Ponybar vorbeizugehen, bis zu dem Platz mit dem Wasserbecken, in dem sie Huynh gefunden hatten. Die Stelle, an der Huynh noch vor fünf Tagen gelegen hatte, war nicht mehr als Tatort erkennbar. Keiner der Studenten, die tief in ihre Jacken verkrochen und quer über den Campus an dem zugefrorenen kleinen Becken vorbeigingen, wirkte so, als wisse er, was geschehen war. Obwohl es mittlerweile auch den Artikel in der Zeitung gegeben hatte. Vielmehr schienen alle darauf bedacht, möglichst schnell von einem Gebäude ins nächste zu kommen.

Während Schönlieb über die Vergänglichkeit von Tatorten nachdachte, summte er leise *The Show Must Go On* von Queen vor sich hin. Es erschien ihm nicht ganz angemessen, aber hier beobachtete ihn ja niemand. Am Rand des Beckens, genau dort, wo Huynh über die Kante gezogen und ins Wasser geworfen worden war, blieb er kurz stehen. *Wir werden schon herausfinden, warum du sterben musstest.*

Er ging weiter bis zum Rechtshaus. Gerade als er den Eingangsbereich durchquerte, öffnete sich eine der beiden Fahrstuhltüren in der Mitte des Raumes. Anna trat heraus. Schönlieb blieb stehen und begrüßte sie, doch Anna beachtete ihn gar nicht, mit schnellen Schritten ging sie an ihm vorbei und steuerte auf den Eingang der Toiletten rechts von ihnen zu.

»Hey«, rief Schönlieb, doch Anna verschwand wortlos und ohne sich nach ihm umzudrehen in der Frauentoilette.

Hatte sie geweint? Schönlieb hatte das so schnell nicht sehen können, aber ihm war, als hätte sie rote, aufgequollene Augen gehabt. Kurz überlegte er, was er jetzt tun sollte. Dann entschied er sich, vor der Tür auf Anna zu warten. Nach zehn Minuten schaute er das erste Mal auf die Uhr. Konnte das sein? Was machte sie so lange? Er wartete weitere fünf Minuten, schließlich schaute er sich schnell um. Niemand zu sehen. Schnell öffnete er die Tür und trat ins Frauenklo ein. Es gab drei Toiletten, die Tür zu einer stand einen Spalt auf, die anderen beiden waren zu. Er konnte jedoch noch nicht sehen, ob sie auch abgeschlossen waren.

»Anna?«, fragte er vorsichtig, bekam aber keine Antwort. Er versuchte es noch einmal und ging weiter auf die geschlossenen Türen zu. »Anna? Bist du hier?«

Jetzt konnte er sehen, dass eine der Türen verschlossen war. Er klopfte an die Tür.

»Anna? Alles in Ordnung?« Wieder bekam er keine Antwort, doch er meinte ein leises Schluchzen auf der anderen Seite der Klotür zu hören. *Was machte er hier?* Dennoch, wenn er jetzt schon hier stand.

»Ich … äh … hatte mir nur Sorgen gemacht, weil du … nicht wieder herausgekommen bist.« Irgendwie war das ganz schön peinlich. Wie musste das auf sie wirken, dass er ihr ins Frauenklo folgte, weil er beobachtet hatte, dass sie eine Viertelstunde auf dem Klo hockte und nicht wieder herauskam.

»Verpiss dich!«, rief sie plötzlich. Sie klang verschnupft.

»Okay, sorry, ich wollte dich nicht … Ich gehe jetzt wieder, okay?« Keine Antwort.

Er verließ die Toilette und lehnte sich an die Wand vor dem Eingang. Er würde einfach warten.

Es dauerte eine ganze Weile, bis sie herauskam. Kurz blickte sie ihn irritiert an.

»Hey, alles in Ordnung bei dir?«, fragte er und versuchte dabei so nett und unaufdringlich wie möglich zu klingen. Sie nickte schnell, doch in ihrem Gesicht konnte er erkennen, dass überhaupt nichts in Ordnung war.

»Was willst du?«, fragte sie ihn mit einer gewissen Schärfe und blickte dabei auf den Boden. Er hatte das Gefühl, er war der Letzte, mit dem sie gerade sprechen wollte. Ja, was wollte er überhaupt von ihr? So richtig wusste er das auch nicht und zuckte nur etwas hilflos mit den Schultern.

»Ich habe mir nur Sorgen gemacht«, sagte er, und seine Stimme wurde dabei kurz wieder so schrecklich hell. Wie er das hasste.

»Aha«, antwortete sie nur kurz und ging an ihm vorbei. Sie verließ das Rechtshaus und verschwand nach links, die Schlüterstraße hinunter.

Schönlieb schaute ihr hinterher, bis er sie nicht mehr sehen konnte. Jetzt wusste er, was ihn dazu gebracht hatte, Anna bis ins Damenklo zu verfolgen: Sie hatte wie ein komplett anderer Mensch gewirkt. Etwas war geschehen.

Kapitel 17

Die Vorlesung war vorbei. Johann konnte überall sein. Schönlieb hatte zu lange auf Anna gewartet. Jetzt stand er in der großen, offenen Holztür und blickte in einen leeren Vorlesungssaal. So viel zu seinem Plan.

Er zog sein iPhone hervor und schaute nach, ob es im Anschluss eine Vorlesung gab, die ebenfalls für Johann infrage kam. Es gab keine. Etwas ratlos ging Schönlieb um den klobigen Infotresen herum und blickte auf die Bibliothek. Vielleicht hatte er Glück und würde Johann irgendwo im Inneren der Rechtsbibliothek finden. Er konnte es versuchen. Schönlieb schöpfte neuen Mut. Etwas Besseres fiel ihm im Moment eh nicht ein.

Der Eingang zur Bibliothek sah futuristisch aus. Eine niedrige, durchsichtige Tür versperrte den Eingang. Sie ließ sich jedoch problemlos nach hinten drücken, als Schönlieb hindurchging. Er ging eine Treppe hoch und bekam erst jetzt einen Eindruck davon, wie groß die Bibliothek wirklich war. Sie erstreckte sich über fünf Stockwerke und verfügte über einen alten und einen neuen Teil. Über eine große breite Treppe gelangte man sowohl von einem Teil in den anderen als auch in die höheren Stockwerke. Zu beiden Seiten hin erstreckten sich große Räume, die zur Hälfte mit deckenhohen Bücherregalen vollgestellt waren und dessen andere Hälfte Tischreihen mit Arbeitsplätzen einnahmen. Nahezu alle Plätze waren von Studenten besetzt, die in Bücher oder auf die Bildschirme ihrer Notebooks starrten. Die Luft war stickig.

Schönlieb beschloss, sich von oben nach unten durchzuarbeiten und alles systematisch abzugehen, um Johann zu finden. Er stieg die breite Treppe mit den niedrigen Stufen hinauf bis unter das Dach. Hier oben war es etwas ruhiger als in den unteren Etagen. Dennoch saßen auch hier einige Studenten. Manche von ihnen hatten Büchertürme vor sich stehen oder ein ganzes Meer von aufgeschlagenen Büchern vor sich ausgebreitet. Immer wieder blickten sie hektisch in eines der Bücher, tippten wild auf ihren Laptops herum, nahmen das nächste Buch, lehnten sich zurück, dachten augenscheinlich nach, um gleich darauf wieder wie wild auf die Tastatur der Notebooks zu hämmern. Einige hingegen saßen still vor einem Buch und ließen sich, allem Anschein nach, durch nichts ablenken. Nicht die kleinste Regung, fokussierter Blick. Doch leider war keiner von ihnen Johann. Schönlieb ging in das nächste Stockwerk hinunter. An einem weißen Tisch entdeckte er zwei Studenten, die inmitten ihrer Bücher auf verschränkten Armen ein Nickerchen machen. Wahrscheinlich weil die Studentenparty letzte Nacht zu hart gewesen war. Er wechselte auf die andere Seite, den alten Teil der Bibliothek, und stellte mit Erstaunen fest, dass die Bibliothek auf dieser Seite noch weit nach hinten in das Gebäude hineinging. Er lief einmal an allen Tischen vorbei, die quer zu den Fenstern hintereinanderstanden, doch auch hier war von Johann nichts zu sehen.

Plötzlich stockte er kurz. Er hatte ein bekanntes Gesicht entdeckt. Er brauchte kurz, um es zuzuordnen, dann fiel ihm ein, dass es Benjamin war, der Streber mit dem großen Kopf. Er saß ganz am Ende des Raumes am Fenster und starrte konzentriert in ein Buch. Ab und zu blickte er kurz auf und schob seine Brille mit dem Zeigefinger zurecht. Beim dritten Mal nahm er die Brille jedoch ganz ab, zog ein Brillenputztuch hervor und putzte sie ausgiebig, dabei blickte er Schönlieb direkt an. Schönlieb mochte die Art nicht, wie Benjamin ihn ansah, dabei war er sich nicht mal sicher, ob Benjamin ihn wirklich sah, vielleicht konnte er ohne Brille überhaupt nichts erkennen und blickte nur in eine verschwommene Ferne. Dennoch senkte Schönlieb unbewusst seinen Blick und ging aus dem Raum hinaus. Er musste Johann finden. Noch hatte er nicht aufgegeben und glaubte an die Chance, ihn tatsächlich in der Bibliothek zu finden. Er ging erneut ein Stockwerk weiter hinunter und war jetzt im dritten Stock. Auf der einen Seite, im alten Gebäudeteil, befand sich das Finanz- und Steuerrecht, auf der anderen Seite, im Neubau, das öffentliche Recht, wie Schönlieb auf einem großen Schild lesen konnte. Er blieb im alten Teil und ging durch eine Glastür in einen Raum hinein, den auf der einen Seite Bücherregale, auf der anderen Seite mehrere Tischreihen füllten. Er schaute die Tischreihen entlang und erblickte tatsächlich Johann, der zwischen zwei anderen Studenten vor einem MacBook saß, Kopfhörer aufhatte und konzentriert tippte.

Schönlieb ballte spontan die Faust, wie es Tennisspieler oft nach erfolgreichen Ballwechseln taten, achtete jedoch darauf, dass es nicht zu auffällig war. Jetzt konnte er seinen Plan in die Tat umsetzen: Johann ansprechen, Ritalin kaufen, Johann verhaften. Schönlieb holte noch einmal tief Luft, legte sich in Gedanken ein paar Worte zurecht und ging auf Johann zu.

Plötzlich stockte er und drehte sich blitzartig um. Das konnte doch wohl nicht wahr sein. Nur zwei Tischreihen hinter Johann saß doch tatsächlich Marie, ebenfalls vor einem Notebook. Auch sie schien konzentriert zu arbeiten. Schönlieb konnte das nicht glauben, doch seine Augen täuschten sich nicht, und das war ein großes Problem. Marie wusste, dass er von der Polizei war, sie durfte ihn nicht in einem falschen Moment entdecken und dann womöglich, wenn auch unabsichtlich, im letzten, entscheidenden Moment seine Tarnung auffliegen lassen. Ausgerechnet jetzt saß sie hier. Konnte sie nicht zu Hause sitzen und ihren Freund betrauern?

Schönlieb stellte sich hinter ein Regal und dachte nach. Sollte er einfach warten, bis Marie verschwand oder Johann aufstand und ging, um ihm dann zu folgen? Vielleicht war das tatsächlich das Beste. Er schaute vorsichtig um das Regal herum. Beide saßen nach wie vor konzentriert vor ihren Computern, und es machte nicht den Eindruck, dass sie bald aufhören würden zu arbeiten. Schönlieb schüttelte den Kopf. Marie hier, das konnte doch echt nicht wahr sein. Er würde sie auf jeden Fall noch einmal ausgiebig befragen, dazu, wie es zu dem Streit zwischen Alexander und Huynh kam und warum sie ihn verschwiegen hatte. Mittlerweile zweifelte er an seinem ersten Eindruck von Marie, dem schwachen, naiven Mädchen.

Plötzlich stand sie auf, ließ das Notebook jedoch geöffnet an ihrem Platz liegen und ging auf die Bücherregale zu. Direkt auf Schönlieb zu. Schnell lief er zum Ende des Gangs und war froh, als er sah, dass zwischen Wand und Regal genug Platz war, auch auf dieser Seite der Regalreihe entlangzugehen. Er verschwand auf der anderen Seite und blickte durch das Regal über die Bücher hinweg zu Marie, die immer näher kam. Nach ein paar Schritten standen sich die beiden direkt gegenüber, getrennt nur durch eine Wand aus Büchern. Den Kopf nach links geneigt, ging sie das Regal entlang und überflog die Buchrücken. Schönlieb konnte sie jetzt von Nahem sehen. Ihre Augen waren rot umrandet und die Haut darunter dunkel und von mehreren tiefen Furchen durchzogen. Die Trauer hatte sie wohl doch noch nicht ganz vergessen, was Schönlieb zu seiner eigenen Verwunderung beruhigte.

»Hey, Christoph.« Jemand tippte Schönlieb auf die Schulter. Er erschrak und wirbelte um die eigene Achse. Vor ihm stand Johann und schaute ihn mit einem schiefen Grinsen an. »Was ist denn mit dir los?«

Schönlieb atmete schnell, und sein Herz hämmerte in seiner Brust, so sehr hatte er sich erschreckt. Langsam beruhigte er sich, und seine Gedanken begannen sich zu ordnen.

»Hey, nichts, alles gut. Du hast mich nur erschreckt.« Aus dem Augenwinkel versuchte er die Bewegungen von Marie im Blick zu behalten.

»Anna hat mir von eurer Begegnung erzählt«, sagte Johann, und Schönlieb war noch verwirrter als vorher, bis er begriff, dass Johann Schönliebs gestrige und nicht die heutige Begegnung mit Anna meinte, die Begegnung, bei der Anna ihm die zwei Ritalintabletten geschenkt hatte. Mit einem Mal war er ganz Ohr. Jetzt schien der richtige Moment gekommen, seinen Plan umzusetzen. Wenn Johann ihm erst einmal die Tabletten anbot, war es auch egal, dass Marie auf der anderen Seite des Regals stand.

»Ja … genau, und sie hat mir deutlich gemacht, dass ich bei dir noch mehr *Lernhilfen* bekommen kann«, sagte Schönlieb und schaute Johann fordernd an. Johann kramte in seiner Hosentasche. Schönlieb triumphierte innerlich. *Jetzt habe ich dich!* Da klingelte Schönliebs iPhone. In der stillen Atmosphäre der Bibliothek klang es, als hätte jemand eine Musikanlage auf volle Lautstärke aufgedreht. Durch den Raum dröhnte *The Imperial March* aus *Star Wars*. Schönlieb wusste deswegen sofort, dass es jemand aus dem LKA-Büro war, der ihn anrief. Er musste den Anruf so schnell wie möglich abweisen. Alle drehten sich zu Johann und Schönlieb um. Normalerweise zog Schönlieb sein iPhone innerhalb von Sekunden routiniert aus der Hosentasche, aber wenn es, wie jetzt, besonders schnell gehen musste, verkantete es sich natürlich und glitschte ihm aus den Fingern. Da, endlich hatte er es. Gerade wollte er auf den Knopf zum Verstummen drücken, als ihm jemand das iPhone aus der Hand zog. Verdutzt blickte er in die Augen eines alten Mannes. Weiße Haare, gekrümmte Haltung. Der Alte trug einen blauen ausgewaschenen Pullover, auf dem über der linken Brust ganz klein »Security« stand.

»Das Benutzen eines Handys ist hier strengstens verboten. Ich muss Sie der Bibliothek verweisen«, sagte der alte Kerl. Der *Imperial March* dröhnte noch immer durch die Bibliothek. »Wie macht man dieses verdammte Ding denn aus!«

Hilflos wedelte der Mann mit dem iPhone herum. Schönlieb griff nach dem Handy, zweimal erwischte er es nicht, erst beim dritten Mal bekam er es zu fassen und zog es dem alten Mann aus der Hand. Der *Imperial March* war mittlerweile bei dem etwas ruhigeren Teil angekommen. Bevor Schönlieb das iPhone jedoch stumm schalten konnte, hatte der Alte ihm mit einer unglaublich schnellen Bewegung, die Schönlieb diesem Greis nun wirklich nicht zugetraut hatte, das iPhone schon wieder aus der Hand gerissen.

»Moment, das Handy behalte ich, bis Sie draußen sind.« Wild drückte er auf dem Telefon herum und machte hektische Bewegungen.

Schönlieb befürchtete, dass der Mann das iPhone vor Verzweiflung gleich auf den Boden schmeißen und darauf herumspringen würde. Wieder versuchte er das Handy zurückzubekommen, da schubste ihn der Alte weg. Schönlieb verlor unglücklich den Halt und landete auf dem Po. Durch den Lesesaal ging ein Raunen. Schönlieb war mittlerweile richtig sauer, zudem hatte er Angst um sein iPhone. Das war eine gefährliche Mischung. Er rappelte sich auf, stürmte auf den alten Mann zu, packte entschlossen seinen Arm und drehte ihn einmal herum, um ihn dann auf dessen Rücken zu fixieren. Die Bewegungen waren so schnell gewesen, dass der alte Mann dabei auf die Knie fiel und losbrüllte. Ein paar der Studenten schrien auf. Das iPhone hielt der alte Mann trotz allem fest umklammert in seiner Hand. Der Imperial March steuerte auf den Höhepunkt zu. Kurz dachte Schönlieb, der Security-Mann würde aufgeben, doch das hatte er noch lange nicht. Mit dem freien Arm schlug der Mann nach hinten aus und erwischte Schönlieb am Kinn. Kurz wusste er nicht, wo vorne und hinten war, und lockerte den Griff. Der Alte befreite sich und stürzte sich seinerseits auf Schönlieb. Einen Moment später fand sich Schönlieb mit dem Bauch auf dem Boden liegend wieder. Der alte Security-Mann hockte keuchend auf seinem Rücken.

»Aufhören!« Der alte Mann und Schönlieb blickten zu Marie hoch. »Lassen Sie ihn los! Er ist von der Polizei!«

»Polizei?« Aus drei Richtungen kamen gleichzeitig die ungläubigen Nachfragen. Der alte Mann auf Schönlieb, Johann, der bisher wie angewurzelt neben ihnen gestanden hatte, und Professor Meininger, der wohl gerade durch die Bibliothek gegangen war, als ihn der Tumult angezogen hatte.

»Wenn Sie mich loslassen, zeige ich Ihnen meinen Ausweis«, sagte Schönlieb und rang etwas nach Luft. Langsam wurde der Security-Greis auf seinem Rücken etwas schwer. Johann verschwand unbemerkt. Professor Meininger trat näher.

»Lassen Sie ihn los.«

Schönlieb rappelte sich auf und zog seinen Ausweis heraus. Der alte Mann nahm den Ausweis und drehte ihn misstrauisch mehrmals herum.

»Das Handy kriegen Sie trotzdem erst am Ausgang wieder«, murrte er und ging voran.

»Kommen Sie bitte mit in mein Büro«, sagte Meininger, und es war unmissverständlich, dass er keine Missachtung dieser Bitte zuließ. Der *Imperial March* verstummte.

Kapitel 18

Professor Meininger schien sich zum Glück nicht an Schönlieb zu erinnern und daran, ihn in einer seiner Vorlesungen ermahnt zu haben. Sie waren aus der Bibliothek gegangen, durch den Flur mit dem hässlichen Teppich und hatten im Eingangsbereich den Fahrstuhl in den dritten Stock genommen. Jetzt stand Schönlieb in Professor Meiningers Büro, das aus zwei Zimmern bestand. Im ersten Zimmer hatte die Sekretärin von Professor Meininger gesessen und sie beide beim Hereintreten mit kühler Miene begrüßt. Die beiden Räume waren durch eine breite Tür miteinander verbunden, die Meininger, als sie ins zweite Zimmer traten, hinter ihnen schloss.

»Da wären wir. Darf ich Ihnen einen Kaffee anbieten? Oder ein Wasser?« Der Professor nahm hinter seinem großen Schreibtisch Platz und bedeutete Schönlieb, sich auf dem Stuhl gegenüber zu setzen.

»Nein danke«, antwortete Schönlieb und ließ sich in den ihm zugewiesenen Stuhl fallen. Schönlieb sah sofort, dass Meininger Ordnung liebte. Die Kugelschreiber auf dem Schreibtisch lagen sauber aufgereiht nebeneinander, der Kalender parallel dazu und die Tastatur parallel zum Tischende. Alles in feinster Ordnung.

»Sie sind also von der Polizei. Der Dekan hat uns gar nicht über Ihre Ermittlungen informiert. Darf ich fragen, was Sie hier bei uns an der Universität und vor allem in der Bibliothek machen? Geht es um den toten Studenten, den man vor dem Audimax gefunden hat?«

Schönlieb seufzte leicht. Sein Plan war gründlich misslungen. Statt Johann unauffällig Tabletten abzukaufen und den Fall voranzutreiben, war er aufgeflogen und hatte jetzt auch noch diesen neugierigen Professor Meininger am Hals. Als in der Bibliothek das Wort »Polizei« gefallen war, hatte Johann sich aus dem Staub gemacht, und Schönlieb war der Einladung des Professors ohne Widerworte gefolgt, um nicht noch mehr Aufmerksamkeit auf sich zu ziehen. Marie hatten sie einfach stehen lassen. Das einzig Gute war, dass sie auch den alten Aufpasser in der Bibliothek gelassen hatten und dass er unten am Ausgang sein iPhone wiederbekommen hatte.

»Ja. Wir folgen da einer … Spur«, sagte Schönlieb zögerlich und überlegte, wie er schnellstmöglich aus diesem Büro verschwinden konnte, ohne dass der neugierige Professor weitere Fragen stellen würde.

»Und Sie denken, Herr Bauer könnte etwas damit zu tun haben?«

»Herr Bauer?«, fragte Schönlieb irritiert.

»Der ältere Herr vom Sicherheitsdienst, mit dem Sie eben die handfeste Auseinandersetzung hatten.«

»Nein«, beruhigte Schönlieb, »dem hat nur mein Klingelton nicht gefallen.«

»Ihr Klingelton, ich verstehe«, sagte der Professor etwas irritiert und zog eine Augenbraue in die Höhe.

Schönlieb schüttelte leicht den Kopf. Was war eben gerade nur in ihn gefahren? Er hatte den alten Mann angegriffen, in die Knie gezwungen und ihm den Arm auf den Rücken verdreht. Wahrscheinlich hatte er Glück gehabt, dass sich der Alte dabei nicht den Arm gebrochen hatte. Schönlieb konnte sich selbst nicht verstehen. Es war fast wie damals, als er mit seinem Fahrrad auf dem Bürgersteig gefahren war und ihn bei der Überquerung einer Seitenstraße ein Auto angefahren hatte. Hinter dem Steuer des viel zu großen Geländewagens hatte ein kleiner, weißhaariger, braun gebrannter Mann gesessen. Man konnte es ihm kaum verdenken, dass er Schönlieb nicht gesehen hatte. Er hatte gerade eben über das Steuer seines überdimensionierten Monsters gucken können. Zu Schönliebs Glück hatte er im letzten Moment gebremst und Schönlieb nicht voll erwischt, dennoch hatte es ihn vom Fahrrad geschleudert. Als der Mann dann aber sein elektrisches Fenster herunterfuhr, sich aus dem Fenster lehnte und Schönlieb anmotzte, dass er ja auf der falschen Straßenseite gefahren war und im Prinzip selbst Schuld gehabt hatte,

hatte sich Schönlieb wütend aufgerappelt, war wie im Rausch auf das Auto zugegangen und hatte mit voller Wucht gegen den Seitenspiegel getreten. Beim ersten Mal hatte der Spiegel noch tapfer standgehalten, beim zweiten Tritt gab der Spiegel jedoch nach und wurde nur noch von einem dünnen Kabel davon abgehalten, ganz abzufallen. Schönlieb hatte anschließend wild gegen das Fahrerfenster geboxt, das der Weißhaarige schnell wieder hochgefahren hatte. Der Fahrer musste um sein Leben gefürchtet haben. Schließlich hatte Schönlieb durch das Fenster gesehen, wie der Mann auf dem Handy die 110 anrief. Da hatte er sich lieber schnell aus dem Staub gemacht.

»Also?«, fragte Meininger lächelnd, aber fordernd. Seine Zähne waren unnatürlich weiß. »Ich bin immer gerne auf dem Laufenden darüber, was hier in der Fakultät geschieht.«

Schönlieb meinte, das Lächeln schon mal auf einem dieser Verkaufssender gesehen zu haben, und holte ein Foto von Huynh heraus und reichte es dem Professor.

»Kannten Sie Huynh Nguyen?«, fragte Schönlieb, anstatt auf die Fragen des Professors zu antworten.

»Äh, ja, also, nicht direkt.« Professor Meininger lehnte sich zurück. »Wissen Sie, man kann gar nicht alle seine Studenten kennen. Wenn ich in so einen Hörsaal trete, dann blicke ich oft in hundert bis zweihundert fremde Gesichter.«

Schönlieb nickte.

»Aber Sie meinen, ihn wiederzuerkennen?«

»Ich denke schon, dass er in einigen meiner Vorlesungen saß. Eigentlich habe ich ein ganz gutes Gesichter-Gedächtnis, und ich meine, so ein asiatisches Gesicht fällt ja auch auf.« *Zum Glück kann er sich nicht so gut Gesichter merken, wie er behauptet,* dachte Schönlieb.

In dem Moment ging die Tür auf, und ein junger Student trat ins Zimmer. Es war Benjamin, der Streber mit dem großen Kopf und dem Brillenputz-Tick. Als er Schönlieb sah, blieb er erschrocken stehen. Sie starrten sich einen Moment lang an. Hoffentlich erkannte Benjamin ihn nicht wieder. Aus dem Gesicht von Benjamin konnte man nicht das Geringste ablesen.

»Entschuldigung, ich dachte, hier wäre niemand.«

»Kein Problem, Benjamin, komm ruhig herein«, sagte Professor Meininger und winkte den Studenten zu sich, der sofort folgte. »Das ist Benjamin«, wandte er sich an Schönlieb. »Er ist studentische Hilfskraft an meinem Lehrstuhl. Zeigen Sie ihm mal das Foto.«

Benjamin machte zwei Schritte auf Schönlieb zu und nahm das Foto entgegen. Ein leichter künstlicher Zitrusgeruch stieg Schönlieb in die Nase. Benjamin starrte auf das Foto.

»Das ist Huynh. Wir sind im gleichen Semester«, sagte Benjamin schließlich und gab Schönlieb das Foto zurück.

»Und?«, fragte Schönlieb.

»Nichts.« Benjamin zog die Schultern leicht hoch und schaute Schönlieb ausdruckslos an. Seine Brille verrutschte ein wenig, und er schob sie mit dem Zeigefinger wieder in Position.

»Na ja, was weißt du über Huynh?« Musste man diesem Jungen denn alles aus der Nase ziehen?

»Was ist denn mit ihm?«, fragte Benjamin.

»Huynh ist tot, und ich versuche herauszufinden, warum das so ist. Also: Was weißt du über Huynh?« Schönlieb beobachtete Benjamin, doch der verzog keine Miene, was Schönlieb einen kleinen Schauer über den Rücken laufen ließ.

»Ich weiß nichts über ihn. Ich kenne … kannte ihn nur vom Sehen.« Benjamin schob sich wieder seine Brille zurecht.

Schönlieb zog sein iPhone heraus, tippte kurz ein wenig darauf herum und zeigte Benjamin schließlich die Fotos von Johann und Alexander.

»Und die beiden hier?«

»Die kenne ich auch nur vom Sehen.« *Das kann doch nicht wahr sein.*

»Ich denke, ihr seid im gleichen Semester. Sprecht ihr denn nicht miteinander, oder so?«, fragte Schönlieb und wurde ungeduldig. Er verschwendete hier seine Zeit.

»Ich habe nicht so viel Kontakt zu den anderen Studenten«, antwortete Benjamin. Die ganze Zeit sprach er sehr monoton.

»Na ja, schade«, schaltete Professor Meininger sich wieder ins

Gespräch ein. »Tut mir leid, Herr Kommissar Schönlieb, dass Benjamin Ihnen nicht helfen konnte.«

Schönlieb betrachtete erst Benjamin mit seinem viel zu großen Kopf und der schiefen Brille und dann Meininger mit seinen glänzenden weißen Zähnen und seinem Fernsehlächeln.

»Ich glaube, ich werde dann mal gehen«, sagte er knapp.

Professor Meininger wirkte erleichtert, nickte ihm zu und geleitete ihn zur Tür. Benjamin blieb regungslos stehen und starrte ins Leere. Da fiel Schönlieb ein, dass er bei der Barfrau im *Ex-Sparr* erst mit dem Foto von Marie Erfolg gehabt hatte.

»Eins noch.« Er zog das iPhone heraus und zeigte erst Professor Meininger und dann Benjamin das Foto von Marie. »Kennen Sie diese junge Frau?«

»Kenne ich nicht«, antwortete Benjamin knapp.

»Ich bin nicht ganz sicher, wahrscheinlich auch eine meiner Studentinnen, oder?«, fragte Meininger, und Schönlieb hätte schwören können, dass sich das steife Lächeln vom Professor für einen kurzen Moment verzog.

»Eben in der Bibliothek stand sie neben Ihnen«, sagte Schönlieb, und er konnte sich nicht verkneifen hinterherzuschieben: »Ihr Gesichter-Gedächtnis scheint ja doch nicht ganz so ausgeprägt zu sein.«

Professor Meininger überhörte die Bemerkung und öffnete Schönlieb die Tür. »Wenn Sie weitere Fragen haben und wir Ihnen irgendwie helfen können, melden Sie sich gerne. Ich hoffe, Sie klären das Ganze so schnell wie möglich auf.«

Was für zwei merkwürdige Typen, dachte Schönlieb. Er verabschiedete sich und verließ das Rechtsgebäude.

Draußen vor dem Rechtshaus wählte er die Nummer vom Büro. Es stellte sich heraus, dass es Wallner gewesen war, der Schönlieb angerufen hatte.

»Warum bist du nicht rangegangen?«, grummelte Wallner am anderen Ende.

»Ich war …« Er überlegte kurz, ob er Wallner wirklich die ganze Geschichte erzählen sollte, sagte schließlich aber nur, »… verhindert. Und warum bist du so schnell wieder gesund?«

Kapitel 19

Die Wohnung von Johann Sattler befand sich in einem großen, ocker gestrichenen Altbauhaus, an dessen rechter Hälfte lange Efeupflanzen die Häuserwand emporrankten. Schönlieb und Wallner gingen das breite Treppenhaus hinauf.

Nach dem Telefonat gestern hatten sie sich im Büro getroffen. Schönlieb hatte Wallner von seinen Ermittlungen berichtet: von dem Streit zwischen Alexander und Huynh, von seiner Vermutung, dass Johann ebenfalls mit Ritalin handelte, und davon, dass er Marie in der Bibliothek gesehen hatte und sie ihm bei ihrem Treffen ein paar Dinge verschwiegen hatte. Er berichtete ihm auch kurz von dem Gespräch mit Professor Meininger. Den Vorfall mit dem Security-Mann ließ er jedoch aus.

»Schick, schick«, sagte Wallner und pfiff leise, während er sich im Treppenhaus umblickte.

»Nichts im Vergleich dazu, wie die von Hohenzollern leben.«

»Da war ich ja nicht dabei«, murrte Wallner.

»Du warst doch derjenige, der krank war. Jetzt beschwer dich nicht, dass ich währenddessen weiter ermittelt habe.« Wallner konnte einen aber auch nerven mit seiner Nörgelei.

»Derjenige, der krank war«, äffte Wallner Schönlieb nach und schien ziemlich angesäuert, Schönlieb beachtete ihn dabei jedoch nicht weiter.

Vor einer hohen Tür im dritten Stock blieben sie stehen und klingelten. Es dauerte nur wenige Augenblicke, dann konnten sie durch die kleinen Milchglasscheiben der althamburgischen Tür sehen, wie sich jemand näherte und ihnen schließlich langsam öffnete. Es war Johann. Als er Schönlieb erkannte, versuchte er, die Tür sofort wieder zu schließen, doch Wallner reagierte schneller, schob einen Fuß in den Spalt und drückte sich mit seinem Gewicht gegen die Tür. Johann begriff, dass er keine Chance hatte, und öffnete die Tür.

»Hallo, Johann, mich kennst du ja bereits, und das ist mein Kollege Wallner. Kripo Hamburg. Dürfen wir reinkommen?«

Johann zog kurz einen Mundwinkel und die Augenbrauen hoch.

»Als ob ihr mich wirklich bitten würdet, euch hereinzulassen.« Er führte sie beide in die Küche.

Schönlieb erklärte Johann in knappen Worten, weswegen sie bei ihm waren: der Mord an Huynh. Johann schien völlig überrascht und fassungslos. Er setzte sich auf einen Küchenstuhl.

»Tot?«, stöhnte er. »Ermordet?«

»Was dachten Sie denn? Dass er die letzten Tage abgetaucht ist?«, fragte Wallner in einer schroffen Art, die Schönlieb überhaupt nicht gefiel.

»Nein, aber …« Johann wusste darauf nichts zu sagen. Er lehnte auf dem Tisch und vergrub das Gesicht in seinen Händen.

»Wir wollen den Mord an Huynh natürlich so schnell wie möglich aufklären und haben deswegen ein paar Fragen an Sie«, sprach Wallner weiter. Immer noch in diesem schrecklichen Tonfall.

»Wieso an mich?« Johann blickte etwas erschrocken hoch. »Was habe ich damit zu tun?«

»Was ist denn hier los?«, fragte plötzlich jemand.

Schönlieb und Wallner drehten sich um.

Hinter ihnen stand Anna – die Studentin, die Schönlieb die beiden Ritalintabletten geschenkt hatte. Sie trug lediglich ein langes kariertes Hemd, vermutlich eines von Johann, welches ihr knapp über die Schenkel reichte.

»Anna?«, fragte Schönlieb irritiert.

Als Anna ihn erkannte, verzog sie verächtlich das Gesicht.

»Dass du ein Bulle bist … Echt, das ist so …« Sie schien nach einem besonders gemeinen Wort zu suchen.

»Ich glaube, es ist besser, du gehst jetzt!«, unterbrach Johann sie.

Wallner wusste überhaupt nicht, was los war, und blickte nur verwirrt von Anna zu Schönlieb.

Anna stand noch einen Moment bewegungslos in der Tür, dann drehte sie sich ruckartig um und verschwand wieder in der Tiefe der Wohnung. Schönlieb und Wallner besannen sich wieder auf Johann.

»Es stimmt doch, dass Huynh ein guter Freund von dir war, oder?«, fragte Schönlieb und machte einige Schritte auf Johann Sattler zu.

»Ja, schon, aber …«

»Aber?«

»Na ja«, sagte Johann weiter. »Wir haben schon viel zusammen gemacht. Wir und die Jungs.«

»Und ihr wart befreundet?«

»Na ja, nicht so richtig, ach, ich weiß nicht …« Johann stockte.

Wie konnte man nicht wissen, ob man mit jemand befreundet ist? Schönlieb dachte an Mitch, auch beim ihm wusste er nicht so richtig, ob sie Freunde waren.

»Was meinst du mit *nicht so richtig*?«, hakte Schönlieb nach.

Wallner war inzwischen dazu übergegangen, die Küchengeräte, von denen in dieser großen Küche einige herumstanden, zu inspizieren, und schien völlig desinteressiert am weiteren Verlauf des Gesprächs.

»Er kam halt …« Johann machte eine kurze Pause und schien darüber nachzudenken, ob er das, was er dachte, wirklich aussprechen sollte, und entschied sich dann dafür. »… aus einem anderen Gesellschaftskreis.«

»Aus einem anderen …« Schönlieb stockte kurz. »Du meinst, weil er nicht so viel Geld hatte?«

»Geld hatte er immer, aber seine Familie halt nicht.«

»Und das machte ihn zum *nicht so richtigen* Freund?« Schönlieb sah Johann direkt in die Augen.

»Ich würde nicht sagen, dass er ein guter Freund war. Er war anders.« Johann stand auf und ging zu einer Espressomaschine aus glänzendem Chrom. »Will noch jemand einen Kaffee?« Er schien sich gefangen zu haben. Seine Stimme klang jetzt wesentlich fester als noch vor wenigen Augenblicken.

Schönlieb schüttelte den Kopf. Wallner nickte eifrig.

»Sehr gern.«

Es ratterte laut, bis schließlich aus der großen Maschine Espresso in zwei kleine Tassen lief. Johann reichte Wallner eine der Tassen, nahm die andere und setzte sich dann wieder. Schönlieb ärgerte sich über diese Unterbrechung, versuchte aber, sich nichts anmerken zu lassen.

»Erklär mir bitte noch einmal, warum Huynh *anders* war.« Schönlieb setzte sich zu Johann.

Statt zu antworten, nippte Johann an seinem Espresso, zuckte kurz zusammen und stellte die Tasse ab.

»Mist, noch viel zu heiß!«, zischte er.

»Verdammt, warum war Huynh *anders*?«, brüllte Schönlieb und haute auf den Tisch.

Johann und Wallner blickten ihn erschrocken an. Wallner wäre fast die Tasse aus der Hand gefallen, und auch Schönlieb war überrascht, wie laut der Schlag auf den Tisch gewesen war. Er zeigte jedoch Wirkung.

»Habe ich doch gesagt: Er kam aus anderen Verhältnissen. Er ... konnte manches einfach nicht verstehen oder mitmachen. Außerdem hatte er eine ganz andere Einstellung. Er nahm immer gleich alles so wichtig und so ernst ...«

»Was nahm er wichtig?«

»Na, das Studium ... und Beziehungen. Er war so altmodisch und hat uns ständig Vorwürfe gemacht, wenn wir uns mit Frauen amüsiert haben.«

»Gab es irgendwann mal Ärger, weil Huynh dir oder einem eurer Freunde Vorwürfe aufgrund häufig wechselnder Sexualpartner gemacht hat?«

»Nein, eigentlich nicht.« Johann nippte wieder an seinem Espresso.

Plötzlich stand wieder Anna in der Tür. Diesmal war sie vollständig angezogen.

»Ich gehe jetzt. Rufst du mich an?«, fragte sie in Johanns Richtung.

»Ja, ja«, fertigte Johann sie schnell ab und schaute wieder zu Schönlieb. Schönlieb konnte Huynh ein wenig verstehen, obwohl er sich selbst in dieser Hinsicht nicht gerade als sehr moralisch einschätzte.

Anna zeigte Schönlieb den Fuck-Finger, drehte sich um und ging. Es knallte laut, als sie die Tür hinter sich zudonnerte.

»Vor zwei, drei Wochen haben Huynh und Alexander sich mal in die Haare bekommen, weil Alex so einen doofen Spruch abgelassen hat. Aber das war eigentlich belanglos«, erzählte Johann plötzlich und schaute dabei auf den Küchentisch.

»Das weiß ich doch längst, allerdings schien das nicht nur ein Spruch zu sein, den Alex abgelassen hat. Er soll Marie auch angegrapscht haben«, sagte Schönlieb.

Johann schaute ihn irritiert an. Er schien nicht damit gerechnet zu haben, dass Schönlieb mehr Informationen über den Streit hatte.

»Was war genau los? Erzähl es mir«, setzte Schönlieb nach.

»Ich weiß es nicht genau. Ich war ziemlich betrunken und habe nur mitbekommen, dass Alex wohl so etwas gesagt hat wie, Huynh solle auch mal eine andere ficken, nicht nur Marie, das würde ihm ganz guttun. Huynh hat ihn daraufhin angemacht, was so ein Spruch soll. Das hat sich dann so hochgeschaukelt, bis die beiden sich richtig geprügelt haben. War schon ziemlich heftig. Am Ende hat Alex aber den Kürzeren gezogen. Huynh hat ihn richtig ausgeknockt und ist dann mit Marie zusammen gleich abgehauen, aber ein paar Tage später hatten sie sich wieder vertragen, ehrlich. Huynh hat sich entschuldigt, und gut war.« Johann blickte erst zu Wallner und dann zu Schönlieb. »Das hat doch nichts mit seinem Tod zu tun.«

Eine kurze Pause entstand. Johann blickte die beiden Hilfe suchend an. Er erwartete, dass sie ihm bestätigten, dass das nichts mit Huynhs Tod zu tun hatte. Schönlieb holte stattdessen eine Packung Ritalin heraus, die er sich ganz offiziell aus der Asservatenkammer ausgeliehen hatte, um sie Johann unter die Nase zu halten. Er würde sie auch wieder zurückgeben müssen, dabei hatte er Lust, die Wirkung auch einmal auszuprobieren, wenn man sich die Tablette nicht durch die Nase zog, sondern ganz regulär einnahm. Johann starrte ihn an.

»Und? Was fällt dir dazu ein?«

Johann schwieg. Wallner kam jetzt zu den beiden heran. Er lehnte sich mit den Armen direkt vor Johann auf den Tisch, sodass sich sein Gesicht unmittelbar vor dessen Gesicht befand und sich ihre Nasen fast berührten.

»Würden Sie bitte etwas dazu sagen?«

Schönlieb musste etwas schmunzeln, was Johann zum Glück nicht sah. Das hatte Wallner wirklich drauf, einen auf bösen alten Cop zu machen. Kein Wunder, irgendwie war er ja auch einer.

»Ist ja gut«, wehrte Johann ab und wich mit seinem Oberkörper zurück, um nicht so nah an Wallners Gesicht und dessen Atem zu sein.

»Ich habe so etwas schon gesehen. Huynh hat mir das mal gezeigt. Er hat gesagt, er nimmt es ab und zu, dann würde er besser lernen können.«

»Und sonst nichts?« Wallner richtete sich wieder auf.

»Nein.«

»Das ist doch der letzte Scheiß, den du uns da erzählst«, sagte Schönlieb genervt. »Ich selbst habe mitbekommen, wie du die Dinger in der Uni vertickst, und ich wette, dass du die auch selbst nimmst. Wenn wir jetzt eine Blutprobe von dir nehmen würden, meinst du nicht, wir könnten auch etwas davon in deinem Blut finden?«

»Nein.« Johann schüttelte den Kopf.

»Außerdem dürft ihr nicht einfach so eine Blutprobe nehmen. Das weiß ich. Ich studiere Jura.« Johann wirkte dabei alles andere als sicher.

»Weißt du, dass wir mehrere Zeugen haben, die belegen, dass du die Tabletten verkaufst?«, improvisierte Schönlieb.

Johann schaute sie abschätzend an. Schönlieb spürte, dass er innerlich mit sich rang.

»Ich sage gar nichts mehr«, sagte Johann schließlich.

»Johann, wir führen hier Ermittlungen in einem Mordfall. Ich hoffe, dir ist bewusst, was das bedeutet. Dein Freund Huynh ist tot. Er wurde ermordet. Und du behinderst unsere Ermittlungen. Du verhinderst, dass wir den Mörder finden.« Schönlieb kniff leicht die Augen zusammen.

»Ach, leck mich doch!« Johann stand auf und ging wieder zur Espressomaschine. Bevor er sie anstellen konnte, packte ihn Wallner am Arm. Johann schaute erschrocken hoch.

»Ist ja gut! Ja! Ich habe auch mal Ritalin geschluckt, um vor Klausuren besser zu lernen«, gab er zu. »Huynh hat sie mir gegeben. Er hat gesagt, es ist nichts Schlimmes dabei und es hilft, die Konzentration hochzuhalten.«

»Und hast du es auch zusammen mit ihm verkauft?«

»Nein … erst nicht, da hat er es mir gegeben, unter Kumpeln. Später, ja, da habe ich ihm geholfen, das Zeug unter die Studenten zu bringen.«

Wallner ließ ihn los. Anstatt die Espressomaschine zu benutzen, setzte Johann sich wieder hin.

»Es hat wirklich etwas gebracht«, sagte er. »Ob Sie es glauben oder nicht. Kennt doch jeder, der viel lernt: Ständig lässt man sich durch irgendeinen Scheiß ablenken, guckt aus dem Fenster, checkt Mails, was weiß ich, aber mit dem Zeugs …« Johanns Augen leuchteten regelrecht. »… da bist du fokussiert, da lässt du dich durch nichts stören. Wir haben den anderen damit geholfen.«

»Du redest da von einem Medikament, das unter das Betäubungsmittelgesetz fällt. Du weißt, dass du dich damit strafbar machst? Das sind keine Bonbons, die man in der Uni mal unter Freunden verteilt«, stellte Schönlieb klar.

Johann zuckte mit den Schultern.

»Was soll da passieren? Urintests in der Uni?« Er lachte kurz auf.

Bis jetzt brachte sie das hier alles nicht weiter. Dass Huynh Ritalin verkauft hat, das wussten sie auch vorher. Da musste noch mehr sein. Schönlieb hoffte zumindest, dass da noch mehr war.

»Ich sage Ihnen mal was.« Wallner schaltete sich wieder ein. »Huynh hat Sie mit ins Boot geholt, mit ihm zusammen die Pillen zu verkaufen, aber die Verteilung der Einnahmen war nicht ganz fair. Sie wollten mehr Geld, da kam es zum Streit, und Sie hauten ihm eine über den Kopf. Zack! Tot.«

»Das könnt ihr doch nicht ernsthaft glauben.« Johann schüttelte nur den Kopf.

Schönlieb wünschte sich manchmal, Informationen aus den Leuten herausprügeln zu dürfen, doch das behielt er lieber für sich. Und wenn es nur zwei kleine Backpfeifen wären. Damit würden sie Johann schnell zum Reden bekommen. Da war sich Schönlieb sicher. Die Option gab es jedoch nicht.

Schönlieb lehnte sich nach vorne.

»Wir haben eine Liste mit den Namen der ganzen Clique. Mein lieber Kollege und ich ...« Er schaute kurz zu Wallner. Hatte er gerade wirklich *lieber Kollege* gesagt? »... fahren von einem zum anderen, und wir werden euch so lange nerven, bis ihr uns erzählt, wie das mit dem Ritalinhandel ablief. Und glaub mir: Einer redet immer. Euren Papis wird das doch sicherlich nicht gefallen, wenn die erfahren, was ihr da so treibt.«

Schönlieb schaute Johann auffordernd an. Johann verschränkte die Arme und lehnte sich zurück. *Da gibt es nichts zu holen,* dachte Schönlieb schon, als Johann sich plötzlich auch nach vorne lehnte.

»Okay, ich sage euch, was ich weiß. Aber dann wird das hier auch nicht an die große Glocke gehängt. Ich mache das vor allem, weil ich will, dass Huynhs Mörder gefunden wird. Wer immer das war, soll dafür in den Knast.«

Schönlieb zog überrascht die Augenbrauen hoch und nickte Johann ermutigend zu. Jetzt wurde es interessant.

»Huynh hatte es als Erstes. Er schwor darauf und hat uns immer wieder davon vorgeschwärmt. Was soll ich sagen, wenn da einer kommt, und der schreibt immer bessere Klausuren als man selbst, und dann sagt er, es liegt nur an dieser Pille, mit der man besser lernen kann, dann probiert man das doch auch mal, oder?« Johann schaute Wallner und Schönlieb fragend an. Wallner schüttelte den Kopf, Schönlieb nickte leicht.

»Huynh hat erzählt, dass in Amerika mittlerweile jeder vierte

Student und sogar jeder fünfte Professor auf Ritalin ist und dass das Ding so gut wie keine Nebenwirkung hat. Da habe ich es halt auch mal ausprobiert. Ich habe es eine Woche vor einer Klausur genommen, jeden Tag eine Tablette, in der Bib konnte mich nichts mehr ablenken. Es wurde die beste Klausur, die ich bis dahin geschrieben hatte. Von da an habe ich es regelmäßiger genommen.« Johann schaute auf den Tisch. »Die anderen sind auch nach und nach mit aufgesprungen. Will ja keiner zurückbleiben.«

»Und wieso hat Huynh die Pillen nicht weiter alleine verkauft? Das Geschäft schien doch gut zu laufen.«

Johann schaute auf den Boden und tippelte mit seinen Fingern auf dem Tisch.

»Er nannte das *Expandieren*. Ich habe mehr Kontakte in der Uni, und zu zweit kann man mehr verkaufen als alleine. Wir hatten ein richtiges Geschäftsmodell.«

Schwang da Stolz mit in seiner Stimme?

»Die ersten sieben Pillen gibt es immer umsonst, danach muss man zahlen, klar.«

»Wie viel?«

»Drei Euro pro Pille.«

Wallner pfiff auf.

»Kein schlechter Verdienst, oder?«

Johann zog die linke Schulter und die Augenbrauen leicht hoch, sagte aber lieber nichts.

»Und gab es mal Ärger mit jemandem, der nicht bezahlen wollte?«

»Bisher nicht, wie gesagt, man sieht uns eher als Helfer in der Not. In den Lernphasen haben wir Hochkonjunktur.« Johann schaute noch immer auf den Tisch und grinste leicht vor sich hin. Er schien wirklich stolz auf ihr kleines *Unternehmen* zu sein.

»Woher habt ihr die Pillen bekommen?«, hakte Schönlieb nach.

»Die Beschaffung der Pillen hat Huynh organisiert.«

»Und wie hat er das gemacht?«

»Das weiß ich nicht.«

»Das ist doch Quatsch, du warst sein Kollege, sein Partner. Du musst doch wissen, wie er die Pillen besorgt hat.«

»Er hat nie darüber gesprochen«, sagte Johann und blickte zu Schönlieb und Wallner. »Vielleicht hatte er Angst, dass ich das Zeug direkt von der Quelle besorge.«

»Und war diese Angst berechtigt?« Wallner schaltete sich wieder in das Gespräch ein.

»Natürlich nicht!«, sagte Johann und schaute Wallner empört an. »Das Einzige, was er mir mal erzählt hat, war, dass er ein paar Probleme mit dem *Lieferanten* hat.«

Schönlieb und Wallner schauten sich an, das klang nach einer heißen Spur. Drogen, Medikamente, das klang nach etwas, für das manche Menschen kriminell wurden.

»Denk noch einmal nach. Hat Huynh mal irgendetwas erwähnt, was auch nur im Entferntesten auf den Lieferanten hindeuten könnte? Vielleicht nicht einmal im Zusammenhang mit den Pillen. Zufällig, gedankenlos in einer anderen Situation. Schließlich war er dein Freund.«

»Mein Freund«, wiederholte Johann, und es klang leer und emotionslos. Er sah jetzt aus wie ein Häufchen Elend. Schönlieb konnte nicht erkennen, ob Johann endlich begriffen hatte, dass sein Freund tot war, oder ob er einfach nur traurig war, seine Ritalinquelle und damit auch den lukrativen Handel verloren zu haben. Wahrscheinlich war es beides.

Schönlieb wiederholte seine Frage.

»Ich habe eine Vermutung«, sagte Johann zögerlich. »Er meinte mal etwas von *Connections im Krankenhaus* oder so was. Das war ganz am Anfang. Später, als er gemerkt hat, wie gut das Geschäft läuft, hat er nie wieder darüber gesprochen.«

Sie schwiegen eine Weile. Jeder hing seinen Gedanken nach. Schönlieb dachte darüber nach, wie sie den Lieferanten ausfindig machen konnten. Noch hatte er keine Idee. Sie würden noch mal die Eltern und Marie befragen müssen, vielleicht die Verwandten von Huynh überprüfen, irgendwo musste es eine Verbindung zu einem Krankenhaus oder einem medizinischen Betrieb geben.

»Da war auch mal dieser Medizinstudent.« Johann blickte überrascht auf. Es schien, als hätte er sich zum ersten Mal Gedanken darüber gemacht, was es mit der *Krankenhaus-Connection* auf sich haben könnte. »Wie hieß der noch, mit dem haben wir mal gefeiert. Ein alter Schulfreund von Huynh.«

Schönlieb konnte kaum glauben, dass Johann ihnen gerade ernsthaft versuchte ihre Quelle preiszugeben. Er hätte in einer solchen Situation sicherlich intelligenter gehandelt, anderseits würde Johann wohl kaum weiter mit Neuro-Enhancern handeln, jetzt wo ihm die Polizei einmal auf die Füße getreten war.

»Ich glaube, er hieß Max.« Johann blickte Schönlieb zufrieden an.

An mehr konnte er sich aber nicht erinnern. Sosehr er sich die nächsten zehn Minuten noch anstrengte. Sie würden diesen Max schon finden. Irgendwann sahen sie ein, dass sie von Johann nichts mehr erfahren würden, was ihnen nützte. Sie standen auf und verabschiedeten sich. Als Johann sie zur Tür brachte, wirkte sein Gesicht erschreckend leblos. Schönlieb musste wieder an den leeren Ausdruck von Benjamin in Professor Meiningers Büro denken.

»Kennst du eigentlich Benjamin etwas näher? Den Streber, den du mir in der Vorlesung gezeigt hast.«

Johann schaute Schönlieb an. Sein Gesicht verzog sich zu einer verächtlichen Grimasse.

»Ne, nicht näher. Jeder in unserm Semester kennt ihn, aber keiner hat so richtig etwas mit ihm zu tun, weil er ein verdammter Arschkriecher ist, der sich in jeder Vorlesung ganz nach vorne setzt und den Arm mehr oben hat als unten …«

»Ein Streber also?«, fragte Wallner, dem Benjamin bisher kein Begriff war.

Johann nickte. Dass er über seinen Kommilitonen ein wenig herziehen konnte, verlieh seinem Gesicht wieder ein bisschen Farbe und Lebhaftigkeit.

»Ja, und zwar einer der Sorte, den keiner ausstehen kann. Weiß immer alles besser und petzt auch noch. Man muss richtig aufpassen, wenn man in der Bibliothek mal seine Hausarbeiten *vergleicht* und der das mitbekommt. Der läuft doch dann gleich zum Meininger.« Der Tonfall, wie Johann den Namen »Meininger« aussprach, ohne jeglichen Respekt, ließ Schönlieb aufhorchen.

»Wie ist deine Meinung zu Professor Meininger?«

»Wieso willst du das wissen? Was hat das alles mit Huynh zu tun?«

»Wahrscheinlich nichts. Aber es interessiert mich trotzdem. Keine Angst, deine Meinung zu Professor Meininger bleibt unter uns.«

»Pah, du kannst ihm ruhig sagen, was ich von ihm halte. Wie die meisten Professoren kennt er keinen von uns mit Namen. Wir sind so viele, da kann man nur wenige zuordnen. Meininger ist kompetent, aber er hat kein Interesse daran, den Studenten etwas beizubringen. Er zieht sein Ding durch und interessiert sich einen Scheiß dafür, ob es jemand versteht. Macht aber immer einen auf nett und besten Kumpel. Vor allem bei hübschen Studentinnen. Widerlich.«

»Widerlich?«

»Ach, nichts«, winkte Johann ab. Er wollte wohl, dass die Polizisten endlich verschwanden. »Ich finde es halt widerlich, wenn so ein alter Typ einen auf Kumpel und jugendlich macht. Alles nur Scheißfassade.«

Schönlieb hätte nicht gedacht, so etwas aus dem Mund von Johann zu hören. War er nicht selbst ziemlich viel blank geputzte Fassade?

»Vor allem bei hübschen Studentinnen?«

»Ja, er giert ständig nach den Studentinnen.«

»Er giert?«

»Na ja, macht Anspielungen und so.«

»Anspielungen?«

»Ja, was weiß ich, halt Anspielungen. Man kann sich schon vorstellen, was der alte Sack denkt, wenn er da vorne steht und die Mädels in den ersten Reihen angafft.«

»Gibt es Gerüchte in der Richtung?«, fragte Schönlieb nach.

»Klar. Jede Menge sogar. Er soll immer mal wieder was mit

Studentinnen haben, und angeblich bekommen die Studentinnen, die besonders *nett* zu ihm sind, auch besonders nette Noten von ihm.«

»Und ist an den Gerüchten etwas dran?«

»Gerüchte gibt es immer, aber ehrlich gesagt sind die alle Bullshit.«

»Alle?«

»Ach, keine Ahnung. Es gibt genug bekloppte Studentinnen, die auf ihre Professoren abfahren. Vaterkomplex und so. Das tut doch auch nichts zur Sache.« Jetzt wäre es Johann wohl langsam doch unangenehm, wenn Meininger von diesem Gespräch erfahren würde. »Man redet halt viel in der Uni. Besser, du sagst Meininger doch nicht, was ich hier so erzählt habe. Nachher merkt er sich doch mal einen Namen.« Johann grinste etwas gezwungen.

»Na gut, Gerüchte«, murmelte Schönlieb und räusperte sich. »Vielen Dank, Johann, wir werden uns bestimmt noch einmal bei dir melden. Bitte halte dich zur Verfügung.«

Kapitel 20

Seit zwei Stunden waren sie wieder im Büro. Wallner versuchte, die Identität von Max herauszubekommen. Mit mäßigem Erfolg. Er hatte die Eltern von Huynh angerufen, doch die kannten keinen Max. Außerdem rief er bei Marie an. Hatte jedoch nur ihren Vater am Telefon, der ihm mitteilte, dass sich Marie in der Uni befand.

»An ihr Handy geht sie auch nicht«, sagte Wallner und knallte den Hörer auf.

Schönlieb schreckte hoch. Er saß über einem neuen Bericht der Kriminaltechniker, der, als sie zurück ins Büro gekommen waren, auf seinem Schreibtisch gelegen hatte. Es ging um die Faserspuren, die man am Mantel des Toten hatte sicherstellen können. Dem Bericht lagen ein paar Kopien bei, auf denen Wollhandschuhe zu sehen waren, mit kleinen Notizen drunter, dass es sich um ein solches Modell handeln könnte. Auf der letzten Seite fand sich die Information, dass man an den Fasern eine besonders hohe Konzentration von Alkohol, Natriumlaurylethersulfat und D-Limonen feststellen konnte, was die Bestandteile von vielen Kosmetikartikeln oder Reinigungsmitteln waren. Schönlieb lehnte sich weit zurück und seufzte einmal laut auf. Handschuhe, an denen Kosmetik oder Reinigungsmittel gefunden worden waren. Im Moment konnte er damit leider nicht viel anfangen.

»Na, läuft's nicht?« Birte Coskun stand in der Tür und sah ihn mit einem müden Blick an.

»Ich muss die ganze Zeit so einen blöden Papierkram machen. Das nervt vielleicht«, sagte sie. »Damals, bevor ich angefangen habe, hatte ich mir immer vorgestellt, dass man viel mehr draußen ist. Stattdessen sitze ich ständig an dem verfluchten Schreibtisch.«

Sie trat ein. Schönlieb nickte. Ja, da hatte sie recht. Manche

Tage konnten ziemlich ätzend sein. Immerhin durfte er heute schon mal raus. Er dachte wieder an den Besuch bei Johann.

»Kommst du mit raus, eine rauchen?«, fragte Birte.

»Ne, ich habe aufgehört«, antwortete Schönlieb.

»Echt? Seit wann?«

»Drei Wochen«

»Und?«

»Bis jetzt geht es. Aber ganz sicher bin ich noch nicht, dass ich übern Berg bin.«

»Na dann.« Sie hob den Arm zum Abschied und verließ das Büro.

Wallner saß still vor seinem Telefon und starrte es böse an. Schönlieb starrte auf seinen Bildschirm.

»Hast du es schon mit Facebook versucht?«

»Mit was?«

Schönlieb versuchte Wallner in wenigen Sätzen zu erklären, was Facebook ist, und berichtete ihm von seinen bisherigen Erfolgen, als er das soziale Netzwerk zum Recherchieren benutzte. Er holte sogar sein iPhone heraus und zeigte Wallner die Bilder, die er sich aus den Profilen gespeichert hatte.

»Das gibt es dort alles so zu sehen? Ohne Schutz?«, fragte Wallner erstaunt.

Schönlieb erklärte ihm, dass es verschiedene Sicherheitseinstellungen gab und dass man natürlich in erster Linie selbst dafür verantwortlich war, was man online stellte, dass es aber durchaus häufig vorkam, dass Leute mehr von sich preisgaben, als sie vermuteten.

»Und man kann sich *befreunden*?«, fragte Wallner nach, und man merkte, dass er bisher nicht viel verstanden hatte von dem, was Schönlieb ihm erklärt hatte. Von Facebook schien er vorher tatsächlich noch nie etwas gehört zu haben, was Schönlieb kaum glauben konnte. Das Prinzip, dass man sich virtuell befreunden konnte, verstand er auch nach der zweiten Erklärung nicht, was Schönlieb bei einem Menschen, der das Prinzip von Freunden in der »realen Welt« schon nicht verstand, allerdings auch nicht überraschte.

Mittlerweile saßen sie zusammen vor Schönliebs Computer und starrten auf die Profilseite von Huynh.

R. I. P., lieber Huynh, wir werden dich nie vergessen,

stand da, geschrieben von einem gewissen Markus. Woher wusste dieser Markus von dem Tod? Schönlieb scrollte weiter nach unten.

Etwas weiter unten konnte Schönlieb den ersten Eintrag ausmachen, der über den Tod von Huynh berichtete. Er stammte von Johann Sattler.

Huynh ist tot, kein Scheiß. Ich habe es eben aus sicherer Quelle erfahren. Mehr kann ich nicht schreiben. Das ist so schrecklich. Ich trauere unendlich. R. I. P.

Vor 2 Stunden stand unter dem Beitrag als Zeitangabe. Johann musste den Beitrag, kurz nachdem sie ihn verlassen hatten, geschrieben haben. Schönlieb überflog noch ein paar Einträge, die alle ihr Mitleid bekundeten. Er fand es irgendwie richtig widerlich. Wenigstens hatte niemand den »Gefällt mir«-Button unter einem der Pinnwandeinträge gedrückt.

»Also davon halte ich nichts.« Wallner saß neben ihm und schüttelte den Kopf.

Schönlieb wollte gerade auf den »Freunde«-Button klicken, um Wallner zu zeigen, wo sie vielleicht Huynhs Verbindung zu einem Mediziner namens Max finden konnten, als die Tür ihres Büros erneut geöffnet wurde. Wieder war es Birtes Kopf, der ins Zimmer lugte. Sie sah die beiden an und grinste.

»Ach, das sieht ja nett aus, wie ihr da so eng nebeneinander vor dem Computer sitzt.« Es war kein Geheimnis, dass sich Wallner und Schönlieb nicht sehr gut verstanden. Birte war eine von denen, die immer noch hofften, dass die beiden eines Tages doch noch die besten Freunde würden.

Schönlieb und Wallner schauten sich kurz an, schnell rückte Wallner demonstrativ ein bisschen von Schönlieb weg. Birtes Grinsen verschwand.

»Weswegen ich euch störe: Da ist so ein junger Typ mit seinem Anwalt. Er sagt, er will zu euch.«

Schönliebs heimliche Hoffnung, der wahre Mörder würde sich stellen und der Fall urplötzlich auf einfache Weise seinen Abschluss finden, zerschlug sich schnell.

Alexander Röhnsdorf rutschte auf dem Stuhl hin und her und schaute Wallner und Schönlieb abwechselnd nervös an. Seine Stirn war von einem dünnen Schweißfilm bedeckt und glänzte. Neben ihm saß sein Anwalt. Alexander Röhnsdorf hatte von Johann Sattler erfahren, dass die Polizei von dem Streit zwischen ihm und Huynh wusste. Nachdem er seinem Vater, einem Hamburger Anwalt für Wirtschaftsrecht, von der Sache erzählt hatte, war dieser der Meinung gewesen, es wäre besser, wenn Alexander, mit einem sehr guten Anwalt im Gepäck, selbstständig bei der Polizei vorsprechen würde.

Nicht dass es am Ende noch zu Missverständnissen kam, die auch mal in Zeitungen landen könnten, wenn sie jemand in den falschen Hals bekam.

Sie saßen zu viert im Büro von Wallner und Schönlieb. Jeder von ihnen hatte eine Tasse mit schlechtem Kaffee vor sich.

»Worum genau ging es bei dem Streit?«, fragte Schönlieb

»Ach, nichts«, antwortete Alexander genervt. »Belangloser Scheiß. Wir haben das ein paar Tage später unter vier Augen geklärt. Wie das Männer so machen: Bierchen zusammen trinken, und gut ist.«

»Machen Männer das so?«, fragte Schönlieb und schaute von seiner Kaffeetasse auf.

»Jau«, sagte Alexander und wippte leicht nach vorne.

»Ich weiß, dass es um Marie ging«, legte Schönlieb nach. »Du hast sie angemacht, sie sogar angegrapscht? Das fand Huynh natürlich überhaupt nicht gut und hat dir eins auf die Fresse gegeben. Stimmt's?«

Der Anwalt von Alexander zog die Augenbraue hoch. Ihm schien der Ton von Schönlieb nicht zu gefallen, oder er war solche Umgangssprache nicht gewohnt.

»Nein!«, rief Alexander. »Nein, das ist doch Quatsch!«

Der Anwalt legte Alexander kurz die Hand auf den Arm und nickte ihm beruhigend zu.

»Du musst dich zu dem Streit nicht äußern, Alexander, wenn du das Gefühl hast, das könnte dich belasten.«

Schönlieb setzte ein übertriebenes, unehrliches Lächeln auf und nickte dem Anwalt zu. Alexander sprach dennoch weiter.

»Ich will aber dazu etwas sagen, weil es mich überhaupt nicht belastet. Wieso sollte mich das belasten? Ich habe doch nichts gemacht.« Er rutschte etwas heftiger auf dem Stuhl hin und her und wippte unkoordiniert mit dem Oberkörper.

Nichts an Alexander erinnerte mehr an den coolen Studenten, neben dem Schönlieb in der Uni gesessen hatte und dem er wie ein Idiot hinterhergedackelt war. Schönlieb gab das zum einen eine Befriedigung, zum anderen war es ihm peinlich, wenn er daran zurückdachte, wie wichtig er Alexander und Johann genommen hatte und wie er wegen ihnen in seine alte Rolle verfallen war.

Alexander senkte den Kopf und schaute auf seine Füße.

»Marie hat total übertrieben, keine Ahnung, was die geritten hat. Die hat nur herumgeschrien.«

»Einfach so, ohne Grund? Das kann ich mir irgendwie nicht so gut vorstellen.«

»Ja, na ja, nicht ganz ohne Grund, aber völlig übertrieben«, sagte Alexander. »Wir waren in dieser Bar auf dem Hamburger Berg, wie heißt die noch mal …«

»Ex-Sparr«, sagte Schönlieb, und Alexander guckte ihn kurz irritiert an.

»Ja genau, das Ex-Sparr. Wir waren schon ganz gut angetrunken. Wir hatten vorher ziemlich viele Mexikaner weggehauen.« Schönlieb musste kurz schmunzeln und an Mitch denken. Er war als Dr. Watson wirklich nicht so schlecht gewesen. »Am Ende sind wir dann halt im Ex-Sparr gelandet. Es war ziemlich voll. Irgendwann stand ich neben Marie. So gut kenne ich sie nicht. Ich hatte sie ein paarmal gesehen, aber Huynh hat sie nicht so oft mitgenommen, wenn wir zusammen unterwegs waren.

Auf jeden Fall stand ich neben Marie, Huynh war gerade nicht da, keine Ahnung, wo der steckte, auf dem Klo, an der Bar, was weiß ich. Ich war total betrunken, und Marie sieht ziemlich gut aus, da habe ich sie angemacht, irgendeinen schlechten Spruch gebracht.«

»Was haben Sie genau gesagt?«, fragte Wallner.

Alexander schaute ihn an, und man sah, wie unangenehm es ihm war.

»Ich glaube, ich habe so etwas gesagt wie, wenn sie mal was anderes als Huynh ausprobieren will, soll sie gerne zu mir kommen. Huynh muss nichts erfahren.« Alexander lehnte sich nach vorne, schaute zur Seite an die Wand. »Na ja, so in etwa, wahrscheinlich habe ich es ein bisschen deftiger ausgedrückt.«

»Und wie hat sie reagiert?«

»Sie hat sich total aufgeregt und mich beschimpft.« Alexander machte eine kurze Pause und sah wieder zu den beiden Kommissaren. »Sie wollte aufstehen und weggehen, da habe ich sie am Handgelenk gepackt und zurückgezogen. Ich wollte mich entschuldigen, ehrlich, aber sie hat gleich richtig losgeschrien, dass ich die Finger von ihr lassen solle. Genau zu dem Zeitpunkt steht auch Huynh auf einmal wieder da. Sie hat geschrien, dass ich pervers bin und sie angefasst habe.«

»Und dann ist Huynh auf Sie losgegangen.«

»Ja. Wir haben uns erst noch beschimpft. Ich habe gesagt, dass seine Freundin 'ne hysterische Kuh ist, und dann hat er zugeschlagen.«

»Und dann?« Es war wieder Wallner, der nachhakte.

»Nichts«, sagte Alexander etwas lauter. »Wir haben uns geprügelt, sind aus der Bar geflogen, und draußen ging es weiter. Am Ende hat er mich einmal voll erwischt, die anderen haben mir erzählt, ich war kurz weg. Ich erinnere das aber nicht mehr. Huynh und Marie sind dann abgezogen.«

»Und zwei Wochen später hat Huynh Sie dann noch einmal zur Rede gestellt. Es gab erneut Streit. Sie schlagen ihm auf den Kopf, er fällt hin und ist tot.« Wallners Stimme wurde lauter, und er kniff die Augen leicht zusammen. Das war sein Raubtiermodus. Wenn Alexander jetzt etwas Falsches sagen würde, oder Schwäche zeigte, würde Wallner über ihn herfallen. Schönlieb kannte das, doch er glaubte nicht daran, dass es so weit kommen würde. Er hatte nicht das Gefühl, dass Alexander sie in irgendeiner Weise belog. Schönlieb konnte sich nicht vorstellen, dass auch nur das Geringste an Wallners These dran war, aber in diesem Beruf geschahen immer wieder Dinge, die man sich nur schwer vorstellen konnte. Er hatte jedoch den Eindruck, dass es sich gerade um vergeudete Zeit handelte. Am liebsten wäre er aufgestanden und hätte weiter nach dem ominösen Max gesucht, von dem Huynh angeblich die Ritalintabletten bekommen hatte.

»Das ist doch absoluter Quatsch, den Sie da erzählen. Wieso sollte Huynh mich erst zwei Wochen später zur Rede stellen? Wir haben das ein paar Tage später aus der Welt geschafft. Er hat doch eingesehen, dass Marie überreagiert hatte.«

»Kennst du eigentlich einen Max? Er ist ein Bekannter von Huynh«, sagte Schönlieb plötzlich. Wallner schaute ihn erst irritiert und dann wütend an. Er mochte es nicht, wenn man ihn während seines Raubtiermodus unterbrach. Schönlieb hatte das Gespräch jedoch innerlich schon abgehakt und versuchte jetzt wenigstens noch einen Glückstreffer zu landen.

»Max?«, fragte Alexander und dachte nach. »Ich weiß nicht … Moment. Ja!« Sein Gesicht hellte sich auf, er strahlte richtig. Wahrscheinlich dachte er, wenn er jetzt die richtigen Antworten hatte und der Polizei half, dann war er aus dem Schneider. »Das ist aber richtig lange her. Da haben wir mal Party gemacht, und Huynh hatte seinen Kumpel Max dabei. Den habe ich danach aber nie wiedergesehen. Es ist bestimmt so ein, zwei Jahre her.«

»Und Sie erinnern sich dennoch an ihn, obwohl es so lange her ist?«, fragte Wallner genervt nach.

»Ich habe ein sehr gutes Personengedächtnis.«

Schönlieb fragte sich, ob alle Juristen das von sich behaupteten. Bei Alexander schien es im Gegensatz zu Professor Meininger jedoch zu stimmen. Er hatte die Augen geschlossen und beschrieb, was er in seinen Erinnerungen fand.

»So ein großer schlaksiger Typ, braune Haare, bisschen Öko, nicht so, wie man sich einen Mediziner vorstellen würde.«

»Mediziner!«, rief Schönlieb und wäre fast aufgesprungen vor Begeisterung.

»Ja, der hat Medizin studiert. Das weiß ich noch ganz genau.« Alexander lächelte schief.

»Ganz genau? Wieso weißt du das noch so genau?«, fragte Schönlieb nach. Er hatte Alexanders Lächeln bemerkt. Alexander schaute kurz zu seinem Anwalt, der steif und regungslos neben ihm saß. Schönlieb kam es so vor, als wenn der Anwalt ein Roboter wäre, der nur auf bestimmte Schlüsselwörter reagierte und sich ansonsten im Stand-by-Modus befand. Würde Alexander jetzt etwas sagen, was ihn belasten könnte, würde der Roboter blitzschnell erwachen und ihm den Mund zuhalten.

»Ich weiß nicht, ob ich das hier so erzählen kann«, zögerte Alexander.

»Dann schweige lieber, Alexander.« Der Roboter erwachte.

»Der hatte so Zeugs mit, was wir uns durch die Nase gezogen haben«, sagte Alexander, und der Anwalt verdrehte die Augen.

»Da haben wir richtig wild gefeiert«, fuhr Alexander fort. »Es war aber kein Koks!«

Schönlieb hatte eine Vermutung, was es gewesen war. Auch er hatte sich wohl das gleiche Pulver in die Nase gezogen. Aber das behielt er lieber für sich.

»War es Ritalin?«, fragte er nur.

»Ja genau. Woher weißt du das?« Alexander sah ihn erstaunt an.

»Wir wissen, dass Huynh in der Uni Ritalin verkauft hat«, sagte Schönlieb.

Alexander machte große Augen. Ihm schien soeben der Zusammenhang zwischen Huynh und der Frage nach Max klar zu werden. Vielleicht ärgerte er sich aber auch nur, dass er nicht von alleine darauf gekommen war, dass es Max war, der Huynh das Ritalin besorgt hatte. Dann hätte er ebenfalls Zugang zu der Quelle gehabt.

»Sie wissen doch, dass Huynh Ritalin in der Uni verkaufte?«, fragte Wallner. Alexander nickte leicht. »Und Sie haben auch regelmäßig Ritalin bei Huynh gekauft?« Alexander stockte kurz und schaute wieder zu seinem Anwalt. Der Anwalt räusperte sich kurz und setzte sich auf.

»Wenn mein Mandant, um bei Ihren Ermittlungen bezüglich des Mordfalls zu helfen, weiter aussagen soll, dann gehe ich davon aus, dass er dies frei und ohne negative Konsequenzen fürchten zu müssen, tun kann.«

»Ja, ja, wir werden das nicht weiterverfolgen und auch nicht weitergeben, wenn er Ritalin gekauft hat oder konsumierte«, sagte Wallner genervt und wedelte dabei mit der Hand, als wenn er eine Fliege verscheuchte.

»Wir wollen nur mehr über den Ritalinhandel von Huynh erfahren«, beruhigte Schönlieb Alexander. Der Anwalt nickte. Auch Alexander nickte.

»Ich hab das mal gemacht, ja.«

»Was weißt du von Huynhs und Johanns Geschäften?«

»Eigentlich so gut wie nichts. Nur, dass man bei denen was bekommen konnte.«

»Johann hat uns erzählt, dass eigentlich alle in ihrer Clique irgendwann so weit waren, dass sie regelmäßig vor Prüfungen Ritalin oder andere sogenannte Neuro-Enhancer eingenommen haben.«

»Die meisten, ja.«

»Hat es keinen von Ihnen gestört, dass Huynh und Johann damit ordentlich Geld verdient haben und Sie ausgenommen haben, obwohl Sie doch Freunde waren?«, fragte Wallner.

»Ne, die hatten doch auch das ganze Risiko, aber … wenn Sie es so genau wissen wollen … Jo, also, ich meine Johann, der hat mal erzählt, dass er zwar auch das Risiko hat, aber weniger vom Kuchen abbekommt. Das fand er scheiße. Der hat sich ja auch immer als Huynhs bester Kollege gesehen, und Huynh hat ihn zwar verkaufen lassen, aber ihm weniger vom Geld abgeben.«

Sieh einer an, der gute Johann, dachte Schönlieb bei sich.

Der Anwalt legte kurz seine Hand auf Alexanders Schulter und machte mit seinen Händen eine Geste, wie sie Fußballspieler machten, wenn sie *ruhig spielen* meinten. Er hatte wohl Angst, Alexander könnte andere anschwärzen, was nur zu Ärger und gegenseitigem Bewerfen mit Schmutz führen würde. Schönlieb versuchte es dennoch weiter.

»Hat Johann etwas unternommen, um dagegen vorzugehen?«

»Na ja, ne, ich glaube nicht.«

»Und wann hat er das gesagt?«

Alexander schnaufte einmal kräftig und machte ein ratloses Gesicht.

»Keine Ahnung ... vielleicht vor zwei Monaten oder so.«

»Was hat Huynh dazu gesagt?«

»Der wusste das natürlich gar nicht. Glaube ich jedenfalls.«

Sie würden noch einmal mit Johann sprechen müssen. Aber erst mussten sie die Quelle finden.

»Noch einmal etwas zurück. Kannst du dich zufällig an den Nachnamen von Max erinnern?«

»Moment.« Alexander tippte auf seinem iPhone herum. »Klar, Maximilian Nehring, habe ihn damals bei Facebook geadded. Wie gesagt, gutes Personengedächtnis. Danach habe ich aber nie wieder etwas von ihm gehört. Bei Facebook schreibt der auch nichts. Auch Huynh erwähnte ihn nicht mehr. Na, jetzt weiß ich, warum.«

Es sollte nicht mehr allzu schwer sein, Maximilian Nehring zu finden. Kurze Zeit später beendeten sie die Befragung von Alexander ohne weitere Ergebnisse.

Wallner saß gegenüber von Schönlieb, hatte Kopfhörer auf und hörte sich noch einmal die Aussage von Alexander auf dem Tonband an.

»Das gefällt mir nicht, dass du den immer duzt«, rief er zu Schönlieb rüber. Aufgrund der Kopfhörer sprach er viel zu laut.

Schönlieb ignorierte ihn. Er saß vor seinem Computer und tippte »Maximilian Nehring« bei Facebook ein. Bingo. *Maximilian Nehring. Studiert Medizin an der Uni Hamburg.* Er klickte sich ein wenig durch das Profil. Maximilian Nehring war im gleichen Alter wie Huynh, und nach einer Weile hatte Schönlieb anhand der Übereinstimmung mancher Freunde, den Pinnwandeinträgen und Fotos herausgefunden, dass Maximilian und Huynh in dieselbe Schule gegangen waren. Vielleicht sogar in dieselbe Klasse.

Zufrieden lehnte Schönlieb sich zurück. Er winkte Wallner zu sich und zeigte ihm seinen Fund, dann suchten sie sich aus dem Polizeirechner die Adresse von Max heraus.

Kapitel 21

Schönlieb und Wallner waren direkt zu der Adresse gefahren, die sie herausgesucht hatten. Dort angekommen, hatten sie jedoch wenig Glück. Die Tür wurde ihnen von einem ziemlich zerzausten jungen Mann geöffnet, dessen Augen verdächtig glasig aussahen. Aus der Wohnung drang ein süßlicher Geruch in Schönliebs Nase, den er nur allzu gut aus dem St.-Pauli-Stadion kannte. Aber sie waren nicht vom Rauschmitteldezernat, und mehr als ein paar Gramm für den Eigenbedarf wären hier wohl eh nicht zu finden. Schönlieb fragte den Mann stattdessen lieber nach Maximilian Nehring und bekam die Information, dass sich Maximilian im Krankenhaus aufhalte, »wie immer«.

Sie verabschiedeten sich, doch Wallner konnte sich nicht verkneifen, dem Mann noch eine kleine Predigt zu halten und ihn zu ermahnen, mit dem Kiffen doch lieber aufzuhören. Schönlieb ging unterdessen schon vor zum Auto. Das war ihm wirklich zu peinlich, wie Wallner, der Suffkopp, jemandem sagte, er solle seine Sucht in den Griff bekommen. Es dauerte ein paar Minuten, bis Wallner neben ihm auf dem Fahrersitz Platz nahm.

»Ab ins Krankenhaus!«, sagte Schönlieb, doch anstatt den Wagen zu starten, drehte sich Wallner zu ihm um.

»Kannst du das alleine machen? Ich müsste noch etwas Dringendes erledigen.«

»Jetzt?«

Wallner nickte, man sah, dass er sich dabei unwohl fühlte.

»Das wäre wirklich nett von dir, Schönlieb.«

Herrje, was war nur mit Wallner los? Hatte er tatsächlich gesagt, dass es nett von ihm wäre? Wurde der Mann auf seine alten Tage etwa noch sentimental? Das war ja gruselig.

»Okay«, sagte Schönlieb zögerlich. »Und das Auto?«

»Es wäre mir ganz lieb, wenn ich es behalten könnte.«

»Und ich?«

»Das Krankenhaus ist ja nicht weit weg.«

»Und …«

»Bitte, Schönlieb.«

Auch das noch. Schönlieb stieg aus dem Auto.

»Dann bis … bald?«, sagte Schönlieb und ließ es vorsichtshalber wie eine Frage klingen. Er bekam jedoch keine Antwort. Wallner und das Auto fuhren weg. Schönlieb hätte Lust gehabt, ihnen heimlich zu folgen. Was trieb Wallner nur?

Das Krankenhaus war zum Glück wirklich nicht weit weg, und Schönlieb war innerhalb von zehn Minuten dort. Er ging durch einen ziemlich neu aussehenden großen Eingang. Hinter einem Tresen aus dunklem Eichenholzimitat saß eine Frau mit blauer Krankenhauskleidung und lächelte ihn an. Über ihr hing ein großes Schild: »Information«. Schönlieb steuerte auf sie zu, stellte sich vor und fragte sie nach Maximilian Nehring. Es dauerte eine Weile, und es waren mehrere Telefonate nötig, bis er eine Antwort von der Frau bekam.

Sie schickte ihn in den dritten Stock, dann gleich rechts, geradeaus und dann noch einmal nachfragen. Oder? Hatte sie das nicht so gesagt? Schönlieb stand in einem weißen Flur, in dem sich nur ein instabil aussehender kleiner Tisch aus hellem Holz befand, auf dem ein paar Zeitschriften lagen. Er fragte eine mit schnellen Schritten an ihm vorbeieilende Krankenschwester, ob sie Maximilian Nehring kannte, doch die zuckte nur mit den Achseln und eilte weiter. Vermutlich kannten sich in diesem riesigen Krankenhaus die wenigsten Angestellten untereinander.

Schönlieb beschloss, mit dem Fahrstuhl wieder hinunterzufahren, um noch einmal bei der Information nachzufragen. Als sich die Fahrstuhltür im Erdgeschoss öffnete, sah jedoch alles anders aus, als er es in Erinnerung hatte. Dabei war es doch gerade mal zwei Minuten her gewesen, dass er hier eingestiegen war. Er versuchte sich an den Schildern zu orientieren, die unter der Decke hingen und zu verschiedenen Abteilungen wiesen, doch sie verwirrten ihn mehr, als dass sie ihm halfen, sich zu orientieren. Er irrte ratlos eine Weile in den langen, von Kunstlicht erhellten Gängen des Krankenhauses umher, bis er plötzlich wieder vor dem Informationstresen stand. Die Frau hinter dem Tresen lächelte ihn an.

»Wie kann ich Ihnen helfen?«

»Ich war doch eben schon mal hier. Erinnern Sie sich nicht? Kommissar Schönlieb? Ermittlungen? Polizei?«

Die Frau schaute ihn an.

»Ah, ja doch, doch … und was kann ich für Sie tun?«

Schönlieb konnte es nicht fassen, dass sie sich nicht erinnern konnte. So lange war er im Labyrinth der Hochglanzwände doch auch nicht verschollen gewesen. Oder?

»Maximilian Nehring. Ich suche MAXIMILAN NEHRING«, wiederholte er erneut sein Anliegen.

Es waren wieder einige Telefonate nötig, bis die Frau ihm sagte, er würde Maximilian Nehring in der Onkologie und Palliativmedizin finden.

»Dritter Stock, linksherum, rechtsherum und dann noch einmal nachfragen.«

Schönlieb schüttelte den Kopf.

»Nein, so wird das nichts. Rufen Sie ihn an. Er soll herunterkommen. Ich will ihn hier treffen.«

»Tut mir leid, das ist nicht möglich.« Die Frau schaute ihn ausdruckslos an und wandte sich wieder irgendwelchen Zetteln zu, die vor ihr lagen.

»Wieso nicht?«

Sie blickte wieder hoch.

»Ich kann da niemanden einfach nach unten bestellen.«

Schönlieb überlegte, sie wegen Behinderung polizeilicher Ermittlungen festzunehmen, was aber leider ebenfalls nicht so einfach möglich war.

Da er keine Lust auf eine lange Diskussion hatte, stampfte er wieder zum Fahrstuhl, fuhr in den dritten Stock, links, rechts, niemand zu sehen. Wieder ein langer Flur, von dem bestimmt zwanzig Türen nach links und rechts abgingen. Viele der Türen standen offen. In der Mitte des Flures glänzte ein Servierwagen aus Edelstahl, auf dem allerhand Krankenhauszeugs lag. Spritzen, Plastikbecher, Pflaster, Kanülen und mehr.

Plötzlich rauschte ein junger Mann, komplett in Weiß, aus einer der offenen Türen, nahm den Wagen, schob ihn zwei Meter weiter und war schon wieder in der nächsten Tür verschwunden.

Der Geruch hier ist auch nicht viel besser als in der Gerichtsmedizin, dachte Schönlieb, während er auf den Servierwagen zuging. Da kam der junge Mann auch schon wieder aus dem Zimmer heraus.

»Entschuldigung, ich suche Maximilian Nehring«, rief Schönlieb ihm zu.

Der junge Mann stockte kurz und sah Schönlieb misstrauisch an, während er eine Spritzenpackung vom Wagen nahm.

»Das bin ich. Was wollen Sie?«

»Ich bin von der Kripo, Schönlieb. Ich habe ein paar Fragen an Sie, im Zusammenhang mit dem Tod von Huynh Nguyen.«

»Tod?« Maximilian Nehring erstarrte. Schönlieb nickte. Max nahm ein winziges Fläschchen und verschwand im nächsten Zimmer. Schönlieb folgte ihm.

»Wussten Sie das noch nicht? Steht sogar auf Facebook«, fügte er etwas zynisch hinzu.

In dem Zimmer war es schummrig, und die Vorhänge waren fast vollständig zugezogen. Es roch unangenehm nach Krankheit und Urin. Max riss die Packung auf, stach die Spritze in das kleine Fläschchen und füllte sie zur Hälfte.

»Sie wussten also noch nicht, dass er tot ist?«, fragte Schönlieb.

»Wer?« Es war nicht Max, der antwortete, sondern die alte Frau im Krankenbett. Schönlieb hatte sie fast übersehen. Sie war nicht sonderlich groß und drohte in Matratze und Bettdecke zu verschwinden, nur ihr Kopf und ein Arm schauten heraus. Unter die Decke führten Kabel und Schläuche, mehrere hatten ihren Ursprung an einem Tropf, der rechts neben dem Bett stand.

»Sie meinte ich nicht«, erklärte Schönlieb und lächelte der alten Frau beruhigend zu.

»Schade.«

»Nein, das wusste ich nicht«, antwortete Max. »Bei Facebook bin ich auch überhaupt nicht.« *Facebook* sprach er dabei sehr verächtlich aus. Er stach der Frau die Spritze in den Arm.

»Das stimmt nicht«, sagte Schönlieb. »Ich habe Sie dort gefunden. Als Freund von Huynh.«

Kurz schwiegen sie.

»Ist das Ihr Ernst? Ist er wirklich tot?«

Schönlieb nickte. Max schüttelte kaum wahrnehmbar den Kopf. Er ging zum Mülleimer und warf die Spritze hinein, anschließend desinfizierte er sich die Hände.

»Sie haben recht. Ich habe mich mal bei Facebook angemeldet und dann nie wieder etwas gemacht.«

»Darf ich Ihnen ein paar Fragen zu Huynh stellen?«

Max nickte. Gemeinsam verließen sie das Zimmer.

»Darf ich Ihnen erst noch eine Frage stellen?«, fragte der junge Mediziner und wandte sich Schönlieb zu, während er den kleinen Servierwagen vor sich herschob.

»Klar.«

»Woran ist er gestorben?«

»Er wurde ermordet.«

»Was?« Max blieb stehen. »Ermordet?«

»Ja.«

Max sah ihn fassungslos an, sagte aber nichts mehr.

»Sie kannten Huynh also?« Schönlieb hatte keine Lust, hier eine Minute länger zu verbringen als nötig. Die ganze Atmosphäre des Krankenhauses machte ihn krank. Er wollte so schnell wie möglich herausfinden, ob Max sie irgendwie weiterbringen konnte, und die Bestätigung bekommen, dass er der Pillenlieferant von Huynh war.

»Ja, klar kannte ich Huynh. Wir waren zusammen in einer Klasse. Auch nach der Schule hatten wir noch Kontakt, aber in den letzten ein, zwei Jahren haben wir uns nicht sehr oft gesehen.« Max schob den Servierwagen wieder ein paar Meter weiter. »Ich muss hier weitermachen, sonst werde ich nicht fertig.«

Er blickte in eine Mappe, legte sie wieder hin und nahm schon wieder eine der kleinen Ampullen. Diesmal nahm er noch einen kleinen Plastikbecher dazu. Schönlieb beschloss, es mit direkter Konfrontation zu versuchen.

»Sie haben ihn nicht oft gesehen. Nur wenn Sie ihm die Pillen gegeben haben, zum Weiterverkauf, oder?«

Max verharrte in seiner Bewegung. Sie standen in der Tür des nächsten Zimmers. Schönlieb und Max schauten sich einen kurzen Augenblick direkt in die Augen. Innerlich leuchteten bei Schönlieb alle Alarmlampen auf. Bingo! Max regte sich wieder.

»Was für Pillen?«, fragte er und ging in das Zimmer.

Schönlieb folgte ihm. *Du hast dich schon längst verraten*, dachte er. Er war sich jetzt völlig sicher. Er musste die Worte nur noch aus Max herauskitzeln.

»Hallo, Herr Kaiser«, begrüßte Max einen gar nicht so alten Mann im Krankenbett. Er sah kräftig aus, hatte aber ein eingefallenes, gerötetes Gesicht, mit allerlei aufgeplatzten Äderchen.

»Moin, Max. Bringst du mir meinen Cocktail?«, fragte der Mann und zwinkerte Schönlieb schelmisch zu. Mit einem Schluck kippte er den Inhalt des kleinen Plastikbechers herunter. Danach schüttelte er sich kurz.

»Sehr gut«, sagte Max ruhig.

»Ein Mojito war das aber nicht!«, beschwerte sich Herr Kaiser mit gespielter Empörung und lachte daraufhin selbst laut auf. Max und Schönlieb blieben ernst.

Max ging ein Bett weiter, während Herr Kaiser noch lachte.

»Sie wissen genau, welche Pillen ich meine«, hakte Schönlieb nach.

»Ist das ein Freund von dir, Max?«, fragte Herr Kaiser hinter ihnen.

Schönlieb drehte sich zu ihm um.

»Nicht direkt«, murmelte er und lächelte Herrn Kaiser zu.

Max ging ein Bett weiter. Darin lag eine Frau, die ungefähr so lebendig aussah wie die »Patienten« von Kalle. Max überprüfte den Beutel am Tropf. Es schien alles okay zu sein. Gefolgt von Schönlieb ging er wieder aus dem Zimmer.

»Tschüss, Herr Kaiser«, verabschiedete er sich im Gehen. »Nächstes Mal dann einen Cuba Libre.«

Schönlieb und Max standen wieder am Servierwagen auf dem Flur. Außer Max schien hier niemand zu arbeiten. Schönlieb hatte noch kein anderes Personal gesehen. Max wollte gerade wieder anfangen, sich für die nächsten Patienten zu präparieren, da hielt Schönlieb ihn am Arm fest.

»Sie haben Huynh mit den Pillen beliefert, dann hatten Sie Lieferprobleme. Er war sauer – schließlich geht es um viel Geld. Sie streiten sich, Sie hauen ihm auf den Kopf, er fällt hin und ist tot.«

Max schaute mit ernster Miene auf die Rollen des Servierwagens.

»So ein Quatsch. Ich habe nichts damit zu tun. Weder mit irgendwelchen Pillen noch mit seinem Tod.« Max zog seinen Arm weg und nahm wieder die Mappe in die Hand. »Ich habe hier echt noch viel zu tun, und wie Sie sehen, kann ich Ihnen nicht helfen. Es wäre nett, wenn Sie jetzt gehen würden.«

Schönlieb sah Max scharf an.

»Wir werden Sie auf das Präsidium bestellen. Dort werden dann Fingerabdrücke von Ihnen genommen und mit denen von Huynhs Ritalinpackungen verglichen. Meinen Sie nicht, dass Sie dann in Erklärungsnot kommen?«

Max stöhnte laut auf und verdrehte kurz die Augen.

»Das kann doch alles nicht wahr sein!«

Seine Schultern sackten nach unten. Er blickte Schönlieb an.

»Ich wollte das von Anfang an nicht. Ich weiß nicht, wieso ich das überhaupt gemacht habe. Außerdem ist das doch längst vorbei.«

»Was haben Sie gemacht?«, hakte Schönlieb nach.

»Huynh die Pillen gegeben.« Max griff sich mit den Händen in die Haare und schaute den langen Gang entlang ins Nichts. »Wir hatten uns auf einer Party nach langer Zeit wiedergesehen. Da haben wir über alles Mögliche gesprochen … Irgendwann habe ich ihm die Pillen gezeigt, die ich mithatte. Zum Partymachen, weißt du?« Max schaute Schönlieb an. Manchmal hatte Schönlieb das Gefühl, Gleichaltrige und Jüngere nahmen ihn sehr schnell nicht mehr als Autoritätsperson von der Polizei wahr, sondern als Kumpel, als Gleichgesinnten. Sah er wirklich so jung aus? Meistens nervte es ihn, aber ab und zu war es durchaus hilfreich. Wie jetzt, wo sich der Befragte ihm vertrauensvoll zu öffnen begann.

»Na ja, wir haben die Pillen zerkleinert und uns durch die Nase gezogen. Wir sind ziemlich abgegangen. Auf jeden Fall muss ich Huynh dann auch im Laufe der Nacht erzählt haben, dass das Zeugs, also das Ritalin, auch beim Lernen hilft. Ehrlich gesagt kann ich mich nicht mehr daran erinnern, war schon 'ne heftige Nacht.« Max schmunzelte kurz vor sich hin.

»Aber Huynh hat sich erinnert?«, fragte Schönlieb nach, um Max wieder in die Spur zu bringen.

»Ja, Huynh hat sich erinnert. Tage später rief er mich an und meinte, er hätte da eine wichtige Hausarbeit und nur noch zwei Wochen Zeit. Ob ich ihm nicht ein paar von den Pillen besorgen könnte.«

Es war dieser Augenblick gewesen, an dem hätte alles eine andere Wendung nehmen können. Er hätte einfach Nein sagen müssen.

»Ich habe *Ja* gesagt, keine Ahnung, wieso, und habe ihm die Dinger besorgt.«

»Woher hatten Sie die Pillen?«

»Na, aus der Klinik. Am Anfang habe ich ein paar Blankorezepte mitgehen lassen, später habe ich durch … einen Helfer … ab und zu Zugang zur Krankenhausapotheke gehabt«, sagte Max und fügte schnell an: »Der ist aber mittlerweile nicht mehr hier im Krankenhaus, mein Helfer.« Schönlieb glaubte ihm nicht, aber im Moment war ihm das egal.

»Und dann? Kam Huynh irgendwann auf Sie zu mit seiner Idee, das Ritalin in der Uni unter die Leute zu bringen?«

»Nein, nein, das war keine *Idee.* Wir hatten nie richtig beschlossen, damit zu handeln … Das kam mehr so …«

Max schaute Schönlieb mit fragendem Blick an, doch Schönlieb konnte Max nicht helfen.

»… schleichend. Huynh wollte immer mehr Pillen, und er fing an, mich dafür zu bezahlen. Es war allerdings nicht leicht, immer mehr von den Dingern zu besorgen. Es ging jedoch eine ganze Weile gut, und wir haben beide nicht schlecht damit verdient.«

»Wie lange ging das *gut*?«

»Vielleicht eineinhalb Jahre. Huynh wollte mehr und mehr. Es wurde immer schwerer für mich, für Nachschub zu sorgen, und ich hatte immer größere Angst, entdeckt zu werden. Ist doch klar, dass das irgendwann auffällt, wenn Medikamente fehlen, und dass dann nachgefragt wird. Und von den Rezepten kann man auch nicht viele mitgehen lassen, ohne dass das auffällt. Da habe ich ihm gesagt, dass ich aussteige – dass er von mir nichts mehr bekommen würde.«

Schönlieb zog eine Augenbraue hoch.

»Wann war das?«

»Vor ungefähr ein, zwei Monaten.«

»Wie hat Huynh reagiert?«

»Er war außer sich! Richtig wütend. Er hat gesagt, dass ich ihm das nicht antun könnte und dass ich ihn noch weiter beliefern müsse, sonst würde er mich auffliegen lassen.«

»Er hat Ihnen also gedroht …«

»Na ja, ja, schon. Ich hatte Angst, dass er mich wirklich verraten würde. Huynh war schon früher so, wenn er was durchgezogen hat, dann war ihm alles andere egal. Dann hat er das gemacht, egal was es kostete.«

»Und dann haben Sie ihn im Streit erschlagen«, fügte Schönlieb hinzu, ohne eine Miene zu verziehen.

»Nein!« Max blickte erschrocken auf. »Verdammt, nein!«

Er stampfte in schnellen Schritten um den Servierwagen herum. Langsam begriff Max wahrscheinlich, was das alles bedeutete und dass die Umstände auf ihn als Täter hinwiesen.

»Ich habe ihn nach dem Gespräch nicht mehr gesehen oder gesprochen. Das Letzte, was er zu mir sagte, war: ›Fick dich, bald hätte ich dich eh nicht mehr gebraucht.‹«

»Bald hätte ich dich eh nicht mehr gebraucht?«

Max nickte.

»Was könnte er damit gemeint haben?«, fragte Schönlieb,

unsicher, ob er sich über diese Wendung freuen sollte. »Hatte er einen neuen Lieferanten?«

»Ich habe absolut keine Ahnung«, sagte Max. »Aber Sie müssen mir glauben, dass ich mit seinem Tod nichts zu tun habe.« Auf einmal war Schönlieb also doch wieder ein *Sie*. Er schaute Max an, und er glaubte ihm. Doch was sollte er jetzt mit ihm machen? Er würde auf jeden Fall mit den Kollegen sprechen müssen. Max hatte bezüglich der Medikamente mit erheblichen Konsequenzen zu rechnen. Seine Karriere als Arzt konnte er getrost an den Nagel hängen. Ob ihm das schon bewusst war?

»Sie werden noch von uns hören«, sagte Schönlieb nur und ging ohne richtige Verabschiedung.

Das war sicher nicht das korrekte Verhalten, aber er wollte hier in diesem Krankenhaus keine Minute länger bleiben, den ekligen Geruch hinter sich lassen, Max zurücklassen, der noch nicht begriffen hatte, dass sein Leben jetzt noch einmal eine völlig andere Wendung nehmen würde. Schönlieb wollte nicht derjenige sein, der ihm das klarmachen würde.

Als er endlich die Klinik verlassen und einen tiefen Atemzug der kalten Luft in sich aufgesogen hatte, rief Schönlieb Wallner an. Mit einer gewissen Genugtuung über seinen Erfolg, Max zum Reden gebracht zu haben, informierte er Wallner über den neuesten Stand seiner Ermittlungen. Doch Wallner war alles andere als begeistert und zunächst sehr aufgebracht.

»Du musst ihn sofort in Gewahrsam nehmen! Ein klareres Tatmotiv werden wir kaum finden!«

»Aber ich glaube ihm.«

»Pah!« Wallner lachte am anderen Ende zynisch auf. »Die Menschen sind unergründlich. Jeder – glaub mir –, *jeder* ist jederzeit zu allem fähig. Das siehst du niemandem an.«

Es entstand eine kurze Pause – fast so, als wenn sich Wallner überwinden müsste, den nächsten Satz zu sagen.

»Ich komme jetzt vorbei, und dann nehmen wir den Jungen mit.«

Sie diskutierten noch eine ganze Weile. Schönlieb hatte am

Ende keine Ahnung, wie er es geschafft hatte, aber Wallner ließ sich tatsächlich darauf ein, Max nicht sofort zum Verhör abzuholen und in U-Haft zu stecken, sondern erst alles mit Holding zu besprechen.

Wenn sie jedoch bald keine andere Spur finden würden, dann war Max fällig, hatte Wallner gesagt, und Schönlieb war sich sicher, dass er es auch so gemeint hatte. Manchmal brauchte es nicht mehr als ein starkes Motiv.

Als Schönlieb aufgelegt hatte und mit dem Handy in der Hand vor dem Krankenhaus stand, wusste er selbst nicht mehr, was seine Motivation war, Max zu verteidigen. Vielleicht beging er gerade einen großen Fehler.

Kapitel 22

Schönlieb und Wallner saßen auf zwei Stühlen vor Holdings Schreibtisch. Mittlerweile war es halb neun Uhr abends. Wallner saß breitbeinig da, beide Füße fest auf dem Boden und die Unterarme auf die Oberschenkel gestützt. Er hatte einen ziemlich roten Kopf, eine kleine Ader an der Schläfe pulsierte gut sichtbar, seine Nase sah dicker und aufgedunsener aus als sonst.

Im Moment war er dabei, sich über Schönlieb und sein unverantwortliches Handeln zu beklagen. Dabei redete er so über Schönlieb, als ob dieser gerade nicht mit übereinandergeschlagenen Beinen neben ihm sitzen würde. Der nette Wallner von vorhin war längst wieder verschwunden.

»Das können wir nicht verantworten, was der da macht. Schönlieb, mit seinem *Gefühl,* dass ich nicht lache, Dreikäsehoch, keine Erfahrung, aber alles im Gefühl. Da muss endlich mal einer ein Machtwort sprechen. Holding, wenn du da nicht durchgreifst …«

Schönlieb versuchte das Gezeter von Wallner auszublenden und schaute aus dem Fenster. *Dreikäsehoch!*

Schönlieb glaubte einfach nicht daran, dass Max es gewesen war. Das sagte ihm sein, von Wallner gerade so beschimpftes, Gefühl ganz deutlich. Doch was hatten sie herausgefunden? Nicht viel. Sie hatten das Ritalin, die Packungen bei Huynh zu Hause, besorgt von Max. Und sie wussten, dass Huynh nicht ganz so sauber gewesen war, wie seine Freundin dachte, und sich ein ordentliches Sümmchen mit dem Dealen von Neuro-Enhancern verdient hatte. Wer aber war so mit ihm in Streit geraten, dass er ihn tötete? Und was hatte Huynh gemeint, als er zu Max gesagt hatte, er brauche ihn eh bald nicht mehr? Gab es einen zweiten Lieferanten? Oder war das doch nur ein versuchtes Ablenkungsmanöver von Max?

»Schönlieb, was sagst du dazu?«, fragte Holding ihn.

Schönlieb begann zu erzählen, wie er die Sache einschätzte, und berichtete dann von dem Gespräch mit Max. Holding rieb sich das Kinn, und als Schönlieb seinen Bericht beendet hatte, war es still. Nur Holdings Computer, der leise summte, und der Regen, der von draußen gegen das Fenster schlug, waren noch zu hören. Es war wieder wärmer geworden. Der Schnee verwandelte sich in dreckige Pfützen.

»Nehmt ihn fest«, entschied Holding schließlich. »Wir haben keine andere Wahl. Gefühl hin oder her, Schönlieb, das ist mir zu heikel. Ich will den Jungen in Gewahrsam wissen. Und dann befragt ihr ihn noch einmal richtig. Vielleicht sollte Wallner ihn mal in die Mangel nehmen.«

Wallner schaute triumphierend. Schönlieb senkte den Kopf, auch wenn er wusste, dass Holding wohl korrekt entschieden hatte. Er wurde nur das Gefühl nicht los, dass sie das absolut nicht weiterbringen würde.

Holding entließ sie, und Schönlieb und Wallner einigten sich kurz, dass es Schönlieb war, der diesmal nicht mitkommen müsse. Die richtige Vernehmung von Max wollten sie morgen zusammen vornehmen.

»Wenn er erst mal eine Nacht schmort, wird er reden«, sagte Wallner und grinste zufrieden. Er klopfte Schönlieb herablassend auf die Schulter. »Wirst schon sehen, dein Gefühl hat dich getäuscht, aber das passiert jedem. Je länger man hier arbeitet, desto erfahrener wird man. Dann versteht man, dass Fakten zählen, nichts als Fakten.« Wie Schönlieb das ankotzte.

Als Wallner abzog, um mithilfe der Streifenpolizei Max einzusacken, saß Schönlieb noch eine Weile im Büro und starrte auf seinen Bildschirm. Die Uhr zeigte 21:03 Uhr an.

Draußen war der Regen mittlerweile noch heftiger geworden. Schönlieb hatte keinen Schirm dabei und beschränkte sich darauf, seinen Kragen hochzustellen, was ihm allerdings kaum etwas nützte. Selbst nach dem kurzen Weg zur U-Bahn-Station Alsterdorf war er bereits völlig durchnässt. Seine Haarspitzen klebten an seiner Stirn, und Wasser lief über sein Gesicht, tropfte von seiner Nase und lief ihm in den Mund. Es schmeckte salzig. Schönlieb mochte Regen, er hatte ihn schon immer gemocht, aber heute war er ihm zuwider. Ihm wurde fürchterlich kalt.

Zu Hause schälte er sich die nassen Klamotten vom Leib und stellte sich erschöpft unter die Dusche. Langsam drehte er das Wasser immer heißer, bis es auf seiner Haut brannte. Als er aus der Dusche trat, ähnelte er einem Krebs.

Er schlüpfte in seinen großen weißen Bademantel, den er schon seit seinem zwölften Lebensjahr besaß und damals von seinen Großeltern bekommen hatte. Er war so groß gewesen, dass er jetzt, viele Jahre später, endlich hineinpasste. Seine Oma hatte ihm auf die rechte Brust einen Aufnäher von St. Pauli genäht, auf dem ein Piratenkopf mit Säbel im Mund zu sehen war. *Die Freibeuter der Liga,* stand da. Der Bademantel war wunderbar verwaschen, und Schönlieb würde ihn nie hergeben.

Er setzte sich in seinen Sessel, in dem er fast verschwand, und musste eingeschlafen sein, denn als es an der Tür klingelte, schreckte Schönlieb auf. Kurz musste er sich orientieren. Als er feststellte, dass er zwar nicht in seinem Bett, aber bei sich Hause war, war er beruhigt. Es klingelte wieder.

Ohne darüber nachzudenken, dass er nur mit einem Bademantel bekleidet war, öffnete er die Tür. Es war Mitch.

»Wie siehst du denn aus, Digger?« Mitch schaute an Schönlieb herunter und fing an zu lachen. Schönlieb zog den Bademantel fester zu.

»Ich wollte dich eigentlich nur fragen, ob du nicht rüberkommen möchtest. Ich mache 'ne kleine Party.«

»Schon wieder?« *Wie oft in der Woche feierte dieser Typ Partys? War heute nicht erst Donnerstag?*

»Das letzte Mal war doch nur so ein bisschen Singstar spielen. Diesmal mache ich 'ne echte Party, es sind auch ein paar heiße Mädels da.« Mitch zwinkerte Schönlieb vielsagend zu.

»Lass mal.« Schönlieb winkte kopfschüttelnd ab.

»Ach, komm schon, wie lange wohnst du jetzt hier?« Mitch wartete die Antwort gar nicht erst ab. »Ein, zwei Jahre? Und nicht ein einziges Mal bist du rübergekommen. Das wird mal

Zeit, und dir wird es auch mal ganz guttun, dich nicht immer so abzuschotten.«

»Abschotten?« Was meinte Mitch damit?

»Überleg's dir, Digger«, sagte Mitch und verabschiedete sich in seine Wohnung.

Schönlieb blieb in der offenen Haustür stehen. *Abschotten.* Er schottete sich doch nicht ab. Er hatte nur einfach keine Lust auf dämliche Partys mit irgendwelchen Werbefreaks, die Szenegetränke schlürften und dämlichen Small Talk führten. Er schlug die Haustür fest zu. Auf dem Weg zurück in seinen Sessel blickte er zufällig in den großen Spiegel. Sein Gesicht war auf einer Seite ganz zerknittert, von Sesselabdrücken. *Schottest du dich ab, Christoph Schönlieb?* Nein. Oder? Er lauschte in die Stille seiner Wohnung. Musste man denn immer an allem teilhaben? Durfte man nicht in Ruhe sein Leben leben? Er ärgerte sich über Mitch und die Situation, in der er sich jetzt befand. Nun dachte er doch ernsthaft darüber nach, auf diese dämliche Party zu gehen, obwohl er überhaupt keine Lust darauf hatte. Eine innere Stimme – er verfluchte sie und vermutete den Urheber irgendwo in der Bauchgegend – quälte ihn mit der Frage, ob er dabei war, als einsamer alter Kauz in seinem Sessel zu enden. *Abschotten!* Was für ein bescheuertes Wort. Sein Entschluss stand fest, er würde ganz bestimmt nicht auf diese Party gehen.

Kapitel 23

Er konnte es nicht fassen, dass er gerade mit einem Bier in der Hand in Mitchs Wohnzimmer stand. Die Wohnung war eingerichtet wie der Showroom eines stylischen, sündhaft teuren Möbelladens. So eine Art Laden, der davon leben konnte, ein einziges Sofa im Monat zu verkaufen. Auch die Leute um Schönlieb herum sahen aus wie aus einem Katalog. Na ja, mit wenigen Ausnahmen. Kaschieren konnte auch eine stylische und hippe Hülle nicht immer alles.

Schönlieb nahm noch einen letzten Schluck aus der Flasche, sie war schon wieder leer. Er fühlte sich hier so unwohl, dass er in kürzester Zeit drei Flaschen Bier ausgetrunken hatte und zwei Schnapsgläser Wodka. Den Alkohol bemerkte er, wohler fühlte er sich jedoch nicht.

Mitch kam vorbei, klopfte Schönlieb kurz auf die Schulter und drückte ihm noch ein Bier in die Hand. Mit der frei gewordenen Hand zerrte er eines der umherstehenden Mädels heran.

»Digger, coole Party, oder?«

»Ja, sehr coole Party«, antwortete Schönlieb wenig überzeugend.

»Das hier«, wandte er sich an die junge Frau, »ist Christoph, ein richtig cooler Typ. Viel Spaß euch.« Dann verschwand er und ließ die beiden stehen. Schönlieb schaute das Mädel an. Sie war etwas kleiner als er, hatte dünne braune Haare und unglaublich große Brüste, die sie in ein zwei Nummern zu enges, neongrünes Top gezwängt hatte, sodass die Brüste aus dem Ausschnitt quollen wie Kuchenteig aus einer zu kleinen Form. Was Schönlieb jedoch am meisten störte, war die Tatsache, dass sie aus irgendeinem Grund die ganze Zeit den Mund halb geöffnet hatte. Hätte er sagen müssen, welche Frau er auf der Party am unattraktivsten fand, diese wäre es wohl gewesen.

»Hey, ich bin Bianca«, sagte sie und lächelte Schönlieb an.

Ihre Stimme war ganz grässlich, und etwas in ihrem Tonfall ließ vermuten, dass sie ziemlich dämlich war.

Obwohl Schönlieb überhaupt kein Interesse an ihr hatte, es ihm vollkommen egal war, was sie von ihm dachte oder ob sie weiter mit ihm reden würde, wurde sein Kopf rot.

»Ja … äh, hey … Christoph«, antwortete er und begann leicht zu stottern wie ein schüchterner Schuljunge. Er konnte es selbst nicht verstehen. Seine Stimme klang mal wieder viel heller als sonst. Es war ihm peinlich. Was machte er hier bloß?

Sie standen sich eine Weile gegenüber und schwiegen sich an. Schönlieb wäre am liebsten schnurstracks aus der Wohnung gestürmt, hätte sich in seinem Bett verkrochen und die Decke über seinen Kopf gezogen. Dort würde er nur das Klopfen seines eigenen Herzens hören. Stattdessen blieb er jedoch stehen, schaute doof in der Gegend herum und nahm immer wieder große Züge aus der Bierflasche. Kurz darauf war sie schon wieder leer. Er nutzte das, um »sich mal eben ein Bier zu holen«, und ließ Bianca stehen.

Als er in die Küche abbiegen wollte, prallte er mit jemandem zusammen, der genau in diesem Moment aus der Küche austrat. Er bekam die fremde Stirn frontal gegen die Nase und dachte im ersten Moment, dass er auf jeden Fall Nasenbluten davontragen würde. Beim Betasten der Nase konnte er davon jedoch nichts merken. Glück gehabt. Als er daraufhin hochschauen wollte, mit wem er zusammengestoßen war, wurde ihm kurz schwummrig, sodass er fast nach hinten fiel.

»O Gott, alles in Ordnung?« Da war der herrlich holländische Akzent wieder. Lieke. Aus der Gerichtsmedizin.

»Geht schon, geht schon«, sagte Schönlieb. Er war aber immer noch total verwirrt. Wieso stand Lieke hier vor ihm? Das ergab überhaupt keinen Sinn.

Lieke nahm seinen Kopf zwischen die Hände, drehte ihn vorsichtig hin und her und betastete abschließend kurz seine Nase.

»Scheint alles gut zu sein«, sagte sie. Deutsch mit holländischem Akzent. Das klang ein wenig wie eine Kindersprache.

»Was machst du … äh, machen Sie …«

»Wir können uns gerne duzen.« Lieke lächelte.

»Gerne«, brachte Schönlieb nur heraus.

»Willst du ein neues Bier?«, fragte Lieke mit Blick auf die leere Bierflasche, die Schönlieb fest umklammert hielt.

»Gerne.«

Sie holte ihm ein Bier aus dem Kühlschrank und erzählte, dass sie über die Freundin einer Freundin auf die Party gekommen war.

»Ich bin ja neu in Hamburg, und da macht man eben alles mit, damit man mal rauskommt. Sonst laufe ich noch Gefahr, nur weil ich niemanden kenne, in meiner Wohnung zu versauern und mich völlig abzuschotten vom Leben.«

»Ja.« Schönlieb lächelte Lieke etwas unbeholfen an. Er fühlte sich noch immer etwas benommen, hatte allerdings Zweifel daran, dass dies nur mit dem Zusammenstoß zusammenhing.

Kurz darauf standen sie auf dem Balkon und rauchten eine Zigarette. Schönlieb hatte zwar vor Kurzem mit dem Rauchen aufgehört, aber er konnte Lieke nicht alleine auf den Balkon ziehen lassen. Er wollte bei ihr bleiben, und so zog er jetzt an einer Zigarette, der ersten seit drei Wochen. Lieke erzählte von ihrer Arbeit mit Kalle. Was für ein lustiger Kerl Kalle war und von den Leichen, die sie auf den Tisch bekamen.

»Weißt du, was bisher das Schlimmste war?«, fragte Lieke.

»Nein«, antwortete Schönlieb, und er war sich auch nicht sicher, ob er das wissen wollte.

»Wir hatten einen Mann auf dem Tisch, der mehrere Tage in seiner Wohnung gelegen hatte«, fing Lieke an zu erzählen. »Und ihm fehlte der Kopf. Es gab jedoch keine Spuren in der Wohnung von einer weiteren Person, nur ein Hund hatte bei ihm gelebt.«

»Und wie hat der Mann seinen Kopf verloren?«

»Das war die große Frage, zumal wir herausfanden, dass der Mann eines natürlichen Todes gestorben war und ihm sein Kopf erst nachträglich abgetrennt wurde.« Lieke sah Schönlieb herausfordernd an. Er zuckte nur mit den Schultern.

»Okay, ich verrate es: Der Hund war's.«

»Der Hund?! Wieso der Hund?«

»Nachdem weder Anstupsen noch Anlecken halfen und er die Aufmerksamkeit seines Herrchens nicht bekam, hat er zugebissen.«

Schönlieb verzog das Gesicht und versuchte schnell die Bilder der Erzählung aus dem Kopf zu bekommen.

Lieke sah ihn entschuldigend an. »Entschuldigung, nicht gerade die passende Partyunterhaltung. Ich habe da manchmal wenig Gespür für.«

Schönlieb nickte. »Zum Glück habe ich kein Haustier.«

»Na ja wenn du lebst, essen sie dich nicht.«

»Aber ich kann es schon verstehen, um deine Aufmerksamkeit zu bekommen, habe ich dich mit meiner Nase attackiert. Hätte das nicht geklappt, hätte ich als Nächstes wohl auch zugebissen.« Kurz hatte Schönlieb Angst, dass der Scherz zu derb gewesen war, doch dann lachte Lieke kurz auf und lächelte ihn an.

Nachdem er jedoch den aufgerauchten Zigarettenstummel vom Balkon geschnippt hatte, konnte er den Druck auf der Blase nicht länger unterdrücken. Am liebsten hätte er das ignoriert und wäre einfach mit Lieke auf dem Balkon stehen geblieben. Es war so schön, mit ihr zu reden, und ein Teil seiner Schüchternheit hatte sich mittlerweile dem Alkohol geschlagen gegeben, was ihm das Gespräch sehr erleichterte. Es half jedoch nichts, er musste eine Toilette aufsuchen.

»Ich komme gleich wieder.« Er wollte das nicht so direkt sagen. Sie würde es schon verstehen.

Als er erleichtert auf den Balkon zurückkam, war Lieke nicht mehr da. Er blickte sich um, konnte sie jedoch nirgends entdecken. Plötzlich stand stattdessen Bianca wieder vor ihm.

»Hey, da bist du ja wieder!«, rief sie ihm viel zu laut zu, obwohl er doch direkt vor ihr stand.

»Hey, da bist *du* ja wieder«, antwortete Schönlieb wenig begeistert und versuchte, durch die geöffnete Balkontüre zu sehen, ob Lieke vielleicht einfach reingegangen war. Aber er konnte sie nicht entdecken.

»Ich bin schon ganz schön betrunken«, schrie Bianca ihn weiter an.

»Das sehe ich.«

»Du bist süß«, nuschelte sie und lachte ein schrilles, helles Lachen. *Hexenlachen*, dachte Schönlieb.

»Danke«, sagte er knapp.

Plötzlich sprang Bianca auf ihn zu, schlang ihre Arme um seinen Hals und bewegte dabei ungeschickt die Hüften. Sie roch nach Bier und Zigaretten.

»Komm, wir tanzen«, lallte sie.

Schönlieb blickte sich Hilfe suchend um. Wo war Lieke?

Kapitel 24

So einen Kopf hatte Schönlieb das letzte Mal vor drei Jahren gehabt, nach einem Abend, an den er sich nicht mehr vollständig erinnerte. Sein Schädel fühlte sich geschwollen, schwer, unpassend an. Wie eine Fehlkonstruktion. *Entschuldigung, das ist nicht mein Kopf, er ist zu schwer, seit sechsundzwanzig Jahren trage ich die leichtere Version, könnte ich die bitte wieder haben?*

Ein paar Sekunden brauchte er, dann erschrak er gleich zweimal kurz hintereinander. Das erste Mal, als er begriff, dass es schon verdammt spät war und er ins LKA musste. Das zweite Mal, als er neben sich Bianca im Bett liegen sah. Vorsichtig hob er die Bettdecke an. Bianca war nackt, und er war es auch, zwischen ihnen im Bett lag ein gebrauchtes Kondom. Entsetzt und angewidert sprang Schönlieb aus dem Bett, so hastig, dass sich sein Fuß in der Bettdecke verhakte und er kopfüber auf den Holzfußboden stürzte. Er schmeckte Blut. Alles drehte sich.

Er rappelte sich langsam wieder auf und wankte ins Bad. Der Spiegel im Bad zeigte nicht ihn, sondern einen aufgedunsenen Mann mit grauer Haut und einer aufgeplatzten Unterlippe. Schönlieb nahm die Unterlippe zwischen die Finger und betrachtete die Wunde. Er beschloss, dass sie von alleine heilen würde. Anschließend stellte er sich unter die kalte Dusche. Er empfand das kalte, betäubende Wasser als gerechte Strafe und ertrug es, bis es schmerzte. Danach fühlte er sich etwas besser, aber noch immer ziemlich scheußlich.

Schönlieb konnte nicht fassen, wie Bianca in seinem Bett hatte landen können. *Du verdammter Volltrottel!* Er verfluchte sich selbst und ging wieder in sein Schlafzimmer, wobei er darauf bedacht war, dies möglichst leise zu tun. Auf keinen Fall wollte er Bianca wecken, die noch immer leicht schnarchend in seinem Bett lag. Er schlich zum Kleiderschrank und nahm vorsichtig ein paar Klamotten heraus. Beim Verlassen des Schlafzimmers schaute er noch einmal zurück auf Bianca und hoffte, er würde sie nie wiedersehen. Dann zog er sich an, putzte leise die Zähne und schlich sich aus der Wohnung, *seiner Wohnung.*

Er zog seine Haustür kräftig zu, sodass es laut knallte. Er hoffte, Bianca würde dadurch aufwachen und sich dann möglichst schnell aus dem Staub machen.

Draußen steuerte er direkt auf den Kiosk zu, der zwei Häuser weiter lag. Die Zigarette gestern hatte ihn auf den Geschmack gebracht. Er würde sich schnell eine Packung kaufen.

Der Kiosk wurde von Arjun betrieben. Einem Inder, der vor zwanzig Jahren nach Hamburg gekommen war. Da sein Ingenieurdiplom von den deutschen Behörden nicht anerkannt wurde und er, nachdem er sich zwei Jahre lang mit den Behörden herumgeschlagen hatte, die Hoffnung aufgegeben hatte, hatte er beschlossen, einen Kiosk zu eröffnen. Nach längerem Suchen hatte er einen maroden Kiosk gefunden, der seit einiger Zeit leer zu stehen schien. Nach zähen Verhandlungen mit dem Vermieter, der aus dem Laden eigentlich eine weitere Wohnung machen wollte, hatte Arjun sich eingemietet. Jetzt betrieb er den Kiosk schon siebzehn Jahre, und mittlerweile hatte er fast vergessen, dass er mal ein ausgebildeter Ingenieur war.

»Guten Morgen, Christoph«, trällerte Arjun, als das Klingeln ertönte, das jeden Kunden begleitete, und Schönlieb in den Kiosk trat.

Arjun hatte sich trotz der zwanzig Jahre einen, wie Schönlieb fand, sympathischen indischen Akzent bewahrt. Teils weil er ihn sich nie ganz abgewöhnen konnte, teils weil er das auch gar nicht wollte. Die Leute mochten seinen Akzent.

»Moin«, antwortete Schönlieb, in seinem Kopf dröhnte noch immer der schrille Nachhall der Eintrittsklingel. »Eine Packung Gauloises.«

»Du weißt, dass ich dir keine Zigaretten verkaufe, mein Freund.« Arjun blickte Schönlieb verständnislos an. »Du hast mit dem Rauchen aufgehört und selbst gesagt: Arjun, verkaufe mir nie, nie wieder eine Packung Zigaretten.«

Ja, das *hatte* er gesagt. Schönlieb erinnerte sich daran und war genervt. Von sich und von Arjun. Er hatte einen unglaublichen Brummschädel, und er wollte jetzt, verdammt noch mal, eine rauchen.

»Ja, ja, ich weiß, aber jetzt mach bitte nicht so ein Theater. Ich habe es mir anders überlegt ... Du willst doch Geld verdienen. Und ich will Geld ausgeben. Was bist du für ein Geschäftsmann, wenn du deinen Kunden nicht mal *das* verkaufst, was sie haben wollen?«, schimpfte Schönlieb.

»Einer, dem die Kunden am Herzen liegen«, strahlte Arjun zurück und untermalte seine Aussage mit einem in die Luft gestreckten Zeigefinger.

»Außerdem«, fuhr er fort. »Wenn du rauchst, stirbst du schneller, und dann kaufst du nicht mal mehr Brötchen oder eine Zeitung.«

»Durch Zigaretten verdienst du viel mehr«, seufzte Schönlieb resigniert.

Arjun ließ sich jedoch nicht aus der Ruhe bringen. Er grinste Schönlieb ein wenig väterlich und belustigt an. Obwohl er irgendwo tief im Verborgenen, allerdings wirklich *sehr tief* im Verborgenen, dankbar dafür war, dass Arjun so hart blieb, war Schönlieb vor allem erst mal eines: sauer.

»Ach, du hast sie doch nicht mehr alle!«, meckerte er und stampfte aus dem Kiosk. Ohne Zigaretten.

Mit einem beschissenen Gefühl im Magen und dem Eindruck, dass sich die Erde ein bisschen schneller drehte als sonst, saß Schönlieb in der Bahn. Den Kopf hatte er gegen die Fensterscheibe gelehnt, und zwischendurch fielen ihm die Augen zu. Bianca winkte ihm zu. Sie lachte ihm mitten ins Gesicht. Sie zerrte und rieb sich an ihm, und dann plötzlich sah er, wie sie ihren gewaltigen BH öffnete und ihr pralles Dekolleté in zwei riesige, schwabbelnde Brüste überging. Er riss die Augen auf und schnappte nach Luft. Erschrocken schaute er sich um. Ein kurzer Blick nach draußen beruhigte ihn. Seine Haltestelle hatte er noch nicht verpasst. Vor ihm saß eine ältere Frau und schaute ihn verständnislos an. Ihm war schlecht, und er befürchtete, sich gleich übergeben zu müssen. Seine Augen fielen wieder zu. Er presste sein Gesicht zwischen Biancas fette Brüste, verschwand vollkommen, bekam keine Luft mehr. Es ekelte ihn an, und gleichzeitig genoss er es, wie er hilflos in ihrem Busen hing, wie sie ihn an sich presste und er aufgrund des Sauerstoffmangels fast ohnmächtig wurde. Endlich ließ sie ihn los. Er schnappte nach Luft und öffnete die Augen. Alsterdorf! Seine Station! Er musste raus.

Er wankte aus der U-Bahn, die frische Luft tat ihm gut. Er steuerte auf den kleinen Bahnhofskiosk zu und kaufte sich ein Wasser. Danach blieb er kurz stehen, nahm einen kräftigen Schluck und versuchte sich ein wenig zu sammeln.

Es war schon wieder passiert. Wieder hatte er so gut wie keine Erinnerungen an den Sex. Sein viertes Mal, und es war, wie die anderen Male, aus seinem Kopf gelöscht. Das durfte doch nicht wahr sein.

Als er endlich das LKA-Gebäude erreichte, nahm er einen letzten kräftigen Atemzug und ging hinein. Als er ins Büro kam, stürmte Birte auf ihn zu.

»Da bist du ja!«, rief sie. »Wallner schimpft schon den ganzen Morgen über dich, weil du nicht auftauchst, und auf deinem Handy konnte er dich auch nicht erreichen.« Schönlieb betastete instinktiv seine Hosentasche. Eigenartig. Das Handy war nicht da. »Bei Holding hat er sich natürlich auch schon kräftig ausgekotzt.«

»Natürlich.« *Verdammter Wallner*. Schönlieb nickte Birte Coskun nur kurz etwas benommen zu und machte sich auf den Weg in sein Büro beziehungsweise in Wallners und sein Büro. Es war leer.

»Die sind im Vernehmungsraum und knöpfen sich da euren jungen Hauptverdächtigen vor«, rief Birte ihm von hinten zu. *Max, verdammt*. Den hatte Schönlieb schon wieder völlig vergessen. »Der sollte bald weichgekocht sein. Dann kannst du erst mal in Ruhe Papierkram machen und dich auskurieren.« Birte lächelte und sagte »auskurieren« mit einem Unterton, der

Schönlieb klarmachte, dass man ihm die letzte Nacht deutlich ansah.

»Scheißerkältung!«, sagte er zu Birte, grinste ein bisschen schief und zog die Achseln hoch.

»Schon klar.«

Schönlieb drehte sich um und ging mit schnellen Schritten in Richtung Vernehmungsraum. Er konnte sich vorstellen, was dort gerade vor sich ging. Oft genug hatte er Wallner jetzt schon bei Vernehmungen zugesehen. Er war ein Raubtier. Ununterbrochen schlich er bei Befragungen um den Verdächtigen herum, jederzeit bereit, ihm in den Nacken zu springen und ihn zu zerfleischen. Und am Ende zählte einzig und allein das Fleisch, die Brocken an Information, die Belohnung für die ganze Geduld, die Jagd. Wallner kümmerte es nicht, wen er da zu fressen bekam.

Schönlieb klopfte an, wartete eine Antwort allerdings nicht ab und öffnete die Tür.

Wallner und Max blickten ihn erschrocken an. Max sah aus wie ein Häufchen Elend, Wallner wie ein hungriges Monster. Er stand gerade hinter Max, und Schönlieb überkam das Gefühl, dass er genau in dem Moment zur Tür hereingekommen war, in dem Wallner zum Sprung ansetzen wollte, um Max endlich in den Nacken zu springen und ihn zu zerfetzen.

Schönlieb begrüßte die beiden und stellte sich dann ruhig an die Wand.

»Macht ruhig weiter«, sagte er dann möglichst unverfänglich.

Doch Wallner stampfte auf ihn zu, knurrte ein »Komm gleich wieder« in Richtung Max, packte Schönlieb am Arm und zog ihn gleich wieder aus dem Raum hinaus.

»Was denkst du dir eigentlich?«, fuhr er Schönlieb an, nachdem er die Tür geschlossen hatte. »Bist nicht zu erreichen, kommst zwei Stunden zu spät, und dann …« Wallner wurde rot und vergaß fast zu atmen. Die Ader an seiner Schläfe pochte. Schönlieb musste wieder daran denken, dass Wallner demnächst tot umfallen würde, dessen war er sich sicher. »… platzt du hier rein, als sei nichts los, und, und …« Wallner schnaubte und rang richtig nach Worten. Schönlieb fand, dass er ein wenig überreagierte. »… ich hatte ihn gerade so weit, zwei Minuten und der Junge hätte alles zugegeben, Deckel drauf, Fall abgeschlossen.« Wallner war Schönlieb unangenehm nah getreten. »Du hast ihn zurückgeholt, und jetzt hat er wieder Kraft …« Endlich atmete Wallner durch und trat auch zwei Schritte zurück. Er schien sich etwas zu beruhigen.

»Tut mir leid«, sagte Schönlieb knapp.

»Außerdem stinkst du nach Alkohol.« Wallner ging zurück zur Tür. »Lass mich das jetzt zu Ende bringen.« Bevor er die Tür hinter sich schloss, schaute er Schönlieb noch einmal direkt in die Augen. »Alleine!«

Dann schloss sich die Tür. Schönlieb nahm seine flache Hand, hielt sie vor seinen Mund und hauchte einmal kräftig hinein, dann atmete er schnell tief ein. Wallner hatte recht, er hatte eine totale Fahne. Dass Wallner das aufgefallen war, der selbst immer roch, als wenn er morgens mit Jack Daniel's statt mit Wasser duschen würde, war erstaunlich und beängstigend zugleich.

Schönlieb stand im Flur und wusste nicht, wie er reagieren sollte. Sollte er Wallner und Max in Ruhe lassen, die Dinge geschehen lassen? Vielleicht würde Wallner wirklich ein Geständnis aus Max herausquetschen, und vielleicht war Max wirklich der Täter? Doch Schönlieb glaubte nach wie vor nicht an dessen Schuld. Max hatte vieles falsch gemacht, aber sein Gefühl sagte Schönlieb, dass er nichts mit dem Mord zu tun hatte. Schönlieb wollte bei der Vernehmung dabei sein. Er würde den Zorn von Wallner auf sich ziehen, aber hatte er das nicht eh schon? War Wallner, was ihn betraf, nicht sowieso *dauerangepisst*? Schönlieb beschloss, wieder in den Vernehmungsraum zu gehen, als Birte um die Ecke kam.

»Da ist ein Anruf für dich. Sagt, er hat dich schon auf dem Handy angerufen, aber nicht erreicht, ist jetzt in der Schleife, auf deinem Bürotelefon.«

»Wer?«

»Irgend so ein Professor … Mahninger. Meilinger?«

»Meininger.«

»Genau, das war's!«

Schönlieb beschloss, Wallner und Max sich selbst zu überlassen. Was wollte Meininger von ihm?

»Hallo, Professor Meininger vom Lehrstuhl für Rechtswissenschaften hier«, trällerte ihm die übertrieben freundliche Stimme von Meininger entgegen, als Schönlieb das Telefon in seinem Büro abnahm.

»Moin, was verschafft mir die Ehre?«

»Kommissar Schönlieb, eine unangenehme Sache. Tut mir leid, Sie deswegen belästigen zu müssen. Es geht da um … den Vorfall in der Bibliothek. Also, der ältere Herr vom Sicherheitsdienst hat sich vertrauensvoll an mich gewendet und mich gebeten, mich bei der Polizei über Sie zu beschweren.«

Verdammt! Schönlieb ärgerte sich über sich und den übereifrigen Wichtigtuer.

»Aha«, sagte er aber nur.

»Tja, Kommissar Schönlieb, wie regeln wir das jetzt?«

Wie regeln wir das jetzt? Schönlieb wurde leicht gereizt, wie Meininger da in seinem fröhlichen Plauderton »Wie regeln wir das jetzt?« fragte. *Keine Ahnung wie wir das jetzt regeln, du Verkaufskanal-Figur!*

»Keine Ahnung, haben *Sie* da einen Vorschlag?«, antwortete er und bemühte sich, möglichst nett und freundlich zu klingen.

»Also, sonst kommen Sie doch erst einmal hierher in mein Büro. Dann finden wir sicher eine Lösung, die für beide Seiten zufriedenstellend ist.«

»Okay. Ich könnte so in zwei Stunden bei Ihnen sein«, willigte er ein. Was blieb ihm anderes übrig? Schönlieb hatte keine Lust auf eine Dienstbeschwerde. »Ich muss vorher noch etwas erledigen. Ich bin in etwa zwei Stunden bei Ihnen.« Er wollte in die Vernehmung.

Sie verabschiedeten sich. Schönlieb knallte das Telefon auf und ärgerte sich. Dieser bescheuerte Security-Rentner! Eigentlich aber ärgerte er sich über sich selbst. Warum war er nur so dumm und unbeherrscht gewesen? Jetzt war er abhängig von der Gnade des Professors, damit sie die Angelegenheit *irgendwie regeln* konnten. Schönlieb war sich nicht sicher, ob er sich nicht doch lieber einer offiziellen Beschwerde stellen sollte, dann konnte er auf dieses ganze Geklüngel verzichten. Er verwarf diesen Gedanken jedoch wieder.

Sicher war er sich hingegen, dass er Max gegen das Raubtier beiseitestehen musste. Das Gefühl hatte sich während des Telefonats verstärkt. Vielleicht war es nur eine Art Gewissensausgleich. Wenn er schon bereit war, zu seinem eigenen Schutz die Beschwerde des Sicherheitsdienstes möglichst lautlos verschwinden zu lassen, dann musste er sich zumindest bei Max geradmachen und zu sich selbst stehen.

Entschlossen ging er zurück zum Vernehmungszimmer. Ohne anzuklopfen, trat er ein. Diesmal war es nur Wallner, der etwas erschrocken zur Tür schaute. Wieder stand er hinter Max, der wimmerte, sein Gesicht tief in den Händen vergraben hatte und weinte. Elendig weinte, wie einer, der gerade alles verloren hatte.

»Soeben hat er alles gestanden.« Wallner grinste Schönlieb zufrieden an.

»Was?« Schönlieb schaute Wallner entgeistert an. »Wie meinst du das?«

»Wie, *wie meine ich das*?«

»Was hat er zugegeben?«

»Na, den Mord, was sonst!«, fauchte Wallner.

Wallner ging um den Tisch herum, drückte einen Knopf auf dem Diktiergerät und fingerte ein kleines Aufnahmeband heraus.

»Und hier ist alles drauf«, posaunte er stolz und hielt das Band wie eine kleine Trophäe in die Höhe.

»Das ist doch …«, begann Schönlieb entgeistert.

»Die Kollegen holen Sie gleich ab und bringen Sie zurück in die Zelle«, sagte Wallner an Max gerichtet, der aber nicht darauf reagierte.

Als Wallner an Schönlieb vorbei aus der Tür ging, hielt er einen kleinen Moment inne.

»Danken und mir ein Bierchen ausgeben kannst du dann

nachher«, flüsterte er ihm in einem gehässig-freundlichen Ton zu. »Hab ich mal wieder einen Fall gelöst für uns, was?« Er klopfte Schönlieb gönnerhaft auf die Schulter. Dieser alte arrogante Sack!

Wallner verschwand, und Schönlieb stand immer noch wie angewurzelt im Vernehmungsraum. Vor ihm, auf den Tisch gelehnt, wimmerte Max weiter vor sich hin. Konnte das wirklich wahr sein? Hatte Schönlieb sich so getäuscht?

»Warum hast du Huynh getötet?«

»Ich war es nicht«, beteuerte Max plötzlich. »Ich war es wirklich nicht.« Man konnte ihn kaum verstehen, denn aus seiner Nase lief Rotz ohne Ende und verklebte ihm den Mund.

Schönlieb war sauer. Er ging zwei Schritte nach vorne und haute mit der flachen Hand auf den Tisch. Zu spät dachte er daran, was dieser plötzliche Knall in seinem verkaterten Kopf anrichten würde. Er verzog kurz das Gesicht und wandte sich erst wieder an Max, als das höllische Stechen nachgelassen hatte.

»Verdammt noch mal, Max, wieso gibst du dann so einen Scheiß zu?«

Mit weit aufgerissenen, geröteten Augen schaute Max Schönlieb an. Doch dann ließ er den Kopf wieder hängen und starrte auf den Boden.

»Ich weiß nicht, keine Ahnung.« Er zog die Achseln hoch.

»Ein schöner Drogendealer bist du mir«, zischte Schönlieb und schaute auf die Uhr. »Lässt dich in nicht mal drei Stunden weichkochen und gibst einen Mord zu, den du nicht begangen hast.«

»Ich wollte das mit dem Ritalin nicht, ich wollte das doch nicht …« Max fing wieder an zu weinen.

»Pass auf«, sagte Schönlieb und legte eine Hand auf seine Schulter. »Das mit dem Ritalin, das du Huynh besorgt hast, war bescheuert von dir. Da kommst du auch nicht drumherum, dafür geradezustehen, und es wird dir verdammt noch mal deine Zukunft als Arzt verbauen, aber das mit dem Mord … da glaube ich dir, und ich werde alles tun, dass ich herausfinde, wer es wirklich war.« Schönlieb schaute Max kurz an. »Aber du musst das mit deinem Geständnis geraderücken.« Max nickte leicht.

Schönlieb verabschiedete sich und ging aus der Tür. Auf Ärger mit Wallner konnte er sich schon einmal einstellen, aber jetzt würde er erst einmal die andere unangenehme Sache klären, die mit Professor Meininger.

Kapitel 25

Die frische, kühle Luft tat ihm gut. Schönlieb war viel zu früh dran und stand unentschlossen am Rand des Universitätsgeländes. Ihm war nur noch leicht schwindelig, und die Kopfschmerzen hatten auch nachgelassen. Einzig die leichte Übelkeit erinnerte ihn noch an die gestrige Nacht.

Die Vernehmung mit Max war leider viel schneller vorbei gewesen, als er vermutet hatte. Er hatte nicht mehr eingreifen können. Jetzt musste der junge Mediziner seine Aussage zurückziehen, und Schönlieb musste den Mörder finden. Er erwartete jeden Augenblick den wütenden Anruf von Wallner. Da fiel ihm wieder ein, dass er sein Handy ja gar nicht bei sich hatte. *Wo war bloß das verdammte Handy?* Wahrscheinlich hatte er es zu Hause vergessen.

Er passierte das Wasserbecken, in dem sie Huynh gefunden hatten, und kam anschließend an der hohen Glasfassade der Mensa vorbei. Die Mensa war wie immer zur Mittagszeit gut gefüllt. Es herrschte ein wildes Gewusel, ein Kommen und Gehen. Von außen betrachtet, erinnerte das Treiben an einen Bienenstock. An den hohen Scheiben bildete sich von innen Kondenswasser, das langsam herunterlief. Schönlieb ging weiter, vorbei an der Stadtradstation. Rote, robuste Fahrräder, verteilt überall in der Stadt, die sich jeder ausleihen konnte. Trostlos und mit kleinen Schneehauben auf dem Sattel träumten die Fahrräder vom Sommer, in dem sie endlich wieder genutzt werden würden. Vor der Glastür des Rechtshauses klopfte Schönlieb ein paar Schneeflocken von seiner Jacke und stampfte ein paarmal kräftig mit den Füßen.

»Scheißbulle«, sagte plötzlich eine bekannte Stimme hinter ihm. Es war Anna. Konnte das sein? Wie viele Studenten mochte es hier geben? Mehrere Tausend? Und er traf ausgerechnet auf Anna.

»Soll ich dich festnehmen wegen Beamtenbeleidigung?«

»Mach doch.« Sie zuckte gleichgültig mit der Schulter. Sie hatte ein bisschen Schnee auf dem Kopf, und von der Nase tropfte ihr Wasser. »Was machst du hier? Dich wieder als Student ausgeben? Ich bin nicht sicher, ob das noch einmal klappt.« Sie ging an ihm vorbei in das Rechtshaus hinein.

Schönlieb schaute ihr hinterher. Vielleicht konnte sie ihm etwas über Johann erzählen, was er noch nicht wusste. Schließlich war sie seine Freundin. Vielleicht konnte sie ihn sogar auf die Spur des zweiten Pillenlieferanten führen. Einen Versuch war es wert, und Zeit hatte er auch. Er beschloss, ihr hinterherzulaufen, was ihm sein verkaterter Körper sofort übel nahm.

»Warte mal, Anna. Hast du kurz Zeit? Ich würde dir gerne ein paar Fragen stellen. Vielleicht hast du Lust auf einen Kaffee, oder so?«

»Nein, *leider* keine Zeit.« Anna drehte sich nicht einmal um.

Er lief etwas schneller, ignorierte seinen immer saureren Magen, überholte sie und versperrte ihr keuchend den Weg. Sie blieb stehen und sah ihn genervt an.

»Wenn du jetzt keine Zeit hast, würde ich dich später auf eine Tasse Kaffee im Präsidium einladen. Was hältst du davon?«

Anna verdrehte leicht die Augen.

»Na, dann bringen wir es einfach gleich hinter uns, Herr Kommissar. Folgen Sie mir … bitte unauffällig.«

Sie gingen aus dem Rechtshaus und bogen nach links ab, an einem kleinen Kiosk und einer Fachbuchhandlung vorbei. Schönlieb betrachtete Anna, während er neben ihr herging. Sie war nicht unbedingt dem Wetter entsprechend gekleidet: eine kurze grüne Jacke, einen kurzen grauen Rock, darunter eine schwarze Strumpfhose und braune halbhohe Stiefel.

»Hier ist es«, sagte Anna und zeigte auf ein kleines Café links von ihnen, das im Souterrain lag und zu dem eine kleine Treppe hinunterführte.

Warme, feuchte Luft schlug ihnen entgegen. Ein paar Tische waren mit Studenten besetzt. Sie setzten sich und bestellten einen Milchkaffee und einen Tee. Mehr konnte Schönlieb seinem Magen momentan nicht zumuten.

»So, Anna …« Schönlieb fiel auf, dass er ihren Nachnamen gar nicht kannte. »Wie lautet eigentlich dein Familienname?«, fragte Schönlieb.

»Wird das jetzt ein offizielles Verhör, oder was?«, fragte Anna entgeistert und wich leicht zurück, antwortete dann aber doch. »Lindner. Und deiner?«

»Schönlieb.«

»Der erste Teil passt, der zweite nicht.«

»Was?«

»Nichts. Können wir anfangen? Ich habe heute noch was vor.«

»Ja. Klar. Du bist Johanns Freundin, oder?«

»Nicht so richtig.« Anna zuckte mit den Schultern.

»Und du studierst auch Jura?«

»Ja.«

»Im gleichen Semester wie Johann und Huynh? Oder unter ihnen?« Zum ersten Mal huschte ein kurzes Lächeln über Annas Gesicht, aber ihre Miene wurde schnell wieder feindselig.

»Nein, ich bin zwei Semester weiter als Johann.« Schönlieb war ein wenig überrascht. Er hatte sie für deutlich jünger gehalten. Anna schien das zu kennen. »Ich sehe offenbar etwas jünger aus, als ich tatsächlich bin. Du siehst übrigens auch ziemlich jung aus … für einen Kommissar.«

»Danke. Ich bin allerdings auch so jung, wie ich aussehe«, sagte Schönlieb und grinste.

»Und auch so verkatert?« Jetzt lächelte Anna ihn beinahe mitfühlend an.

»Ja, und auch so verkatert.« Es hatte ja keinen Zweck, es zu leugnen.

Die Getränke wurden gebracht, und Schönlieb nahm einen kleinen Schluck Tee. Das tat gut.

»Kannst du mir ein bisschen von Johann erzählen?«

»Verdächtigen Sie ihn etwa wegen Huynh?«

»Das habe ich nicht gesagt.«

Anna nippte an ihrem Milchkaffee.

»Keine Ahnung, was ich über Johann erzählen soll. Eigentlich ist er ein Arsch, wie alle anderen auch. Aber irgendwie …« Während sie sprach, schaute sie auf die Milchschaumkrone ihres Kaffees. Mit dem Löffel zog sie langsam Kreise in dem Becher, die im Schaum stehen blieben. Dann blickte sie kurz hoch. »Ich kann mir aber nicht vorstellen, dass er etwas mit dem Mord zu tun hat.«

»Kanntest du Huynh?«, fragte Schönlieb. Von außen betrachtet, sahen sie wahrscheinlich aus wie zwei Studenten, die sich unterhielten.

»Huynh war ein paarmal dabei, wenn wir weg waren, so in 'ner großen Gruppe. Aber ich habe nie wirklich mit ihm gesprochen. Ein paarmal war auch seine Freundin dabei. Wie hieß sie noch mal? Äh, Marie. Genau: Marie.«

»Wusstest du denn, dass Johann zusammen mit Huynh Ritalin verkaufte? Du hast mir immerhin etwas davon geschenkt.«

»Dass die beiden so etwas verkauften, wusste so gut wie jeder hier an der Uni, den es interessierte. Bestimmt sogar einige der Professoren.« Den letzten Satzteil spuckte sie geradezu aus. »Und komme ich jetzt in den Knast?«

»Nein, keine Angst, dass du mir die zwei Pillen gegeben hast, bleibt unter uns«, sagte Schönlieb und dachte daran, was er und Mitch damit gemacht hatten. »Warum hast du mir die Pillen eigentlich gegeben?«

»Ich dachte, es würde dir helfen zu lernen, du sahst so ausgepowert und ratlos aus«, sagte Anna lächelnd. »Außerdem fand ich dich irgendwie süß – als ich noch nicht wusste, dass du ein Scheißbulle bist. Da ist ja auch nichts dabei. Die Dinger sind nicht teuer, leicht zu besorgen, und sie helfen«, antwortete Anna und sah ihn herausfordernd an.

»Hast du sie genommen, um Prüfungen leichter zu bestehen?«

»Klar«, sagte Anna wie selbstverständlich. »Warum auch nicht?«

Schönlieb konnte nicht ganz begreifen, wie man vor Medikamenten so wenig Skrupel haben konnte.

»Und warum glaubst du, dass es verschreibungspflichtig ist?«

»Keine Ahnung. Ich weiß nur, dass es einem zum Ende des Studiums hin die Haut retten kann.«

»Wieso zum Ende?«

»Am Anfang kann man noch relativ einfach durch die Prüfungen kommen, auch wenn man nicht alles weiß und mitbekommt. Aber es wird praktisch mit jeder Prüfung schwerer, weil man das zuvor Gelernte weiter anwenden muss. Am Ende, also wenn das Examen kommt, muss man alles, also ich meine wirklich *alles*, seit der ersten Vorlesung wissen und anwenden können. Da ist es doch klar, dass man zum Ende hin immer panischer wird.« Sie schaute Schönlieb kurz an. »Du musst dir das wie ein Kartenhaus vorstellen. Wenn das unten nicht stabil steht, kannst du den Rest vergessen. Und manche merken halt sehr spät, dass es unten heftig wackelt. Da klammert man sich dann an jeden Strohhalm, den man zu fassen kriegt, und macht auch Sachen, auf die man vielleicht nicht stolz ist.«

Eine Weile saßen sie sich still gegenüber, und Schönlieb aß den Keks, der auf der Untertasse seines Tees gelegen hatte. Der Tee tat ihm gut, und er fühlte sich von Minute zu Minute besser.

»Hat Johann mal erwähnt, dass es ihn störte, dass Huynh den Verkauf organisiert hat und mehr abkassierte als er?«

»Keine Ahnung, nein, darüber haben wir nie gesprochen. Das wollte ich auch gar nicht wissen. Es ist außerdem nicht so, dass ich Johanns große Liebe und engste Vertraute bin, mit der er alles bespricht, okay? Wir haben manchmal was miteinander, gehen auf Partys, aber wir sind kein Paar oder so. Über Ritalin haben wir nur mal gesprochen, wenn es darum ging, ob man es anders dosiert auch als Partydroge nehmen kann.«

»Kann man?«, fragte Schönlieb und dachte an seinen Abend mit Mitch.

»Ja! Ich meine … Scheiße.« Anna wirkte plötzlich nervös. »Warum erzähle ich dir so was? Du bist Bulle!« Sie nahm einen kräftigen Schluck ihres Milchkaffees. Er war immer noch sehr heiß, aber das war ihr offensichtlich egal. Sie verbrannte sich lieber die Zunge, als weiterzureden.

Schönlieb war ein wenig enttäuscht. Es schien, als könne sie ihm auch nicht mehr erzählen als das, was er schon wusste. Mit dem Einnehmen von irgendwelchem Zeugs schien die gesamte Gruppe keine Probleme zu haben, sogar dass man Ritalin auch durch die Nase ziehen kann, wusste er bereits. Er sah sich um und beobachtete zwei Studenten, die sich gerade an einen der Nachbartische setzten und von denen der eine schon leicht graue Schläfen hatte. Schönlieb schätze die beiden auf Anfang dreißig.

»Wie lange studiert man hier eigentlich?«, fragte Schönlieb.

»Regelstudienzeit sind zehn Semester.«

»So lange?«, fragte Schönlieb ernsthaft überrascht. »Das sind fünf Jahre!«

»Ja. Rechtswissenschaften ist eines der wenigen Fächer, die sich noch erfolgreich gegen den Bachelor sträuben. Ich meine, was will man als Jurist mit einem Bachelorabschluss?«

»Das heißt aber auch: zehn Semester durchhalten oder mit nichts dastehen?«

»Ja. Nach dem vierten hat man die Zwischenprüfung. Dann kommen irgendwann der Schwerpunkt und das Examen.«

»Der Schwerpunkt?«

»Die Prüfungen, bei denen die ersten Leute anfangen durchzudrehen, weil sie so viel lernen müssen.« Anna sah Schönlieb jetzt direkt in die Augen. »Ich hatte gerade meine Prüfungen im Schwerpunkt. Und ich bin froh, dass ich … sie hinter mich gebracht habe«, fügte Anna zögerlich an, diesmal viel langsamer und leiser. Sie wirkte mit einem Mal verletzt. Schönlieb erinnerte sich daran, wie er Anna vor Kurzem auf die Damentoilette gefolgt war, wo sie aller Wahrscheinlichkeit nach geweint hatte.

»Was war eigentlich neulich mit dir los? Also auf dem Frauenklo. Hatte das etwas mit der Prüfung zu tun?«

Anna schaute wieder auf ihren Kaffee und verzog kurz ihren rechten Mundwinkel. Es war, als wäre sie nicht mehr in dem Café, sondern in Gedanken weit weg. Plötzlich wurde ihr Gesichtsausdruck hart, und sie stand sie auf.

»Ich muss mal auf Toilette«, sagte sie knapp und ging davon.

Hatte er etwas Falsches gefragt? Hatte er einen wunden Punkt erwischt? Schönlieb starrte etwas verunsichert vor sich hin und trank seinen Tee aus.

Nach einer Weile kam Anna wieder. Ihr Haaransatz war ein bisschen nass. Die vom Schnee leicht verlaufene Schminke weggewischt. Sie setzte sich und trank ihren Kaffee.

»Ich war wegen meiner Prüfung ein bisschen durcheinander. In gewisser Weise«, sagte sie dann leise, ohne dass Schönlieb seine Frage wiederholt hatte. Es war fast so, als ob sie zwischenzeitlich nicht kurz weg gewesen wäre.

»In gewisser Weise?«, hakte Schönlieb vorsichtig nach.

»Ja. In gewisser Weise«, wiederholte sie und schnaufte aus. »Es ist nicht alles so gelaufen, wie ich … es mir vorgestellt hatte.« Sie sah unglücklich aus.

Schönlieb beschloss, sie etwas aufzuheitern, da er offensichtlich für ihre Gemütslage verantwortlich war.

»Prüfungen sind immer scheiße«, sagte Schönlieb. »Nicht umsonst werden sie von allen gehasst. Fast so schlimm wie Befragungen durch Scheißbullen. Dauernd muss man auf Dinge antworten, auf die man keine Lust hat oder auf die man sich nicht richtig vorbereitet hat.« Er lächelte Anna an.

»Ja«, antwortete Anna und lächelte tatsächlich leicht zurück.

»Ich glaube, ich habe meine Abschlussprüfung an der Polizeihochschule nur so gut bestanden, weil die Prüferin ein Auge auf mich geworfen hatte«, lachte Schönlieb. »Hört man ja immer wieder, wenn man nett zum Prof ist, gibt es 'ne gute Note.«

Anna starrte ihn einen Moment lang erschrocken an, blickte dann aber genervt auf ihren Kaffee. Der Witz war offensichtlich nach hinten losgegangen.

»Ha ha. Sehr lustig«, sagte sie gereizt. »Schön zu wissen, was du von mir hältst.«

Schönlieb wollte erwidern, dass er das so doch gar nicht gemeint hatte, doch Anna ließ ihn gar nicht zu Wort kommen. »Ich muss jetzt auch los. Immerhin bin ich eine echte Studentin und muss wirklich in Vorlesungen, um dann meine echten Prüfungen zu schaffen. Auch ohne Sonderbehandlung durch den Prof.«

Plötzlich musste Schönlieb an die Gerüchte über Professor

Meininger und seine Vorliebe für Studentinnen denken, von denen Johann ihm erzählt hatte.

»Wer ist eigentlich dein Prüfer?«

»Professor Meininger«, sagte Anna. »Warum?«

»Nur so.« Schönlieb musste jetzt behutsam vorgehen. »Eigentlich nicht nur so ... ich meine ... stimmt es eigentlich, dass Professor Meininger ... seine weiblichen Prüflinge ... anders behandelt als die männlichen?«

»Wie meinst du das?«

»Hast du jemals mitbekommen, dass er jemandem angeboten hat, dass er ... also ...« Schönlieb atmete tief durch. »Hat er jemals ein ... besonderes Verhältnis zu einer Studentin gehabt oder ihr sogar gute Noten in Aussicht gestellt, wenn sie ... also ... nett zu ihm ist?«

»Ist das dein Ernst?« Sie sah Schönlieb entgeistert an und griff nach ihrer Tasche. »Hast du etwa ein paar Gerüchte gehört und hältst die sofort für wahr?«

»Nein, ich dachte ja nur ... Meininger hat dir also nie angeboten, dass er ... wenn du ...«

»Nein«, sagte Anna wütend und stand auf. »Er ist mein Prüfer. Mehr nicht.«

Schönlieb erkannte schon allein daran, wie ihre Stimme bei den letzten Worten leicht bebte, dass Meininger ganz offensichtlich mehr war als nur ihr Prüfer. Die Frage war nur, was er war. Konnte es sein, dass Anna eine der Studentinnen war, mit denen Meininger eine Affäre hatte?

»Aber du hattest letztens ein Gespräch mit ihm, bevor du in der Toilette verschwunden bist, nicht war?« Schönlieb musste jetzt in die Vollen gehen. »Und du hast geweint.«

»Das geht dich doch überhaupt nichts an, warum ich auf der Toilette heule, oder?« Anna sah mit einem Mal nicht nur wütend, sondern auch ziemlich verletzlich aus. »Ich weiß auch nicht, was das alles mit Huynh zu tun haben soll. Du ermittelst hier doch wegen des Mordes, oder?«

»Ja. Nur noch eine Frage: Wie ist dein Verhältnis mit ... äh ... zu Meininger eigentlich?«

Anna lachte kurz auf und sah ihn dann wütend an.

»Weißt du was? Du kannst mich mal. Sind wir hier fertig? Kann ich jetzt gehen? Oder drohst du mir sonst wieder mit dem Präsidium?« Sie wurde etwas lauter. Die beiden älteren Studenten schauten zu ihnen rüber.

»Okay, okay«, beschwichtigte Schönlieb schnell. »Ich will eigentlich auch gar nichts mehr wissen.« Vorerst.

»Gut. Tschüss, Scheißbulle.« Anna stürmte aus dem Café, ohne sich noch einmal umzusehen.

Schönlieb blickte ihr irritiert hinterher. Er erinnerte sich, dass Wallner ihm gerne vorwarf, er hätte Probleme, Zeugen zu befragen. *Du gibst viel zu oft die Leitung des Gesprächs aus der Hand*, behauptete Wallner immer. Als er so alleine dasaß, fragte er sich, ob Wallner in diesem einen Punkt nicht vielleicht sogar recht hatte.

Er zahlte, stand auf und machte sich auf den Weg zu Meininger. Mit einem komischen Gefühl im Bauch – das nicht nur von seinem Kater herrührte.

An Professor Meininger hatte er jetzt ein paar Fragen mehr.

Während der Fahrstuhl in das dritte Geschoss hinauffuhr, dachte Schönlieb noch immer über Anna nach. Er hatte auf jeden Fall einen wunden Punkt erwischt. Hatte sie ein Verhältnis mit Professor Meininger? Warum hatte sie auf dem Damenklo geweint? Wegen der Prüfung oder wegen Meininger?

Als der Fahrstuhl hielt, schob er seine Gedanken beiseite. Jetzt musste er erst mal gute Miene zeigen, damit die Beschwerde des alten Wachmanns unter den Tisch fiel.

Er ging den langen Gang entlang bis zu Meiningers Büro, klopfte an die Tür und wartete. Es rührte sich nichts. Erst als er ein zweites Mal etwas lauter anklopfte, hörte er von drinnen ein dumpfes: »Herein!«

Schönlieb trat ein. Die Sekretärin des Professors saß an ihrem Tisch und schaute Schönlieb misstrauisch an. Die Flügeltür, die die beiden Zimmer verband, war zu.

»Ich wollte zu Professor Meininger«, sagte Schönlieb.

»Wer sind Sie denn?«

»Schönlieb, Kripo Hamburg. Ich war schon einmal hier. Erinnern Sie sich nicht?«

»Nein.«

Schönlieb stockte kurz. *Na gut, dann halt nicht, du alte Schreckschraube.* Er holte seinen Ausweis hervor und hielt ihn ihr vor die Nase. Sie musterte den Ausweis.

»Haben Sie auch eine Visitenkarte?«

»Eine Visitenkarte, wieso?«

»Dann kann ich Sie in das Programm einpflegen, dass mache ich mit allen Besuchern so. Falls der Professor mal Rückfragen hat.«

Diese Frau war die geborene Sekretärin. Schönlieb wühlte kurz in seiner Tasche und zog eine seiner zerknitterten Visitenkarten heraus. Die Frau sah sie grimmig an, nahm sie entgegen und strich sie erst einmal glatt. In dem Moment ging die Flügeltür auf, und Professor Meiningers Kopf schaute heraus.

»Habe ich hier Stimmen gehört?«, fragte er fröhlich. Als Meininger Schönlieb sah, wandelte sich sein Gesichtsausdruck sofort zu einem übertriebenen Grinsen. »Kommissar Schönlieb! Schön, dass Sie da sind.«

Schönlieb gab ihm die Hand, und sie schlossen die Tür hinter sich. Professor Meininger fragte Schönlieb kurz nach dem aktuellen Ermittlungsstand, und Schönlieb gab ausweichende Antworten, hatte jedoch das Gefühl, dass der Professor ohnehin nicht wirklich daran interessiert war, was Schönlieb ganz recht war. Seine eigentlichen Fragen, so hatte er es sich vorgenommen, wollte er ohnehin erst stellen, nachdem sie über die Beschwerde geredet hatten.

»Ja …« Meininger machte eine kurze Pause und räusperte sich leicht. »… dann nehmen wir uns mal der *anderen Sache* an.«

Er erläuterte Schönlieb, in welchem Gewissenskonflikt er sich befand: Der Mann vom Sicherheitsdienst sei ein langjähriger Mitarbeiter, auf den man sich immer verlassen konnte. Genauso sollte der alte Mann sich nun doch eigentlich auch auf den Professor verlassen können. *Oder nicht, Kommissar Schönlieb? – Doch, doch, sicher! (Leck mich am Arsch, und komm auf den Punkt!)* Andererseits verstehe er natürlich auch, dass bei der Polizeiarbeit viel Druck im Spiel sei und *bla bla bla* man auch mal überreagiere. Schönlieb hörte Professor Meininger kaum zu. Er nickte ab und zu mal und hoffte, dass Meininger bald am Ende seiner *Konflikte* ankommen und Schönlieb ein konkretes Angebot machen würde. In der Zwischenzeit schaute er sich unauffällig in dem kleinen Büro um. Es war langweilig in Grautönen gehalten, die Biederkeit schlug einem ins Gesicht, und Schönlieb hatte plötzlich das dringende Bedürfnis, die pedantisch sauber aufgereihten Kugelschreiber des Professors mit einem Handstreich von der Tischplatte zu wischen. Ebenso wie den großen, in schwarzem Leder gebundenen Kalender, der parallel zur Tastatur lag – offen. Schönlieb richtete sich leicht auf, konnte den Inhalt aber nur schwer und über Kopf sehen, doch ihm fiel sofort eine kleine, mit Kugelschreiber gezeichnete Rose im Kalender auf. Die Datumsangabe war leider zu klein, Schönlieb konnte nicht erkennen, um welchen Tag es sich handelte. Irgendwann im Dezember. Vermutlich hatte Meininger da seinen Hochzeitstag … oder so. Andererseits schien er nicht romantisch genug veranlagt, dass er dafür extra eine Rose in den Kalender zeichnete.

»… bin ich bereit, die Sache unter den Tisch fallen zu lassen«, bot Meininger endlich an. *Unter den Tisch fallen lassen?* Schönlieb fand wieder Interesse am Gespräch. »Herrn Bauer sage ich natürlich, ich hätte alles in die Wege geleitet. Das wird er eh nicht kontrollieren können und zufrieden sein.«

»Das klingt sehr gut. Danke.«

»Ich will doch auch, dass Sie Ihre Arbeit gut machen können und dabei nicht noch von der Dienstaufsicht belästigt werden wegen so eines … dummen … Vorfalls«, sülzte Meininger weiter.

Schönlieb musterte den Professor. Dass dieser ihm anbot, die Sache einfach so vergessen zu lassen, überraschte ihn jetzt doch. Aber so ganz traute er dem Frieden noch nicht. Der Professor wirkte auf Schönlieb nicht wie einer, der einem einen Gefallen ohne Eigennutz tat.

»Ja ... Na dann, wäre das ja geklärt«, brachte Schönlieb erst einmal nur heraus. Vielleicht war die Sache ja doch einfacher, als er gedacht hatte? Einen kurzen Moment saßen die beiden sich still gegenüber. Dann erhob sich der Professor, gab Schönlieb die Hand und ging anschließend noch ein paar Schritte mit ihm zur Tür. Die beiden verabschiedeten sich. Als Schönlieb schon fast aus der Tür war, drehte er sich noch einmal um. Er hatte sich während des Gesprächs überlegt, wann er seine Fragen einstreuen sollte, und sich für die Columbo-Art entschieden.

»*Eine* Frage hätte ich da noch«, sagte Schönlieb und fasste sich dabei an die Stirn.

»Ja?«

»Wussten Sie eigentlich davon, dass an Ihrer Fakultät mehr oder weniger offen mit sogenannten Neuro-Enhancern gehandelt wurde, und zwar unter anderem von Huynh, dem Mordopfer?«

Schönlieb und Meininger schauten sich kurz in die Augen. Meininger war nicht so leicht aus der Ruhe zu bringen.

»Was glauben Sie? Dass ich blind und taub bin?«

»Haben Sie etwas dagegen unternommen?«

Meininger lachte. Schönlieb konnte die Reaktion nicht einordnen.

»Ich glaube, Sie schätzen meine Position und vor allem meine Meinung dazu falsch ein«, sagte Meininger.

»Wie bitte?« Schönlieb verstand nicht, was der Professor damit meinte.

»Natürlich verurteile ich den Handel mit und den illegalen Konsum von Ritalin«, sagte Meininger und räusperte sich. »Und ich würde das Ganze natürlich unter keinen Umständen aktiv fördern, aber wenn die Studenten meinen, sie bräuchten diese Pillen, um gute Leistungen zu bringen, dann werden sie das weiterhin machen.« Meininger lächelte ihn mit einem widerlich unschuldigen Lächeln an.

»Aber diese ... Medikamente haben Nebenwirkungen«, warf

Schönlieb ein. »Ganz zu schweigen von dem moralischen Aspekt!«

»Pah! Zigaretten haben nicht nur Nebenwirkungen, sondern machen krank. Alkohol ebenfalls. Niemanden kümmert es. Und zu ihren *moralischen Bedenken* kann ich nur sagen, dass wir hier nicht beim Sport sind. Es geht nicht um ein Gegeneinander, um ein Siegen oder Verlieren. Es geht darum, Wissen zu erwerben. Der Mensch hat schon immer nach Wissen gestrebt und ist ständig dabei, seinen Horizont und sein kognitives Vermögen zu erweitern. Irgendwann kommen wir da an unsere Grenzen – an Grenzen, die sich vielleicht verschieben lassen. Das ist Fortschritt. Evolution! Aber vom Grundgedanken her doch keinesfalls verwerflich.« Professor Meininger hatte sich richtig in Rage geredet. Er hielt kurz inne und strich sich mit der Hand die Haare glatt. »Aber wie gesagt: Den profitorientierten Handel mit verschreibungspflichtigen Medikamenten verurteile ich.«

»Also haben Sie etwas gegen den profitorientierten Handel unternommen?«, fragte Schönlieb spitz.

»Nein, davon wusste ich ja auch nichts Konkretes. Ich kann lediglich nicht abstreiten, dass ich mir vorstellen kann, dass gewisse Dinge *ausgetauscht* werden.«

»Wissen Sie denn auch, wer Ihre Studenten und Studentinnen mit diesen … die Evolution vorantreibenden Wunderpillen versorgt? Wo Umschlagplätze sind?«

»Nein«, antwortete Professor Meininger lächelnd. »Leider kann ich Ihnen da nicht weiterhelfen. Wer nun wen mit Ritalin versorgt, weiß ich wirklich nicht. So groß ist das Vertrauen der Studenten in ihre Professoren dann auch wieder nicht. Aber wenn ich etwas höre, gebe ich Ihnen und Ihren Kollegen natürlich umgehend Bescheid.«

Schönlieb fand die Haltung von Professor Meininger eine Frechheit, hatte jedoch keine Lust, sich mit ihm auf eine lange Diskussion einzulassen. Viel mehr lag ihm ohnehin an einem weiteren Thema, mit dem er Professor Meininger aus der Reserve zu locken hoffte. Der konnte doch nicht immer so souverän bleiben!

»Ich hätte noch etwas«, fing Schönlieb erneut an. »Es tut mir leid, dass ich Sie so direkt darauf ansprechen muss, aber ich habe Gerüchte gehört, dass Sie sich sehr gut mit weiblichen Studenten verstehen und gerne mal gute Noten verteilen, wenn Studentinnen *nett* zu Ihnen sind.«

Hatte der Professor mit dem Augenlid gezuckt? Wenn ja, dann war es nur für den Bruchteil einer Sekunde gewesen. Ansonsten sah man keine Veränderung in seinem Gesicht. Angenehm war ihm das Thema jedenfalls nicht.

»Ich hoffe«, antwortete er ruhig, »Ihnen ist klar, was Sie mir hier unterstellen, indem Sie mir einfach irgendwelche Gerüchte an den Kopf werfen.«

»Ich unterstelle gar nichts! Ich frage nur.«

»Von diesen Gerüchten habe ich jedenfalls noch nie etwas gehört, und ich vermute, es gibt sie über so ziemlich jeden Professor an jeder Uni. Ich möchte hier und jetzt aber ausdrücklich betonen, dass ich keine guten Noten verteile, wenn Studentinnen ... nett zu mir sind. Es wundert mich, dass Sie so etwas für bare Münze nehmen.«

»Nehme ich ja nicht. Ich frage nur.«

»Sie haben meine Antwort.«

Schönlieb war mit Meininger aber noch nicht fertig.

»Und wie ist Ihr Verhältnis zu Anna Lindner?« Als Schönlieb den Namen aussprach, zuckte schon wieder das Augenlid des Professors. Volltreffer.

»Anna Lindner?« Meininger schien zu überlegen, woher er den Namen kannte.

»Ja. Genau. Anna Lindner.«

»Ich betreue sie als Prüfer. Warum?«

»Nur so.«

»Na dann ... muss ich Sie – wenn Sie keine weiteren Fragen haben – leider bitten zu gehen. Ich habe gleich einen Termin mit dem Dekan.«

Schönlieb war für das Erste zufrieden. Der Professor hatte eine Reaktion gezeigt, und wenn es nur eine winzig kleine gewesen war.

»Vielen Dank für alles. Vor allem für die Hilfe bei dem Bibliotheksvorfall.« Schönlieb lächelte betont freundlich. Der Professor nickte väterlich.

Sie verabschiedeten sich und gaben sich erneut die Hand. Der Händedruck war jetzt jedoch ein bisschen fester als beim ersten Mal. Der Professor schaute Schönlieb direkt in die Augen.

»Und wenn es mal eine Gelegenheit gibt, bei der Sie sich für mein Entgegenkommen in der Beschwerdesache revanchieren können, sage ich Ihnen gerne Bescheid.« Er funkelte Schönlieb an und lächelte sein Colgate-Lächeln. *Ha!* Schönlieb hatte ja gleich gewusst, dass die Sache einen Beigeschmack behalten würde. Der Beigeschmack war aber wesentlich bitterer, als er vorher vermutet hatte.

Dann wünschte der Professor Schönlieb einen schönen Tag und schloss hinter ihm die Tür.

Schönlieb war froh, als er wieder draußen vor dem Rechtshaus stand. Er atmete kräftig aus und blickte die große Atemwolke an, die aus seinem Mund strömte. Er mochte es, wenn man seinen Atem sehen konnte. Es gab dem ganzen Vorgang so etwas Greifbares.

Er dachte noch einmal kurz an Anna und an den Professor. Ob sie wirklich eine Affäre mit dem alten Sack hatte? Mit seinem *neuen Freund*, dem Professor. Jetzt hieß es erst einmal: *Eine Hand wäscht die andere.* Ein Schauer lief Schönlieb über den Rücken.

Auch wenn er nicht vorhatte, sich auch nur eine Sekunde lang wegen dieses dämlichen alten Wachmanns von dem Professor erpressen zu lassen, interessierte es ihn schon, womit der Professor bei ihm antanzen würde.

Schönlieb steckte die Hände in die Tasche und ging zurück quer über den Campus. Er wollte den Bus nehmen, zur U-Bahn fahren und dann zurück ins Büro.

Etwas an diesem Fall gefiel ihm nicht. Aber er musste vorankommen, er hatte zu Max gesagt, er würde alles tun, um den wahren Mörder zu finden. *Tat er wirklich alles?* Hatten sie etwas übersehen? Etwas falsch eingeschätzt? Wo konnte er ansetzen? Es gab bisher keinen Tatverdächtigen, der ihm wirklich plausibel erschien. Er ging alles noch einmal im Kopf durch: Huynh hatte Ritalin verkauft, erst nur an seine Kumpels, dann wahrscheinlich im größeren Stil, und Johann hatte ihm geholfen. Angeblich gab es niemanden, der ihm dieses Geschäft streitig machen wollte, außer vielleicht Johann, der nicht ganz zufrieden mit seinem Anteil zu sein schien. Max hatte die Pillen besorgt, doch er wollte das nicht ewig machen. Huynh bekam Lieferschwierigkeiten. Er musste damit rechnen, dass er auf lange Sicht nicht mehr über Max an das Ritalin herankommen würde. Das war viel Geld, was Huynh durch die Lappen gegangen wäre. Und nach allem, was Schönlieb bisher über Huynh erfahren hatte, pflegte er einiges auszugeben, alleine schon um Marie, Johann und die anderen zu beeindrucken. *Nein,* nicht um sie zu beeindrucken, um mit ihnen *mithalten* zu können. Doch Huynh, so hatte Max gesagt, hatte eine neue Ritalinquelle in Sicht gehabt, eine, die ihn von Max unabhängig machen würde. Das war der Punkt, an dem sie dringend weiterkommen mussten. Sie mussten herausfinden, wie Huynh den einbrechenden Ritalinverkauf kompensieren wollte – wer der neue Lieferant war.

Rechts von Schönlieb lag der Parkplatz, links passierte er gerade die *Pony Bar.* Sie war gut gefüllt, und an den meisten Tischen saßen Grüppchen von Studenten, die heißen Tee oder Kaffee tranken und sich unterhielten. Die *Pony Bar* hatte eine große Glasfassade, die Studenten saßen wie in einem Schaufenster. In der Schaufensterscheibe erkannte Schönlieb sich selbst. Von seinen Haarspitzen tropfte der geschmolzene Schnee auf sein Gesicht.

Plötzlich ließ ihn etwas innehalten. Etwas, das sich ebenfalls im Schaufenster gespiegelte hatte. Irgendetwas, das nicht stimmte. Was war es gewesen? Schnell drehte sich Schönlieb um und suchte mit seinem Blick den Parkplatz ab. Etwas hatte ihn stutzen lassen, doch außer einiger parkender Autos konnte er nichts entdecken. Nichts, das irgendwie ungewöhnlich war. Das konnte doch nicht wahr sein! Es war nur ein flüchtiger Blick gewesen. Und ein Gefühl.

Da sah er, wie die Beifahrertür eines weißen Mercedes geöffnet wurde und Benjamin heraustrat. Die studentische Aushilfskraft von Meininger mit dem großen Kopf und der ewig sauberen Brille. Er sagte noch etwas in Richtung des Fahrersitzes, das Schönlieb aus der Entfernung jedoch nicht verstehen konnte, und knallte dann die Tür zu. War es das gewesen? Hatte er Benjamin gesehen? Schönlieb ging auf den Mercedes zu, der gerade den Motor startete. Als Benjamin Schönlieb sah und erkannte, blickte er ihn erschrocken an. Wobei hatte Schönlieb ihn gerade ertappt? Und wer saß da hinter dem Steuer des weißen Mercedes? Und war in den Zeugenberichten des älteren Ehepaars, das Huynh gefunden hatte, nicht von einem weißen Mercedes die Rede gewesen? Nur ein Zufall? Schönlieb beschleunigte seinen Schritt und fing an zu laufen, als der Mercedes aus der Parklücke fuhr, nein, raste, sodass die Hinterreifen einmal durchdrehten. Es quietschte kurz, dann griffen sie. Der weiße Mercedes sauste davon. *Das Nummernschild! Das Nummernschild! HH-… – zu spät.* Verdammt, die Suche nach einem weißen Mercedes, der in Hamburg zugelassen war, hatte schon beim ersten Suchlauf zu keinem Ergebnis geführt. Außerdem meldete sich sein Kater von heute Morgen nach dem Sprint mit einem leichten Stechen im Kopf zurück.

Der Mercedes war weg. Nur noch Benjamin stand dort auf dem Parkplatz und schaute zu Schönlieb. Schneeflocken fielen sanft auf seinen viel zu großen Kopf. Mit dem Zeigefinger schob er sich seine Brille zurecht. Schönlieb ging noch immer schwer atmend zu ihm hin.

»Wer saß in dem Auto?«, fragte er, nachdem er sich vor dem eingeschüchtert wirkenden Benjamin aufgebaut hatte.

Stille. Beide schauten sich an. Zwischen ihnen vermehrten sich die Schneeflocken, der Schneefall wurde wieder stärker.

»Hallo? Jemand zu Hause? Wer saß da im Auto?«

»Das war … eine Bekannte«, antwortete Benjamin schließlich und knetete nervös an seinen Wollhandschuhen herum.

»Und woher ist sie Ihnen bekannt?«

Wieder ließ sich Benjamin Zeit mit der Antwort, und wieder blickte er Schönlieb an, mit einem leeren, unfokussierten Blick, als wenn er in Gedanken ganz woanders wäre.

»Meine Tante. Sie hat mir nur kurz etwas vorbeigebracht.«

»Was denn?«

»Unterlagen.«

»Was für Unterlagen?«

»Fürs Studium.«

»Kann ich die mal sehen?«

Statt zu antworten, kramte Benjamin in seiner Umhängetasche herum und zog schließlich einen Schnellhefter heraus, den er Schönlieb mit leicht zitternden Händen entgegenhielt.

»Gibst du mir den Namen deiner Tante?«

»Wozu?«

Schönlieb warf einen kurzen Blick auf den Schnellhefter und konnte Paragrafen und Artikel ausmachen.

»Ich will sehen, ob der weiße Mercedes auf sie zugelassen ist.« Schönlieb ging in die Offensive. »Oder willst du mir etwas verheimlichen?«

»Nein, ähm, meine Tante heißt Martina Steiner …« Benjamin nannte ihm ohne Zögern den Namen und die komplette Anschrift. Schönlieb bedankte sich.

»Willst du mir noch etwas sagen?«

Benjamin starrte ihn wieder nur an.

»Benjamin?«

Benjamin schüttelte den Kopf und blickte an ihm vorbei.

»Dann noch einen schönen Tag, und grüßen Sie Ihre Tante von mir. Wir werden uns in den nächsten Tagen bei ihr melden.«

»Ja«, war alles, was Benjamin sagte.

Schönlieb konnte nichts machen. Er ließ Benjamin gehen. Der sah erleichtert aus, als er endlich in Richtung Campus verschwand. Der Schnee verschluckte ihn.

Schönlieb wollte nach seinem Handy greifen, doch es war nicht da. *Wo ist bloß das verdammte Handy!?*, fuhr es ihm wieder durch den Kopf. Die Überprüfung von Benjamins Tante musste also später erfolgen. Schönlieb war sich jedoch sicher, dass er nicht Benjamins Tante gesehen hatte. Die hätte nicht einen solchen Alarm in seinem Kopf ausgelöst. Wen hatte er gesehen? Er versuchte, sich das Bild noch einmal vor Augen zu führen. Doch es brachte nichts. Er kam nicht drauf. Schönlieb setzte seinen Weg zum Bus fort.

Plötzlich wurde ihm schlagartig übel. Es war, als hätte er den Kater von heute Morgen eine Zeit lang erfolgreich weggesperrt, doch jetzt brach er mit aller Gewalt heraus. Schönlieb wurde schwindelig, und ihm war zum Kotzen zumute. Er lehnte sich an eine Hauswand. Kurz blickte er sich um. Da, da war einer der roten Mülleimer. Darauf war ein großer Spruch aufgeklebt. »Mache mich zum Müllionär.« Schönlieb musste kurz über den Spruch schmunzeln, dann hielt er sich mit beiden Händen am Mülleimer fest und kotzte hinein.

Kapitel 26

Irgendwie hatte er sich in Büro geschleppt. Neben Schönlieb sprudelte fröhlich eine Aspirintablette in einem Wasserglas. Es ging ihm beschissen. Er saß an seinem Computer im Büro und wollte überprüfen, ob die Tante von Benjamin tatsächlich einen weißen Mercedes fuhr, als sein Telefon klingelte. Schönlieb nahm ab.

»Heeey, Christoph. Gar nicht so leicht, dich zu erreichen!« Die wohlbekannte Stimme ließ sämtliche Nackenhaare in die Senkrechte gehen. *Bianca!* »Du hast vergessen, dich heute Morgen von mir zu verabschieden«, flötete sie.

Er blieb still.

»Gott, habe ich oft versucht, dich anzurufen, aber ich kam nie durch. Dabei war es soooooo schwer, deine Nummer im Büro herauszubekommen. Und dann, als ich sie endlich hatte, da warst du ja üüüüüüüüberhaupt nicht zu erreichen!« Sie lachte laut auf. *Warum zum Teufel lachte sie?* »Ich dachte schon, ich würde dich nieeee mehr erreichen. Kannst du dir das vorstellen?« Sie wartete nicht auf seine Antwort, sondern redete einfach weiter. So schnell, dass er einzelne Worte schon gar nicht mehr verstand, und das alles mit dieser grässlich hellen Stimme. Es war eine Qual. »Auf jeden Fall, ach, ich bin so froh, dich jetzt zu hören. Voll süß von dir, dass du mich heute Morgen nicht wecken wolltest. War das nicht 'ne Nacht mit uns beiden ... Wow. Meine Titten haben dir gefallen, oder?« Sie lachte kreischend auf, als ob sie sich furchtbar darüber freute, wie *frech* sie war, weil sie »Titten« gesagt hatte. Schönlieb verzog nicht nur wegen des schrillen Tons das Gesicht und hielt den Hörer weit von sich weg, konnte aber trotzdem verstehen, wie sie weitersprach. »Wann wollen wir uns denn mal treffen?«

Er legte schnell auf, beugte sich etwas zurück und starrte auf das Telefon, als wäre es ein gefährliches Tier, das ihn jederzeit anspringen konnte. Sein Körper war angespannt in Erwartung der Gefahr. Und tatsächlich: Das Telefon klingelte wieder. Es zeigte eine ihm unbekannte Nummer an. Leider kannte er Biancas Nummer nicht. Vielleicht war es ja auch jemand anderes, etwas Wichtiges. Er nahm ab.

»Duuuuu, ich glaube, wir wurden unterbrochen. Muss etwas in der Leitung gewesen sein!« Wieder lachte sie auf. *Warum lachte sie bloß die ganze Zeit?* »Wegen des Treffens …« Er wollte wieder auflegen. »Ich habe ja auch noch dein Handy …«

»Was!?«, rief Schönlieb überrascht.

»Es lag da am Morgen so einsam … und hat immer geklingelt«, seufzte Bianca. *War sein Handy ein verdammtes Tier, das bei ihm zu Hause verhungert wäre, hätte sie es nicht an sich genommen, oder was? Hatte diese Frau einen kompletten Schaden?*

»Wieso, um Gottes willen, hast du mein Handy mitgenommen?«, fragte er und versuchte, nicht zu schreien.

»Ach, ich weiß nicht. Ich dachte, ich würde es dir heute einfach bringen. Nett von mir, oder?« Bianca lachte wieder, und Schönlieb dämmerte, dass die Frau zwar einen Schaden hatte, aber doch nicht ganz so verblendet war, wie er vermutet hatte. *Das Handy war ihre Geisel!*

»Okay. Was willst du? Kleine unnummerierte Scheine?«

»Was? Christoph, ich verstehe nicht, was du meinst … Soll das ein Witz sein?« Wieder lachte sie dieses viel zu grelle, laute Lachen.

»Schon gut. Wie bekomme ich mein Handy zurück?«

»Ich bringe es dir. Heute Abend, wenn wir zusammen essen. Ich komme zu dir, okay?«

Nein, nein!, wollte er rufen. *Lass uns irgendwo eine geheime Geldübergabe vereinbaren, eine Geiselübergabe!* Doch da hatte Bianca schon »*Tschüssie!*« gerufen, einmal kräftig das Telefon abgeknutscht, was sich anhörte wie ein Monster, das den Hörer fraß, und aufgelegt.

Schönlieb knallte den Hörer auf, schrie einmal laut auf und bereute es sofort. Er trank das Wasserglas mit Aspirin in einem Zug leer.

»Alles okay mit dir?« Birte Coskun stand erschrocken in der Tür. Sie war anscheinend gerade an seinem Zimmer vorbeigegangen, als sie den Schrei gehört hatte.

»Ich werde erpresst!«, sagte Schönlieb.

»Von wem? Womit?« Birte war sichtlich erschrocken.

»Von Godzilla. Sex gegen Handy. Ach, was sage ich, wahrscheinlich nicht mal Sex. *Liebe* gegen Handy.«

Birte musste lachen. Schönlieb war hingegen nicht zum Lachen zumute.

»Und ist das Handy es wert?«, fragte Birte.

»Ich liebe es über alles!«, gestand Schönlieb und dachte wehmütig an sein iPhone.

»Dann musst du wohl Opfer bringen«, grinste Birte und ging.

Eine Weile saß Schönlieb in seinem Büro und starrte an die Wand. Ein Plan reifte in ihm. Er erforderte Mut, den er gegenüber Frauen eigentlich nicht hatte, aber er würde nicht nur ein für alle Mal Bianca loswerden und sein iPhone wiederbekommen, nein, er würde auch Lieke wiedersehen. Lieke, mit der er sich auf der Party so gut verstanden hatte, bevor sie plötzlich verschwunden war. Er konnte sich vorstellen, dass sie ihn eiskalt abblitzen lassen würde, doch er musste es einfach versuchen. Bevor er diesmal wieder zu viel nachdenken konnte, nahm er schnell den Hörer in die Hand und wählte die Nummer der Gerichtsmedizin.

Es war gegen Nachmittag, als die Nachricht kam, dass Max seine Aussage zurückgezogen hatte. Man hatte Wallner durch die Flure schreien hören, und man hörte ziemlich genau, wen er dafür verantwortlich machte.

Kurze Zeit später saß Schönlieb zusammen mit Holding und Wallner in Holdings Büro. Wallner hatte einen hochroten Kopf. Er hatte sich mal wieder über eine halbe Stunde lauthals über Schönlieb beschwert. Ihn einmal sogar vor Holding ein *arrogantes unfähiges Arschloch* genannt. Schönlieb hatte in der Zwischenzeit wie immer aus dem Fenster geschaut. Es schneite. Vielleicht würden sie weiße Weihnachten bekommen. Dann würden die ganzen Leute noch mehr ausflippen. Weihnachten drehten alle durch.

»Christoph, jetzt mal im Ernst: Hast du dem Jungen gesagt, er soll seine Aussage zurückziehen?«, wandte sich Holding schließlich an Schönlieb.

»Ich? Nein, um Himmels willen!«, antwortete er brüskiert und hielt die Hände abwehrend von sich. »Und überhaupt: Ich bin hier doch nicht der Büttel!«

Früher in der Schule, es muss so in der siebten, achten Klasse gewesen sein, da sollte seine Klasse ein Theaterstück aufführen. Vorher waren die Rollen vergeben worden. Schönlieb war viel zu schüchtern gewesen, sich für eine Hauptrolle zu melden, doch er hatte während der Proben und vor allem während der Aufführung in der großen Aula bewundernd auf die Schüler in den Hauptrollen geschaut. Letztendlich war er ein *Büttel* gewesen, der während des gesamten zweistündigen Stücks genau einen Satz hatte sagen müssen, den er bis heute im Kopf hatte: *Hier ist der Büttel!*

»Der was?«

»Ich meinte, ich bin doch hier nicht der Arsch für alles, nur weil unser Hauptverdächtigter seine Aussage zurückzieht.« Schönlieb stand auf und ging ein paar Schritte auf Wallner zu. »Ich dachte doch auch, der war's, und fand's klasse, wie du das Geständnis aus ihm herausbekommen hast.« Schönlieb klopfte Wallner übertrieben freundschaftlich auf die Schulter. »Aber ein Erfolgsbier gibt es jetzt erst mal nicht«, fügte er an und zwinkerte Wallner zu.

Wallner wäre Schönlieb am liebsten an die Kehle gesprungen.

Kapitel 27

Lieke stand vor Schönliebs Bücherregal. Sie hielt den Kopf leicht schief, um die Titel auf den Buchrücken lesen zu können. Schönlieb lehnte im Türrahmen und betrachtete sie. *Dass sie tatsächlich zugesagt hatte und auch wirklich gekommen war!*, dachte er bei sich. *Vielleicht war er bei Frauen all die Jahre immer viel zu zurückhaltend gewesen? Es schien ja doch einfacher als gedacht.*

Er hatte heute Nachmittag so schnell den Hörer in die Hand genommen und die Nummer gewählt, dass er gar keine Zeit gehabt hatte, über Worte, Konsequenzen oder Enttäuschungen nachzudenken. Er hatte in der Rechtsmedizin angerufen, Kalle nach Lieke gefragt, und nachdem Kalle ein paar Witze gerissen hatte, wie sie Kinder in der Grundschule im Ton von V*erliebt, verlobt, verheiratet* machten, hatte er Lieke endlich an das Telefon geholt. Schönlieb hatte erst ein bisschen herumgedruckst. Vielleicht hatte er etwas über das Wetter oder Leichen erzählt, das wusste er nicht mehr. Er hatte einfach nur Liekes schönem holländischem Akzent gelauscht. Dann hatte Lieke ihn gefragt, wo er auf der Party von Mitch geblieben war. Auf einmal war er verschwunden gewesen. *Sie war noch da gewesen? Wie konnten sich zwei Menschen in einer Dreizimmerwohnung verlieren?* Er konnte es noch immer nicht begreifen. Dennoch: Es hatte ihm Mut gemacht, dass sie ihn gesucht und offensichtlich nichts von seinem Absturz mitbekommen hatte, und so war er schlussendlich auf den Punkt gekommen.

»Eigentlich rufe ich auch genau wegen dieses Abends an«, hatte er begonnen. »Da ist … so eine blöde Sache mit der einen Frau passiert.«

»So eine blöde Sache mit einer Frau?«, fragte Lieke zögerlich.

»Ja.« Schönlieb fand, ihr Tonfall war schon etwas kälter und zurückhaltender geworden. Wahrscheinlich hielt sie ihn für einen vollkommenen Idioten, aber jetzt, da er sie angerufen hatte, konnte er nicht einfach wieder auflegen. »Eigentlich trinke ich sonst nicht so viel... und ... ich möchte es auch gar nicht auf den Alkohol schieben, also nicht *nur*, obwohl der sicherlich eine entscheidende Rolle bei dieser unschönen Situation gespielt hat.« Schönlieb lauschte, ob Lieke noch am anderen Ende der Leitung war oder bereits aufgelegt hatte. Hatte sie nicht. »Diese Bianca. Sie war ziemlich ... anhänglich und bestimmt, und ich war irgendwie ... schwach.«

»Aha«, sagte Lieke ruhig. »Und deshalb rufst du mich während der Arbeit an? Um mir zu sagen, dass du Sex mit Bianca hattest?«

»Nein«, rief Schönlieb und redete schnell weiter, bevor Lieke seinen Anruf missverstehen würde. »Es ist nur so: Blöderweise werde ich sie jetzt nicht mehr los, und sie hat mein iPhone als Geisel.«

»Als Geisel?«, fragte Lieke hörbar irritiert nach.

»Ja, und ich vermisse es schrecklich. Es war mir immer ein sehr treuer Begleiter, und du kannst dir nicht vorstellen, wie sehr ich meine Entscheidung an dem Abend bereue. Ich habe die Geiselnehmerin ja selbst in meine Wohnung gelassen«, fuhr Schönlieb fort und hoffte, dass Lieke den ironischen Unterton in seiner Stimme erkannte. »Ich habe sogar den starken Verdacht, dass diese Frau es von Anfang an nicht auf mich, sondern allein auf mein Handy abgesehen hatte.«

»Ja, das klingt plausibel.« Schönlieb konnte ein leises Lächeln in Liekes Stimme hören. »Und was hast du jetzt vor? Hat sie dir schon einen Übergabeort genannt? Und vor allem die Höhe des Lösegelds?«, fragte Lieke gespielt ernst nach.

»Sie will heute Abend zu mir kommen, und ich habe Angst.«

»Angst?« Lieke lachte kurz auf.

»Ich fürchte, sie will statt Lösegeld ... Zuneigung. Aber die kann ich partout nicht empfinden – nicht für die Geiselnehmerin meines iPhones.«

»Nein, das verstehe ich.«

»Und ich habe mir da so einen doofen Plan ausgedacht, wie

ich ihr klarmachen kann, dass sie mich am besten nicht mehr besucht, nachdem sie mir mein Handy zurückgegeben hat.«

»Wenn es ein *doofer* Plan ist, wird er nicht funktionieren.«

»Na ja, er ist nicht schlecht. Das *Doofe* daran ist lediglich, dass ich dafür eine Komplizin brauche, die ich nicht habe.« Jetzt kam der entscheidende Moment. Schönlieb wippte nervös mit dem rechten Bein. »Ich … brauche eine Freundin, also, eine *angebliche* Freundin.« Als Lieke nichts darauf erwiderte, sprach Schönlieb einfach weiter. »Du bist … nicht nur die netteste weibliche Person, die ich kenne, auch wenn ich dich ja eigentlich leider noch nicht richtig kenne, aber … also … du bist auch die hübscheste weibliche Person und die Einzige, bei der ich mir vorstellen könnte, dass …« Schönlieb war inzwischen fürchterlich rot angelaufen. Das konnte Lieke ja aber zum Glück durch das Telefon nicht sehen. »Und wenn der Plan funktionieren soll, dann brauche ich dich.«

Auf einmal fing Lieke an zu lachen. Es war ein schönes Lachen gewesen, etwas rauer und kräftiger, als er ihr zugetraut hätte, ein Lachen, das er so schnell nicht vergessen würde und das er gerne noch oft hören würde.

Dann hatte sie einfach »Okay« gesagt.

»Meintest du nicht, du musst dich um die Kartoffeln kümmern?«, fragte Lieke und schaute vom Bücherregal kurz auf. Die Kartoffeln! Und die Yorkshire-Puddings! Nach ihrem Okay hatte sie noch eine Bedingung gestellt – als Gegenleistung wollte sie etwas Leckeres zu essen, dann seien sie im Geschäft! Natürlich hatte Schönlieb zugesagt. Dass er auf die Idee nicht selbst gekommen war! Allerdings hatte er überhaupt keine Erfahrung mit Kochen. Seine bisherigen Kochversuche beschränkten sich auf genau zwei Gerichte: Eines – Nudeln mit Schinken-Sahne-Soße – hatte er von seinem Vater gelernt. Das hatte es damals, als er noch zu Hause gewohnt hatte, so gut wie jeden zweiten Tag gegeben. Das zweite hatte er von seiner Oma gelernt: Pfannkuchen. Zählte Pfannkuchen überhaupt als »Gericht, das man kocht«? Nach der Arbeit war er also zusehends panisch in die nächste Buchhandlung gelaufen und hatte sich bei den Kochbüchern umgeschaut. Schlussendlich war er mit Jamie Olivers 30-Minuten-Menüs wieder aus dem Laden herausgekommen. Das Versprechen, Drei-Gänge-Menüs in nur dreißig Minuten zu kreieren, war doch sehr verlockend gewesen. Schon in der Buchhandlung hatte er sich für gebratene Rinderfilets, Mini-Yorkshire-Puddings, junge Möhren, Röstkartoffeln, Brunnenkressesalat und superschnelle Bratensoße entschieden. Dann war er mit aufgeschlagenem Buch durch den Supermarkt gelaufen und hatte alle Zutaten besorgt. Na ja, fast alle. Rotschalige Kartoffeln? Von denen hatte er noch nie gehört, und finden konnte er sie erst recht nicht. Er musste also auf normale Kartoffeln zurückgreifen, die er allerdings schälen musste. Allein dafür hatte er schon fast eine halbe Stunde benötigt, weil er sich dabei nicht gerade geschickt angestellt hatte.

Als Lieke bei ihm geklingelt hatte, war er gerade erst dabei gewesen, das Fleisch in die Pfanne zu legen, und das Erste, was sie gesagt hatte, kaum dass sie einen Schritt in die Tür gesetzt hatte, verbesserte die Gesamtsituation auch nicht gerade.

»Hier riecht es aber fleischig! Oje, ich hoffe, du machst nichts mit Fleisch!« Sie hatte Schönlieb mit großen Augen angesehen. »Hatte ich nicht gesagt, dass ich Vegetarierin bin?«

So viel zum Rinderfilet.

Auch der ganze Rest der Zubereitung hatte viel länger gedauert als bei Jamie Oliver. Statt der versprochenen halben Stunde war er jetzt insgesamt schon eineinhalb Stunden dabei, und das Ende kam erst so langsam in Sicht. Allerdings hatte ihn das nicht gestört. Lieke und er hatten zusammen gelacht, und die Stimmung war mit jeder verkochten Minute ein bisschen lockerer geworden. Und jetzt hatte er, während er Lieke beobachtete, wie sie sein Bücherregal inspizierte, völlig vergessen, dass er gerade die Yorkshire-Puddings im Ofen und die Kartoffeln in der Pfanne hatte. Erst ihre Frage hatte ihn wieder daran erinnert.

Schnell rannte er in die Küche. Aus dem Ofen qualmte es schon ein wenig, und einige der Kartoffeln hatten bereits arg dunkle Stellen bekommen. Hastig stellte er den Ofen und den Herd aus, zog das extra an diesem Nachmittag gekaufte Muffinblech mit den Puddings aus der Röhre und betrachtete sein Werk. *Konnte man noch essen, wunderbar.* Er schaute ins Buch. Als Nächstes war der Salat dran.

Schönlieb wusch gerade die Brunnenkresse, die irgendwie ziemlich lustig aussah, als es plötzlich an der Tür klingelte, und Schönlieb fiel wieder ein, dass er ja noch weiteren Besuch erwartete. Bianca.

Schönlieb legte die Brunnenkresse beiseite, ging durchs Wohnzimmer, wo er und Lieke einen verschwörerischen Blick austauschten, und stand schließlich vor der Tür, die er langsam öffnete.

»Chriiiiistoph!«, schrillte es ihm entgegen. Biancas grinsendes Gesicht war stark geschminkt. Sie hatte zu Hause wohl im Dunkeln vor dem Spiegel gestanden, und Schönlieb fand, dass sie so etwas von einem tragischen Clown an sich hatte. Sie trug einen bis zu den Knien reichenden Pelzmantel an. *Einen Pelzmantel! Geht's noch?* Zu allem Überfluss sah es verdammt noch mal so aus, als wenn sie unter dem Pelzmantel nackt war. Weder oben am Hals noch unten an den Knien oder an den Armenden konnte Schönlieb eine weitere Bekleidungsschicht hervorblitzen sehen.

»Bianca«, sagte er knapp und in einem, wie er hoffte, möglichst neutralen Tonfall. »Nett, dass du mir mein iPhone vorbeibringst.«

»Und nicht nur das!«, säuselte Bianca, zwinkerte Schönlieb zu und fasste mit beiden Händen an das Revers ihres Pelzmantels, als wollte sie ihn in der nächsten Sekunde aufreißen wie einen Theatervorhang. Blitzartig kam ihr Schönlieb zuvor.

»Ansonsten passt es mir leider gerade nicht so gut. Meine … Freundin ist hier«, sagte er einen Tick zu laut, und Lieke trat zu ihm in den Flur, sodass Bianca sie sehen konnte.

Bianca starrte sie entgeistert an. Ihr Mund klappte nach unten. Schönlieb hatte das Gefühl, sie standen sich minutenlang so gegenüber. Die entsetzte Bianca, die lächelnde Lieke und er. Dann zogen sich Biancas Nase und ihre Stirn zusammen, Zorn machte sich breit.

»Ist das dein Ernst?«, schrie sie ihn an. »Gestern vögelst du mich und sagst, du willst mich wieder treffen, und jetzt stehst du hier vor mir und erzählst mir, du hast 'ne Freundin?« Während sie brüllte, wurde sie immer lauter. Weil sie noch im Treppenhaus stand, hallte ihre schrille Stimme durch das ganze Haus und wurde von den Wänden leicht zurückgeworfen. »'ne beschissene Freundin!« Ihre Augen waren weit aufgerissen.

Da griff sie plötzlich in die Tasche ihres Pelzmantels, zog das iPhone heraus und holte weit über ihren Kopf aus. Schönlieb befürchtete augenblicklich das Schlimmste, sprang nach vorne, griff nach Biancas Handgelenk, hielt es fest, griff mit der anderen Hand nach dem iPhone und pellte es ihr aus der Hand.

»Du Scheißwichser!«, schrie Bianca ihn an. Sie bekam Tränen in den Augen, ihr roter Kopf blieb jedoch weitgehend unter der dicken Schminke verborgen.

Mit dem iPhone in der Hand sprang Schönlieb zwei Schritte zurück.

»Vielen Dank für das Handy und noch einen schönen Abend«, sagte Schönlieb, so schnell er konnte, und drückte dann die Haustür zu.

»Hast du deiner Freundin auch schon erzählt«, brüllte Bianca ihm durch den immer kleiner werdenden Türspalt noch zu, »wie du mich gevögelt hast, du Wichser?«

Dann endlich war die Tür zu. Bianca hörte man trotzdem schluchzen. Schönlieb lehnte sich mit dem Rücken gegen die Tür, schaute zu Lieke und atmete erleichtert aus. Einen kurzen Moment tat ihm Bianca fürchterlich leid. Was war er nur für ein Arsch! Und Lieke hatte alles beobachtet. Es donnerte noch einmal kräftig, als Bianca mit voller Kraft gegen die Tür trat. Dann war es ruhig.

»Hui, die war sauer«, stellte Lieke mit leicht hochgezogenen Augenbrauen fest.

Schönlieb schoss vor Scham das Blut ins Gesicht. Hoffentlich hielt Lieke ihn nicht für ein komplettes Arschloch. Er versuchte die Situation zu retten und hielt triumphierend das iPhone hoch.

»Geisel gerettet!« Während er das sagte, hörte er nebenan bei Mitch die Türklingel leise läuten, und er fragte sich, ob es wohl Bianca war, die dort klingelte.

Kurz darauf saß Schönlieb zusammen mit Lieke am Tisch. Das Essen sah ziemlich gut aus, auch wenn das Rinderfilet sicherlich die Krönung des Ganzen gewesen wäre. Lieke beteuerte ihm mehrmals, wie gut es ihr schmeckte. Schönlieb beobachtete sie sehr genau beim Essen, um herauszufinden, ob es ihr wirklich schmeckte oder ob sie nicht nur höflich war, und hoffte, dass Lieke es nicht bemerkte. Dabei fiel ihm ihre Art, das Messer zu halten, auf, die ihn sehr an einen Arzt erinnerte, der ein Seziermesser führte.

Plötzlich donnerte es gegen die Wand. Erst dachte Schönlieb, Mitch wäre vielleicht auf der anderen Seite etwas herunter- oder gegen die Wand gefallen, doch dann donnerte es wieder und wieder. In regelmäßigen, kürzer werdenden Abständen. Schönlieb wusste, dass seine Küche Wand an Wand mit Mitchs Schlafzimmer lag. Er schaute zu Lieke. Sie hatte aufgehört zu essen und schien ebenfalls zu lauschen. Kurz darauf, als sie zu dem rhythmischen Gedonner auch ein schrilles Stöhnen hörten, bestätigte sich Schönliebs Verdacht. Bianca. Das Stöhnen wurde lauter und nun auch noch von einem regelmäßigen Aufschreien begleitet.

»Ich glaube, sie hat schnell Ersatz gefunden«, sagte Lieke und grinste.

Schönlieb zog eine Grimasse. So richtig wusste er nicht, was er sagen sollte. Er fragte sich, ob Mitch sich darüber im Klaren war, worauf er sich einließ. Das Schreien war jetzt schon so laut, dass Schönlieb sich sicher war, Bianca wollte, dass Lieke und er sie hörten. Er betrachtete Lieke, und plötzlich hatte er zur Geräuschkulisse ein neues Bild im Kopf, und er merkte, wie ihm das Blut in den Penis schoss und kurz danach auch in seine Wangen.

»Das ist echt laut«, sagte Lieke und aß genüsslich weiter. »Die macht das extra.«

»Das glaube ich auch«, bestätigte Schönlieb und beobachtete, wie Lieke sich den Mund mit der Papierserviette abwischte.

»Hast du eigentlich noch ein bisschen Weißwein?«

Weißwein? Wie kam sie jetzt auf Weißwein? Egal.

»Na klar habe ich noch Weißwein!«

Schönlieb wollte gerade aufstehen und aus dem Kühlschrank die zweite Flasche holen, da fiel ihm der Zustand seines Unterleibs ein. Heimlich schielte er unter den Tisch. *Verdammt!* Seine Jeans wölbte sich unübersehbar am Anfang des rechten Oberschenkels. Wenn er jetzt aufstand, würde Lieke sofort sehen, dass er einen Steifen hatte.

»Ich glaube, der ist alle«, behauptete er schnell.

»Ich dachte, du hättest gesagt, du hast *zwei* Flaschen gekauft? Schade.« Lieke sah ihn kurz verwirrt an.

Sie aßen auf und unterhielten sich. Schönlieb antwortete, wenn Lieke eine Frage stellte, und er fragte auch selbst ein paar Dinge, doch richtig konzentrieren konnte er sich nicht. Zum einen musste er immer an seinen steifen Penis denken, zum anderen daran, dass die beiden es nebenan immer noch unüberhörbar miteinander trieben. *Verdammt, wie lange ficken die denn?*

»Langsam wird es doch ein bisschen störend«, fand Lieke, wurde ein wenig rot und deutete mit dem Kopf in Richtung der Donnerwand. »Wollen wir ins Wohnzimmer gehen?«

»Ja. Klar! Hast recht.« *Nein! Nein! Scheiß steifer Penis! Denk an etwas, das dich abtörnt!* Komischerweise dachte er sofort an Bianca, aber die half im Moment wirklich nicht. *Denk an etwas Schlimmes … etwas Ekliges … irgendwas!* Er dachte an Huynh. Daran, wie sie ihn gefunden hatten. Wie er im Wasser lag. Wie ein gefallener Superheld, sein schwarzer Umhang unter ihm. *War er noch normal?* Er benutzte den Toten, um seine Latte wegzubekommen. Schönlieb fühlte sich mies. Aber es half.

Sie gingen ins Wohnzimmer. Das Donnern verstummte langsam.

»Alles okay bei dir?«, fragte Lieke und sah Schönlieb beinahe besorgt an.

»Ja schon.«

»Aber?«

»Was aber?«

»Du siehst aus, als hättest du einen Geist gesehen.«

»Tut mir leid. Ich musste nur gerade an Huynh denken, unsere Leiche.«

»Oh«, sagte Lieke nur. Nach einer kurzen Pause sprach sie ruhig weiter. »Wir haben die Untersuchungen abgeschlossen. Er wird jetzt bald freigegeben für die Familie, zur Beerdigung.«

Es dauerte eine Weile, bis sich die Stimmung zwischen ihnen wieder gelockert hatte. Lieke saß auf dem Sessel, und Schönlieb hatte sich auf das Sofa gesetzt. Zu seiner Überraschung konnte er mit Lieke reden, ohne ständig daran zu denken, ob er etwas Falsches sagte oder etwas Peinliches, wie es sonst bei ihm der Fall war, wenn er mit Frauen sprach, die er attraktiv fand. Lieke hatte etwas an sich, das ihn sich wohlfühlen ließ. Sie gab ihm das Gefühl, dass er eine langjährige Freundin vor sich hatte – eine verdammt attraktive langjährige Freundin. Sie unterhielten sich darüber, dass sie beide Bücher von Haruki Murakami liebten, aber beim Lesen seiner Romane schnell einschliefen. *Man hat eh die ganze Zeit das Gefühl, man liest in einem Traum. – Ja, genau, ich träume die Geschichte dann auch immer weiter.* Schönlieb erzählte ihr von der Polizeihochschule und welches Glück er gehabt hatte, direkt im LKA anfangen zu können. Er redete von Wallner, *dem Arsch,* von Holding, Samson und Coskun. Zwischendurch zog sie ihn mit der Bianca-Aktion auf, aber es störte ihn nicht.

Lieke erzählte ihm von ihrer Kindheit in Holland, davon, wie ihre beste Freundin nach Hamburg zum Studieren gegangen war und ihr so viel vorgeschwärmt hatte, dass auch sie irgendwann beschlossen hatte, nach Hamburg zu gehen. *Ich dachte, ich schaue es mir mal an. Aber jetzt denke ich schon, vielleicht bleibe ich immer hier.* Nur der Regen gefiel ihr nicht so. Der Schnee schon, der Regen nicht. Schönlieb hielt daraufhin in gespieltem Oberlehrerton einen kleinen Vortrag darüber, dass die allgemeinen Regenvorurteile über Hamburg ja völlig unbegründet seien und es nur ein böses Gerücht sei, dass es hier immer regnete.

»Ja, ja. Ich weiß. Und hier gibt es mehr Brücken als in Venedig«, sagte Lieke grinsend. »Wie oft ich mir diese blöde *Tatsache* in letzter Zeit anhören musste als Beispiel dafür, wie toll Hamburg ist. Hamburg ist toll und hat ganz viele Brücken, aber Venedig ist einfach auch *viel kleiner.*«

Es war bereits ein Uhr, als Lieke auf die Uhr schaute und sagte, dass sie langsam mal nach Hause müsse. Schönlieb und Lieke gingen in den Flur. Lieke zog ihre Jacke und Schuhe an. Schönlieb überlegte, wie er sich verabschieden sollte. Er verspürte große Lust, sie zum Abschied zu küssen. So wie in amerikanischen Liebesfilmen. Mit glitzernden Augen. Doch er hatte Angst, es zu verderben, gerade nach der Aktion mit Bianca, die nicht das beste Licht auf ihn geworfen hatte. Er beschloss, passiv und zurückhaltend zu bleiben.

Lieke ging aus der Tür und drehte sich um.

»Es war sehr nett heute Abend«, sagte sie und lächelte ihn an.

»Das fand ich auch. Und vielen Dank für die Hilfe mit … du weißt schon.«

»Gerne.« Lieke lachte kurz und leise. »Das war vielleicht eine Szene.«

»Mit Happy End, sogar für den Nachbarn.«

Sie schauten sich kurz schweigend an. Lieke hob ihre Hand und berührte dabei Schönlieb kaum merklich an der Wange. Sie verlagerte ihr Gewicht, und ihr Gesicht kam näher. Schönlieb merkte, wie sein Herz schneller schlug, doch kurz bevor sich ihre Lippen berührten, bewegte Lieke den Kopf leicht zur Seite, drehte ihn und küsste Schönlieb auf die Wange.

»Vielleicht bis bald mal.« Dann drehte sie sich um und ging die Treppen hinunter.

Schönlieb blieb regungslos oben in der Tür stehen, bis er die Haupteingangstür zuschlagen hörte. Das Geräusch hallte noch eine Weile nach. Erst als es verklungen war, schloss Schönlieb seine Wohnungstür. *Lieke!*

Kapitel 28

Holding hatte ihnen verboten, heute, am Samstag, zu arbeiten. Sie sollten sich zwei Tage Ruhe gönnen, nachdem sie die letzten zwei Wochen nahezu durchgearbeitet hatten. Dabei hatten sie so viel zu tun. Schönlieb hatte Marie noch immer nicht gefragt, warum sie ihm den Streit von Huynh und Alexander verschwiegen hatte. Dennoch: Er hatte beschlossen, sich an Holdings Anweisungen zu halten.

Schönlieb hielt die Tasse mit Kamillentee in beiden Händen und schaute aus dem Fenster. Es war 20:32 Uhr und draußen stockfinster. Von seinem Wohnzimmerfenster aus hatte er einen guten Blick nach unten, auf die Straße und den Gehweg. Die Straßenlaternen beleuchteten beides, und in ihren Lichtkegeln konnte man Tausende kleine Schneeflocken sehen, die wild durch die Luft tanzten und am Ende doch immer auf dem schneebedeckten Boden landeten und in der Masse untergingen. So einen Winter hatten sie lange nicht gehabt. Es schneite eigentlich seit sechs Wochen ununterbrochen. Die Straßen waren so glatt, dass man alte Leute fast gar nicht mehr draußen sah, und die Post, so hatte er gelesen, vierzehn Prozent mehr Krankheitsfälle aufgrund von diversen Knochenbrüchen zu verzeichnen hatte.

Schönlieb hatte den Tag damit verbracht, sich auf die Fensterbank zu lehnen, Tee zu trinken und die Leute zu beobachten, die unten die kleine Straße entlanggingen. Im Laufe des Tages hatte er zwei besonders glatte Stellen auf dem Gehweg ausmachen können. Er konnte beobachten, dass fast alle Passanten genau an der gleichen Stelle wegrutschten. Jedes Mal, wenn einer der Fußgänger darauf zusteuerte, überkam ihn eine innere Spannung. Ja, vielleicht sogar so etwas wie Vorfreude. Die meisten konnten ihr Gleichgewicht gerade noch halten, nachdem sie wild mit den Armen in der Luft herumgefuchtelt hatten. Ein herrliches Bild.

Zwei legten sich aber auch richtig schön der Länge nach hin. Zum Glück standen aber beide wieder auf. Wären sie liegen geblieben, hätte er womöglich helfen müssen. Mittlerweile wurden es immer weniger Leute, die unten vorbeigingen. Die Pausen zwischen den einzelnen Schlitterpartien wurden lang. Es war an der Zeit, sich etwas zu essen zu machen.

Er wollte den Blick gerade von der Straße nehmen, als er ein rotes Auto bemerkte, das auf der vereisten Straße versuchte einzuparken. Die Parklücke war sehr eng. Der Fahrer überschätzte sie wohl, denn er stieß beim Zurückfahren gegen das hinter ihm stehende Auto, das daraufhin wackelte. Das rote Auto blieb kurz regungslos stehen. Anscheinend schaute der Fahrer sich um, ob ihn jemand beobachtet hatte. Die Straße war jedoch leer. Schnell steuerte das rote Auto wieder aus der Parklücke heraus. Beim Herausfahren drehten kurz die Räder durch, und das kleine rote Auto rutschte etwas nach rechts. Die Räder fanden wieder Halt und das Auto sauste davon, jedoch nicht, ohne vorher noch den Seitenspiegel eines grünen Mini Cooper mit Rennstreifen mitzunehmen.

Schönlieb ging in die Küche, holte einen Zettel heraus und schrieb das Nummernschild des roten Wagens auf. Einen Augenblick lang betrachtete er den Zettel, dann zerknüllte er ihn und schmiss ihn weg. Eigentlich wollte er gerade mit niemandem etwas zu tun haben. Er musste sich ja nicht in alles einmischen. Plötzlich klingelte sein iPhone. Es war ein schönes Gefühl, es wiederzuhaben. Einen kurzen Augenblick lang dachte er, dass es vielleicht Lieke war, die ihn anrief, und sofort wurde ihm warm, doch dann realisierte er, dass es der *Imperial March* war, den er hörte. Es musste jemand aus dem LKA sein.

»Ja?«, fragte Schönlieb.

»Wo bist du?«, fragte Wallner direkt.

»Zu Hause« , sagte Schönlieb.

»Ich hole dich in zehn Minuten ab. Im Büro hat eine Sekretärin angerufen. Die war ganz aufgebracht. Sie sei noch mal ins Büro gefahren, weil sie etwas vergessen hatte, und da habe sie einen riesigen Schreck bekommen: Alles sei verwüstet.«

»Sekretärin?« Schönlieb konnte Wallner nicht folgen.

»Die Sekretärin vom Meininger. Bin gleich bei dir, bis gleich.« Weg war Wallner.

Einen kurzen Augenblick stand Schönlieb in seiner dunklen Wohnung, umgeben von vollkommener Stille. Eigentlich wollte er gerade mit niemandem etwas zu tun haben.

Kapitel 29

Als Schönlieb zu Wallner ins Auto stieg, fiel ihm sofort auf, wie sehr Wallner nach Alkohol roch. Mehr als üblich. Schönlieb konnte nicht glauben, dass Wallner ernsthaft mit einer Fahne auftauchte. *Der Kerl fährt besoffen Auto!* Dass sie gerade im Dienst waren, verschlimmerte die Sache noch. Schönlieb hatte nie etwas zu Wallners offensichtlichem Alkoholproblem gesagt und sich selbst meistens damit beruhigt, dass es vielleicht auch nur sein scharfes Rasierwasser war, das so penetrant nach Alkohol roch. *In Wallners Alter benutzte man doch so ein stinkendes Rasierwasser, oder nicht?* Schönliebs Opa benutzte auch so eines. Die anderen sagten doch auch nie etwas. Aber jetzt fuhr er sie zu einem dienstlichen Einsatz, und Wallner hatte sich sicherlich nicht eine halbe Flasche Rasierwasser in den Rachen geschüttet und die andere Hälfte über den Kopf.

»Mensch Wallner, bist du besoffen!?«, fragte er Wallner direkt.

»Besoffen, ich?« Wallner schaute Schönlieb entgeistert an. »Du spinnst doch, Schönlieb.«

Schönlieb musterte Wallner. Er hatte glasige Augen, ansonsten sah er wie immer müde aus und machte keinen besonders betrunkenen Eindruck. Vielleicht war es besser, das Thema auf einen anderen Zeitpunkt zu verschieben.

»Diese Sekretärin klang sehr aufgebracht, wurde mir erzählt«, sagte Wallner und schien vergessen zu haben, dass Schönlieb ihn gerade auf seinen Alkoholkonsum angesprochen hatte. Sollte doch Birte Coskun den alten Wallner darauf ansprechen. Sie würde das ohnehin bestimmt besser machen. Schönlieb war für so etwas nicht der Richtige, und schon gar nicht bei Wallner.

»Na dann, los!«, sagte Schönlieb und krallte sich an den Griff über dem Fenster.

Sie kamen unbeschadet vor der Uni an. Schönlieb atmete tief durch. Wallner war gefahren wie der letzte Idiot. Zum Glück hatten sie ein Blaulicht auf dem Dach gehabt, was die anderen Verkehrsteilnehmer rechtzeitig gewarnt hatte auszuweichen. Noch einmal würde er nicht mit dem betrunkenen Wallner fahren.

Sie gingen ins Rechtshaus und nahmen den Fahrstuhl. Dort hielt Schönlieb die Luft an, anderenfalls wäre er im dritten Stock wohl selbst mit drei Promille angekommen. Wallner lehnte an der Fahrstuhlwand und wirkte seltsam abwesend.

Mit schnellen Schritten passierten sie den langen Gang zu Meiningers Büro. Die Sekretärin von Professor Meininger erwartete sie bereits an der Tür des Büros. Sie guckte nicht annähernd so grimmig wie die letzten Male.

»Kommissar Schönlieb! Gott sei Dank, dass Sie endlich da sind. Hier wurde eingebrochen! Ich habe Sie gleich angerufen, also in Ihrem Büro. Zum Glück hatte ich Ihre Visitenkarte. Alles verwüstet, und dann dieser …« Sie hörte gar nicht mehr auf zu reden.

»Ist ja gut«, fuhr ihr Schönlieb ins Wort.

»Wir gucken uns das mal an«, sagte Wallner und zeigte so etwas wie ein Lächeln. Der musste wirklich betrunken sein, wenn er sogar lächelte.

Sie schoben die aufgeregte Dame beiseite und traten ins Büro ein. Die große Flügeltür stand offen. Sie gingen hindurch und blickten in das Büro des Professors.

»Haben Sie Professor Meininger schon verständigt?«, fragte Schönlieb.

»Natürlich, also, versucht habe ich es zumindest. Er ist nicht erreichbar. Weder zu Hause noch auf seinem Mobiltelefon.«

»So schlimm sieht es hier doch gar nicht aus«, sagte Wallner, zog die Achseln hoch und drehte sich zu Schönlieb. »Die paar Bücher auf dem Boden.«

Schönlieb hätte Wallner vielleicht sogar zugestimmt, hätte er dieses Büro nicht bereits zweimal gesehen. Beide Male hatten alle Dinge bis ins kleinste Detail symmetrisch gelegen. Es hatte nichts gegeben, was nicht in die penible Ordnung des Professors gepasst hatte. Jetzt sah es hier völlig anders aus. Auf dem Schreibtisch lag alles wild durcheinander. Die Kugelschreiber schief, der Kalender quer über zwei Zetteln, die Tastatur nicht parallel zum Tischende, und dann die Bücher: Zwei Reihen des Bücherregals waren komplett aus dem Regal gerissen und auf dem Boden verteilt worden. Dort lagen die Bücher wild durcheinander, auf einem Haufen. Manche aufgeschlagen und mit zerknickten Seiten.

»Wurde das Schloss aufgebrochen?«, fragte Schönlieb.

»Nein«, sagte die Sekretärin aufgeregt. »Das ist ja das Merkwürdige. Der Professor war doch immer so ordentlich. Er hätte nie …«

»Und wer hat alles einen Schlüssel?«, unterbrach Schönlieb sie.

»Eigentlich nur ich, der Professor und der Hausmeister.«

»Und Sie haben das heute erst gesehen, gestern Abend war noch alles in Ordnung?«

»So ist es. Ich habe gestern, so gegen siebzehn Uhr, das Büro verlassen. Professor Meininger war noch hier. Und heute komme ich vor ungefähr eineinhalb Stunden hierher und sehe das hier.« Sie zeigte in den Raum. »Ich habe Sie sofort angerufen. Da stimmt etwas nicht.«

»Probieren Se noch einmal, Professor Meininger zu erreichen.«

Sie nickte und ging zu ihrem Schreibtisch. Wallner und Schönlieb sahen sich weiter um. Die Bücher, die auf dem Boden lagen, waren ausschließlich Gesetzestexte, was nicht weiter verwunderlich war. Wallner hob ein paar auf, schaute sich den Titel an und blätterte durch die ersten Seiten, dann ließ er die Bücher jedes Mal wieder achtlos fallen. Schönlieb ging um den Schreibtisch herum. Aus dem Nebenraum hörte er die Sekretärin sprechen.

»Ja, Frau Meininger, schön, dass ich Sie erreiche. Sagen Sie, ist Ihr Mann zu sprechen?« Eine kurze Pause. »Ach, na so was, nein, hier ist er nicht.« Wieder eine Pause. »Ja, das habe ich bereits versucht.« Pause. »Ja, wenn Sie meinen. Vielen Dank,

Frau Meininger. Auf Wiederhören.« Man hörte, wie die Sekretärin den Hörer auflegte. »Kommissar Schönlieb?«

»Ja?« Er ging wieder um den Schreibtisch herum in den Nebenraum. »Ich habe gerade Frau Meininger erreicht. Sie sagte mir, dass der Herr Professor heute ins Büro wollte.«

Meininger wollte ins Büro? War er hier? Die Tür war nicht aufgebrochen, hatte er sie aufgeschlossen? Wieso dann dieses Chaos?

»Kommen Sie bitte mit zu uns herüber, und schauen Sie mal, ob etwas fehlt«, sagte Schönlieb.

Die Sekretärin gehorchte, tippelte mit kleinen Schritten in den Raum und durchstreifte wie ein Spürhund den ganzen Raum. Schönlieb kam es vor, als schnüffelte sie sogar an den einzelnen Dingen.

»Nein, also ich kann nichts entdecken, was hier fehlen sollte«, sagte sie schließlich.

Wallner hatte sich in der Zwischenzeit besonnen und war dazu übergegangen, die Bücher nicht mehr achtlos wegzuwerfen, sondern sie zurück ins Regal zu stellen. Schönlieb ging suchend im Raum herum. Hier musste doch irgendetwas zu finden sein, das einem einen Hinweis darauf lieferte, was hier passiert war. An jedem Tatort gab es Hinweise.

Er stand wieder am Schreibtisch, und sein Blick wanderte zum Kalender. Schönlieb nahm ihn und blätterte eine wenig darin herum. Beim heutigen Datum war nichts vermerkt. Ihm fiel allerdings auf, dass die gezeichnete Rose, die ihm beim letzten Besuch aufgefallen war, öfter als einmal vorkam. Nicht nur im aktuellen Monat, dem Dezember. Es schien sich wohl wirklich nicht um den Hochzeitstag der Meiningers zu handeln. Die Rose kam insgesamt viermal im Kalender vor. Das erste Mal im Oktober. Dort beim ersten Vermerk standen noch zwei Buchstaben daneben: AL. Schönlieb fielen noch weitere Einträge auf, bei denen nur zwei Buchstaben standen – bei denen allerdings keine Rose danebengemalt worden war. Es gab in einem Monat immer mindestens drei bis vier Daten davon. Den Rest seiner Termine schrieb er immer aus.

»Das ist ja merkwürdig«, sagte Wallner plötzlich.

Schönlieb blickte hoch. Wallner stand vor dem Bücherregal und hatte alle Bücher zurückgestellt. Eine Reihe passte komplett in das Regal, sodass nur wenige Millimeter Luft zwischen dem letzten Buch und der Seitenwand waren. Genau so, wie es auch in den anderen, nicht herausgerissenen Reihen der Fall war. In der zweiten Reihe, die Wallner zurückgestellt hatte, waren jedoch mehrere Zentimeter Platz.

»Was ist merkwürdig?«, fragte Schönlieb.

»Sieht fast so aus, als würde eines fehlen«, sagte Wallner und fuhr mit der Hand in die leere Stelle.

»Sie haben recht«, sagte die Sekretärin aufgeregt. »Da muss eines fehlen. Ich weiß genau, dass Herr Professor Meininger die Bücher immer wieder umgestellt hat, bis es überall genau passte.«

»Aber Sie können nicht zufällig sagen, welches, oder?«, fragte Wallner.

»Natürlich nicht.« Die Sekretärin lachte kurz auf.

Schönlieb legte den Kalender zurück. Dabei platzierte er ihn aus Versehen auf einer Ecke der Tastatur. Es summte kurz, und der Bildschirm ging an. Der Computer musste sich lediglich im Ruhemodus befunden haben. Auf dem Bildschirm erschien ein Eingabefeld für das Passwort.

»Kennen Sie das Passwort?«, fragte Schönlieb.

Die Sekretärin schaute ihn kurz prüfend an, dann ging sie zu ihm und tippte das Passwort ein.

»Er denkt, ich kenne es nicht, aber ich stand so oft hinter ihm, wenn er es eingegeben hat, dass ich es irgendwann einfach kennen *musste*. Aber sagen Sie es ihm nicht … und stellen Sie bitte nichts an«, sagte sie und ging schnell wieder ein paar Schritte weg, so als wolle sie zeigen, dass sie damit nichts zu tun hatte.

Auf dem Bildschirm erschienen einige Fenster, die geöffnet worden waren, bevor der Computer in den Ruhemodus gewechselt war. Unter anderem das E-Mail-Programm. Schönlieb klickte auf das Fenster und schaute sich die letzte geöffnete E-Mail an. Er traute seinen Augen nicht.

Kapitel 30

Die Uhr im Auto zeigte 21:51 Uhr. Diesmal fuhr Schönlieb. Er fuhr schnell und riskant, denn sie hatten noch genau neun Minuten Zeit. Dann würde das Treffen stattfinden. Sie rasten am Grand Elysee vorbei, dem Dammtorbahnhof, fuhren unter der S-Bahn-Brücke durch und bogen scharf nach rechts in die Marseiller Straße. Die Umgebung wurde in gleichmäßigen Abständen in das blaue Licht ihres Blaulichtes getaucht.

»Sicher, dass das der schnellste Weg ist?«, fragte Wallner grimmig. Er war noch immer etwas beleidigt, weil er nicht fuhr.

Schönlieb antwortete ihm nicht. Er musste sich konzentrieren. So schnell fuhr er selten. Sie passierten die Messehallen und das Oberlandesgericht. Rechts von ihnen lag jetzt das Heiligengeistfeld. Der Winterdom war vorbei, und der riesige asphaltierte Platz leer. Sie erreichten die Kreuzung Helgoländer Allee, Millerntorplatz. Links von ihnen befand sich die U-Bahn-Station St. Pauli. Eine ganze Traube Menschen schob sich von der Bahnstation Richtung Reeperbahn. Schönlieb musste abbremsen, um keinen von ihnen umzufahren. Die Leute sprangen zur Seite. *Haut doch ab.* Endlich war der Weg frei. Er gab noch einmal richtig Gas und sauste die Helgoländer Allee hinunter zu den Landungsbrücken. Kurz bevor er die Kreuzung erreichte, machte er das Blaulicht aus. 21:58 Uhr.

Von: DasAuge@yxvxybyc.de
Betreff: Tag der Abrechnung

Sie haben Huynh auf dem Gewissen.
Und ich weiß, was Sie in Ihrem Büro treiben. Ich habe Beweise.
Treffen Sie mich heute um 22:00 Uhr auf dem Parkplatz hinter dem alten Elbtunnel. Dort erhalten Sie weitere Instruktionen.

Schönlieb hatte die E-Mail noch vor Augen. Als Anhang war ein Bild mitgeschickt worden. Es hatte keine gute Qualität, aber das Büro von Meininger war deutlich zu erkennen gewesen. Auch Professor Meininger hatte er erkannt. Die junge Frau, die vor ihm kniete und ihren Kopf zwischen seinen Beinen hatte, hatte Schönlieb leider nicht erkennen können. Man hatte nur ihren Hinterkopf sehen können. Meininger hatte also eine Affäre, und irgendwie schien das mit dem Tod von Huynh zusammenzuhängen. Schönlieb war die eigenartige Perspektive des Bildes aufgefallen. In der Mitte war die große Flügeltür zu sehen, rechts der Schreibtisch von Professor Meininger. Das Bild musste direkt vom Bücherregal aus aufgenommen worden sein. Das Bücherregal, in dem ein Buch fehlte.

Schönlieb und Wallner hatten keine Zeit, lange Vermutungen anzustellen. *Treffen Sie mich heute um 22:00 Uhr.* Die E-Mail war vom heutigen Tag gewesen. Das Treffen würde heute stattfinden. Jetzt. Schönlieb blickte auf sein iPhone. 22:00 Uhr.

Das Auto hatten sie vor dem alten Elbtunnel abgestellt. Jetzt gingen sie zu Fuß in Richtung Parkplatz. Schönlieb hatte Verstärkung anfordern wollen, doch Wallner hatte gesagt, dass sie damit viel zu viel Aufmerksamkeit erregen würden.

»Wir brauchen doch nur zu beobachten, mit wem Meininger sich trifft, und demjenigen folgen, dann können wir immer noch welche dazuholen.«

Es war keine Zeit für Diskussionen gewesen, und Schönlieb ließ sich darauf ein.

Der Parkplatz war nicht sehr gut beleuchtet. Es gab zwei Ebenen, eine lag auf ihrer Höhe, die andere auf dem Dach. Im Sommer war dort einer dieser Beach Clubs, die es jetzt überall in der Stadt gab. Schönlieb war einmal dort gewesen. Zumindest hatte er kurz im Eingang gestanden. Als er die Masse an Menschen gesehen hatte, war er gleich wieder nach Hause gefahren.

»Ich gehe hier lang, du dort herum«, flüsterte Wallner und bedeutete Schönlieb mit der Hand, dass er links um den Parkplatz herumgehen sollte. »Aber pass auf, dass dich keiner sieht.«

Schönlieb nickte und folgte den Anweisungen von Wallner. Links von ihm lag der Hafen, dessen Lichter gelb flimmerten, und ein monotones Brummen drang über die Elbe zu ihm hinüber.

Plötzlich sah er einen Mann, der ihm entgegenkam. Meininger war es nicht, das konnte Schönlieb erkennen. Der Fremde hatte die Hände tief in den Taschen verborgen, schaute vor sich auf den Boden und ging mit schnellen Schritten auf Schönlieb zu. Schönliebs Herz hämmerte. Er verlangsamte sein Schritttempo und machte sich auf alles gefasst, doch der Mann ging, ohne hochzublicken, an ihm vorbei. Schönlieb schaute ihm noch kurz hinterher. Wenn er einen Ort bestimmen müsste, um sich heimlich zu treffen, hätte er einen anderen genommen, hier kamen immer mal wieder Passanten entlang. Man lief immer Gefahr, gestört ober beobachtet zu werden.

Da hörte Schönlieb einen Schrei. Es war ein schrecklicher Schrei, der ihn komplett zusammenfahren ließ. Ein Schrei wie von jemandem, der unglaubliche Schmerzen erlitt. Schönlieb lief los. Er rannte zwischen zwei Autos hindurch und dann zwischen den Reihen der parkenden Autos entlang in die Richtung, aus dem er den Schrei gehört hatte. Rechts von sich sah er Wallner auftauchen. Auch er lief in die Richtung, nur nicht ganz so schnell.

Am Ende des Parkplatzes sah er in einiger Entfernung einen Schatten über etwas gebeugt, das auf dem Boden lag. Schönlieb sah, wie der Schatten ausholte und auf den Haufen am Boden einschlug. Noch einmal ertönte ein Schrei, dann richtete sich der Schatten auf und lief weg. Schönlieb rannte, so schnell er konnte. Sein Herz und seine Schläfen pochten. Der Schatten verschwand hinter einem Auto, doch dem Haufen auf dem Boden kam er immer näher. Er erschrak, als er endlich erkannte, um was es sich dabei handelte: Es war Professor Meininger, der vor ihm am Boden lag, auf dem Rücken, seine Hände krampfhaft über der Brust verschränkt. Schönlieb lief, so schnell er konnte, zu ihm. Das Hemd des Professors hatte sich mit Blut vollgesogen, und die ursprüngliche Farbe war nicht mehr zu erkennen. Als er ihn erreichte, ließ er sich auf die Knie fallen und schaute Meininger ins Gesicht. Er war nicht mehr bei Bewusstsein.

»Meininger! Hören Sie mich? Meininger!«, schrie Schönlieb ihn an.

Er nahm Meiningers Hände von der Brust, doch er konnte keine Wunde sehen. Nur Blut. Immer mehr Blut. Er zog sein iPhone heraus. Dort, wo er drückte, hinterließ er blutige Abdrücke auf dem Display.

»Wir brauchen sofort einen Krankenwagen. Bei den St.-Pauli-Landungsbrücken. Der Parkplatz hinter dem alten Elbtunnel. Schnell!« Schönlieb liefen Tränen über die Wange. Er war nicht traurig, er weinte nicht aus Angst um Meininger, er hatte schon viele Tote gesehen, aber eine solche Situation, in der jemand vor ihm lag und das Blut aus ihm herausblubberte wie in einem schlechten Horrorfilm, das überforderte ihn. Wallner kam an.

»Ich bleibe hier, du verfolgst den anderen«, sagte er schwer atmend.

Schönlieb lief erneut los. Er war froh, Meininger und das Blut hinter sich zu lassen. Er hatte mehr das Gefühl wegzurennen, anstatt jemanden zu verfolgen, und er lief, so schnell er konnte. Er wusste nur noch nicht so recht, wohin er laufen sollte. Er lief nach rechts die Straße hoch. Woanders konnte man ohnehin nicht lang, auch der Täter nicht. Schönlieb erreichte die Hafenstraße, schnell blickte er nach rechts und links. Der Schatten könnte entweder in Richtung der U-Bahn-Station Landungsbrücken oder runter in Richtung Fischmarkt oder die Davidstreppe hinaufgelaufen sein. Schönlieb konnte ihn nicht entdecken. Er wusste nicht, wieso, doch er entschied sich für den Fischmarkt. Schnell lief er den breiten Gehweg zwischen kahlen, kleinen Bäumen entlang. Wenn der Schatten sich anders entschieden hatte, würde er ihn nicht mehr bekommen. Er musste einfach Glück haben.

Er rannte, so schnell er konnte, und hörte sich selbst schnaufen, der Schweiß rann ihm übers Gesicht, und er musste ihn mehrmals hektisch beim Laufen wegwischen. Links von ihm konnte er auf das Gelände schauen, an dem jeden Sonntag der

Fischmarkt stattfand. Jetzt war alles leer und nur in ein fades Licht getaucht. Ein Wohnwagen stand einsam am Rand. Da entdeckte er in etwa zweihundert Meter Entfernung den Schatten, der sich hastig in Richtung Fischauktionshalle bewegte. *Ha!* Er musste ihn schnappen. Er hatte solches Glück gehabt, dass er in die richtige Richtung gelaufen war, da durfte er ihn jetzt nicht einfach entwischen lassen. Das würde er sich nicht verzeihen. Er versuchte schneller zu laufen, trotz seiner inzwischen brennenden Beinmuskeln, die ihm unmissverständlich zu verstehen gaben, dass sie nicht mehr konnten. Er lief unter einer Fußgängerbrücke hindurch, rechts senkte sich jetzt die Straße, links konnte er noch immer auf das Fischmarktgelände schauen, den Schatten im Blick. Er erreichte das Ende des breiten Weges, und eine kleine Treppe führte hinunter zur Straße. Hier musste er den Schatten für wenige Sekunden aus den Augen lassen. Er sprang die kleine Treppe hinunter und lief weiter nach links, er war jetzt auf einer Ebene mit dem Schatten, dieser müsste die Fischauktionshalle mittlerweile erreicht haben.

Schönlieb kniff die Augen zusammen und suchte die Umgebung nach dem Schatten ab. *Da!* Gerade noch rechtzeitig bevor er hinter der Halle verschwand, sah er ihn. Schnell lief er in die Richtung, doch plötzlich fand sein rechter Fuß keinen richtigen Halt und rutschte weg. *Verdammtes Glatteis!* Schönlieb verlor das Gleichgewicht und klatschte auf den harten Boden. Ein greller Schmerz jagte durch sein Handgelenk, als er auf dem vereisten Kopfsteinpflaster aufprallte. Schnell rappelte er sich auf und lief weiter.

Er erreichte die Fischauktionshalle und lief hinter ihr am Wasser entlang. Von dem Schatten war nichts mehr zu sehen. Am Ende der Halle war ein kleiner Platz, und gegenüber befand sich ein kleines Restaurant. Der Schatten könnte weiter am Wasser entlang oder am Gebäude vorbei auf die Straße gelaufen sein. Er konnte ihn nirgends entdecken. Schönlieb fuhr sich verzweifelt durch die schweißnassen Haare. Er durfte ihn nicht verlieren. Die Tränen schossen ihm wieder in die Augen. Aber er lief weiter. Am Wasser entlang. Doch er entdeckte ihn nicht wieder.

Vielleicht war er doch auf die Straße gelaufen. Es dauerte, bis sich wieder eine Lücke zwischen den Häusern bot und er ebenfalls auf die Große Elbstraße wechseln konnte. Doch auch hier konnte er niemanden entdecken. Er hatte ihn verloren. Er brauchte eine Weile, bis er es einsah. Er lief einfach weiter, doch es brachte nichts. Schließlich ließ er sich neben einer Bushaltestelle auf eine Treppe fallen. Er rang nach Luft. Seine Beine brannten, und sein ganzer Körper glühte. Er öffnete seine Jacke und sah, wie sein Brustkorb dampfte. Die Tränen vermischten sich mit Schweiß und brannten in den Augen. Er hatte ihn entwischen lassen. Jetzt konnte er nur noch hoffen, dass Meininger überlebt hatte.

Kapitel 31

Schönlieb brauchte fast zwanzig Minuten, bis er zurück bei Wallner war. Seine Hände und Kleidung waren noch immer mit Meiningers Blut beschmiert, seine Beine schmerzten bei jedem Schritt, und sein Handgelenk war angeschwollen und brannte. Die Passanten, an denen er vorbeiging, schauten ihn erschrocken bis ängstlich an, doch niemand fragte ihn, ob er Hilfe oder dergleichen brauchte. Er hatte sich die Tränen weggewischt. Wallner durfte auf keinen Fall sehen, dass er geweint hatte. Oder hatte er es ohnehin mitbekommen? Schon von Weitem sah er die Blaulichter. Er verlangsamte seinen Schritt. Heute hatten sie versagt. Als Wallner ihn in der Ferne entdeckte, zeigte er auf ihn, sagte etwas, und sofort kamen zwei Sanitäter in seine Richtung gelaufen.

»Haben Sie irgendwelche Verletzungen?«, rief der eine ihm zu.

Schönlieb schüttelte den Kopf, die Sanitäter kamen dennoch näher. Wahrscheinlich hatten sie sein Kopfschütteln im Dunkeln nicht gesehen. Als sie bei ihm waren, stützte der größere der beiden ihn, der andere, der so jung aussah, als dürfe er noch kein Bier im Supermarkt kaufen, legte eine Decke um seine Schultern. Schönlieb ließ die Decke von seinen Schultern gleiten und drückte den Sanitäter weg.

»Was ist mit Meininger?«

»Mit wem?«

Doch bevor er dem Sanitäter erklären konnte, wer Professor Meininger war, sah er es auch schon: Über dem Körper von Meininger lag ein großes dunkles Tuch, das ihn komplett verdeckte. Neben ihm standen Wallner, ein Streifenpolizist, zwei Leute von der Spurensicherung, Kalle und Lieke. Lieke. Er starrte sie an. Was machte Lieke hier? Er konnte sich nicht so recht freuen, sie zu sehen, und es fiel ihm schwer zu begreifen, was sie hier machte, obwohl es eigentlich doch ganz klar war.

Schönlieb ging langsam auf die Gruppe zu. Wallner schaute ihn fragend an, doch Schönlieb schüttelte leicht mit dem Kopf. Wallner ging zwei Schritte auf ihn zu und legte die Hand auf seine Schulter.

»Sein Vorsprung war zu groß, du konntest ihn nicht einholen.« Wallner nahm die Hand schnell wieder weg und nickte in die Richtung von Meiningers bedecktem Körper. »Er ist tot.«

Schönlieb war wie betäubt. Der Rhythmus seines Herzschlages wummerte in seinem Kopf. Das blaue Licht um ihn herum erhellte die Umgebung im Takt dazu. Er sah, wie Lieke sich hinhockte und das dunkle Tuch wegzog. Meininger. Schönlieb drehte sich weg. Sie hätten es verhindern können. Sie hätten schneller hier sein können, mit mehr Leuten. Es war auch ihre Schuld, dass er hier lag. Lieke untersuchte Meininger, während Kalle hinter ihr stand und ihr Anweisungen gab. Schönlieb beobachtete sie dabei, doch es war für ihn, als sehe er fern. Das alles war so weit weg, das alles war nicht hier. Nicht real.

»Was soll ich da schon groß sagen?«, hörte er Kalle fragen. »Ist ja alles klar. Die Mordwaffe lag direkt neben ihm. Hier. Das Messer.« Er hielt einen durchsichtigen Plastikbeutel, in dem sich ein Küchenmesser befand, in die Höhe. Ein Chefmesser. Bei Jamie Oliver hatte Schönlieb gelesen, dass es in jeder Küche so ein Messer geben musste. Eines, das besonders scharf ist. Wo kam dieses Messer so plötzlich her? Hatte es die ganze Zeit dort gelegen? Hatte er es einfach übersehen?

»Ich werde das Messer an die Techniker geben«, sagte Wallner eigenartig ruhig. »Vielleicht haben wir Glück, und es war ein Amateur. Fingerabdrücke und so. Dann wird es einfach.«

Plötzlich hatte Schönlieb wieder eine Hand an der Schulter.

»Geht es dir wirklich gut, du siehst schrecklich aus.« Es war Lieke, die zu ihm sprach. Es beruhigte ihn. »Zeig mal deine Hände. Hast du dich irgendwo verletzt?«

»Die Hände, ja, alles in Ordnung«, hörte er sich selbst antworten. War das wirklich er, der antwortete? »Das ist nicht mein Blut. Das ist alles von Meininger.«

Gestern hatten sie zusammengegessen, sich über Bücher

unterhalten und Mitch und der verrückten Bianca beim Sex zugehört. Jetzt standen sie hier. Schönlieb war sich nicht sicher, was ihm irrealer vorkam. Das Treffen gestern war so weit weg, als hätte es vor Jahren stattgefunden, wie eine alte Erinnerung, an die man nur noch denkt, wenn man sich alte Fotos ansieht.

Er starrte auf seine blutverschmierten Hände. Ihm wurde schwindelig, und alles begann sich zu drehen. Plötzlich sah er den Himmel. Er war dunkel, und jemand hatte alle Sterne entfernt.

Kapitel 32

Sie mussten ihm etwas gegeben haben, gespritzt wahrscheinlich, schlucken hatte er ja nicht können. Auf jeden Fall fühlte er sich besser. Er wachte in einem Krankenwagen auf. Kurz musste er sich orientieren, dann bemerkte er, dass der Wagen nicht fuhr. Vielleicht standen sie noch am Tatort. Er sprang auf, stieß den Sanitäter weg, riss die Tür auf und stürmte nach draußen. An die frische Luft.

»Der Typ will sich echt nicht helfen lassen«, hörte er den Sanitäter noch resigniert sagen. Es war der Gleiche, der ihn vorhin hatte stützen wollen.

Schönlieb war es peinlich, dass er ohnmächtig geworden war. Er hatte vor Wallner Schwäche gezeigt. Irgendwann würde sich das rächen. Wallner würde das ausnutzen, dessen war er sich sicher. Draußen waren noch ein paar Typen von der Spurensicherung bei der Arbeit, doch alle anderen waren weg, und es würde nicht lange dauern, bis der Aufräumtrupp kam. Der Tote war weg, und alles war gut.

Noch benommen von dem Medikament, das sie ihm gegeben hatten, taumelte Schönlieb in Richtung U-Bahn-Station Landungsbrücken. Er musste ins Büro. Sie konnten ihn doch nicht einfach hier zurücklassen. Er war Teil des Teams. Er war wichtig für den Fall. Das mussten Holding und die anderen doch wissen.

Auf der Treppe zur U-Bahn-Station kamen ihm einige Touristen entgegen. Sie wichen ein paar Schritte zur Seite und schauten ihn erschrocken an. Schönlieb blickte an sich herunter, und er sah, dass er noch immer überall das Blut von Meininger kleben hatte. Schönlieb breitete die Arme aus.

»Willkommen in Hamburg!«, rief er und lachte die Touristen an, die schnell die Treppe hinunterliefen.

Schönlieb beachtete sie nicht weiter und ging über die große

Brücke in die Station. Plötzlich stellten sich ihm zwei breitschultrige, in dunklem Blau gekleidete U-Bahn-Aufseher in den Weg.

»So können Sie nicht in die U-Bahn.«

»Wieso nicht?«

Die beiden Stiernacken sahen sich kurz fragend an. Anscheinend hatten sie sich vorher keine Gedanken gemacht, warum sie den blutverschmierten Typen nicht in die U-Bahn lassen wollten.

»Na ja, schauen Sie sich doch mal an«, stammelte der eine von ihnen etwas unsicher und zeigte auf Schönlieb, als wüsste dieser nicht, wie er aussah.

»Seit wann ist es verboten, mit Blut bekleckert zu sein, wenn man in die Bahn steigt?«, fragte Schönlieb patzig zurück. Ihm wurde wieder schwindelig, und er stützte sich an der gekachelten Wand ab. Er wollte doch nur so schnell wie möglich ins Büro.

»So … Sie bleiben lieber mal hier, und wir warten zusammen auf die Polizei«, sagte einer der beiden Stiernacken.

»Ich *bin* die Polizei!«, rief Schönlieb und fummelte dabei umständlich seinen Ausweis heraus.

Die U-Bahn-Wächter traten einen Schritt zurück und spannten ihre Körper an. Sie rechneten mit dem Schlimmsten. Als Schönlieb tatsächlich nur seinen Polizeiausweis in die Höhe hielt, wirkten sie erleichtert. Mit zusammengekniffenen Augen schauten sie sich den Ausweis sehr genau an.

»So was kann ich mir auch selbst ausdrucken«, sagte der eine schließlich. »Das beweist doch gar nichts.« Der andere nickte.

Schönlieb seufzte. Das konnte doch nicht wahr sein, dass diese zwei Hornochsen keinen Polizeiausweis erkannten.

»Ich rufe jetzt die Polizei«, sagte der eine und drückte auf seinem Handy herum.

»Ach, und solche Leute dürfen mit der U-Bahn fahren, oder was?«, sagte Schönlieb empört und zeigte auf einen Punkt hinter den beiden Aufpassern.

Die beiden drehten sich irritiert um. Dass tatsächlich noch Leute auf den ältesten Trick der Welt hineinfallen, hätte Schönlieb fast so verwundert, dass er beinahe vergaß loszulaufen. Doch bevor sich die beiden zurück zu ihm drehten, rannte er schnell in Richtung Bahnsteig. Jetzt auf eine Streife zu warten, die den beiden Idioten bestätigte, dass der Polizeiausweis echt war, würde ihn zu viel Zeit kosten.

Immer drei Stufen auf einmal nehmend, stürmte er die Treppe hinauf. Von oben drang ihm das Geräusch einer einfahrenden Bahn entgegen, während er hinter sich schwere Schritte und aufgeregte Rufe hörte. Er nahm die letzten Stufen und sah, oben auf dem Bahnsteig angekommen, wie sich die Türen der Bahn gerade schlossen. Er sprang zu einer der sich schließenden Türen, quetschte sich durch den immer enger werdenden Spalt, doch sein linker Fuß blieb zwischen den Türen klemmen. Er klatschte in der U-Bahn unsanft mit dem Bauch auf den Boden, und ein stechender Schmerz durchfuhr sein Handgelenk. Sofort rüttelte ein anderer Fahrgast, der am Eingang gestanden hatte, an den zwei Griffen und zog die Tür leicht auseinander. Der Fuß war frei, Schönlieb zog ihn hinein und rappelte sich auf. Draußen auf dem Bahnsteig sah er die beiden Stiernacken fluchen, und während die U-Bahn langsam losfuhr, zeigte er ihnen den Fuck-Finger. Sie fluchten noch mehr. Schönlieb drehte sich um und bedankte sich bei dem jungen Mann, der ihm geholfen hatte. Etwas ängstlich lächelte der Mann zurück und blickte an Schönlieb herunter.

»Keine Sorge. Alles Kunstblut. Ich war gerade im *Hamburg Dungeon*«, versuchte Schönlieb den jungen Mann zu beruhigen. Der Mann sah ihn fragend an. »Na, dieses Gruselkabinett. So eine Art Geisterbahn durch die blutige hamburgische Geschichte. Geht ganz schön ab da.«

Schönlieb hatte keine Ahnung, wie er auf diese blöde Ausrede gekommen war, aber den jungen Mann und auch die paar anderen Fahrgästen, die mittlerweile von ihm Notiz genommen hatten, schien es tatsächlich etwas zu beruhigen. Vielleicht taten sie auch nur so, um den verrückten Serienkiller, der gerade in ihre

U-Bahn gesprungen war, nicht zu provozieren. Als Schönlieb an der Station Kellinghusenstraße in die U1 umstieg, glaubte er jedenfalls einige erleichtert aufatmen zu hören.

Kapitel 33

Schönlieb nahm einen kleinen Schluck von dem dampfenden Tee. Es brannte in seinem Rachen, doch es tat gut. Wallner, Holding, Coskun und Samson standen am anderen Ende des Büros und starrten auf ein riesiges Whiteboard. Sie malten Kreise und Pfeile, zogen Linien und schrieben immer wieder neue Gedanken auf. Doch so richtig schlauer schienen sie nicht zu werden.

»Die zweite Frage ist doch, ob Meininger tatsächlich Huynhs Mörder war, und wenn dem so ist: Welches Motiv hatte er?«, wollte Holding wissen.

»Vielleicht hat Huynh ihn auch erpresst, weil er eine Affäre hatte«, sinnierte Wallner. »Immerhin scheint es so, als hätte sich der Täter heute für den Mord an Huynh gerächt. Und das Foto spielt dabei eine Rolle. Sonst hätte er es nicht mit der E-Mail geschickt.«

»Es könnte sich auch um ein und denselben Täter handeln«, warf Coskun ein. »Der also beide umgebracht hat. Meininger und Huynh.«

»Unwahrscheinlich«, widersprach Wallner. »Bei Meininger sollte es um Erpressung gehen. Der Absender der E-Mail hat ihm mit dem Foto gedroht. Bei Huynh haben wir noch keine Anzeichen für eine Erpressung.«

»Was hat es überhaupt mit dieser E-Mail auf sich?«, fragte Holding.

Wallner zeigte auf eine Stelle auf dem Whiteboard, an der ein Zettel und ein Foto mit Magneten befestigt waren.

»Ich lese sie euch noch einmal vor: *Sie haben Huynh auf dem Gewissen. Und ich weiß, was Sie in Ihrem Büro treiben. Ich habe Beweise. Treffen Sie mich heute um 22:00 Uhr auf dem Parkplatz hinter dem alten Elbtunnel. Dort erhalten Sie weitere Instruktionen.* Das spielt doch ganz eindeutig darauf an, dass Meininger der Mörder von Huynh war und jemand davon wusste.«

»Und dieser jemand«, fuhr Samson fort, »hat Meininger damit erpresst, und bei der Übergabe des Geldes kommt es zum Streit, woraufhin der Erpresser Meininger im Affekt ersticht.«

Schönlieb schüttelte den Kopf, stand auf und stellte sich zu seinen Kollegen.

»Das passt doch nicht zusammen. Weder ist in der E-Mail die Rede von Geld, noch passt der Satz *Und ich weiß, was Sie in Ihrem Büro treiben* zu dem Mord an Huynh. Und auch der Hinweis, dass der Erpresser Beweise hat, passt nicht ganz. Denkt an das Foto, das an die E-Mail angehängt war. Das ist einer der Beweise. Es zeigt, wie Meininger im Büro einen geblasen bekommt. Bei der Erpressung ging es also um die Affäre, nicht um den Mord.«

Die vier drehten sich zu ihm um.

»Wieder unter den Lebenden?«, fragte Wallner.

Schönlieb nickte.

Als er ins Büro geplatzt war, zerzaust, bleich und mit dem Blut von Meininger beschmiert, waren sie sehr überrascht gewesen, da er eigentlich ins Krankenhaus gefahren werden sollte. Als er ihnen aber deutlich gemacht hatte, dass er auf keinen Fall vorhatte, ins Krankenhaus zu fahren, hatten sie sich rührend um ihn gekümmert. Sie hatten Ersatzklamotten aufgetrieben, ihm mit einem Waschlappen das Blut aus dem Gesicht und von den Händen gewischt und ihn mit einer Wolldecke und einem heißen Tee versorgt.

»Und wieso wird Huynh dann überhaupt erwähnt?«, fragte Samson.

Schönlieb stellte sich ebenfalls vor die große weiße Tafel.

»Vielleicht sollte das gar keine Erpressung werden«, sagte Schönlieb an Wallner gerichtet. »Vielleicht wollte der E-Mail-Absender Meininger einfach irgendwohin locken, um ihm dann für beides … den Prozess zu machen. Für den Mord an Huynh und die Affäre mit der Unbekannten.«

»Ja, ja, der dunkle Rächer auf dem Pfad der Tugend, der die Verbrecher zur Strecke bringt, die die Polizei nicht erwischt«, schnaufte Wallner belustigt. »Du hast wohl ein bisschen zu oft *Batman* gesehen. Tut mir leid, aber so etwas passiert im echten Leben nicht.«

Schönlieb sah Wallner überrascht an. Er hätte nicht gedacht, dass der Alte überhaupt weiß, wer Batman ist.

»Was haben wir bisher über Meininger?«, fragte Holding in die Runde.

»Viel haben wir noch nicht. Bisher nur das, was unsere Systeme so hergeben.« Diesmal war es Coskun, die ein paar Zettel hervorzauberte. »Prof. Dr. iur. Richard Meininger. Dreiundfünfzig Jahre alt. Keine Vorstrafen und auch sonst bisher nicht aufgefallen. Professor für Rechtswissenschaften an der Uni Hamburg. Wohnhaft in Hamburg Volksdorf. Eine Frau, ein Kind. Der Sohn ist zwanzig Jahre alt und nicht bei den Eltern gemeldet. Das Einzige, was aktuell für uns interessant sein könnte, ist, dass Meininger der Halter eines schwarzen Audi S4 Avant ist. Man hat heute bei ihm entsprechende Autoschlüssel gefunden. Die Schupo-Jungs suchen gerade die Umgebung nach dem Wagen ab.«

»Und was soll an dem Auto so interessant sein?«, fragte Wallner unwirsch nach.

»Das wissen wir noch nicht«, antwortete Coskun gelassen. »Nur mit dem, was wir bisher haben, kommen wir nicht weiter. Und Meininger selbst können wir ja leider nicht mehr befragen.«

»Was willst du damit sagen?«, fragte Wallner, und sein Gesicht färbte sich leicht rot.

»Dass der Mann tot ist, und ein weiterer Mörder frei rumläuft.«

»Es mussten einige Leute aus ihrem Wochenende zurückgeholt werden«, mischte Holding sich ein, bevor Wallner antworten konnte. »Kalle und die Techniker legen sich ins Zeug. Außerdem haben wir die Spurensicherung ins Büro von Meininger geschickt. Vielleicht haben wir schon bald Ergebnisse, mit denen wir weiterarbeiten können.«

Wallner murmelte noch etwas, drehte sich dann aber weg, verließ den Raum und schloss die Tür hinter sich.

»Was ist denn mit dem?«, fragte Coskun in Richtung Holding. Doch der zuckte nur mit den Schultern.

Schönlieb vermutete, dass sich auch Wallner darüber bewusst war, dass sie falsch gehandelt hatten und Professor Meininger vielleicht hätten retten können.

»Wer fährt zu Frau Meininger?«, fragte Holding. »Wäre interessant zu erfahren, ob sie von der Affäre wusste, und wenn ja, wo sie sich heute Abend befunden hat.«

»Sie ist auf jeden Fall nicht vor mir weggelaufen«, sagte Schönlieb erschöpft. »Das heute war ein Mann. So viel konnte ich erkennen. Als Täterin scheidet sie aus.«

»Nicht immer ist der, der ausführt, auch der eigentliche Täter«, sagte Holding und lächelte Schönlieb milde an.

Kapitel 34

Mittlerweile war es 2:47 Uhr. Sie fuhren durch Volksdorf am nordöstlichen Rand der Stadt. Zu beiden Seiten der Straße lagen die Einzelhäuser versteckt hinter Bäumen im Dunkeln. Sie hatten Schwierigkeiten, die Hausnummern zu erkennen, denn eine Straßenbeleuchtung gab es nicht.

»Hier ist die Welt noch in Ordnung«, sagte Birte Coskun wehmütig. »Ein hübsches Haus neben dem anderen.«

Schönlieb überlegte kurz, ob er wusste, wo sie wohnte, doch er kam nicht drauf. Was wusste er überhaupt über sie? Sie hatten nicht oft zusammengearbeitet. Nur jetzt, wo es brannte, wo sie plötzlich einen zweiten Toten hatten, hatte Holding alle Kräfte zusammengezogen. Der Papierkram von Coskun und Samson musste ruhen. Umso erstaunlicher war, dass Holding es allem Anschein nach einfach so akzeptierte, dass Wallner mal wieder nicht aufzufinden war, nachdem er das Büro verlassen hatte. Da stimmte etwas nicht.

»Arda und ich überlegen seit zwei Jahren, ob wir uns auch ein Haus kaufen. Wir haben schon einiges angeguckt, aber die Häuser in Gegenden, die einem gefallen, kannst du nicht bezahlen.«

Arda war der türkische Ehemann von Coskun. Wenigstens das wusste Schönlieb. Er hatte ihn einmal auf einem Polizeisommerfest gesehen.

»Hier ist es, oder?«, fragte Coskun und zeigte auf das einzige Haus in der Straße, das noch beleuchtet war. »Halt mal an.«

Sie hielten an, stiegen aus und gingen den kleinen Sandweg bis zum Haus. Kurz bevor sie die Tür erreichten, ging diese auch schon auf. Eine Frau mit grauen Haaren blickte sie an. Sie trug eine weite rote Baumwolltunika über einer schlabbrigen grünen Stoffhose.

»Mein Mann ist nicht bei Ihnen?«, fragte sie, und man merkte, dass sie sich bewusst war, was dies bedeuten konnte.

Schönlieb schüttelte den Kopf und blickte kurz auf den Boden.

»Frau Meininger, können wir kurz reinkommen?«, fragte Coskun, und sobald sie am großen Holztisch in der Küche der Meiningers Platz genommen hatten, fing sie an zu erzählen, was passiert war.

Die Meiningers wohnten anders, als Schönlieb es sich vorgestellt hatte. Auch Frau Meininger war anders, als er es sich vorgestellt hatte. Weder das Haus noch die Inneneinrichtung noch die Frau passten zu dem Mann, den Schönlieb als Professor Meininger kennengelernt hatte. Seine strahlend weißen, gebleichten Zähne, seine übertriebene Bräune und sein ständiges Verkaufslächeln. Er hatte sich vorgestellt, dass auch der Rest in Meiningers Leben so unecht aussah wie er selbst. Doch hier, im Haus, sah es vielmehr nach Bildungsbürger und Öko aus. Die meisten Möbel waren aus hellem Holz, es gab viele Pflanzen, und in der Luft lag ein spezieller Geruch, der Schönlieb an einen seiner früheren Lehrer erinnerte, bei dem sie sich ab und zu mit dem Biologie Leistungskurs getroffen hatten. Frau Meininger passte hier rein, aber ihr Mann?

Als Coskun zu Ende gesprochen hatte, war Frau Meininger erschrocken gewesen, außer sich, aber sie hatte sich ziemlich schnell wieder im Griff gehabt und saß jetzt gefasst vor ihnen.

»Ob er Feinde hatte? Meine Güte, nein. Ich wüsste nicht, warum ihm jemand etwas Böses wollen könnte«, sagte sie.

»Haben Sie denn in letzter Zeit etwas Ungewöhnliches an ihm bemerkt? Hat er sich anders verhalten?«, fragte Schönlieb. Das Foto, das Professor Meininger beim Oralsex zeigte, hatten sie bisher verschwiegen.

»Etwas Ungewöhnliches?« Frau Meininger überlegte kurz und ließ ihren Blick durch die Küche schweifen. »Nein, auch nicht. Es war alles wie immer.«

Eigentlich konnte Schönlieb sich nicht vorstellen, dass man eine Affäre vor seiner Frau verbergen konnte, etwas muss die doch bemerken. Vielleicht war er einfach nur zu naiv.

»Was heißt *wie immer*?«, fragte Coskun. Sie tat das überraschend schroff.

Schönlieb wunderte sich darüber, und auch Frau Meininger blickte kurz irritiert erst zu Coskun, dann zu Schönlieb und schließlich wieder zu Coskun. Dennoch fing sie an zu erzählen. Sie hatte Mühe, dabei die Tränen zurückzuhalten, schaffte es aber.

»Er hat immer sehr viel gearbeitet, war oft und lange in der Uni. Auch hier zu Hause saß er oft bis nachts an seinem Schreibtisch und hat gearbeitet. Sie müssen wissen, er kommt aus einer Familie, die über Generationen mit der Rechtswissenschaft verbunden war und in der es zum guten Ton gehört, viel und hart zu arbeiten. Die Arbeit ist ihm immer das Wichtigste gewesen.«

»Und sonst?«, hakte Schönlieb nach. »Können Sie uns sonst noch etwas über Ihren Mann erzählen?«

»Also, er liebte gute Weine, klassische Musik. Wir gehen regelmäßig ins Theater. Wir haben so ein Abo für das Schauspielhaus.« Sie schien noch nicht zu realisieren, dass sie ab jetzt alleine gehen musste. Schönlieb hatte das schon oft erlebt. Das Unfassbare, das kann man nicht einfach und schnell akzeptieren. Oft brachen die Angehörigen erst Tage oder Wochen später zusammen. »Er war auch sehr engagiert, hier in der Nachbarschaft. Wenn einer eine Frage hatte, dann konnte er immer kommen. Und die Leute haben viele Rechtsfragen, das können Sie mir glauben.« Sie lächelte. Es sah sehr gezwungen aus.

»Hatte Ihr Mann eine Affäre?«, fragte Coskun und blickte Frau Meininger direkt an.

Frau Meininger riss ihren Mund weit auf, ohne dass ein Ton herauskam. Sie atmete zweimal tief ein und aus.

»Nein«, sagte sie schließlich, und es klang sehr empört.

Coskun holte das Foto aus der Innentasche ihrer Jacke und schob es Frau Meininger über den Tisch. Schönlieb hätte das Foto nicht gezeigt. Es reichte doch aus, es zu erwähnen. Das war schmerzhaft genug. Frau Meininger tat ihm leid. Sie blickte auf das Foto, fing an zu weinen und stand auf.

»Das kann doch nicht sein!«, rief sie in das Haus hinein. Es schien, als hätte sie Coskun und Schönlieb völlig vergessen. Wild ging sie durch das Haus. Schönlieb und Coskun blieben sitzen, konnten jedoch sehr genau hören, wo im Haus sich Frau Meininger gerade aufhielt. Sie weinte und schrie, mal abwechselnd, mal gleichzeitig.

Schönlieb fand es erstaunlich, dass sie das Wissen über die Affäre weit mehr aus der Fassung brachte als der Tod ihres Mannes. Vielleicht war das aber auch einfach etwas, was sie besser begreifen konnte.

»Ich glaube, wir sollten ihr hinterhergehen«, sagte Coskun und stand auf.

Sie folgten Frau Meininger nach oben, wo offensichtlich das Schlafzimmer der beiden lag. Schönlieb und Coskun standen in der Tür und blickten auf Frau Meininger, die wild Klamotten aus dem Kleiderschrank riss und in einen kleinen schwarzen Reisekoffer drückte. Der Koffer quoll bereits über.

»Was machen Sie da?«, fragte Coskun.

»Der kann seine Sachen hier abholen und verschwinden!«, schrie Frau Meininger. Sie war schwer zu verstehen. Rotz lief ihr von der Nase hinunter und verklebte den Mund.

Schönlieb und Coskun sahen sich kurz an. Schönlieb hoffte, sie würde den ersten Schritt machen, was sie auch tat. Sie ging auf Frau Meininger zu und schloss sie fest in den Arm.

»Er ist tot, Frau Meininger, er kommt nicht wieder«, sagte Coskun dabei leise.

Frau Meininger versuchte zunächst, sich zu wehren, gab jedoch schnell auf und brach dann an der Schulter von Coskun zusammen.

Es dauerte eine Dreiviertelstunde, bis der Krankenwagen kam. An weitere Fragen war in der Wartezeit jedoch nicht zu denken, vielmehr waren Schönlieb und Coskun damit beschäftigt, Frau Meininger zu beruhigen. Der Arzt spritze ihr ein Beruhigungsmittel, und Schönlieb war froh, als sie das Haus endlich verlassen konnten.

Was für ein beschissener Tag.

Kapitel 35

Erstaunlicherweise schien am nächsten Tag die Sonne. Das war lange nicht mehr vorgekommen, und es passte überhaupt nicht zu Schönliebs Stimmung. Er stapfte durch die zu Eis erhärteten Schneereste, die langsam vor sich hin schmolzen und in denen sich die Sonne spiegelte. Er war müde. Er hatte nur vier Stunden geschlafen, fand aber selbst das zu lang. Schließlich war es jetzt schon neun Uhr. Er hätte schon lange im Büro sein müssen. Um neun Uhr sollte die Lagebesprechung stattfinden.

Als er den Kiosk von Arjun passierte, sah er, dass dieser einen kleinen runden Stehtisch aus Plastik aufgestellt hatte. Arjun stand mit zwei anderen Männern am Tisch, und jeder der beiden hatte eine Astraflasche vor sich stehen. *Es war neun Uhr morgens und dazu schweinekalt!* Schönlieb ging an den dreien vorbei und schnappte einige Wortfetzen ihres Gesprächs auf. Sie wechselten routiniert ihre Stammtischparolen. Besonders oft kamen Satzphrasen vor wie: *Die wollen angeblich … Ich habe gehört … Das ist 'ne Frechheit … Die, die, die …* Schönlieb fragte sich, wie Arjun es nur den ganzen Tag mit diesen Typen aushielt, die seinen Kiosk belagerten.

»Und, hast du wieder angefangen?«, rief Arjun Schönlieb zu, als er ihn sah.

»Nein, und deswegen kaufe ich jetzt auch keine Schachtel bei dir, und du nimmst keine fünf Euro ein!«, rief Schönlieb zurück.

Arjun winkte fröhlich ab. *Verdammter freundlicher Inder.*

Eine halbe Stunde später war Schönlieb im Büro. Sie saßen um einen großen runden Tisch. Holding hatte offensichtlich im Büro geschlafen, denn er hatte noch dieselben Klamotten wie am Vortag an und dicke Augenringe. Coskun, Samson und Wallner sahen nicht viel frischer aus. Coskun schloss gerade ihren Bericht über den Besuch bei Frau Meininger ab.

»Und dann kam der Krankenwagen und hat sie abgeholt. Sie liegt jetzt im Krankenhaus und kriegt Beruhigungsmittel. Die wusste nichts von der Affäre. Das könnt ihr mir glauben. Das kann niemand so spielen.«

»Aber irgendjemand wusste davon und hat Professor Meininger erpresst«, sagte Samson und gähnte.

»Vielleicht Batman«, sagte Schönlieb und setzte sich dazu.

»Pah«, hörte er Wallner schnauben.

»Aber jetzt im Ernst«, übernahm Holding das Wort. »Wir müssen uns das alles noch mal vor Augen führen, Schritt für Schritt. Was wissen wir?« Er wartete keine Antworten ab, sondern fuhr mit seinem Monolog fort. »Huynh handelte mit Ritalin, zusammen mit seinem Kommilitonen Johann, den er später dazuholte. Doch vor ungefähr zwei Monaten wollte der Medizinstudent Max, der Huynh die Pillen besorgt hatte, nicht mehr mitmachen. Huynh deutete an, dass er Max nicht mehr brauchte. Vielleicht hatte er eine neue Ritalinquelle, vielleicht aber auch eine neue Einnahmequelle: Erpressung. Dann hätte er nicht mehr mit Ritalin handeln müssen, weil er das Geld, das er für seinen Lebensstil brauchte, von Meininger bekam.«

»Aber Johann hat weiterhin mit Ritalin gedealt, und bei Huynh zu Hause lagen jede Menge Pillenschachteln«, wandte Wallner ein. »Ich sage, die haben weiterhin Ritalin verkauft. Sie hatten eine neue Quelle.«

»Wir müssen Johann also noch einmal genau befragen«, sagte Schönlieb. »Er hat uns nicht alles erzählt. Er hat zum Beispiel verschwiegen, dass Huynh überhaupt Probleme hatte, die Pillen zu besorgen.«

»Gut. Dann haben wir Huynhs Freundin Marie«, fuhr Holding fort. »Auch die sollten wir noch einmal befragen. Sie scheint mir am Anfang einiges verschwiegen zu haben, zum Beispiel den handgreiflichen Streit zwischen Huynh und Alexander. Ich würde diese Spur nicht ganz außer Acht lassen.«

Schönlieb nickte nur, auch wenn er sich nicht allzu viel davon versprach.

»Und dann haben wir den unbekannten Verfasser der E-Mail,

der auf Huynhs Tod eingeht und auf Meiningers Affäre.« Holding suchte kurz in dem Zettelhaufen, der vor ihm lag, und fischte schließlich einen der Zettel heraus. »Die E-Mail wurde von einem anonymen Account aus verschickt. Scheint ein Leichtes zu sein im Internet, sagen die Techniker. Da gibt es wohl nichts zu holen. Bleibt also zum einen der Inhalt der E-Mail, den es zu analysieren gilt, und zum anderen die Frau auf dem Foto.« Holding fischte mehrere Ausdrucke des Bildes aus seinem Zettelhaufen und ließ sie herumgeben.

Schönlieb starrte auf das Bild. Es war vergrößert auf A4 ausgedruckt worden, dennoch erkannte man so gut wie nichts. Er betrachtete die unscharfe Frau. In der linken Ecke des Bildes waren ein kleines Datum und eine Uhrzeit abgedruckt, die ihm gestern nicht aufgefallen waren: Das Foto war am 26. Oktober um 16:45 Uhr aufgenommen worden.

»Vielleicht kann man über das Datum und die Uhrzeit etwas herausfinden«, warf Schönlieb ein. »Vielleicht weiß die Sekretärin mehr. Oder sein Kalender.«

»Vielleicht«, sagte Holding, wirkte aber nicht zuversichtlich. »Wenn er seine kleine Affäre dokumentieren wollte. Davon ist aber eher nicht auszugehen.«

Da klopfte es plötzlich an die Tür, und sofort danach trat ein Mann ein, von dem Schönlieb glaubte, ihn schon einmal gesehen zu haben. Der Mann grüßte kurz und reichte Holding drei Ausdrucke.

»Ich dachte mir, das solltet ihr auf dem schnellsten Wege haben. Der tote Professor und der tote Student. Es scheint sich um ein und denselben Täter zu handeln. Die gleichen Faserspuren.« Dann verschwand er wieder. Kurz herrschte Stille.

»Cooler Auftritt«, nickte Coskun anerkennend. Holding studierte die Ausdrucke und blickte dann auf.

»Es wurden Fasern von denselben Wollhandschuhen gefunden, die man auch bei Huynh sichern konnte, und wieder hat man an den Fasern eine besonders hohe Konzentration von Alkohol, Natriumlaurylethersulfat und D-Limonen feststellen können.« Etwas ratlos blickte er in die Runde. Doch keiner konnte ihm etwas dazu sagen. »Die Wahrscheinlichkeit, dass es sich um ein und denselben Täter handelt, steigt damit ungemein.«

»Was nicht mit dem Vorwurf aus der E-Mail zusammenpasst, dass Huynh von Professor Meininger umgebracht wurde«, sagte Wallner und lehnte sich zurück.

Schönlieb saß still da. Sie hätten beide Fälle gestern klären können, wenn er den Täter erwischt hätte – wenn sie anders vorgegangen wären. Sein Blick wanderte über den verworrenen Zettelhaufen vor Holding und blieb an dem Foto hängen.

»Also müssen wir den Verfasser der E-Mail finden«, sagte Holding zögerlich. »Weil der Verfasser der E-Mail wohl auch unser Doppelmörder ist.«

»Aber wie hängt das alles zusammen?«, fragte Samson beinahe genervt. »Ein und derselbe Täter bringt erst Huynh um, vielleicht nicht absichtlich, immerhin ist er erst durch den Sturz gestorben, und eine Woche später lockt er Professor Meininger in eine Falle und ersticht ihn. Und zu allem Überfluss gibt er dem Professor auch noch die Schuld an Huynhs Tod!«

Schönlieb starrte noch immer auf das Foto vor sich, beziehungsweise auf einen Fussel auf dem Foto. Schönlieb wollte ihn wegpusten, doch der Fleck blieb. Er wischte über den Ausdruck des Fotos, doch der Fleck blieb. Das war kein Fussel, sondern ein Fleck auf dem Unterarm der jungen Frau auf dem Foto. Plötzlich erstarrte er.

»Ist die Spurensicherung schon aus dem Büro von Meininger zurück?«, fragte er aufgeregt. Holding nickte. »Ich bin gleich wieder da!«

Schönlieb sprang auf, stürmte aus der Tür, und noch bevor er sie schloss, rief er, dass jemand das Foto noch größer und schärfer hinbekommen muss, vor allem den Unterarm.

Kapitel 36

Schönlieb hatte das Gefühl, er habe Fieber. Sein Kopf glühte. Eben war Coskun in sein Büro gekommen und hatte ihm mitgeteilt, dass man das Auto von Meininger gefunden habe und nicht nur das. In dem Auto hatte ein Buch gelegen, das von innen ausgehöhlt war und in dem eine Kamera versteckt gewesen ist. Professor Meininger war heimlich überwacht worden. Sehr wahrscheinlich war er durch das Foto, das ihm mit der E-Mail zusammen geschickt worden war, dahintergekommen, wo die Kamera versteckt gewesen sein musste. Schönlieb vermutete, dass Professor Meininger daraufhin die Bücher aus seinem Regal gerissen hatte und schließlich das ausgehöhlte Buch mit der versteckten Kamera entdeckt hatte.

»Die Kamera scheint ein ziemliches High-End-Modell zu sein«, sagte Coskun. »Sie hat ein eingebautes GSM-Modul, mit dem man die Bilder direkt über das Handynetz an einen Server im Internet verschicken kann. Die Techniker überprüfen jetzt die SIM-Karte, um herauszufinden, auf wen sie registriert ist und an welchen Server die Bilder geschickt wurden. Sie sind ziemlich zuversichtlich, dass es nicht allzu lange dauern wird. Dann wissen wir endlich, wer Professor Meininger erpressen wollte.« Coskun schaute Schönlieb an. Sie schien auf ein Lob oder Jubelstürme zu warten, doch Schönlieb saß ruhig auf seinem Stuhl.

»Ich habe auch etwas herausgefunden«, sagte er. »Ich weiß, wer die Affäre von Professor Meininger ist.«

Coskun schaute ihn gespannt an. Schönlieb zeigte auf das Foto, das Meininger per E-Mail geschickt bekommen hatte und das sie vorhin alle als großen Ausdruck in die Hand bekommen hatten.

»Siehst du diesen Fleck da? Auf dem Unterarm der Frau?«, fragte er Coskun, die sich jetzt über das Foto beugte.

»Ja und? Das scheint ein Staubkorn auf der Linse der Kamera zu sein.«

»Eben nicht!« Schönlieb tippte auf den Kalender von Professor Meininger, den er sich eben von der Spurensicherung abgeholt hatte. Zum Glück hatten sie ihn mitgenommen, so hatte er seinen Verdacht schnell überprüfen können. Sein Finger lag auf einer der kleinen Rosen, die Meininger in den Kalender gezeichnet hatte und die Schönlieb schon beim ersten Blick in den Kalender aufgefallen waren.

»Sieh dir das Datum an, das unten rechts auf dem Foto steht«, sagte er zu Coskun. »Sechsundzwanzigster Oktober. An dem Tag hat Meininger eine kleine Rose in seinen Kalender gezeichnet. Und jetzt vergleiche mal die Rose mit dem Fleck auf dem Foto. Identisch! Sie ist seine Geliebte.«

Schönlieb schaute Coskun erwartungsvoll an. Coskun nahm das Foto und hielt es sich dicht vor die Nase, anschließend nahm sie den Kalender und schaute sich ebenso genau die Rosenzeichnung an.

»Du meinst, das ist dieselbe Zeichnung?«, fragte sie zweifelnd. Sie konnte nicht viel Ähnlichkeit zwischen dem Fleck und der Rose erkennen.

»Genau! Das ist ein Tattoo auf dem Arm, und ich weiß auch, wer ein solches Tattoo hat«, sagte Schönlieb. »Ich kenne Meiningers Geliebte.«

Erst jetzt verstand Schönlieb Annas Reaktion im Café. Sie war damals, als er sie wegen der Gerüchte über Meininger ausgefragt hatte, geflüchtet, weil sie seine Geliebte war.

»Und wer ist sie?«

»Anna Lindner, eine Jurastudentin, die ich an der Uni kennengelernt habe, als ich mich als Student ausgegeben habe. Und jetzt kommt das Beste!« Er machte eine kurze Pause. »Sie hat engen Kontakt zu Johann, und auch mit Huynh war sie bekannt. Das ist alles eine Clique.«

»Dann lassen wir die junge Dame mal hierherbringen«, unterbrach Coskun ihn in seinen Überlegungen und grinste schief.

Schönlieb schüttelte nur leicht den Kopf. War Anna wirklich

Meiningers Geliebte? Oder hatte sich Anna nur als seine Geliebte ausgegeben, um ihn zu erpressen? Zusammen mit … Johann? Wussten die anderen aus der Clique Bescheid?

»Nicht?«, fragte Coskun etwas verwirrt.

»Doch, doch«, sagte Schönlieb. »Was ich meine, ist, dass wir nicht nur Anna herkommen lassen, sondern die ganze Clique: Johann, Alexander, Anna, Marie und Max. Jeder von denen steckt da irgendwie mit drinnen, jeder von denen hat uns etwas verschwiegen. Anstatt zu jedem Einzelnen zu fahren, will ich die jetzt alle hierhaben, in verschiedenen Räumen. Wenn einer etwas sagt, haben wir die Möglichkeit, sofort die anderen damit zu konfrontieren. Ich bin sicher, dass die uns alle noch 'ne Menge zu erzählen haben.«

Kapitel 37

Schönlieb saß Johann gegenüber und schaute ihn an. Johann saß zurückgelehnt mit verschränkten Armen an Wallners Tisch.

Sie hatten Johann, Alexander, Max, Anna und Marie auf verschiedene Räume aufgeteilt. Johann saß in Schönliebs und Wallners Büro. Alexander hatten sie in das Büro von Coskun und Samson gesetzt, Max saß bei Holding, Anna im Teamraum und Marie im Verhörzimmer. Holding war nicht begeistert gewesen, die ganze Clique gleichzeitig vorzuladen, doch das hatte mehr mit dem logistischen Aufwand als mit der Idee an sich zu tun gehabt. Nachdem Schönlieb ihm versprochen hatte, alles zu organisieren, hatte er zugestimmt. Bei jedem der fünf saß einer von ihnen, Holding passte auf Max auf, Samson saß bei Alex, Wallner bei Johann, Coskun bei Marie, und ein Typ aus einer anderen Bereitschaft saß bei Anna. Schönlieb hatte bei einigen Leuten betteln müssen, bevor sie den zusätzlichen Mann zur Verfügung gestellt bekamen. Schönliebs Aufgabe war es, den Springer zu machen. Er führte die Befragungen und ging von Raum zu Raum. Wenn die ganze Aktion nicht zum Erfolg führte, würde er ein großes Problem bekommen und auf unbestimmte Zeit nur noch nach Holdings und Wallners Nase tanzen müssen. Angespannt drückte Schönlieb auf den Aufnahmeknopf und fing an.

»Johann, wir wissen, dass du unzufrieden damit warst, was die Aufteilung zwischen Huynh und dir anging, bezüglich der Erlöse aus euren Ritalinverkauf.«

»Ist das euer Ernst?« Johann lachte kurz auf. »Fangt ihr schon wieder an zu behaupten, ich hätte Huynh auf dem Gewissen?«

»Das behaupten wir gar nicht. Beantworte bitte die Frage«, sagte Schönlieb ruhig.

»Das ist doch echt Schwachsinn.« Johann schüttelte ungläubig den Kopf. »Wir hatten deswegen keinen Streit. Hat euch das jemand erzählt?« Er schaute Wallner und Schönlieb fragend an.

»Es ist egal, *woher* wir es wissen, wichtig ist, *dass* wir es wissen!«, sagte Wallner und blickte Johann grimmig an.

»Außerdem wissen wir, dass du uns nicht die ganze Wahrheit erzählt hast, was eure Pillenquelle angeht. Max belieferte Huynh schon seit zwei Monaten nicht mehr mit Pillen«, fuhr Schönlieb fort.

Johann zuckte nur mit den Schultern und versuchte möglichst cool auszusehen.

»Ich habe das Gefühl, ich sollte einen Anwalt anrufen. Ihr wollt mir da ernsthaft etwas reindrücken, mit dem ich überhaupt nichts zu tun habe.«

»Wenn Sie meinen, Sie brauchen einen, steht es Ihnen frei, einen anzurufen«, sagte Wallner und verschränkte ebenfalls die Arme.

»Bevor du einen Anwalt anrufst«, sagte Schönlieb, »solltest du noch etwas wissen. Es geht hier nicht nur um den Mord an Huynh. Mittlerweile geht es um zwei Morde.«

»Was?« Johanns Augenbrauen zogen sich zusammen, und er lehnte sich nach vorne.

»Gestern wurde Professor Meininger niedergestochen.« Johann war sichtlich überrascht. »Wir wissen, dass die beiden Morde in einem Zusammenhang stehen, und du hast uns bei den Ermittlungen im Fall von Huynh nicht die Wahrheit erzählt. Wo warst du am Samstagabend zwischen acht und dreiundzwanzig Uhr?«

»Moment, Moment«, sagte Johann schnell. »Jetzt soll ich auch noch Meininger auf dem Gewissen haben? Das ist mein Professor an der Uni! Warum sollte ich ihn umbringen?« Wallner und Schönlieb schwiegen. Johann wirkte zusehends nervöser. »Okay, es stimmt. Huynh kam vor ungefähr zwei Monaten zu mir und sagte, er könne die Pillen nicht mehr besorgen. Sein Lieferant mache Schwierigkeiten.« Wallner und Schönlieb schwiegen weiter und blickten Johann auffordernd an. Johann blickte kurz aus dem Fenster, dann fuhr er fort. »Wir haben uns zusammen nach anderen Möglichkeiten umgesehen, vor allem im Internet, aber das hat alles nichts damit zu tun, dass Huynh jetzt tot ist, verdammt! Ich habe Huynh nicht umgebracht! Ich habe überhaupt niemanden umgebracht!«

»Haben Sie neue Lieferanten im Internet gefunden?«, fragte Wallner ruhig.

»Ja«, murmelte Johann leise und hielt sich die Hände vor das Gesicht.

»Und Sie beide waren damit einverstanden?«

»Ja!«, rief Johann. »Es gab keine Probleme. Huynh und ich haben seither immer den gleichen Anteil bekommen. Alles war in Ordnung. Wir waren uns da einig.«

»Wer ist der Lieferant?« Wallner war nicht aus der Ruhe zu bringen. Heute war wirklich nichts von Wallner, dem Verhör-Raubtier, zu erkennen.

»Wir haben uns die Dinger per Post schicken lassen, und wir haben sogar noch eine günstigere Alternative gefunden, Modafinil, gute Wirkung, um einiges billiger. Das Geschäft lief super, und wenn Huynh nicht umgebracht worden wäre, dann würden wir das immer noch machen.« Johann erschreckte etwas, als er erkannte, was er da gerade gesagt hatte. Er seufzte, sackte in sich zusammen und lehnte sich wieder nach hinten. Er hatte die Augen zu und schüttelte immer wieder leicht mit dem Kopf.

Wenn es stimmte, was Johann sagte, dann hatte die ganze Neuro-Enhancer-Sache vielleicht wirklich nichts mit den Morden zu tun. Er würde Johann später weiter verhören. Zunächst musste er mit Anna sprechen. Schönlieb stand auf.

»Ich komme gleich wieder.«

Wallner verdrehte leicht die Augen und nickte ihm zu. Von einem Verhör zum anderen springen, das machte man in seinen Augen nicht. Man konzentrierte sich auf ein Verhör und zog das bis zum bitteren Ende durch. So wie er es mit Max getan hatte.

Schönlieb schloss die Tür hinter sich und blieb kurz stehen. Er musste herausbekommen, warum sich die nette, attraktive Anna auf den schrecklichen Professor Meininger eingelassen hatte. Er konnte sich das nicht erklären, andererseits hatte er Frauen noch nie begreifen können, und man könnte auch ihn fragen, wieso er sich mit Bianca im Bett wiedergefunden hatte. Darauf hatte er auch keine Antwort. Ein Schauer lief ihm über den Rücken.

Er ging den Gang hinunter, klopfte kurz an die Tür und trat, ohne auf eine Antwort zu warten, in den Teamraum hinein.

Kapitel 38

Anna saß an einem Ende des langen Tisches, der Typ aus der Bereitschaft am anderen. Anna spielte mit ihrem Smartphone.

»Ich habe doch gesagt, keine Handys«, fuhr Schönlieb den Typen an. Es war wichtig, dass die Clique nicht untereinander kommunizierte, während sie hier waren. Hoffentlich hielten sich die anderen besser an das Verbot.

»Ist doch nicht so schlimm«, sagte der Typ. Er trug ein kariertes Hemd und eine Jeansjacke und hatte einen leichten Bauchansatz. Schönlieb hatte ihn noch nie gesehen. Immer wieder passierte ihm das, dass er Kollegen, die schon lange hier im LKA waren, zum ersten Mal sah. Es irritierte ihn jedes Mal. Er gab dem Kollegen die Hand.

»Schönlieb.«

»Poltmann.«

»Sie können, solange ich hier bin, gerne draußen warten«, sagte Schönlieb mit einem Ton, der deutlich machte, dass es kein Angebot an den Kollegen Poltmann war, sondern eine Aufforderung.

Poltmann guckte kurz etwas irritiert, erst zu Schönlieb, dann zu Anna, nickte dann aber und verließ den Raum. Anna schaute weiterhin auf das Smartphone.

»Leg das bitte weg«, sagte Schönlieb wieder etwas freundlicher, doch Anna reagierte nicht. »Ich weiß, dass du eine Affäre mit Professor Meininger hattest.«

Kurz zuckte Anna zusammen, doch sie starrte weiter auf ihr Handy.

»Hattest du ihn wirklich gerne? Oder war er nur Mittel zum Zweck?«

Sie blickte nur einmal kurz feindselig zu ihm auf, widmete sich dann aber wieder ihrem Handy.

»Du wusstest, dass er verheiratet ist, oder?«

Keine Reaktion.

»Und trotzdem hast du dich darauf eingelassen?«

Sie tippte weiter auf dem kleinen Monitor herum.

»Wusste Johann davon?«

Kurz hielt sie inne, tippte dann aber einfach munter weiter.

»Wäre er überhaupt eifersüchtig?«

Sie schüttelte nur leicht den Kopf und verzog verächtlich die Lippen. So würde Schönlieb nicht weiterkommen.

»Meininger ist tot.« Das musste doch wirken.

Kurz erstarrte Anna und blickte ihn das erste Mal, seit er den Raum betreten hatte, wirklich an. Doch ihr Blick war kühl und leer. Nichts erinnerte an die Anna, mit der er im Café gesessen hatte und die ihm sogar hin und wieder zugelächelt hatte, obwohl sie ihn »Scheißbulle« genannt hatte.

»Anna? Verstehst du das? Professor Meininger wurde ermordet!«

Anna blickte schnell wieder auf ihr Handy.

Das reichte. Schönlieb stand auf, machte ein paar schnelle Schritte auf Anna zu, riss ihr das Handy aus der Hand und schmiss es mit voller Wucht in eine Ecke des Raumes. Dem Geräusch nach zu urteilen, war es sehr unwahrscheinlich, dass es nicht kaputtgegangen war. Erschrocken schaute Anna ihn an.

»Was ist los mit dir? Professor Meininger ist tot. Hast du gar nichts dazu zu sagen? Interessiert dich das nicht? Gefühle waren ja offensichtlich nicht im Spiel, oder? Du hast ihn nur benutzt, um gute Noten zu bekommen. Und dann, als die Prüfung rum war, hast du ihn auch noch erpresst, war es nicht so?«, fragte Schönlieb und sah, dass Annas Augen jetzt wütend funkelten.

»Das Handy bezahlst du mir«, sagte sie schließlich, verschränkte die Arme und blickte zu Boden.

»Das war keine Affäre, sondern eiskalte Berechnung, oder?« Anna starrte weiterhin vor sich hin und schwieg. »Ich weiß, dass du Meininger nicht umgebracht hast. Keine Sorge. Du wärst mir gestern nicht davongekommen. Ich weiß aber auch, dass es ein Foto gibt, auf dem du Meininger einen bläst.«

Annas Blick schnellte zu ihm auf.

»Und ich weiß, was passiert wäre, wenn seine Frau das über euch rausgefunden hätte. Wie viel war es ihm wert? Volle Punktzahl? Oder musste er noch ein bisschen was extra bezahlen?«

»Du hast ja keine Ahnung, Scheißbulle«, sagte sie leise mit einem eisigen Ton.

»Dann erleuchte mich, Anna!«, fuhr Schönlieb sie an, doch sie blieb reglos sitzen und blickte nur wieder zu Boden. Er dachte kurz darüber nach, ob er nicht doch kurz Wallner, das Tier, holen sollte, überlegte es sich dann aber anders.

Schönlieb stand auf, verließ den Raum und knallte die Tür hinter sich zu.

»Sie können wieder rein. Das mit dem Handyverbot hat sie jetzt verstanden«, sagte er zu Kollege Poltmann.

Er ging in die Büroküche, um sich kurz abzuregen, bevor er in den nächsten Raum ging. Den Verhörraum. Seine nächste Station würde Marie sein.

Kapitel 39

Als er in das kleine Zimmer trat, das sie offiziell für Befragungen benutzten, unterhielten sich Coskun und Marie gerade. Die Atmosphäre war wesentlich entspannter als bei Johann oder Anna. So wie sie dasaßen, hätte man auch annehmen können, die beiden säßen gemütlich bei einer Tasse Tee zusammen. Mutter und Tochter. Schönlieb ließ sich auf den Stuhl neben Coskun fallen und drückte auf den Aufnahmeknopf des kleinen Diktiergeräts. Er hatte beschlossen, direkt einzusteigen, ohne langes Drumherum.

»Marie, zwei Dinge würde ich gerne wissen. Erstens: Wie kommt es, dass du uns nichts von dem Streit zwischen dir und Alex, beziehungsweise zwischen Alex und Huynh, erzählt hast? Du musst dich doch daran erinnert haben, als ich dich gefragt habe, ob in letzter Zeit etwas Ungewöhnliches passiert ist. Zweitens: Warum warst du schon, einen Tag nachdem du von mir erfahren hast, dass dein Freund tot ist, wieder in der Uni? Das begreife ich ehrlich gesagt nicht.«

Marie schaute ihn mit offenem Mund an. Sie machte zwei Ansätze, etwas zu sagen, brach jedoch beide Male ab.

»Ich … äh …«, stammelte sie und guckte Hilfe suchend zu Coskun. Er hätte nicht beide Fragen auf einmal stellen sollen, und vielleicht war seine Taktik, sofort auf den Punkt zu kommen, doch falsch gewesen.

»Okay, ganz ruhig, Marie«, sagte Coskun und schaute Schönlieb etwas vorwurfsvoll an. »Fang mit der ersten Frage an, dem Streit zwischen Alex und Huynh.«

Marie atmete einmal kräftig durch und begann.

»Ich habe mich in dem Moment einfach nicht daran erinnert. Wirklich. Das war ja immerhin schon mehrere Wochen her.«

»Zwei Wochen«, korrigierte Schönlieb sie. »Das ist nicht sehr lang.«

»Aber … die Situation ist nicht gerade einfach für mich. Da sind die Gedanken nun mal nicht … so klar«, sagte Marie und fing plötzlich an zu weinen.

Coskun rutschte mit ihrem Stuhl an sie heran.

»Alles gut, erzähle uns einfach, wie du den Streit erlebt hast«, sagte sie ruhig und legte ihr die Hand auf die Schulter.

Marie bemühte sich weiterzureden, und Schönlieb musste sich konzentrieren, um sie zu verstehen, da sie zwischendurch immer wieder weinte und schniefte.

»Wir waren in der Disko, auf dem Hamburger Berg. Die Jungs waren alle ziemlich betrunken. Huynh war weg. Nur ganz kurz. Eigentlich ist er sonst immer bei mir gewesen. Da ist Alex angekommen und hat mir an den Hintern gefasst und zu mir gesagt, dass er mit mir schlafen will. Ich habe ihm gesagt, er soll weggehen, aber er hat sich nicht abwimmeln lassen und mich weiter angefasst. Der war total betrunken und hatte sich nicht mehr unter Kontrolle, der Idiot. Dann kam Huynh, und er hat ihm gesagt, er soll weggehen. Die Situation ist außer Kontrolle geraten, und die beiden haben sich geprügelt. Huynh und ich sind dann weg. Nach Hause.«

»Was war nach dem Streit? Hast du Alexander da noch einmal wiedergesehen?«

»Nein. Nur von Weitem in der Uni.«

»Hat Huynh etwas erzählt, dass sich die beiden noch einmal unterhalten haben?«

»Nein.«

»Hat er etwas anderes erzählt? In Bezug auf Alexander? Und jetzt denk bitte besser nach als das letzte Mal. Alles könnte wichtig sein«, sagte Schönlieb möglichst ruhig.

»Ihr denkt doch nicht, dass Alex Huynh umgebracht hat, oder?«

»Momentan denken wir gar nichts. Wir ermitteln in alle Richtungen, und dafür brauchen wir möglichst genaue Informationen.« Schönlieb wurde etwas ungeduldiger.

»Mit mir hat er nicht mehr über Alex geredet. Nur, dass so etwas nicht mehr vorkommen wird, hat er mir versprochen. Er hat gesagt, er würde in Zukunft besser auf mich aufpassen …« Sie weinte wieder, diesmal heftiger als zuvor, es dauerte eine Weile, bis sie sich wieder beruhigt hatte.

Schönlieb wollte gerade ansetzen, Marie nach Professor Meininger zu befragen, als sein Handy klingelte. *The Imperial March.* Er nahm ab.

»Holding hier. Bei wem bist du gerade?«

»Marie.«

»Hör zu, gerade hat einer aus der EDV angerufen, die haben es geschafft zurückzuverfolgen, wo die Bilder der Kamera, die heimlich in Meiningers Büro platziert war, gespeichert wurden. Ich kann hier aber nicht weg, ich muss ja auf Max aufpassen.« So wie Holding den letzten Satz aussprach, hörte man, dass es ihm nicht passte, dass er nicht der Springer war, und er sich fragte, wieso er sich auf die ganze Aktion eingelassen hatte. »Du musst also in die Technik und dir das sofort angucken. Sie sagten, es sei sehr dringend«, fuhr Holding fort.

Er gab Schönlieb einen Namen und eine Beschreibung, in welchem Raum er den Techniker finden würde. Dann legte er auf. Schönlieb schaute zu Coskun.

»Ich muss kurz weg.« Dann wandte er sich an Marie. »Wir sind aber noch nicht fertig. Nutz die Zeit, und denk noch einmal genau darüber nach, ob dir an Huynh in den letzten Wochen etwas Ungewöhnliches aufgefallen ist. Nach dem, was ich bisher über Huynh erfahren habe, standest du ihm am nächsten.«

Anstatt zu antworten, fing sie nur wieder an zu weinen, aber wer wollte es ihr verdenken? Schönlieb stand auf und verließ den Raum. Was hatten die Techniker wohl auf dem Server gefunden, das so wichtig war, dass einer von ihnen direkt vorbeikommen sollte?

Kapitel 40

Schönlieb bemühte sich, so gut er konnte, Klischeedenken zu vermeiden. Das stellte sich nicht immer als einfach da, vor allem wenn man ein Prachtexemplar für die Bestätigung gängiger Klischees vor sich hatte. Ein solches Exemplar war der junge Mann, der sich ihm als Nico Wohlleben vorgestellt hatte. Er trug ein weites kariertes Hemd über einem schwarzen T-Shirt, das irgendeine Fantasy-Computerspiel-Figur zeigte, und er hatte einen kleinen Bauchansatz, der durch seine halb im Bürostuhl liegende Sitzhaltung besonders gut zur Geltung kam. Seine Haare hatte er nach hinten gegelt – wenn es denn wirklich Haargel war, was Wohllebens Haaren einen so besonderen Glanz verlieh. Schönlieb war sich da nicht sicher.

Schönlieb stand hinter Wohlleben, und sie blickten zusammen auf zwei große Monitore. Schönlieb stand schon seit zehn Minuten hinter dem jungen Techniker, und bisher hatte der ihm lediglich erklärt, wie er es geschafft hatte, anhand der SIM-Karte den Server ausfindig zu machen und diesen zu hacken. Schönlieb hatte kein Wort verstanden und immer nur genickt und »Hm« gemacht. Er gähnte, die Luft im Raum war warm und verbraucht.

»Und deswegen habe ich jetzt Zugriff auf den Online-Speicher, den euer Verdächtiger zum Abspeichern der Bilder verwendet hat«, schloss Wohlleben seine Erklärung ab, während er mit einer unglaublichen Geschwindigkeit auf der grauen Tastatur herumtippte.

»Aha, und können Sie mir sagen, wer es denn nun ist?«, fragte Schönlieb und ärgerte sich, dass das Ganze hier nicht schneller vonstattenging.

»Kannst mich gerne Nico nennen«, sagte Wohlleben und fügte mit einem Lachen, das sehr an Ernie und Bert erinnerte, hinzu, »oder einfach LordOfWar82.«

»Lord of was?«

»Ach nichts«, lachte Wohlleben und guckte kurz zu Schönlieb. »War nur ein Scherz.«

»Aha«, war alles, was Schönlieb dazu sagen konnte und wollte.

»Bist noch gar nicht so alt wie die meisten anderen Typen hier.«

»Ja.«

»Spielst du World of Warcraft?«

»Nein.«

»Gar nicht?«

»Nein. Was ist denn nun mit dem Online-Speicher? Wem gehört der?«

»Also, das war gar nicht so einfach, weißt du? Der Typ war ziemlich geschickt, und ich musste erst mit ein paar Kumpels aus dem …«

»Kannst du mir nicht einfach sagen, wem der Online-Speicher gehört?«, unterbracht Schönlieb ihn gereizt. »Immerhin dürfte der Kerl ein zweifacher Mörder und noch immer auf freiem Fuß sein. Wenn du mir also …«

»Ja. Klar. Huynh Nguyen, Wohnsitz Hamburg.«

»Scheiße«, entfuhr es Schönlieb. Wie passte das nun wieder zusammen? Die Theorie, dass der Besitzer des Online-Speichers der Doppelmörder war, löste sich vor ihm in nichts auf.

»Du kennst ihn?«, fragte Wohlleben vorsichtig.

»Das ist unser erstes Mordopfer.«

»Oh. Das ist wirklich scheiße.«

»Allerdings. Kann ich mir den Online-Speicher mal ansehen?«

»Ja, ja, warte.« Wohlleben tippte wieder wild in die Tasten. »So!«

Auf einem der beiden Bildschirme erschien die Seite des Online-Speicher-Anbieters. Wohlleben gab den Benutzernamen und das Passwort ein. Schönlieb beugte sich über seine Schulter und starrte gebannt auf den Bildschirm. Ein Verzeichnis mit Ordnern und Dateien, die auf der virtuellen Festplatte im Internet gelagert waren, erschien. Es gab zwei Textdateien: OvM.doc und Notizen.doc. Zudem gab es einen Ordner »Bilder«.

»Et voilà«, sagte Wohlleben und streckte beide Arme in Richtung des Bildschirms aus.

»Hast du schon etwas davon angeguckt?«

»Klar!«

»Und?«

»Das hier«, Wohlleben deutete auf die Textdatei mit dem Namen OvM.doc.

»Das ist eine Liste mit einigen Namen und jeweils dazu ein Datum und eine Uhrzeit. Sie korrespondiert mit den Fotos im Bilder-Ordner. Der alte Sack war ganz schön aktiv für sein Alter.«

»Was?«

»Wirst gleich sehen. Vielleicht fangen wir wirklich mit der Liste an …«

»Na, dann mach mal auf«, bat Schönlieb ungeduldig, und Wohlleben klickte auf die Textdatei.

Die Datei öffnete sich, und es erschien eine lange Liste, die zwei Spalten hatte. In der linken Spalte standen jeweils ein Datum und eine Uhrzeit, die rechte Spalte enthielt Namen. An einigen Stellen waren anstelle der Namen Fragezeichen zu sehen. Manche Spalten waren komplett leer. Schönlieb überflog die Namen.

»Das sind ausschließlich Frauennamen«, stellte er fest.

»Ja. Knapp über dreißig Einträge, wobei sich die Namen fast alle häufiger wiederholen«, erklärte Wohlleben.

Schönlieb las weiter. Plötzlich stockte er. *Anna Lindner.*

»Such das Dokument mal nach Anna Lindner ab«, bat er Wohlleben, der sofort wieder in die Tastatur hackte. Sie sprangen von einem Anna-Lindner-Eintrag zu nächsten. Der 26. Oktober war dabei – an dem war das Foto geschossen worden, das der E-Mail beigelegt war. Dann zwei Wochen später, und zwei Wochen später … Wenn Schönlieb sich richtig erinnerte, waren das allesamt Tage, an denen Professor Meininger auch die Rose in seinen Kalender eingetragen hatte. Er hatte also recht gehabt.

»Sind in der anderen Textdatei noch mehr Namen?«, fragte er Wohlleben.

»Nee, das ist nur eine Anleitung für die Kamera, mit der die Fotos im Bild-Ordner geschossen wurden«, sagte Wohlleben stolz. »Und dafür, wie man sie umbaut, damit sie möglichst kompakt ist. Gehäuse entfernen und so. Dann noch ein bisschen etwas darüber, wie man das mit der SIM-Karte macht und die Bilder automatisch versendet werden. Ach ja, ganz unten steht, wie man einen sehr leistungsstarken Akku an die Kamera klatscht, damit das Ding auch lange läuft. Kinderkram. Alles supereasy.«

»Aha. Und der Bilder-Ordner?«, fragte Schönlieb.

»Da wird es richtig interessant«, sagte Wohlleben und klickte ein paarmal, bis eine Liste mit unzähligen Bildern auf dem Bildschirm erschien. Die Fotos waren nach Datumsangaben benannt. »Aber nicht schön.«

»Lass mich raten: Die Datumsangaben in den Dateinamen passen zu den Datumsangaben auf der Liste, die wir eben angesehen haben«, sagte Schönlieb und hatte ein mulmiges Gefühl im Bauch.

»Ja. Und es sind über tausend Bilder«, sagte Wohlleben.

»Mehr als tausend? Aber es waren doch nur dreißig Namen auf der Liste!«

»Na, nicht auf jedem der Bilder ist … ach, schau einfach selbst. Ich habe die meisten durchgesehen, willst du gleich die interessantesten?«

Schönlieb nickte, Wohlleben scrollte kurz und klickte eines der Bilder an.

»Ist ein bisschen wie beim Daumenkino. Die Kamera nimmt anscheinend alle dreißig Sekunden ein Bild auf. Und jemand hat immer mal wieder den Bilderbestand aufgeräumt. Seit etwas über einer Woche zeigen die Bilder allerdings kein … brisantes Material mehr.«

»Was meinst du mit *brisant*?«

»Moment, das zeigt gleich ganz gut, um was es hier geht.«

Auf dem Bildschirm öffnete sich ein Bild. Meiningers Büro war zu sehen. In der rechten unteren Ecke waren Datum und Uhrzeit notiert. Die Aufnahme war vor fünf Wochen entstanden. Schönlieb erkannte Meininger an seinem Schreibtisch. Wohlleben drückte auf die Pfeil-nach-unten-Taste auf der Tastatur und sprang somit zum nächsten Bild. Er drückte immer wieder auf die Taste, sodass das, was sie auf dem Bildschirm sahen, tatsächlich wie ein Daumenkino mit abgehackten Bewegungen wirkte. Anscheinend kam jemand in Meiningers Büro, denn er blickte auf und gestikulierte zur Tür. Noch konnte man jedoch niemanden erkennen. Derjenige befand sich noch außerhalb des Kamerawinkels. Meininger deutete auf den Stuhl, der vor seinem Schreibtisch stand. Schönlieb wagte es kaum zu atmen.

»Bist du so weit?«, fragte Wohlleben und grinste.

»Ja, verdammt!«, zischte Schönlieb ihn an.

»Na dann: Action.«

Wohlleben tippte weiter, und auf dem Bildschirm erschien eine junge Frau, die Schönlieb noch nie gesehen hatte. Die junge Frau setzte sich auf den Stuhl vor Meiningers Schreibtisch, und die beiden unterhielten sich. Ab und zu schaute Meininger auf ein paar Zettel, die vor ihm lagen. Erst schienen die beiden ein normales Gespräch zu führen, doch dann verzog sich das Gesicht der Frau immer wieder. Die Qualität der Bilder war nicht sehr gut, und da die Kamera nur alle dreißig Sekunden ein Bild aufnahm, musste man sich die Zusammenhänge denken. Aber die Art, wie die junge Frau auf einem der Bilder die Schultern nach hinten zog und Meininger anstarrte, deutete darauf hin, dass die Frau sich empörte und sehr aufgeregt war. Auf dem nächsten Bild war sie aufgesprungen, so ruckartig, dass der Stuhl nach hinten gekippt war. Die junge Frau verschwand wieder aus dem Blickwinkel der Kamera und war nicht mehr zu sehen. Die Bilderserie war zu Ende. Wohlleben stoppte.

»Kapier ich nicht, was das soll«, sagte Schönlieb. »Warum hat Huynh das gespeichert?«

»Wart mal ab. Das war nur der Prolog. Jetzt kommt die nächste Sequenz, ein paar Tage später.«

Wohlleben öffnete das nächste Bild und fing wieder an, ein Bild nach dem anderen aufzurufen. Es glich dem Ersten: Wieder ein Gespräch zwischen Professor Meininger und derselben jungen Frau. Die Schultern der jungen Frau hingen tief. Sie schaute zu Meininger hoch, und Schönlieb war sich sicher, so etwas wie Angst in ihrem Gesicht zu erkennen. Plötzlich erhob sich Meininger, und im nächsten Bild stand er direkt vor ihr, er streichelte ihr mit einer Hand über den Kopf, mit der anderen Hand machte er sich an seiner Hose zu schaffen. Im nächsten Bild hatte er den Gürtel offen und die Hose etwas heruntergezogen. Die linke Hand lag noch immer auf dem Haarschopf der jungen Frau, doch griff Meininger der jungen Frau jetzt fest in die Haare.

»Das ist ... widerlich.« Schönlieb wich mit seinem Oberkörper ein wenig vom Bildschirm zurück.

»Und sie ist nicht die Einzige«, sagte Wohlleben und tippte weiter. »Es sind insgesamt elf Frauen, die ... Ah, es geht los.«

Professor Meiningers Hose rutschte noch weiter nach unten, und man sah eine rote Unterhose zum Vorschein kommen. Vorne wölbte sie sich deutlich und zeigte auf das Gesicht der jungen Frau. Auf dem nachfolgenden Bild hatte er seinen steifen Schwanz aus der Unterhose geholt und hielt ihn mit der rechten Hand direkt vor das Gesicht der jungen Frau. Es schienen mehrmals die gleichen Bilder hintereinander zu kommen, denn alles blieb bewegungslos: Meininger mit seinem Schwanz in der Hand vor der jungen Frau. Wenn man jedoch genau hinsah, konnte man erkennen, dass sich die Lippen von Meininger bewegten. Er redete auf die Frau ein, und dann sah man schließlich, wie die junge Frau mit geschlossenen Augen und einem angewidert verzogenen Gesicht den Penis von Meininger erst in die Hand und im Bild darauf in den Mund nahm.

»Verdammt«, sagte Schönlieb. Plötzlich wurde ihm klar, dass er Anna völlig unrecht getan hatte. Es hatte sich keinesfalls um eine Affäre gehandelt. Sie hatte Meininger nicht freiwillig einen geblasen, um ihn dann zu erpressen. Meininger hatte sie gezwungen, genauso wie er offensichtlich die junge Frau zwang, die er gerade vor sich auf dem Bildschirm sah.

»Mach das weg. Los!«, befahl Schönlieb. »Und das macht er mit jeder Frau auf der Liste?«

»Na ja. Das war aber noch lange nicht alles.«

»Was ist auf den anderen Bildern zu sehen?«, fragte Schönlieb, obwohl er die Antwort schon kannte.

»Die jungen Frauen haben nicht nur Oralsex mit dem Professor, und wenn du mich fragst, macht das keine von denen freiwillig.«

»Warum machen die das?«, fragte Schönlieb mehr sich als Wohlleben, der kurz auflachte.

»Weil sie müssen?«

»Was könnte er für ein Druckmittel haben?«

»Na, was wohl? Er ist der Professor. Noten!«, sagte er wie selbstverständlich. »Ich wette, das sind alles Studentinnen von dem alten Sack. Solltest du mal überprüfen lassen.«

Schönlieb drehte sich um und wollte den Raum verlassen. Er musste zu Anna. Diesmal würde sie reden.

Er hatte die Türklinke bereits in der Hand, als Wohlleben ihm etwas hinterherrief.

»Warte mal! Da ist noch etwas.«

»Was denn?«

»Du hast gesagt, dass dieser Huynh Nguyen tot ist, oder?«

»Ja.«

»Seit wann?«

»Seit etwas über einer Woche, warum?«

»Na ja. Vor ein paar Tagen wurde das Passwort für den Zugang zum Online-Speicher geändert.

»Wann genau?«

»Am letzten Samstag.«

»Huynh war Samstag bereits tot, das muss jemand anderes gewesen sein.« Jemand, der Professor Meininger die Nachricht mit dem Foto geschickt hat. Sein Mörder.

»Das denke ich auch. Ich habe mich schon darüber gewundert, dass sich der Typ ein neues Passwort per *Passwort-vergessen-Funktion* hat zuschicken lassen.«

»Wohin hat er sich das neue Passwort schicken lassen?«

»Na, an die E-Mail-Adresse von Huynh.«

»Dieser Jemand hat also Zugriff auf das E-Mail-Konto von Huynh Nguyen.«

»Exakt.«

»Kann man das einfach hacken?«

»Wenn man so gut ist wie ich, schon. Aber ein Laie nicht so einfach.«

»Und was gibt es sonst für Möglichkeiten, auf das E-Mail-Konto eines Fremden zuzugreifen?«, fragte Schönlieb.

»Ach, da gibt es einige Möglichkeiten. Zum Beispiel den Computer klauen, meistens haben die Benutzer ihre E-Mail-Konten da fest eingerichtet, ohne den Computer mit einem Passwort zu schützen«, sagte Wohlleben und schüttelte amüsiert den Kopf. »Ich konnte übrigens auch herausbekommen, dass derjenige, der sich mit dem neuen Passwort angemeldet hat, einige Dateien vom Server gelöscht hat.«

»Welche Dateien?«

»Keine Ahnung. Leider kann ich nicht feststellen, was für Dateien. Bei einer normalen Festplatte wäre das kein Problem, aber so ein Online-Speicher, da ist es nicht ganz so einfach. Da müssen wir einen Antrag stellen bei dem Anbieter und so weiter.« Er winkte ab. »So was kann sich ewig hinziehen. Und ob es dann klappt?« Er machte eine fragende Geste.

»Den Antrag werde ich trotzdem stellen«, sagte Schönlieb, verabschiedete sich und fluchte leise vor sich hin. Der Kreis der Verdächtigen hatte sich soeben um einige Personen erweitert.

Kapitel 41

Schönlieb stand vor der Tür zum Teamraum und hatte Wut auf sich. Er hatte tatsächlich geglaubt, Anna könne eine Affäre mit Meininger haben. Es musste eine zusätzliche Demütigung für sie gewesen sein, dass er das behauptet hatte.

Zum ersten Mal bereute Schönlieb nicht, dass Meininger gestern verblutet war, und das machte ihm Angst. Er schloss kurz die Augen und wischte sich mit den Händen durch das Gesicht. Dann griff er die Türklinke und trat ein.

Anna saß an dem großen Tisch über ihrem kaputten Smartphone. Als sie ihn sah, funkelte sie ihn wütend an.

»Das Handy ist im Arsch. Danke auch!«

»Ich besorge dir ein neues«, sagte er und setzte sich.

Er bedeutete Poltmann, dem Kollegen aus der anderen Bereitschaft, dass er draußen warten sollte, woraufhin Poltmann aufstand und den Raum verließ.

Schönlieb schaute Anna an. Die Bilder, die er eben bei Wohlleben gesehen hatte, gingen ihm nicht aus dem Kopf.

»Es tut mir leid, was ich vorhin gesagt habe«, sagte er vorsichtig.

Anna blickte auf.

»Was?«, fragte sie überrascht.

»Ich meine, dass ich behauptet habe, dass du eine Affäre mit Professor Meininger hattest – und ihn erpressen wolltest. Jetzt weiß ich, dass es genau andersherum war.«

Anna schwieg. Ihr Blick wurde starr, es schien, als fixierte sie einen Punkt weit hinter ihm im Raum an.

»Er hat dich gezwungen«, sagte Schönlieb. »Nicht du hast ihn erpresst, er hat dich erpresst.«

Anna blickte weiter an ihm vorbei.

»Es ging um die Prüfung, nicht wahr?«, fragte Schönlieb weiter. »Er wollte Sex gegen gute Noten.«

Er sah, dass sie mit den Tränen kämpfte, doch sie wollte stark sein. Eine Weile saßen sie sich still gegenüber.

»Das fing alles damit an, dass er mich in sein Büro rufen hat lassen«, sagte sie schließlich leise. »Ich habe vorher nicht mal gewusst, dass er meinen Namen kannte. Ich wusste überhaupt nicht, wieso ich plötzlich in sein Büro kommen sollte. Sein beschissenes Büro.« Anna lehnte sich auf den Tisch. Sie stützte den Kopf auf den linken Arm und malte mit der rechten Hand unsichtbare Linien auf den hellen, langen Tisch, während sie weitersprach. »Da hat er gesessen und auf mich gewartet. Er hat von meinen Noten gesprochen. Er hatte einen Zettel mit meinen ganzen Noten. Hat sich ja schon angedeutet, hat er gesagt, dass das knapp wird. Und dann sagte er mir, dass ich durchgefallen sei, dass es keine Chance mehr gebe. Dafür sei die Schwerpunktklausur zu schlecht ausgefallen. Ich war völlig am Ende. Mein gesamtes Studium brach in sich zusammen.« Sie atmete tief durch. »Dann sagte er plötzlich, das sei aber alles noch nicht endgültig. Er habe nur schon die Info, dass es wohl nicht reichen würde, aber es gebe vielleicht noch eine letzte Möglichkeit. Er könne da vielleicht etwas deichseln, um das Problem mit der Schwerpunktklausur aus der Welt zu schaffen. Ich müsste nur … nett zu ihm sein.« Anna sah Schönlieb kurz an. »Erst wusste ich gar nicht, was er meinte, doch er kam schnell auf den Punkt und sagte, was er sich als Gegenleistung vorstellte. Natürlich wollte ich sofort aus dem Büro stürmen, aber ich weiß nicht, ich konnte nicht. Das war alles so unfassbar. Dann sagte er mir, ich könne gerne darüber nachdenken, aber ich solle gut nachdenken. Wenn ich nicht machen würde, was er sagte, wenn ich womöglich auf die Idee käme, alles zu erzählen, ihn öffentlich anzuklagen, dann wäre für mich so oder so alles verloren. Aussage gegen Aussage. Beweise hätte ich nicht, und ihm, hat er gesagt, würde ich damit nicht schaden. Er habe genug Freunde, die ihm einen Gefallen schulden.« Schönliebs Magen zog sich leicht zusammen. »Ich solle also genau darüber nachdenken, ob mein ganzes Studium für die Katz gewesen sein soll oder ob er mir helfen soll.«

Nachdem sie ausgesprochen hatte, schwieg Anna. So müde, so hilflos hatte Schönlieb sie bisher noch nie gesehen. Jedes Mal wenn er sie bisher getroffen hatte, war sie ein anderer Mensch, so auch diesmal.

Wieder saßen sie sich einige Sekunden schweigend gegenüber.

»Und jetzt?«, fragte Anna schließlich.

»Du warst nicht die Einzige. Und jemand hat das Ganze heimlich mit einer Kamera aufgenommen, und sehr wahrscheinlich hat er Meininger damit erpresst.«

»Wenn jemand heimlich Bilder gemacht hat ... wenn jemand das alles wusste und es auch noch beweisen hätte können, wieso hat er nichts unternommen? Anstatt Meininger zu erpressen, hätte er ihn auffliegen lassen sollen.« Anna sprach leise, aber sehr bestimmt. Wenn sie gewusst hätte, wer die Bilder aufgenommen hat, hätte sie anders reagiert.

»Ich weiß es nicht«, musste Schönlieb zugeben.

Er schaute aus dem Fenster. Es schneite schon wieder. Dieser verdammte Schnee. Er wollte gerne etwas sagen oder sie weiter zum Fall befragen, doch er konnte nicht. Jedes Mal, wenn er ansetzte, um etwas zu sagen, war es, als würden die Worte immer tiefer in seinen Hals rutschen, bis sie ganz verschwunden waren. Er musste aufpassen, sich nicht zu verschlucken. Er brauchte Wasser.

Schließlich verließ er den Raum. Es tat ihm leid, dass er einfach aufstand und ging, doch er konnte nicht anders.

Kapitel 42

Mit großen Schritten ging er durch den Flur. Ein Glas Wasser, das brauchte er jetzt. Doch kurz bevor er die Küche erreicht hatte, blieb er stehen. Er hatte etwas Merkwürdiges gehört. Kurz hielt er den Atem an, um das Geräusch besser zu hören. Nachdem er genau hingehört hatte, war er sich sicher, dass es direkt aus der Küche kam. Vorsichtig blickte er um die Ecke.

Wallner saß an einem weißen Tisch und hatte eine grüne Kaffeetasse mit der Aufschrift *Polizei* vor sich stehen. Er … Ja, tatsächlich … Er weinte. Langsam liefen ihm Tränen über die Wangen, während er auf die grüne Tasse starrte. Verdammt, was war mit Wallner los? Schönlieb drehte sich langsam um und ging den Flur möglichst lautlos wieder zurück. Wallner hatte ihn nicht bemerkt, und Schönlieb fand es besser so. Bloß: Wenn Wallner in der Küche war und weinte, wer war dann bei Johann im Büro? Schönlieb beschleunigte seinen Schritt und riss die Tür zu ihrem Büro auf. Johann blickte ihn erschrocken an, saß aber ansonsten ruhig auf seinem Stuhl. Was war bloß in Wallner gefahren, Johann alleine hier im Büro zurückzulassen, Johann hätte nur einen der Ordner auf dem Schreibtisch von Schönlieb aufklappen müssen, und schon könnte er in Berichten aus der Gerichtsmedizin, der Technik, der Spurensicherung oder in Zeugenaussagen nachlesen, wie der Stand ihrer Ermittlungen war. Und das als einer ihrer Hauptverdächtigen. Wenn Schönlieb das an die große Glocke hängte, war Wallner erst mal weg vom Fenster.

»Ich habe mir das echt anders vorgestellt bei der Mordkommission«, sagte Johann. Schönlieb setzte sich. »Du siehst aus wie ein Schüler, der gerade Abi macht, und dein Kollege, der aussieht, als wäre er über hundert, bekommt einen Anruf auf seinem Handy und läuft heulend aus dem Raum.« Johann schüttelte ungläubig den Kopf.

»Und ich habe es mir an der Uni anders vorgestellt«, sagte Schönlieb und wurde wütend. »Ihr verkauft Drogen an eure Kommilitonen und macht damit das dicke Geld, aber das reicht euch noch nicht. Nein! Die Gier ist zu groß! Ihr bekommt eines Tages mit, dass euer Professor seine Studentinnen erpresst und sie zwingt, mit ihm Sex zu haben, damit er sie nicht durchfallen lässt. Und was macht ihr? Stellt ihr ihn bloß? Helft ihr euren Kommilitoninnen? Nein! Ihr erpresst ihn seinerseits.«

Johann schaute ihn mit großen Augen an. Er war offensichtlich überrumpelt, dass er auf seinen patzigen Kommentar eine direkte Antwort bekam. Nach und nach realisierte er, was Schönlieb gesagt hatte.

»Das soll jetzt ein Witz sein, oder?«

»Du weißt doch ganz genau, dass es kein Witz ist. Du hast doch sogar, als wir das erste Mal bei dir waren, noch großspurige Andeutungen gemacht, was Meininger betrifft. Du wusstest die ganze Zeit, was er treibt.«

»Ich weiß überhaupt nichts über Meininger. Nur weil ich mal dämliche Gerüchte gehört habe. Die gibt es doch über jeden Professor. Das nimmt man doch nicht ernst. Ich habe es doch nur so dahergesagt.«

Schönlieb ließ sich nicht beirren.

»Huynh und du, die besten Kumpels und die Ritalindealer der Uni, ihr habt eine Kamera in das Büro von Professor Meininger geschmuggelt und heimlich damit Bilder aufgenommen. Dann habt ihr Meininger erpresst.« Johann sah Schönlieb fassungslos an und schwieg. »Doch Meininger wollte sich nicht so einfach erpressen lassen. Er bekam heraus, wer ihn erpresste, und stellte Huynh zur Rede, doof, dass das Ganze in einem tödlichen Streit endete.«

»Meininger hat Huynh umgebracht?«, fragte Johann entsetzt.

»Jetzt tu nicht so!«, sagte Schönlieb und schaute Johann ernst an. »Und aus Rache hast du Meininger getötet.«

»Jetzt fängt das schon wieder an!«, rief Johann und sah flehend an die Decke. Er senkte den Kopf und vergrub ihn in seinen Händen.

»Gib es doch einfach zu, dann können wir alle endlich nach Hause.«

»Ich habe niemanden umgebracht!«, sagte Johann langsam und betonte dabei jedes Wort einzeln.

»Dann sag mir doch einfach, wo du gestern um zweiundzwanzig Uhr warst«, sagte Schönlieb.

Johann dachte kurz nach.

»Zu Hause.«

»Mit wem?«

»Alleine.«

»Ach«, sagte Schönlieb.

»Was, *ach*?« Johann verlor langsam die Geduld. »Ist da Meininger ermordet worden?«

»Ja. Und – ach – du hast kein Alibi.«

»Ich soll also der Mörder sein, nur weil ich kein Alibi habe? Man weiß doch vorher nicht, wann man ein Alibi braucht und sich mal lieber zur Sicherheit Freunde einlädt.«

»Wie hast du von den Gerüchten über Meininger gehört?«

»Keine Ahnung, die erzählt man sich halt auf dem Campus. Irgendjemand wird es mal aus Spaß gesagt haben, aber ich weiß doch nicht, wer. Das ist Tratsch!«

»Wie seid ihr in Meiningers Büro gekommen?« Schönlieb versuchte, mit schnellen Fragen den Druck auf Johann hochzuhalten.

»Was soll die Frage?«

»Ich will wissen, wie ihr die Kamera heimlich im Büro von Professor Meininger installiert habt.«

»Ich glaube, du hörst mir nicht zu. Ich habe keine Kamera im Büro von Professor Meininger installiert, und ich glaube auch nicht, dass Huynh das gemacht hat.« Johann verzweifelte fast, während er antwortete, fuchtelte er wild mit den Armen. »Man ist nämlich nur im Büro von Professor Meininger, wenn man einen Termin mit ihm hat. Ich glaube, in meinem ganzen Leben war ich erst einmal dort, und ich bin sicher, dass auch Huynh nicht öfter dort war, geschweige denn alleine. Der Einzige, der dort herumlungert, ist der Zitronenkopf.«

Schönlieb stockte.

»Stopp, wer?«, fragte er nach.

»Was?« Johann schaute ihm erschöpft ins Gesicht. Er hatte anscheinend schon wieder vergessen, was er gesagt hatte.

»Ich meinte, was hast du gerade gesagt?«, fragte Schönlieb nach. »Zitronenkopf?«

»Ja«, erinnerte sich Johann. »Zitronenkopf, der Streber.«

»Der Streber?«

»Willst du jetzt alles wiederholen, was ich sage?«

»Wenn es sein muss. Wer ist der Zitronenkopf?«

»Na, Benjamin Meier!«

»Benjamin Meier?«, wiederholte Schönlieb. Er konnte nicht anders, so begriffsstutzig er gerade nach außen wirken musste, so sehr wirbelten die unterschiedlichsten Informationen, Aussagen und Hinweise wie einzelne kleine Puzzleteile, die ein Orkan durch die Luft scheuchte, durch seinen Kopf. Doch der Orkan legte sich, und immer mehr Teile fanden zueinander.

»Wieso nennt ihr ihn Zitronenkopf?«, fragte Schönlieb gespannt nach.

Johann begriff überhaupt nicht, was den jungen Kommissar so in Aufregung versetzte.

»Na, weil er sich ständig die Brille mit diesen Brillenputzdingern putzt, die so stark nach Zitrone riechen. Man riecht immer sofort, wenn Benjamin in der Nähe ist.«

Schönlieb sprang auf.

Die Faserspuren, an denen eine besonders hohe Konzentration an Alkohol und D-Limonen festgestellt wurden. Bestandteile von vielen Kosmetikartikeln oder Reinigungsmitteln. Reinigungsmittel wie Brillenputztücher. Der kleine Streber war geradezu besessen von seinen Zitrusputztüchern. Schönlieb versuchte sich an die Handschuhe von Benjamin zu erinnern, an denen er so nervös herumgezuppelt hatte, als Schönlieb ihn wegen des weißen Mercedes ausgefragt hatte. Der weiße Mercedes! Und waren es nicht Wollhandschuhe gewesen? Passten nicht die Modellbeispiele aus der Technik zu den Handschuhen, die Benjamin getragen hatte? Schönlieb rannte zur Tür. Sie mussten zu Benjamin. Da fiel ihm Johann wieder ein. Er durfte ihn hier nicht zurücklassen, wie Wallner es getan hatte.

»Los, raus hier!«, rief er ihm zu.

»Was, jetzt? So plötzlich?« Johann sah ihn verwirrt an.

»Ja, los, steh auf.« Schönlieb zerrte Johann vom Stuhl und drückte ihn vor die Tür.

»He«, protestierte Johann.

»Dir kann man es auch nicht recht machen, erst willst du mit der ganzen Sache nichts zu tun haben, und jetzt willst du nicht gehen«, fuhr Schönlieb ihn an. »Du kannst gehen, los, hau ab.«

Schönlieb schloss das Büro ab und lief den Flur hinunter. Johann ließ er ratlos zurück. Er konnte nicht allein zu Benjamin. Er musste jemanden mitnehmen. Wallner hockte jedoch heulend in der Küche, den konnte er vergessen. Kurz musste er wieder an ihn denken. Er hatte nicht geglaubt, dass Wallner weinen konnte. Mittlerweile dachte Schönlieb schon, dass er sich nur getäuscht hatte, so surreal kam ihm die Szene vor. Jedenfalls schied Wallner jetzt aus. Die anderen saßen ihn den verschiedenen Räumen und passten auf Max, Anna, Marie und Alex auf. Die konnten alle erst mal nach Hause. Benjamin war jetzt wichtig. Schönlieb stürmte in den Verhörraum, zu Coskun und Marie.

»Marie, du kannst gehen, Coskun, du kommst mit. Schnell!« Während er das sagte, war er schon wieder aus dem Raum.

Er platzte bei Samson und Alex rein.

»Alex, ab nach Hause, Samson du kommst mit mir mit!«

Seine nächste Station waren Holding und Max.

»Sorry, Max, dass ich dich jetzt gar nicht befragt habe, Holding, ich bin mit Coskun und Samson unseren Hauptverdächtigen einsammeln. Mehr nachher!«

»Ich dachte, der ist einer von denen hier. Wozu der ganze Aufwand, wenn meiner nicht mal befragt wird?«, hörte Schönlieb Holding rufen.

Coskun und Samson standen schon auf dem Flur und schauten sich fragend an.

»Ich erzähle euch alles unterwegs! Samson, du fährst!«

Während Samson auf das Gaspedal drückte, ließ sich Schönlieb von der Zentrale die Adresse von Benjamin geben.

»Wir kommen, Zitronenkopf!«, brüllte er angriffslustig, als er wieder aufgelegt hatte.

Kapitel 43

Schönlieb und Coskun nahmen die drei kleinen Treppenstufen, die zum Eingang des durch und durch unauffälligen Einfamilienhauses führten. Samson wartete im Auto auf sie. Er sollte den Ausgang des kleinen Grundstückes im Blick behalten.

Die unteren Fenster des Hauses zierten weiße, halbhohe Spitzengardinen, vor denen eine von diesen hässlichen Kerzenpyramiden im Fenster stand. Neben der Tür informierte ein Schild aus bemaltem Salzteig, dass hier Familie Meier wohnte. Coskun drückte auf die Klingel.

»Dann werden wir mal sehen, ob du recht hast«, sagte sie.

Schönlieb wusste, das er recht hatte, die Indizien sprachen dafür und sein Gefühl.

Die Tür öffnete sich. Die Frau, die zum Vorschein kam, sah ebenso langweilig aus wie das Haus, in dem sie wohnte.

»Kripo Hamburg, wir würden gerne zu Benjamin«, sagte Coskun kühl.

Der Blick der Frau weitete sich etwas, und ihre Pupillen zuckten nervös hin und her. Wahrscheinlich versuchte sie einzuordnen, was die Kripo von ihrem Benjamin wollte. Was ihr jedoch augenscheinlich nicht gelang.

»Außerdem würden wir uns hier gerne ein bisschen umschauen«, sagte Schönlieb zu Frau Meier, die ihn noch immer verwirrt ansah.

»Also, ja, mein Gott, hat Benjamin denn etwas angestellt?« Langsam fand sie ihre Sprache wieder.

Schönlieb und Coskun sahen sich kurz an.

»Nein, wahrscheinlich nicht. Nur Routine.«

»Benjamin ist oben in seinem Zimmer.« Frau Meier trat zur Seite, ließ die beiden Polizisten hinein und zeigte auf eine Treppe, die in das obere Geschoss des Hauses führte.

Schönlieb und Coskun gingen die helle Holztreppe hinauf.

Frau Meier blieb unten am Treppenende stehen und blickte ihnen sorgenvoll hinterher. Oben stand die Tür zu einem kleinen Badezimmer auf. Zwei weitere Türen waren geschlossen. Auf einer der Türen klebte ein gelbes Warnhinweisschild. *Betreten auf eigene Gefahr*. Ja, so ein Schild hatte Schönlieb auch mal an seiner Tür gehabt, mit zwölf. Er war froh, dass er seines rechtzeitig abgenommen hatte, beziehungsweise rechtzeitig ausgezogen war.

Schönlieb klopfte an die Tür und öffnete sie dann sofort, ohne abzuwarten.

Benjamin saß an einem hellen Holzschreibtisch. Mit einem schnellen Blick verschaffte Schönlieb sich einen Überblick über das Zimmer. Helle Kiefernholzmöbel, Dartscheibe an der Wand, daneben ein Schwarz-Weiß-Poster, das die Skyline von New York zeigte. Es hätte das Zimmer eines vierzehnjährigen Schülers sein können. Nur um den Schreibtisch herum schien der Student, der in diesem Zimmer wohnte, sich nach und nach durchzusetzen. Mehrere dicke Fachbücher, ein paar Ordner, zwei moderne Notebooks. Der Schreibtisch schien von allem kindlichen Kitsch befreit.

Erschrocken blickte Benjamin hoch und rückte seine Brille zurecht.

»Hallo, Benjamin«, sagte Schönlieb, und er versuchte es so klingen zu lassen, als müsse Benjamin wissen, warum er und Coskun, die Kripo, jetzt hier in seinem Zimmer standen.

Benjamin schien es zu wissen. Nachdem er ein paar Sekunden wie schockgefroren gewirkt hatte, wirbelte er plötzlich hoch, stürmte auf Schönlieb zu und drückte ihn beiseite. Schönlieb, völlig überrascht von dieser plötzlichen Aktion, verlor das Gleichgewicht und fiel auf den hellen Laminatboden, genau neben ein paar alte Socken. Coskun war nicht minder überrascht. Erstaunt blickte sie auf den perplex am Boden liegenden Schönlieb. Benjamin stürmte indessen aus der Tür, lief die Treppe hinunter und preschte in Richtung Haustür. In seiner Hektik übersah er seine Mutter, die noch immer unten am Treppenende stand und hoffte, etwas von oben belauschen zu können. Frontal knallten die beiden zusammen. Benjamins Mutter schrie auf. Kurz hielt Benjamin inne, vergewisserte sich, dass seiner Mutter nichts allzu Schlimmes passiert war, und rappelte sich auf.

Schönlieb stand in der Zwischenzeit wieder auf den Beinen und rannte ebenfalls los. Einerseits ärgerte er sich, dass Benjamin ihm so einfach entkommen war, anderseits freute er sich. Benjamins Reaktion konnte nur bedeuten, dass sie sehr nah an der Aufklärung des Falles dran waren. Es gab etwas, vor dem Benjamin weglaufen musste. Das war gut!

Schönlieb raste die Treppe hinunter. Unten richtete sich Frau Meier gerade wieder auf. Die Haustür knallte zu, Schönlieb riss sie wieder auf und entdeckte nur wenige Meter weiter Benjamin, der das Grundstück verließ und nach links die Straße hinunterlief. Schönlieb lief ihm hinterher. Hinter sich konnte er Coskun hören, die ebenfalls die Verfolgung aufgenommen hatte.

Was, zum Teufel, machte eigentlich Samson? Eigentlich wäre genau diese Situation sein Einsatz gewesen. Genau dafür hatte er sich doch vor dem Haus postiert. Schönlieb versuchte, während er ebenfalls nach links abbog, Samson zu entdecken. Er sah ihn. Samson kam auf der anderen Straßenseite aus einer Bäckerei heraus, eine flache Pappschachtel, in der drei Plastikkaffeebecher standen, in der Hand. Vielleicht hatte Schönlieb im Auto den Ernst ihrer Aktion nicht deutlich genug gemacht. Vielleicht war Samson aber auch einfach ein riesiger Hornochse. Als Samson Schönlieb und Coskun entdeckte und begriff, was vor sich ging, schmiss er den Kaffee weg und fing ebenfalls an zu rennen. Zu dritt verfolgten sie Benjamin.

Die Straße war gerade und lang. Benjamin hatte keine fünfzig Meter Vorsprung.

Schönlieb hatte nicht den Eindruck, dass Benjamin ein guter Läufer war, aber er selbst war auch mal schneller gewesen. Er hörte Coskuns Atem näher kommen, dann lief sie tatsächlich an ihm vorbei. Sie sah nicht so aus, als würde sie sich dabei sonderlich anstrengen, und sie hatte sogar noch die Luft, ihm mit einem abschätzigen Blick mitzuteilen, dass er *eine lahme Ente* sei!

Auch Samson überholte ihn, obwohl der, wie er aussah, doch mindestens das Doppelte an Körpergewicht zu tragen hatte. Anderseits, wenn solche Masse erst mal in Bewegung ist … Doch so leicht wollte sich Schönlieb nicht abhängen lassen, er schnaufte und pustete, er gab alles.

Die Entfernung zu Benjamin war größer geworden. Er konnte sehen, wie Benjamin über eine rote Ampel lief. Ein Auto musste eine Vollbremsung machen, und das Quietschen der Reifen schrillte durch die Luft. Benjamin lief quer über eine Tankstelle und verschwand am anderen Ende in einem Gebüsch. Coskun, Samson und Schönlieb überquerten ebenfalls die Straße. Coskun lief voran und deutete mit wedelnden Armen den Fahrern in den Autos, sie mögen anhalten. Dadurch konnte Schönlieb wieder zu ihr aufschließen. Sie stürmten auf das Gebüsch zu und schlugen wild die Äste zur Seite, auf der anderen Seite gelangten sie an eine breite Straße. Hastig blickten sie sich nach Benjamin um. Doch sie konnten ihn nicht entdecken. Geradeaus führte auf der anderen Straßenseite ein kleiner Weg in eine Kleingartenkolonie, links und rechts führte die Straße gerade in die Ferne. Benjamin musste geradeaus gelaufen sein, ansonsten hätten sie ihn entdeckt. Sie liefen über die Straße, umkurvten eine grün gestrichene Schranke und befanden sich nun zwischen den Kleingärten. Ein paar Meter weiter teilte sich der Weg in drei enge Sandwege, die zwischen den Hecken und Gartenzäunen entlangführten.

»Er kann hier überall sein«, schnaufte Samson und stemmte sich auf seine Knie.

»Dann müssen wir überall nach ihm suchen«, sagte Schönlieb. Er hatte keine Lust, Benjamin ein weiteres Mal entkommen zu lassen. Er war sich mittlerweile sicher, dass es Benjamin war, den er am Hafen verfolgt hatte. Er dachte an den toten Meininger. »Wir teilen uns auf, aber seid vorsichtig. Er könnte gefährlich sein.«

Coskun rief mit ihrem Handy Unterstützung.

»Die sollen zumindest die Ausgänge absichern«, sagte sie zu Samson und Schönlieb.

Anschließend machte sich jeder in eine andere Richtung auf den Weg. Im Laufschritt ging Schönlieb den kleinen Weg entlang und machte sich dabei immer wieder groß, um über die bauchhohen Hecken hinweg in alle Winkel der Gärten einsehen zu können. Hinter jeder Hecke konnte sich Benjamin verstecken. Fast alle kleinen Hütten waren verriegelt und die Fenster mit Holzläden verschlossen, viele der kleinen Obstbäume waren in Plastikabdeckungen gehüllt. Jetzt im Winter wirkte die Kleingartenkolonie wie ein Geisterdorf, aus dem die Bewohner in andere, große Städte geflüchtet waren.

Schönlieb blieb kurz stehen und lauschte, doch das Einzige, was er hören konnte, war sein eigener Atem. Plötzlich vibrierte sein Handy in der Hose, und der künstliche Torjubel seiner Fußball-App schallte durch die Luft. St. Pauli! Das hatte er ganz vergessen. Das Spiel. Auswärts in Ingolstadt. Er zog sein iPhone aus der Tasche und vergaß für einen Moment alles um sich herum. 0:1, Tor für St. Pauli. Schönlieb ballte kurz die Faust.

»Geht doch«, sagte er leise.

Da sprang plötzlich zwei Meter vor ihm Benjamin aus dem Gebüsch und lief davon. Schönlieb brauchte eine Sekunde, um zu begreifen, was gerade passiert war. Dann hatte er den kurzen Triumph vergessen und war mit dem Gedanken wieder bei Benjamin. Er sprintete los.

Er hätte schwören können, dass er noch nie in seinem Leben so schnell gelaufen war wie in diesem einen Moment. Benjamin würde ihm nicht noch einmal entkommen! Er hatte ihn vor Augen, er kam näher heran. Seine Kehle brannte, er kam mit dem Luftholen nicht hinterher. Benjamin war direkt vor ihm, in greifbarer Nähe. Schönlieb nahm all seine Kraft zusammen und sprang Benjamin hinterher. Er wollte ihn an den Schultern zu Boden ziehen, doch er verfehlte die Schultern, fast verfehlte er ihn komplett, dann wäre er weg gewesen, doch er bekam seinen Fuß zu fassen. Er zerrte an dem Fuß und war wild entschlossen, ihn nie wieder loszulassen, wenn es sein musste. Benjamin trat nach ihm und erwischte ihn im Gesicht, doch Schönlieb würde nicht loslassen. Er presste den Fuß an seinen Körper und versuchte sich mit der anderen Hand nach oben zu arbeiten. Er zerrte an Benjamin und zog ihn immer weiter unter seinen Körper. Benjamin schlug und trat um sich. Mehrmals traf er Schönlieb, doch dieses Mal hatte er ihn, egal was Benjamin machte, er würde ihn nicht loslassen. Er hatte ihn jetzt fast komplett unter sich. Benjamin wehrte sich weiter und schrie. Auch Schönlieb schrie. Er kam sich vor wie ein wildes Tier, ein Löwe, und er hatte Benjamin, die Gazelle, am Bein erwischt, und jetzt würde er ihn in Stücke reißen. Schönlieb schrie noch lauter und fing an, mit seiner freien Hand auf Benjamin einzuschlagen, ohne zu sehen, wohin er schlug. Plötzlich wurde Schönlieb nach hinten in die Höhe gezogen und ein paar Meter zurückgeworfen. Erst begriff er nicht, was vor sich ging. Dann sah er, wie Samson auf Benjamin kniete und ihm Handschellen anlegte. Erschöpft saß Schönlieb auf dem Boden. Mit der Handoberfläche taste er nach seiner Lippe. Er blutete. Sein iPhone vibrierte, und schon wieder ertönte der Torjubel. Er schaute nicht nach, das musste das 2:0 für St. Pauli gewesen sein. Es konnte nicht anders sein.

Kapitel 44

Schönlieb drückte das Taschentuch auf seine Lippe. Er hatte einen Schatz gefunden, wobei »gefunden« nicht der richtige Ausdruck war. Er hatte ihn nicht einmal suchen müssen. Er stand einfach da, auf dem Schreibtisch von Benjamin. Der Laptop von Huynh.

Schönlieb war es gar nicht sofort aufgefallen, als sie das Zimmer zum ersten Mal betreten hatten, doch auf Benjamins Schreibtisch hatten zwei Notebooks gestanden. Schönlieb hatte beide gestartet, und sofort war klar gewesen, dass der zweite Huynh gehört hatte. Wohlleben hatte recht gehabt. Benjamin hatte den Laptop gestohlen. So hatte er Zugriff auf das E-Mail-Konto von Huynh und konnte sich das Passwort für den Online-Speicher zuschicken lassen, auf dem die Bilder lagen, die die Kamera in Meiningers Büro aufgenommen hatte.

Jetzt war sich Schönlieb zu hundert Prozent sicher, den Täter bekommen zu haben. Er war gespannt, was Benjamin zu seiner Verteidigung zu sagen hatte. Er klappte den Laptop zu und klemmte ihn unter seinen Arm. Er wollte das Zimmer gerade verlassen, als sein Blick auf den Kleiderschrank fiel. Er stand einen Spalt offen, und Schönlieb konnte erkennen, dass in der Innenseite ein paar Fotos hingen. Er ging zum Kleiderschrank und öffnete die Tür. Er sah Marie, die Freundin von Huynh. Fünf Fotos von ihr hingen dort im Schrank. Zwei von ihnen waren offensichtlich aus einiger Entfernung mit einem Teleobjektiv aufgenommen worden. Sie erinnerten an die Fotos, die man in den Klatschzeitungen von Prominenten fand. Bei einem Foto hatte Schönlieb die Vermutung, dass es heimlich mit dem Handy aufgenommen wurde. Man sah Marie von schräg unten, wie sie auf einem der Klapptische im Hörsaal lehnte. Die letzten beiden Fotos sahen aus wie normale Pärchenfotos, mit dem Unterschied, dass das Foto in der Mitte durchgeschnitten war und die

Hälfte mit dem Mann fehlte. Schönlieb war sich sicher, dass es Huynh war, der dort abgeschnitten worden war. Musste Huynh sterben, weil er der Freund von Marie war? Schönlieb nahm die Fotos ab und verließ das Zimmer.

Unten im Erdgeschoss saß Coskun zusammen mit Benjamins Mutter im Wohnzimmer. Schönlieb ging zu ihnen und nickte Coskun zu. Frau Meier saß auf einem pastellfarbenen Sofa und schüttelte ununterbrochen den Kopf.

»Das kann doch alles nicht wahr sein«, mehr sagte sie nicht. Nur immer wieder, dass das alles nicht wahr sein konnte.

In einer Glasvitrine, die rechts in einer Ecke neben dem Fernseher stand, lagen ein paar Muscheln, vermutlich aus dem letzten Urlaub. Zwischen den Muscheln standen zwei kleine Porzellankätzchen und lachten Schönlieb fröhlich an.

»Wenn Sie wollen, können Sie mitfahren. Wir fahren jetzt ins LKA«, bot Coskun der Mutter von Benjamin an.

Schönlieb hielt das für keine gute Idee. Er war erleichtert, als Frau Meiner ablehnte.

»Ich warte hier einfach auf ihn.«

Na, da kann sie lange warten, dachte Schönlieb und verabschiedete sich.

Als er die Haustür hinter sich und Coskun schloss, kribbelte es in seinem Bauch. Er war aufgeregt. Der Fall war kurz davor, abgeschlossen zu werden.

Kapitel 45

Bevor er die Tür zum Vernehmungszimmer öffnete, dachte Schönlieb kurz an Wallner. *Wo verdammt war der?* Er hatte ihn seit ihrer Rückkehr ins LKA nicht gesehen. Schönlieb beschloss, später Holding direkt auf das ständige Verschwinden von Wallner anzusprechen. Der sollte ja wohl wissen, wo sich seine Mitarbeiter herumtrieben. Vorher aber würde er Benjamin befragen, dann konnte er Holding gleich einen Erfolg vermelden.

Schönliebs Aufregung war noch größer geworden. Er hatte die Hand schon an der Türklinke, da hielt er ein letztes Mal inne und mahnte sich, sich nicht zu früh über seinen bevorstehenden Triumph zu freuen. Jetzt kam es darauf an, diesen Fall professionell abzuschließen. Er durfte sich keinen Fehler erlauben. Er hatte Benjamin schon im Käfig sitzen, jetzt musste er nur noch die Tür hinter ihm schließen.

Schönlieb öffnete die Tür. Birte Coskun lehnte an der Wand. Sie hatte bisher kein Wort mit Benjamin gewechselt. Sie war einfach da und schaute ihn an. Das machte Benjamin nervös genug.

»Hast du Wallner nicht mitgebracht?«, fragte sie.

»Keine Ahnung, wo der steckt.« Schönlieb zuckte mit den Schultern, dann wandte er sich an Benjamin. »Woher hast du diesen Laptop? Der stand auf deinem Schreibtisch.«

Schönlieb legte den Laptop auf den kleinen weißen Tisch. Benjamin stierte auf den Computer. Er sah aus, als ob er überlegte, alles zu leugnen, aber wie lange würde er es schon durchhalten? Dafür schien er nicht gemacht.

Benjamin hob seinen Kopf und schaute Schönlieb in die Augen. Mit dem Zeigefinger schob er seine Brille hoch.

»Ja, den kenne ich. Das ist der Laptop von Huynh. Ich habe ihn an mich genommen, nachdem ich Huynh vor dem Audimax bewusstlos geschlagen habe, also …« Er stockte kurz. »… totgeschlagen habe.« Wieder machte er eine Pause und sagte dann mit mehr Sicherheit in der Stimme. »Acht Tage später habe ich Professor Meininger getötet.« Dann fing er an zu weinen.

Schönlieb und Coskun schauten sich überrascht an. Schönlieb war fast ein wenig enttäuscht, so einfach hatte Benjamin es ihm gemacht. Wo war das knallharte Verhör, in dem man den Verdächtigen schweißgebadet stundenlang weichkochte und dann endlich, endlich ein Geständnis bekam, als Belohnung für diese harten Stunden, für die harte Arbeit?

Schnell wischte Schönlieb die Enttäuschung weg. Es ging darum, den Fall zu lösen, nicht um Eitelkeiten. Bloß nicht so unprofessionell wie Wallner werden.

»Dann erzähl mir mal, wie das genau mit Huynh passiert ist«, sagte Schönlieb und setzte sich zu Benjamin an den Tisch.

Benjamin wischte sich mit dem Handrücken etwas Rotz weg, dann fing er an, er sprach sehr flüssig und deutlich.

»Jeder denkt, ich bin ein Streber, nur weil ich versuche, mich in den Vorlesungen zu beteiligen. Ich kann mich nun mal vorne, nahe am Professor, besser konzentrieren. Da wird man nicht so abgelenkt. Aber was soll ich sagen, auch ich hatte Probleme, mir den ganzen Stoff zu merken und für die Klausuren zu lernen. Dazu kam noch die Arbeit für Professor Meininger, das war nicht wenig, da war die Zeit knapp. Lernen, arbeiten, lernen.«

»Und was hat Huynh damit zu tun?«

»Huynh habe ich das erste Mal beim VHJS getroffen. Ich wollte andere Studenten kennenlernen, ein bisschen Anschluss finden. In der Schule war ich schon immer der Außenseiter gewesen. Keine Ahnung, warum. Sehen Sie mich an. Habe ich irgendwie »Außenseiter« auf der Stirn geschrieben, oder was?«

Schönlieb schaute Benjamin an. Er konnte nicht genau sagen, was es war, aber Benjamin sah für ihn aus wie einer, mit dem schon in der Grundschule keiner spielen wollte. Es gab immer einen, der geärgert wurde, der nicht eingeladen wurde, der beim Sport als Letzter in die Mannschaften gewählt wurde, und, so leid es ihm tat, Benjamin war so einer. Genau, wie Schönlieb selbst einer gewesen war.

»Nein«, sagte Schönlieb und schüttelte den Kopf.

»Jedenfalls war ich beim VHJS auch wieder schnell außen vor. Ich hasse es!« Benjamin liefen wieder ein paar Tränen über die Wange. »Aber Huynh war nett zu mir. Er war nicht so voreingenommen wie die anderen. Er legte Wert auf meine Meinung und motivierte mich, weiter zu den Treffen zu gehen, was ich aber nicht tat. Eine ganze Zeit lang hatten wir dann keinen richtigen Kontakt, waren wieder zwei Studenten, die zwar zusammen studierten, aber mehr auch nicht. Dann aber bekam ich immer größere Probleme mit dem Lernen. Klar, es geht langsam dem Ende zu. Es wird schwieriger, und man wird auch nervöser. Schließlich weiß man, bald kommt's drauf an. Irgendwie hatte ich gehört, dass Huynh einem helfen konnte, wenn man Probleme hatte zu lernen, sich zu konzentrieren, wach zu bleiben und so. Deswegen habe ich mich an ihn gewandt. Mittlerweile war ich als totaler Streber verschrien. Klar, wer auch noch für den Meininger arbeitet …

Huynh war dennoch wieder sehr nett zu mir, auch wenn ich merkte, dass er darauf achtete, nicht ganz so oft mit mir zusammen in der Mensa oder so gesehen zu werden. Der Ruf ist alles.« Benjamin lachte merkwürdig auf. Sehr verkrampft. »Er hat mir dann diese Pillen gegeben. Ehrlich gesagt, keine Ahnung, was das war. Er hatte sie in so blaue Tütchen gepackt, auf die ein kleines Gehirn gedruckt war, und nannte sie selbst *Brainbooster*. Die waren ziemlich gut.

Er gab mir am Anfang ziemlich viele. Einfach so. Mein Vorrat war allerdings irgendwann alle. Er bot mir an, mir mehr zu besorgen, gegen Geld. Das war auch kein Problem. Also erst einmal. Ich war nicht süchtig nach den Dingern, aber zum Lernen waren die wirklich spitze. Ich konnte viel länger und konzentrierter lernen, auch noch nach der Arbeit.«

Schönlieb fing an, mit den Fingern auf dem Tisch zu trommeln. Hörte jedoch sofort, dass Coskun sich hinter ihm leicht räusperte, und wusste sofort, was sie meinte. Schnell verschränkte er die Finger ineinander und legte die Hände auf den Tisch. *Lass ihn in Ruhe weiterreden, gleich ist es so weit.*

»Ich hatte einen ganz guten Verbrauch von diesen *Brainboostern*. Das war ziemlich teuer. Recht viel von meinem Geld, das ich von meiner Mutter bekomme, ging dafür drauf. Irgendwann fragte mich Huynh mal, es wirkte ganz beiläufig, ob ich schon etwas von den Gerüchten über Professor Meininger gehört hätte.« Er sah kurz zu Schönlieb. »Also wegen der Studentinnen. Und so. Ich wusste nicht wirklich etwas darüber, aber zu Ohren war mir das natürlich schon mal gekommen. Aber irgendwie glaubte ich da nicht dran, obwohl mir dann eine komische Situation einfiel. Das erzählte ich auch Huynh.«

»Was war an der Situation denn so komisch?«, fragte Schönlieb und versuchte, nicht allzu ungeduldig zu klingen.

»Ja, also, einmal, als ich zu Professor Meininger ins Büro wollte, um zu arbeiten, war es abgeschlossen. Ich ruckelte an der Tür, weil ich dachte, dass das nicht sein kann, schließlich musste ich immer um diese Zeit arbeiten, und die Tür war immer offen gewesen. Trotzdem, sie blieb zu. Kurz dachte ich, drinnen Geräusche gehört zu haben, aber als ich noch mal lauschte, war nichts zu hören. Ich beschloss, auf Professor Meininger zu warten, und setzte mich draußen auf dem Flur an die Wand. Ich dachte, er würde schon kommen, schließlich wusste er, dass ich arbeiten musste. Nach ein paar Minuten ging dann die Tür auf, allerdings von innen, also war wirklich jemand im Büro gewesen. Eine junge Studentin kam heraus, beachtete mich gar nicht und verschwand. Als ich in das Büro ging, saß Meininger an seinem Schreibtisch. Er sagte, er habe der Studentin etwas erklären müssen, und sie brauchten dabei Ruhe. Mein Rütteln hatten sie gar nicht gehört, weil sie so vertieft in die Arbeit gewesen waren. Ich hab ihm das geglaubt. Naiv, oder? So im Nachhinein. Verdammt naiv.«

»In der Tat, sehr naiv«, bestätigte Schönlieb. »Was hat Huynh dazu gesagt?«

»Er war ganz aufgeregt, als ich ihm von dieser Situation erzählte, kam aber erst ein, zwei Wochen später wieder darauf zurück. Er bot mir an, eine nicht geringe Menge der *Brainbooster* umsonst zu beziehen, wenn ich bei Professor Meininger eine

Kamera installieren würde. Er hatte alles vorbereitet, und ich ließ mich darauf ein. Ich war mir ziemlich sicher, dass die Kamera nichts Besonderes aufzeichnen würde, außer, wie Professor Meininger in seinem Büro saß und arbeitete. Dann hätte ich nach ein paar Tagen die Kamera wieder entfernt, und nichts wäre passiert.«

Benjamin lehnte sich zurück und wischte sich ein paar schon angetrocknete Tränen von der Wange. Er schaute auf den Tisch. Vielleicht war es dieser Moment, an dem er noch alles hätte verhindern können.

»Aber es kam anders«, folgerte Schönlieb.

Benjamin schüttelte leicht den Kopf, als könnte er das, was er jetzt erzählen würde, immer noch nicht glauben.

»Nach ein paar Tagen kam Huynh auf mich zu und sagte, ich würde die Pillen ab jetzt immer kostenlos bekommen. Ich müsste die Kamera aber an Ort und Stelle lassen und darauf achten, dass Professor Meininger keinen Verdacht schöpfte. Ich fragte ihn, was er so Interessantes aufgenommen hatte, und da zeigte er mir auf seinem Handy ein paar Bilder.« Benjamin machte eine Pause. »Professor Meininger hatte auf den Bildern Sex mit einer Studentin, und man sah ziemlich deutlich, dass das nicht freiwillig war.« Benjamin schüttelte noch heftiger mit dem Kopf. »Ich hab zu Huynh gesagt, dass wir das auf jeden Fall sofort dem Dekan melden müssten, oder der Polizei, der Presse, was weiß ich, auf jeden Fall mussten wir etwas tun, um Meininger das Handwerk zu legen. Aber Huynh lachte nur und sagte, dass er das ganz bestimmt nicht machen würde, dass wir gerade eine Geldquelle gefunden hätten, von der kein anderer etwas wüsste. Wir müssten jetzt nur noch fröhlich das Geld abzapfen. Er wollte Professor Meininger erpressen.«

»Er wollte oder er hat?«, fragte Schönlieb und dachte daran, wie Meininger das Büro auf der Suche nach der Kamera verwüstet hatte. »Meininger schien erst nach Huynhs Tod von der Kamera erfahren zu haben.«

»Ja, das stimmt«, bestätigte Benjamin. »Huynh wollte erst noch ein paar Beweise mehr sammeln. *Je mehr Studentinnen er vögelt, desto teurer wird's,* hat er behauptet. Und dann … na ja … dann kam unser Streit dazwischen. Ich hab immer wieder auf ihn eingeredet, dass wir das öffentlich machen müssen, dass wir das Böse bekämpfen und nicht erpressen müssten. Das machte uns doch nur zu schlechteren Menschen, oder nicht? Wir sind doch Juristen!«

Benjamin schaute Schönlieb an, als erwartete er Zustimmung. Schönlieb wusste nicht, was er dazu sagen sollte, und hoffte, Benjamin würde einfach weiterreden.

Das tat er.

»An dem Abend gingen wir zusammen aus der Bibliothek über den Campus und stritten über die Sache. Huynh sagte, er würde Meininger am nächsten Tag eine E-Mail schicken. Er hatte alles vorbereitet. Da sagte ich ihm, dass ich das nicht zulassen würde. Ich würde keine Erpressung begehen! Das war mir eine Nummer zu groß. Ich sagte ihm, ich würde alles, was ich wusste, dem Dekan und der Polizei sagen. Da wurde er wütend. Verdammt wütend. Er zerrte an mir herum und schlug mir sogar einmal ins Gesicht. Da nahm ich meinen Schönfelder und schlug nach ihm.«

»Deinen was?«, fragte Schönlieb.

»Meinen Schönfelder, den Ziegelstein.« Benjamin schaute immer noch in Schönliebs ausdrucksloses Gesicht. »Ein Buch. Ein großes, dickes Gesetzesbuch. Total schwer das Ding. Jedenfalls … Ich traf ihn damit am Kopf. Er fiel hin und bewegte sich nicht mehr. Er bewegte sich einfach nicht mehr!« Benjamin fing wieder an zu weinen. Die Tränen schossen aus seinen Augen und liefen ihm über das ganze Gesicht. »Ich habe einen Menschen getötet, damit ich niemanden erpressen musste.«

Dann lachte er einmal zynisch auf.

»Meininger hat Huynh auf dem Gewissen. Niemand anderes.«

Schönlieb lief ein Schauer über den Rücken, und er bekam eine leichte Gänsehaut. Coskun stand noch immer an der Wand. Sie schien weniger berührt.

»Was haben Sie dann gemacht?«, fragte sie.

»Ich war total panisch. Erst wollte ich einen Krankenwagen rufen, aber dann begriff ich, dass Huynh tot war. Dass ihm nicht mehr zu helfen war. Dass *ich ihn umgebracht hatte.* Ich schaute mich um und merkte, dass uns anscheinend niemand beobachtet hatte. Dass überhaupt keiner in der Nähe war, der das hätte sehen können. Warum war da keiner? Warum hat uns keiner gesehen? Da sind doch sonst immer Menschen! Ich wünschte, uns hätte jemand gesehen.«

»Und dann haben Sie ihn, so panisch wie Sie waren, zum Beseitigen von Spuren in den Teich gezogen?«, fragte Coskun, und man hörte, dass sie Benjamin nicht alles abnahm.

»Ja, das hatte ich mal in irgendeinem Krimi gesehen, dass Wasserleichen schwerer zu untersuchen waren. Keine Ahnung, das kam mir in den Kopf. Ich habe ihn da reingezogen und bin dann weggelaufen.«

Auch Schönlieb hatte noch eine Frage: »Warum hast du dann nicht – wie du es doch wolltest – öffentlich gemacht, dass Meininger Studentinnen erpresste?«

Benjamin rückte sich erneut seine Brille zurecht.

»Ich habe den Laptop an mich genommen. Ich habe gehofft, dass ich so Zugang zu den Bildern bekommen würde, wie es dann auch war. Ich wollte das alles aufdecken, aber dann wurde mir klar, dass Meininger das nicht verdient hatte.« Er schaute erst zu Coskun und dann zu Schönlieb. »Meininger hat sich selbst und die Rechtswissenschaften verraten. Er steht da vorne vor uns und lehrt uns das Recht, und dann tritt er es mit Füßen. In übelster Weise. Ich habe mir die Bilder angeguckt, und ich hatte Huynh vor Augen, wie er tot vor mir lag, alles wegen Meininger. Das wäre alles nie passiert. Er ist an allem schuld, und dafür habe ich ihn bestraft. Er hat es verdient.«

Benjamin blickte Schönlieb mit einem finsteren, kühlen Blick an. So zerbrechlich und traurig er eben noch gewirkt hatte, als er von dem Unfall mit Huynh erzählte, so kaltblütig und erschreckend wirkte er jetzt. Vor ihnen saß ein eiskalter Mörder.

»Er hatte es nicht anders verdient?«, fragte Schönlieb ungläubig nach. »Das kann nicht dein Ernst sein.«

Benjamin zeigte keine Reaktion. Er sah aus wie eine leblose Wachsfigur. Schönlieb zog die Fotos von Marie, die er in Benjamins Kleiderschrank gefunden hatte, aus der Hosentasche.

»Und das mit Huynh soll ein Unfall gewesen sein? Ein praktischer Unfall. So hattest du gleich ihren Freund aus dem Weg geräumt.« Benjamin starrte auf die Fotos, sein Blick wurde mit einem Mal weich.

»Marie hat damit nichts zu tun. Sie kennt mich doch nicht mal. Wir haben noch nie ein Wort gewechselt. Was sollte sich daran ändern, wenn ihr Freund tot war? Dadurch, dass ich Huynh getötet habe, habe ich ihr nur unendlich viel Leid angetan. Das wollte ich niemals. Nie! Sie würde mir das auch nie verzeihen, wenn sie es erfährt«, sagte Benjamin. Er hatte sich wieder von dem eiskalten Mörder in den weinenden Außenseiter verwandelt. Schönlieb wusste nicht, was er glauben sollte.

»Welche Bilder hast du auf dem Online-Speicher gelöscht?«, fragte Schönlieb.

»Ich habe nichts gelöscht.«

»Unsere Techniker sagen etwas anderes.«

»Ich habe nichts gelöscht«, wiederholte Benjamin. »Ich habe doch alles zugegeben. Was wollt ihr denn jetzt noch?« Er senkte den Kopf und stützte ihn schließlich auf die Hände.

Kapitel 46

Schönlieb war nicht so zufrieden, wie er es sein sollte. Dabei hatte er eben Holding berichten können, dass sie einen geständigen Täter hatten. Einen, der sein Geständnis nicht zurückziehen würde, da war sich Schönlieb sicher. Holding jedenfalls hatte ihn gelobt. Er war ziemlich überschwänglich gewesen.

»Das ist großartig, ganz großartig«, hatte er gejubelt.

Plötzlich fiel Schönlieb wieder ein, dass er fragen wollte, wo Wallner war.

»Wo ist eigentlich Wallner?«

»Hast du noch nicht davon gehört?« Holding drehte den Kopf und verzog leicht das Gesicht. »Ich hätte gedacht, dass Wallner dir gegenüber mal etwas erwähnt hat.«

»Nein. Hat er nicht.« Schönlieb hatte keine Ahnung, was Holding meinen könnte.

»Also … Wallners Frau ist heute gestorben. Sie hatte Krebs.«

Schönlieb schnappte nach Luft. Er versuchte es sich vorzustellen, wie Wallner sich fühlen musste. Er konnte es nicht. Wie sollte er auch? Er hatte Wallner schon oft die schrecklichsten Dinge gewünscht, ihn verflucht und sich gewünscht, er möge nie wieder ins LKA kommen, aber jetzt, jetzt tat er ihm unendlich leid. Das Bild, das Schönlieb von Wallner hatte, brach mit einem Mal zusammen. Der grummlige, unnahbare Mann, sein Partner und Gegner, war für ihn nur noch eine traurige Figur.

Schönlieb schwieg. Er konnte dazu nichts sagen. Was sollte er dazu sagen? *Oh, das tut mir leid?* Das konnte sich Holding denken, und außerdem hatte Holding nicht das Geringste damit zu tun.

Eine Zeit lang standen sie sich einfach schweigend gegenüber, bis Schönlieb endlich das Büro verließ.

Kapitel 47

Beerdigungen waren nicht Schönliebs Sache, dennoch war es für ihn ein Ritual geworden, den Toten, *seinen* Toten, die letzte Ehre zu erweisen. Etwas abseits stellte er sich in die Nähe der Trauergemeinde und nahm ganz für sich Abschied.

Abschied von Menschen, die er oft sehr gut kennengelernt hatte, ja, oft besser als die wenigen Freunde, die er hatte.

Schönlieb sah zu der Ansammlung von schwarz gekleideten Menschen hinüber, die vor dem offenen Grab standen. Er erkannte die Eltern von Huynh und die zwei kleinen Schwestern. Sie standen ganz vorne und begannen jetzt einer nach dem anderen, mit einer kleinen Schaufel etwas Erde in das Grab zu schütten. Huynhs Mutter sackte danach weinend zusammen und fiel in die Arme ihres Mannes. Als Nächstes waren andere Verwandte dran.

Als die Verwandten fertig waren, kamen die Freunde an die Reihe, allen voran Marie. Ihr Vater hielt sie fest im Arm, wirkte sonst jedoch ziemlich anteilslos. Marie schluchzte so laut, dass selbst Schönlieb es noch sehr gut vernahm. Sie konnte kaum in das Grab hineinschauen, und er hatte das Gefühl, sie wollte alles so schnell wie möglich hinter sich bringen. Wer konnte es ihr verdenken?

Schönlieb schaute zum Himmel. Er mochte es, wenn es regnete bei Beerdigungen, doch diesmal regnete es nicht. Ein zynisch blauer Himmel, mehr nicht.

Nachdem alle Erde in das Grab geworfen hatten, machte sich die Trauergemeinde langsam in alle Richtungen davon. Auch Schönlieb machte sich auf den Weg. Jetzt war der Fall auch für ihn komplett abgeschlossen. Er würde nicht weiterverfolgen, was mit Benjamin, der in Untersuchungshaft saß, passieren würde. Es interessierte ihn nicht mehr. Man musste in diesem Beruf auch loslassen können.

Während er zu seinem Fahrrad schlenderte, von dem er nicht geglaubt hätte, es vor Weihnachten tatsächlich noch einmal benutzen zu können, und die Namen auf den Grabsteinen las, dachte er an Wallner. Irgendwo hier würde auch seine Frau begraben werden. Ob Wallner wieder zurückkehren würde? Er unterdrückte die aufsteigende Freude darüber, dass Wallner vielleicht nicht zurückkam, so schnell es ging.

Schönliebs Fahrrad lehnte an einem metallenen Baumschutz am Rande des Parkplatzes. Er schloss es gerade auf, als er am Ende des Parkplatzes Marie und ihren Vater entlanggehen sah. Sie steuerten auf einen weißen Mercedes zu und stiegen ein. Ein weißer Mercedes.

Plötzlich stockte Schönlieb. Bilder blitzten in seinem Kopf auf. Mit einem Mal sah er es ganz klar. Der weiße Mercedes, der angeblich Benjamins Tante gehörte! Er hatte es nie überprüft. *Er hatte es verdammt noch mal nie überprüft!* Und jetzt musste er es nicht mehr überprüfen, denn jetzt, wo er Marie in den Mercedes einsteigen sah, hatte er plötzlich das Bild, das er in der Scheibe des Cafés gesehen hatte und das so verschwommen gewesen war, ganz klar vor Augen. Es war Marie, die in das Auto eingestiegen war! *Sie* hatte zusammen mit Benjamin in dem weißen Mercedes gesessen. Zusammen mit Benjamin, den sie angeblich nicht kannte und der behauptet hatte, dass sie noch nie ein Wort miteinander gewechselt hatten.

Schönlieb sprang auf sein Fahrrad und trat, so schnell er konnte, in die Pedale. Auf dem matschigen Boden rutschte sein Hinterrad zweimal bedrohlich zur Seite, doch er konnte sich jedes Mal fangen und das Fahrrad zurück ins Gleichgewicht bringen. Der weiße Mercedes parkte gerade aus. Er trat noch schneller. Das Auto fuhr auf die Ausfahrt zu, Schönlieb überholte links, machte dann eine Vollbremsung, sein Hinterrad schlug aus, diesmal schaffte er es nicht, das Gleichgewicht zu halten, und das Rad rutschte unter ihm weg. Er schlug auf dem Boden auf und blieb quer vor dem Mercedes liegen, rappelte sich auf, ging auf den Mercedes zu und schlug mit der flachen Hand auf die Motorhaube.

»Du hast gelogen, Marie! Du hast verdammt noch mal gelogen!«

Das Fenster der Fahrerseite wurde hinuntergefahren, und Maries Vater blickte Schönlieb wütend an.

»Sie! Was fällt Ihnen ein!«

Gleichzeitig ging die Beifahrertür auf, und Marie wankte kreidebleich aus dem Auto. Ihr Vater rief ihr hinterher. Doch Marie hörte ihn nicht, entsetzt schaute sie einen kurzen Augenblick zu Schönlieb, dann fiel sie auf die Knie und kotzte.

Kapitel 48

Schönlieb nahm einen kräftigen Schluck aus der kleinen braunen Astra-Flasche. Der Wind peitschte ihm ins Gesicht. Er stand an der Spitze des kleinen gelben Schiffes und genoss, wie die Haare an seiner Kopfhaut zogen und er sich gegen den Wind stemmen musste. Die Lichter des Hafens. Das Glitzern der Lichter im unruhigen Hafenwasser. Oft bedurfte es nur eines kleinen Auslösers, eines Ziehens an der richtigen Stelle, und ein ganzes Kartenhaus fiel in sich zusammen. Genauso war es mit Menschen.

Marie war gebrochen gewesen. Nachdem er sie nach ihrem Zusammenbruch im Krankenhaus aufgesucht hatte, hatte sie alles erzählt. Ohne dass er auch nur ein Wort hatte sagen müssen. Nicht Benjamin war es gewesen, der Huynh den Schlag auf den Kopf versetzt hatte, sondern sie – Marie. Sie hatte sich mit Huynh gestritten, entsetzlich gestritten, weil er sie auf den Bildern entdeckt hatte. Er hatte gesehen, wie Marie Meininger oral befriedigt hatte. Sie hatte nicht genügend Scheine für das Bestehen der Zwischenprüfung gehabt. Sie hätte das Studium aufgeben müssen. Meininger hatte sich immer gezielt die herausgesucht, die am Abgrund standen. Entweder sie gingen auf seine Forderungen ein, oder das Studium war beendet. Für Marie wäre es das Schlimmste gewesen, was sie sich vorstellen konnte. Was hätte ihr Vater gesagt? Huynh war entsetzt gewesen, völlig verstört. Er hatte ihr eine Backpfeife gegeben. *Ich habe ihn nur abwehren wollen, da habe ich mit dem Buch zugeschlagen. Ich liebe ihn doch. Ich wollte ihm nicht wehtun.* Wehtun war nicht ganz das richtige Wort. Marie hatte weitererzählt, dass plötzlich, als Huynh vor ihr leblos gelegen hatte, Benjamin aufgetaucht war. Sie hatte ihn vorher gar nicht richtig gekannt. Er hatte auf sie eingeredet. Das alles sei Schicksal. Er würde sie schon so lange beobachten. Er könne ihr helfen. Alles käme in Ordnung.

Sie müssten die Leiche ins Wasser zerren. In ihrer Panik hatte sie auf ihn gehört. Nichts kam in Ordnung. Was hatte sie sich gequält! Doch sie konnte es niemandem erzählen. Sie hatte Huynh einfach ins Wasser gezogen, ihn tot zurückgelassen und war mit dem weißen Mercedes, den sie sich oft von ihrem Vater auslieh, nach Hause gerast. *Ich hatte etwas so Schreckliches getan, dass es mir unwirklich vorkam, ich habe versucht, es selbst zu vergessen, zu verdrängen, so gut ich konnte.* Benjamin hat die Bilder von ihr gelöscht. Als Schönlieb die beiden auf dem Parkplatz gesehen hatte, da hatte sie ihn gebeten, ihr die Bilder von Huynh und ihr, die sich auf dem Laptop befanden, auf einem USB-Stick gespeichert zu übergeben. Sie wollte diese Bilder, weil sie die schöne Zeit mit Huynh zeigten, die Zeit, die sie zurückhaben wollte. Weil er nicht mehr war. Doch Benjamin hatte nur gesagt, es gebe keine Bilder mehr. Huynh sei nicht länger für sie da. Er sei jetzt für sie da. Sie hatte ihn aus dem Auto geschmissen und begriffen, dass sie für immer allein sein würde.

Schönlieb nahm den letzten Schluck aus der Flasche. Ihm war danach, die Flasche ins Wasser zu werfen, nur damit er etwas werfen konnte, voller Kraft, voller Frust. Er hatte nicht das Gefühl, dass die Welt dadurch, dass er den Fall abgeschlossen hatte, besser wurde. Das ganze Ende des Falles befriedigte ihn nicht im Geringsten, und das hasste er.

Und Wallner war immer noch nicht zurück. Im Büro wurde gemunkelt, er komme nicht mehr zurück. Man sagte, er habe einen totalen Alkoholabsturz gehabt und sei in einer Klinik gelandet. Schönlieb vermisste ihn etwas, dieses Gefühl fand er schrecklich.

Das gelbe Boot kam zum Stehen. Die in feine Anzüge und Kleider gezwängten Passagiere stiegen aus. Auch Schönlieb schob sich mit ihnen an Land, doch im Gegensatz zu ihnen ging er nicht auf das große Zelt zu, in dem in einer halben Stunde der *König der Löwen* die Massen unterhalten würde. Er bog vor dem Eingang nach rechts ab, ging etwa hundert Meter weiter, zwängte sich durch ein paar Büsche, setzte sich auf die Kaimauer und zog ein zweites Astra aus der Tasche.

Epilog

Vor ihm auf der anderen Uferseite glitzerte der Hafen, die Fischauktionshalle, die *Rickmer-Rickmers*. Er atmete tief ein und genoss das gleichmäßige Brummen des Hafens. Da merkte er, dass das Brummen aus seiner Hosentasche kam. Schnell zog er sein iPhone hervor. Auf dem Display stand »Lieke«.

Er hatte sie seit dem Abend, an dem Meininger gestorben war, nicht mehr gesehen. Er war zu beschäftigt gewesen, sagte er sich, und wusste, dass er feige meinte. Mit schlechtem Gewissen nahm er den Anruf entgegen.

»Hej.«

»Hey.«

»Du hast dich nicht mehr gemeldet, weißt du das?«

»Ja, es tut mir leid. Ich war zu beschäftigt.«

»...«

»In Wirklichkeit war ich zu feige.«

»Gut. Ich habe hier eine Flasche Wein, und ich rufe an, damit du die mit mir trinkst.«

Hatte er so ein Glück verdient? Er musste es herausfinden.

»Aber nur, wenn du zu mir kommst«, sagte er und musste lächeln. »Also dahin, wo ich jetzt gerade bin.«

»Wo bist du denn?«

Er erklärte es ihr und steckte das iPhone zurück in die Tasche.

Lieke würde hierherkommen.

Sein ganzer Bauch kribbelte.

Danksagung

Ohne eine ganze Reihe toller Menschen wäre dieses Buch vermutlich nie entstanden und schon gar nicht in seiner jetzigen Form möglich gewesen.

Vielen Dank an alle, die mir geduldig bei der Beantwortung von Fragen geholfen haben, immer ein offenes Ohr hatten und mir immer wieder Mut zugesprochen haben. Mein besonderer Dank gilt Nena, Andreas, Julia und Evi Draxl.

Danke auch an DICH,
lieber Leser, liebe Leserin,
dass du zu diesem Buch gegriffen hast!

Kristian Schlüter, Hamburg 2013

Kontakt:
www.facebook.com/autor.schlueter
oder schreibe mir eine E-Mail: post@kristianschlueter.de

Stefan Holtkötter

Düstermühle

Ein Münsterland-Krimi. 320 Seiten. Piper Taschenbuch

Bei einem Brandanschlag auf einem Gutshof im Dörfchen Düstermühle sterben zwei Menschen: der ehemalige Hofherr und sein Nachbar. Kommissar Bernhard Hambrock sucht fieberhaft nach einem Motiv. Bei den Ermittlungen, die ihn tief in die Vergangenheit führen, stößt er auf alte Familienfehden und ungesühnte Verbrechen. Doch kaum jemand kann sich erinnern, es gibt keine Zeitzeugen mehr. Und dann brennt es erneut in Düstermühle …

»Eindringlich gezeichnete Charaktere und eine gut gebaute Story sorgen für Spannung bis zur letzten Seite.«

Düsseldorfer Anzeiger zu »Bullenball«

05/2719/01/L

Michael Kibler

Todesfahrt

Kriminalroman. 336 Seiten. Piper Taschenbuch

Als in einem Wald bei Darmstadt die Leiche des Amerikaners William Fishkin auftaucht, steht die Polizei vor einem Rätsel: Warum wurde der Mann erschlagen? Und weshalb hielt er sich überhaupt in Deutschland auf? Bald stellt sich heraus, dass Fishkin als Privatdetektiv arbeitete, sein letzter Aufenthalt in Hessen jedoch war rein privater Natur – er war auf der Suche nach seinem Erzeuger. Obwohl dieser seine Vaterschaft gleich anerkannte, schien irgendetwas nicht zu stimmen. Denn warum hat Fishkin sich sonst bei der amerikanischen Polizei nach mysteriösen Todesfällen vor vierzig Jahren erkundigt? Allmählich kommen die Ermittler einem düsteren Geheimnis auf die Spur, dessen Kenntnis fatale Auswirkungen hat …

»Eine spannende Handlung vor gründlich recherchiertem lokalen Hintergrund.«

Darmstädter Echo zu »Schattenwasser«

05/2723/01/R

Roland Krause

Fuchsteufelswild

Ein Fall für Josef Sandner.
320 Seiten. Piper Taschenbuch

Ein entspanntes Wochenende sieht anders aus: Eigentlich will Hauptkommissar Sandner sich Erholung im Ammertal gönnen, da erleidet in München der junge Toni Brandl einen tödlichen Genickbruch. Da die Eltern in Bad Kohlgrub leben, wo der Kriminaler gerade kurt, darf er ihnen die Todesnachricht übermitteln. Dabei erfährt er, dass ihr Sohn angeblich die Schuld am Freitod der jungen Anni trug. Sofort nimmt die Polizei deren Vater ins Visier, doch der Sandner hat einen ganz anderen Verdacht …

»Durch die Sprache und die genaue Ortskenntnis schafft es Krause, bis zum Ende authentisch zu bleiben. »
Münchner Merkur zu »Der Sandner und die Ringgeister«

»Josef Sandner löst seine Fälle bravourös.«
Frankfurter Rundschau

»Bis zum Ende authentisch.«
Münchner Merkur

05/2733/01/L

Jenk Saborowski

Biest

Thriller. 432 Seiten.
Piper Taschenbuch

Eine mysteriöse Warnung des israelischen Geheimdienstes ruft Agent Solveigh Lang von der europäischen Eliteeinheit ECSB auf den Plan: Eine russische Terrorgruppe steht kurz vor einem Anschlag auf Europa. Ihr Plan? Unbekannt. Ihre Waffe? Die Bevölkerung. Ihr Trumpf? Das gefährlichste Computervirus der Welt. Ihr Gegner? Das »Biest« …

»Ein lupenreiner, furioser Page-Turner.«
Krimi-Couch zu »Operation Blackmail«

05/2769/01/R